TEN PRAVÝ A TÁ ĽAVÁ

ROMANTICKÁ KOMÉDIA S VEĽKÝM SRDCOM

ROBERT BRYNDZA

PRELOŽIL
JÁN BRYNDZA

RAVEN
STREET

*Túto knihu venujem všetkým ľuďom, ktorí sa neboja snívať
a majú odvahu premeniť svoje sny na realitu.*

PROLÓG

Moje svadobné šaty zhoreli veľmi jednoducho a rýchlo. V to krásne letné popoludnie som stála ďaleko v poli za naším vidieckym domom. Popoludnie môjho svadobného dňa. Stála som tam s mamou, babkou a so svojou najlepšou priateľkou Sharon. Boli skoro dve hodiny. Rovnaká hodina bola napísaná na mojom svadobnom oznámení ako čas, keď sa mala začať svadobná hostina. Mala som sedieť za vrchstolom so svojím úžasným novomanželom Jamiem a počúvať otcov príhovor, z ktorého bol posledné týždne poriadne vystresovaný. Miesto toho som nazízala do starého benzínového suda, kde horeli moje svadobné šaty. Sledovala som, ako sa satén a čipka šúverili v plameňoch. Na chvíľočku sa sfarbili do karamelova. Hneď nato šaty zasyčali, ešte viac sa stočili, zošúverili, odrazu buchli a zo suda vyšľahli plamene.

Vyleteli veľmi vysoko. Oheň a horúčava nám zablokovali výhľad na kopce. Zo suda sa valil čierny dym.

„Natalie... Čo to stváraš? To je šialenstvo!" kričala mama.

„Ani som si ťa v nich neodfotila," povedala smutne Sharon. Zo zápästia jej visel foťák. Stále mala na seba ružovkasté družičkovské šaty.

„Bol to len šaty, Natalie, a ty vyzerala si v nich jak krémový torta," prehovorila babka, keď si zapálila cigaretu. Zavrela svoj zlatý zapaľovač a strčila si ho naspäť do kožucha. Moja babka Anouska je Maďarka. Vlastne sa volala Anikó, ale vyhlásila, že to meno je také obyčajné, dedinské. Preto ju všetci musia volať Anouska. A bodka! Odvtedy zostala pre nás všetkých Anouska. Do Anglicka prišla ešte zamlada, ale vďaka svojej tvrdohlavosti sa nikdy nezbavila maďarského prízvuku ani lámanej angličtiny.

„Neviem, ako to môžeš vôbec povedať. Vyzerala krásne!" Mama zagánila na Anousku.

„Igen, vyzerala krásne, jak krásný torta, ktorý čaká na to, aby ju všetci zhltali," frflala babka.

„Tak mala začať svoj manželská život? Jak presladený torta? Jak nepotrebná, nevýznamná objekt?"

„Vieš, ako dlho trvalo pani Garretovej, kým prišila tie čipky?" opýtala sa mama. „A stáli kopu peňazí! Ak by som sem prišla o päť minút skôr, nedovolila by som vám ich spáliť."

Vetrík zmenil smer a všetok dym aj smrad išli na nás. Chvíľu sme sa dusili a kašľali.

„Natalie sa nehcela ženiť!" zasyčala babka. „A já platila za šaty..."

„To neznamená, že ich môžeš spáliť. Odložila by som si ich," nedala sa mama.

„Igen, a to len preto, aby si ukázala tomu húďatku, že sa mal ženiť!" Keď sa plamene dostali k falošným perlám na živôtiku, v sude sa rozpútala poriadna hrmavica. Nič som nevravela. Stála som ako prikovaná. Bola som v šoku z môjho svadobného fiaska.

Mama pokračovala: „Čo sa to s tebou stalo, Natalie?

K oltáru si šla ruka v ruke s otcom... pred polovicou dediny, a o dve minúty si už letela von z kostola ako tornádo Katrina."

„Nat, myslela som si, že si dostala hnačku," pridala sa Sharon.

„Ako sa môžem teraz ukázať v dedine? A chudáčik Jamie! Ten zlatý chlapec," mama zvýšila hlas.

„Annie, pozri na to z iná uhol," ozvala sa babka. Do suda odhodila ohorok. „Nepovedala som, že Natalie moc mladý? Má devätnásť roky. Musí užiť sloboda, okúsiť svet..." babka na mňa žmurkla. „Zlato, máš pred seba celá život. Potrebuješ okúsiť rózny hlap, rózna velikosť."

Nebude skúšať rôznych chlapov a žiadne veľkosti," zasyčala mama. „Musí..."

„Nikoho vôbec nezaujíma, čo chcem ja," zakričala som neočakávane. „Rozprávate sa o mne, akoby som tu ani nebola! Nemohli by ste byť aspoň raz ako normálna rodina a pochopiť, ako sa cítim? Na nič iné ste sa nezmohli, len na hulákanie a presviedčanie, že mám spáliť svadobné šaty!"

„Ak si hcela, aby som ti nezhorela svadobný šaty, tak si mala otvoriť ústa, Natalie," odvrkla babka.

„Akoby to chúďa malo pri tebe nejakú šancu. Keď si raz vezmeš niečo do hlavy, tak ťa nikto nezastaví,“ namietla mama. Nastalo nepríjemné ticho. Sharon sa ku mne nahla a chytila ma za ruku.

V diaľke som zbadala otca. Kráčal k nám cez rozmočené pole. Stále bol oblečený vo svadobnom obleku, na nohách mal elegantné čierne topánky. Keď k nám prišiel, nazrel do suda a nechápavo krútil hlavou. Z mojich svadobných šiat zostala len čierna guča.

„Preboha, to sú...?“ chcel sa spýtať, ale mama ho prerušila.

„Martin, myslela som si, že sa ideš prezliecť,“ mama mu začala rukou oprašovať imaginárny prach.

„Snažil som sa... odviezol som mojich rodičov do hotela. Pýtajú sa, či sa hostina presúva na neskôr.“

„Samozrejme, že sa hostina nepresúva. Žiadna sa totiž nekoná!“

„Snažím sa pochopiť, čo sa stalo. Natalie, Jamie niečo urobil?“ opýtal sa otec. Všetky hlavy sa otočili ku mne.

Otvorila som ústa. Pár sekúnd z nich nič nevychádzalo.

„Necítim sa pripravená...“

Znelo to úboho a pateticky.

„Kedy budeš pripravená?“ zajačala mama. „Zajtra? Budúci týždeň? Dosť by nám bolo pomohlo, keby si nám to oznámila, keď sme organizovali tú prekliatu svadbu!“

„Všetko vám zaplatím,“ hlesla som skrúšene.

„A ako? Čím? Peniazmi zo sociálky? Nemáš prácu.

V škole si nespravila záverečné skúšky, lebo si bola

strašne zamilovaná do Jamieho. Došlo ti vôbec, čo si urobila?"

„Samozrejme, že viem, čo som urobila!" zakričala som. „Ty si myslíš, že som to urobila len preto, aby som ťa nahnevala?!"

„Momentálne by som túto možnosť nevylúčila," prisvedčila mama. „Nemôžem sa na teba ani pozrieť."

„Annie, musíš sa upokojiť," otec položil ruku na mamino plece.

„Neopováž sa mi hovoriť, že sa mám upokojiť." Mama odstrčila otcovu ruku.

„Už jak decko bývala podráždený," konštatovala babka po maminom výstupe. „Sem-tam som musela dať do raňajky trocha válium, aby som mala hvíľu pokoj..." Mama sa odtiahla od otca a zamierila domov.

„Oci, je mi veľmi ľúto, že som si nemohla vypočuť tvoj svadobný príhovor." Pohladkala som otca po ruke. Pozrel na spálené šaty, potriasol hlavou a odišiel v maminých šľapajach domov. Po tvári sa mi rozkotúľali slzy. Babka vytiahla z kabelky čipkovanú vreckovku a podala mi ju.

„Hceš ty malá moment pre seba?" opýtala sa ma. Priložila som si vreckovku k očiam a prikývla som.

„Sharon, poď, ideme do nútro," žmurkla babka na Sharon.

Sharon sa usmiala a stisla mi ruku. Vybrali sa za mamou a otcom, ktorí už boli uprostred poľa. Zodvihla som zo zeme palicu a strčila som ňou do spálených šiat v sude. Špička palice sa rozhorela. Rýchlo som ju vybrala. Zo suda na nej vyletela čierna guča zhorených šiat.

Po úteku z Kostola svätej Batšeby som sa ocitla na vyľudnenej ulici. Zastavil pri mne dedinský autobus. Asi preto, že šofér ešte nevidel pri ceste zadýchanú nevestu s vejúcim závojom, ktorá dychtivo máva svadobnou kyticou. Nemala som pri sebe nijaké peniaze. Musela som vymeniť kyticu za autobusový lístok (šofér sa chystal po službe navštíviť tetu v nemocnici a chcel jej kúpiť kvety). Nevestám vždy vravia, že je dôležité, aby mali pri sebe niečo staré, niečo nové, niečo požičané, niečo modré... a čo tak nejakú hotovosť? Ak by sme si to na poslednú chvíľu rozmysleli?

Keď som vošla do kuchyne, mama robila veľmi nasrdenú šálku čaju. Čajové lístky miešala v šálke ako blázon. Otec bol prezlečený a sedel za stolom s babkou aj Sharon. Mlčky pozerali na trojposchodovú svadobnú tortu položenú v strede stola.

„Jedna slečna ju práve priniesla z...“ začala smutne vysvetľovať Sharon, ale nedokázala dokončiť vetu. Chvíľku som hľadela na moju svadobnú tortu, na dokonalú bielu polevu obloženú krásnymi, jemnými žltými ružami. Vtom ku mne pristúpila mama. V ruke držala veľký nôž.

„Ty odo mňa chceš, aby som ju nakrájala? Teraz?“ hlas sa mi zatriasol.

„Áno, musím ju zamraziť, aby sa nepokazila. Celú ju určite nezjeme.“

„Annie, hádam to ešte počká. Nemyslíš? Nemusí ju krájať hneď teraz,“ namietol otec.

„Nuž a kedy teda, Martin? Bez problémov dovolila babke, aby šmarila jej svadobné šaty do vatry! Kedy je správny čas na...“ Mamu prerušilo klopkanie na presklené vchodové dvere. Cez matné sklo bolo vidieť rozmazanú ružovú siluetu.

„Micky! Zabudli sme na Micky," zapišťala mama. Rozbehla sa k dverám a rýchlo ich otvorila. Moja štrnásťročná sestra stála pred nimi vo svojich družičkovských šatách. V ruke držala biele sandáliky. Vyzula si ich, aby sa prebrodila zablatenou cestou pred domom.

„Micky, kde si bola?" opýtala sa mama. Na podlahu pri dverách položila noviny, aby ju nezablatila.

„A mne furt vypráva, že som bol zlý matka," zamrmlala babka a zapálila si ďalšiu cigaretu.

„Išla som skratkou cez cintorín. Stretla som tam hrobára. Ponúkol mi odvoz domov. Kufor mal plný lopát!" rapotala nadšene Micky.

„Vidíš, Annie. Micky má iba štrnásť a už hľadá zaujímavá hlap," usmiala sa babka.

„Buď radšej ticho!" zahriakla ju mama. V kuchynskom dreze napustila do lavóra teplú vodu a zaniesla ju k dverám. Všetci sme sledovali Micky, ako si umýva nohy.

„Natalie, čo sa stalo?" Micky na mňa pozrela. „Myslela som si, že sa s Jamiem ľúbite."

Nastalo ticho, ktoré prerušilo vyzváňanie telefónu. Ten zvuk ma vyľakal. Otec išiel zodvihnúť telefón a potom sa vrátil.

„Natalie, to je pre teba. Jamie." Zavrtela som hlavou.

„Je vonku na ulici, pri našej bránke. Volal z mobilu. Povedal, že neodíde, kým sa s tebou neporozpráva," vysvetľoval mi otec.

„Chudáčik. Aspoň toľko mu zo slušnosti dlhuješ,“ zastonala mama.

„Okej… Povedz mu, že prídem za ním von.“

Obula som si gumáky. Mama mi začala upravovať vlasy. Odstrčila som jej ruku.

Jamie stál pri bránke… vysoký, neskutočne krásny, sexi Jamie vo svadobnom obleku. V dierke na leme mal stále pripnutú ružu. Slnečné lúče sa mu odrážali od gaštanových vlasov. Pomaly som sa k nemu kráčala, nohy sa mi zabárali do blata.

„Nat, dopekla, to čo bolo?“ vyhŕkol, keď som podišla bližšie.

„Prepáč. Je mi to naozaj veľmi ľúto.“

„To je všetko? Tebe je to ľúto?“ Jamie otvoril bránku a chcel vojsť. Rukou som ho zastavila a vyšla som k nemu. Dvierka som za sebou zavrela.

„Nie som na to prichystaná.“

„Akože nie si prichystaná? Navliekla si sa do svadobných šiat, nasadla si do auta… Prešla si k oltáru…“ Iba som sa na neho nemo dívala.

„Vieš, ako si ma zosmiešnila? Dookola prehrávali svadobný pochod, mysleli si, že sa vrátiš… Bratanci mi prišli až z Kanady. Letenky ich stáli majland!“

„Keď som povedala, že som nebola prichystaná, myslela som…“ snažila som sa mu vysvetliť, ale Jamie neprestával rozprávať.

„Bratanci sa vracajú domov o týždeň. Ich mama sa ma pýtala, či to môžeme preložiť na iný deň v tomto týždni…“

„Čo preložiť na iný deň?“

„Či sa stihneme zobrať ešte tento týždeň. Teta Jean mi

vravela, že aj ona spanikárila, keď si brala Paula. Vravela, že tiež skoro ušla z kostola. A vidíš, sú svoji tridsaťpäť rokov."

Vzhliadla som na jeho krásnu tvár. Chcel, aby som mu povedala, že som iba spanikárila a všetko bude v poriadku.

„Toto je iné," zašepkala som.

„Ako?"

„Nejde o paniku. Ja sa nechcem vydať. Teda, nechcem sa vydať teraz."

„A kedy sa chceš vydať?" opýtal sa Jamie.

„Neviem, možno sa budem cítiť na vydaj zajtra, možno budúci týždeň, budúci mesiac... Možno až v tridsať- päťke, Jamie. Ale teraz sa vydávať nechcem." Zosmutnel ešte väčšmi.

„Myslel som si, že sa ľúbime."

„Áno, ľúbime sa, ale nezdá sa ti, že sa všetko zmenilo, keď nejdeme spolu na univerzitu? Naplánovali sme si, že odtiaľto odídeme a začneme nový život."

„Môžeme ísť na ďalšie opravné skúšky," povedal. „Budúci rok by sme to mohli skúsiť znovu."

„Škola, v ktorej sa robia opravné skúšky pre našu oblasť, je veľmi ďaleko. Nemáme auto, nemáme peniaze. Čo ak náhodou otehotniem?" „A to by bolo také zlé?"

„Takže budeme nezamestnaní, bez domova a ešte aj s miminom?"

„Mohli by sme bývať u mojich rodičov."

„Prosím? V tvojej detskej izbe? Budeme spávať pod plagátmi Star Wars?"

„Alebo u tvojich rodičov."

„U tých bláznov by som dieťa nikdy nevychovávala...“ zhrozila som sa.

Napriek všetkému sa Jamie zasmial. Do čela mu padol pramienok vlasov. Jemne som ho rukou začesala späť.

„Bojím sa, že by sme v živote veľa premrhali, keby sme sa teraz vzali. Sme hlupáci. Ani na skúšky sme sa nedokázali naučiť. Len sme celý čas...“

„Sexovali?“ usmial sa Jamie.

„Aj iné veci sme robili. Napríklad kino, prechádzky,“ dodala som.

„A na väčšine tých prechádzok sme sexovali, aj v kine. A bola si celá šťastná.“ Nahol sa ku mne, že ma pobozká.

„Jamie, prosím ťa, nebuď ako malý, ber to vážne. Snažím sa ti to vysvetliť.“

„Tak ja sa správam ako malý? Mám to brať vážne?“ odtiahol sa odo mňa. „Prečo si neotvorila tie svoje ústočká a nepovedala mi to predtým, ako naši rodičia zorganizovali celú tú debilnú svadbu?“

„Všetci boli hrozne šťastní a nikdy nebola na to tá správna chvíľa... Až kým...“

„Až kým si neprišla k oltáru?“ dokončil moju vetu. Chytila som ho za ruku.

„Ty sa vôbec nebojíš budúcnosti? Ako a kde skončíš?“ opýtala som sa ho.

Jamie zrozpačitel.

„Neviem, veľmi som o tom nepremýšľal.“

„No vidíš, ale ja som o tom premýšľala. Chcem slušný život, kariéru a dobré vyhliadky do budúcnosti!“

„Pekne, takže život so mnou nie je dosť dobrý?“

„Jamie, nie je to len o tebe. Nechcem sa zašiť tu,

v sprostom Sowertone! Nechcem byť len žienka domáca a zhniť tu!“ zvýšila som hlas, až som vystrašila okoloidúcu prešedivenú cyklistku.

„Natalie, súhlasila si s tým, že si ma vezmeš,“ zakričal Jamie, ktorý v tom okamihu stratil všetku trpezlivosť. Schmatol ma za ruku. „Toto nemôžeš urobiť! Nemôžeš teraz cúvnuť!“

Odtiahla som sa tak prudko, že som stratila rovnováhu a spadla som na trávu. Zostala som tam sedieť, cítila som, ako mi bahno premoká cez tepláky.

„Prepáč,“ podal mi ruku a pomohol mi vstať. Pozerala som naňho, ako si upravoval golier na košeli. V svadobnom obleku vyzeral hrozne sexi.

„To je tvoje konečné rozhodnutie? Nevezmeš si ma?“

„Nie,“ šepla som.

„Fajn. Už ma nikdy nemusíš ani vidieť.“

„To zase nechcem.“

„Je to veľmi jednoduché. Buď ma chceš, alebo ma nechceš,“ vyhlásil rozhodne.

„Takže teraz ma budeš vydierať? Svadba alebo nič?“ opýtala som sa.

„Áno, svadba alebo nič!“

Chvíľu sme na seba hľadeli.

Jamie čakal na odpoveď, ktorú som mu nemohla dať. Zrazu sa zvrtol a odchádzal. Prešiel na druhú stranu cesty, smerom ku krčme.

Mala som ísť za ním. Určite som mala ísť za ním a zastaviť ho, ale niečo ma zadržalo. Dívala som sa, ako sa stratil za rohom krčmy.

Zrazu som sa veľmi rozplakala. Musela som sa chytiť

bránky, kým som sa neupokojila. S ťažkým srdcom som sa pomaly vracala domov. Len čo som sa priblížila k dverám, mama ich otvorila.

„No, ako?" vyzvedala, vyškerená od ucha k uchu. Určite dúfala, že s Jamiem sa všetko utriaslo. Chytila ma za ruku, aby som nestratila rovnováhu a mohla si vyzuť gumáky.

„Je po všetkom," povedala som zničene.

Mamu skoro trafil šľak, zúrila ako tiger v klietke. Kričala do prázdna, kým sa všetci na ňu nechápavo pozerali. Kričala, že už nikdy nenájdem takého dobrého chlapa, ako je Jamie, že som zosmiešnila seba aj celú rodinu a že bude najlepšie, keď pôjde do postele a zomrie v nej pod paplónom od hanby.

„Dobre, Annie," prerušil ju otec a pevne jej chytil ruku. „Stačilo!"

„Myslím, že vďaka tomu fiaskó, bude z Natalie lepšia človek. Facka od život je niekedy dobrý vec," babka zahasila cigaretu v mise s ovocím. „Potrebuje vidieť svet! Já to šťastie mala, keď mój rodina musel utiecť z Maďarsko pred nacistami..."

„Nemuseli ste ujsť," zakričala mama. „Maďarsko bolo spojencom fašistov! A vždy si vravela, aký bol Hitler fešák."

„Annie, nebuď absurdný," odfrkla babka nahnevane. „Himmler bol fešáčisko, nem Hitler. Ak by bol Himmler v moci, fašisti by určite dopadli lepšie."

„Martin, počuješ toto?!" Mama pozrela na otca. „Pri tejto ženskej som musela vyrastať. Nie je vôbec čudné, že som taká nervózna."

Babka sa postavila a pozrela na tortu.

„Natalie, po tvoj svadba som hcela ísť do Londýn. Ku svoj známa Paolo. Býva v centrume. Nehceš ísť so mnou?“

Londýn?“ zvolala mama nahnevane. „Prečo by chcela ísť tak ďaleko?

„Myslím, že Natalie potrebuje malý čas byť mimo. Kým všetko nebude prejsť, kým ľudia nebudú zabudnúť.“

„Čo? Dovolenka?“ opýtala som sa prekvapene. Pomyslenie, že by som zostala po svadobnom fiasku v Devone a na každom rohu videla spomienky na Jamieho a na nedokončený obrad, mi sťahovalo žalúdok a vyvolávalo vo mne úzkosť.

„Ber to ako vstupenka do dospelosť. Paolo veľmi priateľská. Rada u seba hostiť kamarát a známy. Hrá klarinet v londýnsky orchestra.“

„A kto to všetko zacvaká?“ opýtala sa mama.

„Já sama postarám o Natalie,“ odvetila babka.

„Možno by som mohla ísť? Aspoň na nejaký čas?“ Babkin nápad mi pripadal ako záchranné koleso na potápajúcej sa lodi. Mama nebola nadšená.

„Je už dospelá,“ pripomenul jej otec.

„Móžeš zobrať aj svoj kamarátka.“ Babka ukázala na Sharon.

„Naozaj?“ povedala prekvapená Sharon. „Fíha, nikdy som v Londýne nebola.“

„A čo ja?“ zaujímala sa Micky. „Môžem ísť aj ja do Londýna?“

„Micky, ty máš školu,“ odbila ju mama.

„To nie je fér! Prečo Natalie môže a ja nie? Neznášam ťa!" zapišťala Micky.

„Micky, môžeš ísť s babkou do Londýna, keď budeš trošku staršia," upokojoval ju otec.

„Aj vtedy, keď neutečiem z vlastnej svadby?"

„Hmm... áno," prisvedčil otec. Nastalo ticho.

Babka pristúpila ku mne a k Sharon a objala nás.

„Dohodnutá. Idete so mnou do Londýn. Igen?" Pozrela som na Sharoninu vytešenú tvár a prikývla som.

„Okej, ide sa do Londýna!" povedala som s úsmevom na tvári.

V ten večer sme odišli do Londýna a odvtedy som sa do Devonu vracala veľmi sporadicky.

DEJSTVO PRVÉ

PO PÄTNÁSTICH ROKOCH...

KĽÚČ

Zobudila som sa do krásneho rána. Slnečné lúče prechádzali cez okno a na stene rozohrali nádhernú svetelnú šou. Ponaťahovala som sa, kým som si sadla. Vedľa mňa ešte pospával môj frajer Benjamin. Chvíľku som ho sledovala. Prstom som mu prešla po svalnatom chrbte. Trochu zamihal viečkami, ale nezobudil sa. Má krásne dlhé mihalnice, na ktoré sa neviem nikdy dosť vynadívať. Musela som sa dať trochu dokopy a nachystať sa do práce. Vstala som z postele, hodila som rýchlu sprchu, navliekla na seba voľné letné šaty a išla som si urobiť raňajky.

Môj byt je malinký a kuchynka miniatúrna ako kapitánsky mostík, navyše dosť úzka. Na stenách visí veľa kuchynských potrieb. Napratala som sem práčku, chladničku, sporák, mikrovlnku... takže ten malinký priestor je opticky ešte menší. Rýchlo som zavrela dvere, aby som nezobudila Benjamina. Na barový stolík pod dlhým oknom, z ktorého mám výhľad do komunálnej záhradky, som si rozložila žehličku na vlasy, fén a mejkap. Do kávovaru som vložila kapsulu a do zásuvky žehličku na vlasy, aby sa mi rozohriala. Neznášam svoje kučeravé vlasy. Pre ne míňam majland na rôzne produkty, aby boli vždy rovné. Už som si zvykla a viem si ich dať do stavu „v pohode" za dvadsať minút. Zapla som rádio, stíšila zvuk a pri upravovaní vlasov som sa vlnila v rytme príjemnej hudby. Práve keď som si zhromažďovala mobil, kindle čítačku a notebook z neoficiálnej nabíjacej stanice zo zeme pri chladničkovej zásuvke, otvorili sa kuchynské dvere. Stál v nich Benjamin, v trenírkach. Pretieral si oči.

„Prepáč, zobudila som ťa?" Do megakabelky som hádzala svoje veci.

„Nie. Vyzeráš dobre. Namaste." Benjamin zazíval. Položil ruku okolo môjho pása a pritiahol si ma k sebe. Je dosť vysoký, siaham mu sotva po plecia. Sálalo z neho príjemné teplo. Bol na mne nalepený tak, že som cítila všetky jeho svaly. Hlavne jeden zo svalov bol tvrdší ako tie ostatné. Ruku som mu jemne prehrabla jeho sexi sivé vlasy. Zrazu som cítila jeho ruku pod mojim šatami. Nebezpečne sa približovala k nohavičkám. Zohol sa a pobozkal ma. Potom sa trochu odtiahol a nahodil jemný úškrn akože „Ahoj, cica".

„Ty si si umyl zuby pred raňajkami?" „Áno," znovu si ma pevne pritiahol k sebe.

„Benjamin, nemôžem. Musím ísť do roboty," odtiahla som sa.

„Jasné, zaneprázdnené dievčatko," odvrkol s mrzutým výrazom.

„Áno, už budeš mať štyridsať..." dodal nahnevane a odišiel z kuchyne.

„Mám len tridsaťpäť!" povedala som svojmu odrazu na varnej kanvici.

Pár minút som počkala, ale keď som zbadala, koľko je hodín, zašla som sa rozlúčiť s Benjaminom do spálne.

„Čo robíš? Musím už ísť," štekla som. Benjamin sedel na kraji postele a z ruksaku si vyberal oblečenie, notebook, topánky a kapsičku s kozmetikou.

„Prečo si tu nenecháš aspoň drogériu?" spýtala som sa.

„A ja by som si mohla nechať svoju kozmetiku u teba. Možno aj žehličku na vlasy. Keď sa máme stretnúť, vláčime batožinu cez celý Londýn, akoby sme išli niekam na dovolenku."

„Natalie," zhlboka si vydýchol Benjamin. „Je dôležité, aby sme mali vlastný priestor, aby sme sa neudusili, a je to tak aj vzrušujúcejšie."

„Pre mňa je vzrušujúca predstava, že vždy, keď idem za tebou, si nemusím baliť kufrík na kolieskach," nedala som sa. Stále sa hrabal v ruksaku a za ním rástla veľká kopa jeho vecí. Na spodku našiel krikľavo zelenú plastovú peňaženku. Otvoril ju, vybral z nej letáčik, ktorý si dal vyrobiť pre svoje štúdio jogy. Z ruksaku vybral pero a pod BENJIJOGA pripísal: Ryanovi Harrisonovi — diskrétnosť zaručená. Keď dopísal, vstal a podal mi ho.

„Benjamin!" Prekrížila som si ruky a škaredo som sa naňho pozrela.

„Natalie, sľúbila si mi, že to dáš Ryanovi Harrisonovi."

„Áno... Preboha, ale nie dnes. Daj mu aspoň pár dní."

„Jasné a za tých pár dní si nájde iného jogína.“

„Ani nevieme, či cvičí jogu.“

„Je jednou z najväčších hereckých hviezd z Los Angeles. Ver mi, určite cvičí jogu!“

Benjamin mi chytil ruku a vložil ju do svojej dlane.

„Natalie, si manažérka divadla, si jeho šéfka. Verím, že urobíš tú správnu vec... Veľmi mi to pomôže, čo znamená, že aj nám. Možno by som mohol porozmýšľať nad tým, aby si si u mňa nechala zopár vecí.“

„Okej.“ Pozrela som na letáčik. „Urobím, čo sa bude dať.“

„Ďakujem, Natalie. Namaste.“ Nahol sa ku mne a pobozkal ma. Hneď nato si začal baliť ruksak.

„Vieš, že by si mohol prísť dnes na večierok do divadla. Aj Sharon príde.“

„Nemôžem len tak vynechať svoje hodiny jogy. Veľa to pre mňa znamená.“

„A ten večierok znamená veľa pre mňa,“ kontrovala som.

„Natalie, je dobré, že obaja máme v našich životoch dôležité veci.“ Vôbec mu nedošlo, na čo som narážala. Zazipsoval si ruksak a išiel so mnou k vchodovým dverám. Z vešiaka som schmatla nachystané šaty na večernú párty a v kabelke som rýchlo skontrolovala, či mám kľúče.

„Nedám ti kľúč odo mňa?“ spýtala som sa impulzívne, keď som zbadala, že na zväzku mám jeden náhradný. Benjamin zastal.

„Hmm, okej,“ súhlasil.

Nastalo trápne ticho. Snažila som sa dať dole kľúč

z kľúčenky. Nakoniec sa mi to podarilo a podala som ho Benjaminovi.

„Páči sa, teraz si môžeš...“

„Sám otvoriť dvere,“ dokončil moju vetu. Chvíľu som sa hrabala v kabelke, aby som mu poskytla šancu dať mi kľúč od jeho bytu, ale nakoniec stratil trpezlivosť, načiahol sa k dverám a sám si ich odomkol.

„Okej, vidíme sa... Kedy?“ Bola som trochu vykoľajená.

„Čoskoro, Natalie, čoskoro. A nezabudni na ten leták. Namaste,“ usmial sa a zabuchol za sebou dvere.

Keď som prešla cez stráženú bránu von na Beak Street, bolo krásne skoré ráno. Júlové slniečko rozjasňovalo celú ulicu a sľubovalo horúci deň. Prešla som okolo susednej krčmy, pred ktorou práve umývali dlažbu. Príjemne ma ostriekala voda z hadice, nad ktorou sa urobila nádherná jemná dúha. Neďaleko mňa na kraji cesty zaparkovala dodávka, v ktorej hrmotali sudy s pivom. Prešla som na druhú stranu cesty. Raven Street je v srdci Soha, takže do práce prechádzam popri trblietavých gay baroch, reštauráciách, sex shopoch, ktoré sú každé ráno ponorené do spánku po dlhej prebdenej noci. Iba kaviarne sú otvorené takto zavčasu. Skočila som do Grande, mojej obľúbenej kaviarne, a u barmana s dredmi som si objednala americano. Na konci pultu som sa zaradila do radu čakajúcich poštových kuriérov, šoférov a podnikateľov. Cez veľké okno som pozorovala úžasnú bielu art deco fasádu divadla Raven Street, ktoré stojí oproti Grande. Postavili ho v roku 1919 a fungovalo až do druhej svetovej vojny. Potom nastal úpadok a museli ho zavrieť. Jeho priestory sa neskôr využívali na rôzne účely. Bola v ňom ľudová jedáleň, pornografické kino aj veľký antikvariát. Napokon zostalo dlhší čas prázdne a museli ho ohradiť, aby nikoho nezranili padajúce škridly či omietka. Mojím doposiaľ najväčším úspechom je, že sa mi s pomocou mnohých iných nadšencov podarilo vyzbierať dostatok peňazí na rekonštrukciu budovy, ktorej sme dokázali prinavrátiť jej zabudnutú slávu a lesk. „Jéj."

Vždy, keď vojdem do foyeru divadla, poviem si jéj. V prekrásnych priestoroch v štýle art deco so zdobenými historickými lištami a mosadznými lampami pociťujem vzrušenie, zodpovednosť, ale najmä veľký tlak, aby sa mi podarilo pokračovať v úspešnom chode divadla.

Dostala som sa na rad. Poblednutý barman mi podal moju kávu.

Odišla som z kaviarne, prebehla cez cestu, vošla do divadla a zamierila ku schodisku. Vždy idem do kancelárie po schodoch. Na stenách sa vynímajú fotografie z našich najúspešnejších produkcií. Kým prejdem piatimi poschodiami, naberiem z nich veľkú sebadôveru. Na pol ceste som zastala pri mojej najobľúbenejšej fotke, som na nej s Kim Catrallovou. Odfotili nás na charitatívnom večierku, ktorý sme v divadle usporiadali minulý rok. Vrcholom večierka bolo pre mňa, že som sa po celý čas starala o slečnu Catrallovú (ktorá bola, mimochodom, veľmi milá a nástojila na tom, aby som ju oslovovala Kim), až do jej vystúpenia na večere monológov. Na fotke je krásna, elegantná... dokonalá. Vedľa nej vyzerám, akoby ma niekto práve vykopol z postele. Vlasy som mala po celodennej drine skučeravené ako ovca a zdalo sa, že môj outfit sa sám vyplazil zo skrine. Pripomínala som sociálnu pracovníčku, čo minula vianočné poukážky na decentné oblečenie.

Keď som vstúpila do prvej časti kancelárie, o ktorú sa delia viacerí kolegovia, bol Xander práve v procese preberania kávovej objednávky od Nicky, už päť rokov je mojou spoločníčkou. V londýnskom West Ende strávila veľa rokov a vybudovala si neskutočne úspešnú kariéru. Čo sa týka divadla, rozumie sa všetkému a pozná všetkých dôležitých ľudí. Bola súčasťou záchrany divadla, vypracovala dokonalý finančný plán, vďaka ktorému sa nám podarilo divadlo oživiť. Sme skvelé spoločníčky a priateľky. Ja sa starám o každodenný chod divadla a ona je šéfkou PR oddelenia.

„A mne zober veľkú bezkofeínovú, extra horúcu, kolumbijskú kávu s dvomi porciami lieskovo-orieškového sirupu, so sójovým mliekom a stéviou... A počúvaj, veľmi jednoducho poznám rozdiel medzi stéviou a umelým sladidlom,“ dokončila Nicky objednávku svojím texaským akcentom. Nahodená bola v kúlových sýtoružových teplákoch, obtiahnutá mikina sa končila nad pásom a zvýrazňovala jej dokonalú postavu. Havranie vlasy mala vypnuté dozadu. Na očiach mala okuliare so sýtoružovým rámom, aby jej ladili s teplákmi.

„Jasné, žiadny problém,“ pritakával Xander a rýchlo dopisoval na kúsok papiera. Nicky sa ku mne otočila, len čo ma zbadala.

„Nat, milujem Xandera. Je strašne zlatý. Ako šteniatko." Hravo mu rozstrapatila vlasy. „Kedy si ho zohnala?" usmiala sa Nicky.

V Xanderových veľkých očiach sa zračil šok.

„Xander, dobré ráno," pozdravila som sa ospravedlňujúcim tónom a pozrela som sa na Nicky. „Xander nastúpil, keď si bola na dovolenke."

Nicky sa nahla ponad Xandera, sediaceho pri svojom pracovnom stole, a hľadela naňho, ako keby bol šteniatkom pod vianočným stromčekom.

„Xander, to je chutnučké meno."

„Volám sa Alexander, ale môj malý braček to nevedel vysloviť, tak sa zo mňa stal Xander," povedal silným škótskym akcentom.

„Panebože, akcent!" zvolala nadšene Nicky, kým sa pohrávala so striebornou retiazkou, čo jej visela na impozantne veľkom poprsí. „Zlatino, vitaj v divadle Raven Street. Si rozkošný."

Nicky prešla vyzývavo k tlačiarni a otvorila priečinok na papier. Na sekundu som si myslela, že chce Xanderovi položiť papier na zem, ako šteniatku, keby potreboval ísť na toaletu. Keď videla, že je plný, zavrela ho a otočila sa k nám.

„Xander, zlatino, tá káva sa sem sama cez cestu nedostane. Šup, šup..."

„Áno, jasné." Xander si vzal zo stola mobil a vstal.

„Natalie?"

„Ďakujem, ja som už vybavená," ukázala som mu svoje americano. Xander odišiel a Nicky ma nasledovala do kancelárie, o ktorú sa delíme. Zavrela za nami dvere.

„Tak hovor, ako je to s Xanderom? Je...“

„Áno, má priateľa. Volá sa Paul,“ odpovedala som.

„Super, takže môže nevinne flirtovať a slintať.“ „Aká bola dovolenka?“ Na stôl som si položila kabelku.

„Nat, rezort bol fantastický, jediné, čo mi vadilo, že kvôli Bartovi ma teraz bolí zápästie...“

„Muži vedia byť nechutní a sebeckí,“ zahundrala som so skriveným výrazom. Rýchlo mi došlo, že Nicky rozprávala o niečom úplne inom. Pred očami mi zavrtela rukou, na ktorej jej visel úžasný náramok.

„Dokelu, sú skutočné?“ Sánka mi padla až po kolená.

„Áno, moja, sú to pravé diamanty,“ povedala vyškerená Nicky. „Toľko karátov som nevidela ani vo filme.“

Na stôl som vyložila svoj notebook, z ktorého mi vyletel letáčik BenjiJoga. Nicky ho zodvihla zo zeme.

„Ryanovi Harrisonovi – diskrétnosť zaručená,“ prečítala nahlas a zamračila sa.

„Benjamin mi ho nanútil. Keby som si ho nezobrala, tak by mi ho určite strčil aj do kabelky.“ Rýchlo som jej vytrhla letáčik z ruky.

„Nat, Ryan Harrison nebude praktizovať žiadnu BenjiJogu,“ vyhlásila veľmi striktne.

„Prečo by nemohol? Benjamin je dobrý jogín.“

„A hlavne dobrý promotér, čo je okej, ale my musíme Ryana ochraňovať.“

Chcela som namietať, ale Nicky pokračovala ďalej:

„Ryanova manažérka dala do zmluvy, že ak by náhodou ochorel, tak sa nechá liečiť iba na súkromnej klinike na Harley Street...“

„A to znamená čo?“

„Nat, nedostala si náhodou na BenjiJoge pleseň?“ opýtala sa ma Nicky.

„To bolo dávno a nebola to pleseň... ale... malá kožná infekcia.“

„Moja zlatá, to je len miernejší výraz pre pleseň na nohe. Vieš, koľko by stálo ošetrenie takej plesne na klinike Harley Street? Pravdepodobne peknú čiastku z našej štvrťročnej dotácie z fondu kultúry.“

„Dobre, dobre,“ zložila som letáčik a strčila ho späť do kabelky. Nicky ma chytila za ruku.

„Zlato, ja chápem, čo ťa k Benjaminovi priťahuje. Je vysoký, svalnatý, arogantný. Som si istá, že sa vie dostať na také miesta, o ktorých iní chlapi ani nevedia, že existujú... Ale, drahúšik, viem, že niekde po svete behá úžasný chlap, ktorý si ťa naozaj zaslúži.“

„Dnes ráno som mu dala kľúč.“

„Kľúč od čoho?“

„Od môjho bytu.“

Nepočula som jej reakciu, lebo v tom momente sa dnu vovalil rámus z ulice a škrípanie železa. Obe sme prebehli k oknu, z ktorého sme videli, ako na obrubníku pred divadlom zaparkoval kamión. Začali z neho vykladať zábrany.

„Myslíš si, že ich budeme dnes večer skutočne potrebovať?“ opýtala som sa.

„Nat, ide predsa o Ryana Harrisona. Je jednou z najväčších svetových hviezd. Keď mu v Hollywoode vezú po filmovačke kostýmy do čistiarne, musia použiť opancierované auto. Jedna ženská z Ohia kúpila na aukcii deci vody, ktorá vraj pochádzala z jeho kúpeľa. Vieš, koľko za ňu dala? Desaťtisíc dolárov. Ľudia za ním šalejú.“

„Dúfam, že dnes budeme mať v dave normálnejších ľudí, ako sú tí blázniví Američania. Pozvali sme množstvo novinárov a ľudí z divadelných kruhov.“

„Myslím, že aj anglický dav ťa veľmi prekvapí. Ľudia ho žerú po celom svete,“ oponovala Nicky.

Niekto zaklopal. Spoza dverí sa vystrčila sivá hriva manažérky nášho box officu Val.

„Zdravím, dámy. Dole vo foyeri je skupinka svalnatých chlapíkov. Buď je to skorý narodeninový darček pre mňa, alebo ochranka, ktorú ste najali na dnešný večer,“ oznámila Val.

„Na narodeniny sme ti už kúpili papuče,“ žmurkla som na ňu. „O chvíľu sa vráti Xander a postará sa o nich.“

„Okej, upracem ich zatiaľ do baru, a keď sa vráti Xander, tak ho pošlem, nech im prinesie kávu.“

„Dobre. Prejdime si dnešný zoznam úloh, aby sme na niečo nezabudli,“ povedala som.

„Ako prvé chcem vedieť, čo si večer oblečieš,“ začala Nicky. Odzipsovala som ochranný obal na odev a vybrala som z neho úzku čiernu sukňu pod kolená a oranžovú blúzku. Len čo som ju vybrala, Nicky sa zamračila.

„Toto si si vybrala sama alebo ťa k tomu donútila nejaká násilná predavačka?“

„Ja sa nenechám k ničomu donútiť,“ protestovala som.

„Zlatko, si Britka. Polovicu tvojho šatníka tvoria veci, ktoré si si kúpila, len aby si neurazila predavačku.“

„Vybrala som si to sama. V tom kúlovom obchode na

Carnaby Street, kde sa predavačky obliekajú ako za vojny. Môj outfit je vintage!“

Nicky len krútila hlavou. „Tá sukňa ešte ujde, ale tá blúza? Na ňu mám dve slová: Easy Jet!“

„Easyjet je jedno slovo.“

„Jedno slovo alebo dve, to je jedno. Na večer si si vybrala uniformu nízkonákladovej leteckej spoločnosti... Dnešný večer je najdôležitejší v našich doterajších kariérach. Keď ťa v tom ľudia uvidia, nebudú vravieť... aha, pozri, to je Natalie Love, šéfka tohto úžasného miesta, ale budú si od teba pýtať oriešky a tovar z duty free.“

„Nie je to oranžová, ako má Easyjet. Je to iný odtieň. Nemyslíš?“ pýtala som sa Nicky a prirovnala som si outfit k sebe v zrkadle na dverách. Nicky prevrátila oči.

„A ty si čo oblečieš?“ Nicky prešla na druhú stranu kancelárie a vrátila sa ku mne s krásnymi perleťovobielymi šatami od Alexandra McQueena.

„Wau, tie sú prekrásne, Nicky.“

„Bart mi ich kúpil, aby som si mala čo obliecť k novému náramku,“ zasmiala sa Nicky. „Zlato, niečo by som ti aj požičala, ale vieš, že mám veľký zadok ako Nicky Minaj a mega...“ „Dobre, dobre, viem.“ Zavesila som oblečenie na dvere. „Zoženiem si niečo iné. Sharon mi určite niečo požičia.

No a teraz si už prejdime zoznam.“

„Nat, ešte jednu vec,“ prehovorila Nicky vážne.

„Čo?“

„Koľko stojí priority boarding?“ Obe sme vybuchli do rehotu.

Zvyšok rána a skorú časť popoludnia sme strávili na poradách, pripravovali sme našich zamestnancov na večierok a postupne sme si odškrtávali zo zoznamu vecí, ktoré bolo potrebné urobiť. Od pätnástej som mala zopár hodín voľna, tak som zašla k Sharon požičať si náhradné večerné šaty. Prebehla som cez Covent Garden dolu na Charing Cross, kde som naskočila na vlak do New Crossu. O dvadsaťpäť minút som vystúpila na ulici New Cross Road.

Prešla som okolo veľkého supermarketu Sainsbury's. Nakoniec som sa dostala k typicky anglickému tehlovému domu, ktorý stojí trochu ďalej od rušnej cesty. Zaklopala som na sýtozelené dvere.

„Idem, idem," počula som Sharon. Otvorila dvere. Mokré vlasy pokrývala bohatá pena. Cez plecia mala prehodený uterák.

„Už si bola s Ryanom Harrisonom?" opýtala sa vzrušene. „Bola? Bola? Aký je?"

„Upokoj sa, moja. Príde až o piatej," usmiala som sa. Z chodby som počula detský hlas.

„Amy, zostaň pri umývadle!" kričala Sharon ponad plece. „Natalie, poď dnu."

Nasledovala som Sharon do krásnej veľkej kuchyne s nádherným výhľadom na utešenú záhradku. Sharonin syn Felix sedel za kuchynským stolom, aj on mal na mokrých vlasoch penu a pod bradou zaviazaný supermanovský uterák. Nohy Sharoninej dcéry Amy boli akurát také dlhé, aby sa mohla nahnúť do drezu, kde jej práve odtekala voda z vlasov.

„Vši, čo ti poviem! Všetci máme prekliate vši!" Sharon

zobrala strieborný hrebeň a začala prečesávať Amine vlasy.

„Preboha!" Na stôl som si položila kabelku. „Ako ste sa k nim dostali?"

„Dostali sme ich od Laury Deltonovej, teta Natalie," vyhŕkla Amy, ktorá už v ôsmich rokoch dokáže strúhať tie najznechutenejšie výrazy.

„Nevieme naisto, či to bola Laura Daltonová," namietla Sharon.

„Vždy sa na školskom ihrisku motá okolo chalanov a oháňa sa vlasmi, aby ich zaujala," povedala Amy. „Bolo len otázkou času, kedy od nich niečo chytí." „Aj dievčatá mávajú vši!" zakričal Felix.

Vždy, keď som v Sharoninom dome, trochu jej závidím. Je veľmi útulný, na stenách sú detské kresby, zarámované dovolenkové fotografie, na stole ručne vyrobený popolník s Homrom Simpsonom, ktorý pre svojho fešného talianskeho tatka urobil Felix. Vždy u nej myslím na to, že možno premrhám šancu na vlastné deti. Benjamin si nechce u mňa nechať ani zubnú kefku, nieto mi ešte urobiť deti...

„Je to len voda. Ešte som ti nedala šampón na vši, ty šišina," počula som z kuchyne Sharon. Na vešiaku na chodbových dverách viseli zelené hodvábne šaty. Zobrala som ich a vrátila som sa do kuchyne.

„Nat, môžu byť?" opýtala sa ma Sharon.

„Blázniš? Sú prekrásne, dokonalé. Ďakujem, zlato."

„Ja si dám svoje obľúbené čierne šaty s vesmírnym

motívom. Viem, sú trochu 2007, ale zužujú ma a vytlačia mi von iba tie správne časti tela. A vieš čo, podobné som videla nedávno vo výklade obchodu Roland Mouret.“ Sharon si všimla, že si ju Amy premeriavala a gúľala očami, keď si rukami prechádzala po svojich krivkách.

„Mama, si akože vydatá a Ryan Harrison je v úplne inej lige ako ty.“

„Kde toto berie v takom mladom veku?“ Sharon si položila rečnícku otázku. „Je v inej lige ako ja? Ľúbim tvojho otca. No na Ryana Harrisona sa sem-tam môžem pozrieť. Nie? A dnes večer si ho možno aj opáčim,“ zasmiala sa Sharon.

„Upokoj sa, moja,“ žmurkla som na Sharon. „Na dnes večer sme museli v divadle prenajať ochranku.“

Sharon si utrela ruky a otvorila špajzu. Zvnútra visel na dverách oficiálny kalendár Ryana Harrisona. Práve bol preložený na júli, kde na čiernobielom zábere Ryan pózoval v tesných miniplavkách. Jeho tehličky boli umelecky obložené jemným bielym pieskom.

„Pozri naňho, tlačí sa v mojej špajze so šošovicou, cesnakom a cereáliami... A dnes večer ho uvidím naživo! Nat, dáš si pohárik vína?“

„Aj by som si dala, ale musím sa ponáhľať naspäť,“ odmietla som.

„Nevadí, dobehneme to večer... Stále platí, že drinky budú zadara?“

„Áno a budeme mať neskutočných barmanov a parádne kokteily.“

„Super. Teším sa,“ povedala Sharon. „Felix, miláčik, prečítaj ďalší krok po šampónovaní.“

Felix roztvoril letáčik a začal nahlas čítať.

„Po nanesení šampónu nechajte pôsobiť osem hodín a potom dobre oplá...“

„Opláchnite!“ zakričala Amy. Sharon zatvorila dvere na špajze a na chvíľu sa zasekla.

„Felix, myslíš osem minút?“

„Nie, mami. Je tu napísané osem hodín...“ Sharon podišla k Felixovi a z ruky mu zobrala letáčik.

„Osem hodín? Prečo mi to tá hus v lekárni nepovedala? Nechcela som osemhodinový! Osem hodín nám skončí...“

„O polnoci,“ predbehla som Sharon.

„Hurá, hurá, môžeme zostať hore?“ tešila sa Amy. „Iba na Nový rok sme boli tak dlho hore.“

„Paráda!“ zakričal Felix a s Amy začali poskakovať po kuchyni. Sharon stála s letáčikom v ruke ako skamenená. Do očí sa je drali slzy.

„Nič sa nestalo. Opláchni si vlasy a môžeš si ich umyť zajtra,“ snažila som byť nápomocná. Sharon si zahryzla do pery.

„Nemôžem, lebo by som bola stále všivavá a musela by som si ich znovu ošetriť a je tu napísané, že tieto chemické šampóny sú veľmi silné a nemali by sa použiť viac ako raz za mesiac... A zajtra by som ich nemohla zobrať do školy, ak by neboli odvšivavení.“

„A kto by to vedel?“ opýtala som sa.

„V škole je to momentálne ako hon na čarodejnicu. Snažia sa zistiť, ktoré decko tie vši prinieslo. A hádam by som neprišla na tvoj exkluzívny večierok so všami! Predstav si, že by odo mňa chytil vši Ryan Harrison. Umrela by som!“

Sharon si vzala papierovú vreckovku, vysmrkala sa a utrela si uplakané oči.

„Mami, nedáme si televízny maratón Dr. Who?" opýtal sa Felix. Sharon sklamane, ale súhlasne prikývla. Felix s Amy víťazne zapišťali a utekali do obývačky.

„Ale neseďte na krajoch sedačky!" zakričala na nich.

„Tento šampón smrdí ako niečo s čím sa umýva zem."

„Si si istá, že neprídeš? Mohla by si u mňa prespať."

„Ďakujem, ale nie," nadýchla sa zhlboka. „Moje mamičkovské povinnosti sú na prvom mieste."

„Neboj, máš dosť času na stretnutie s Ryanom. Bude u nás v divadle päť týždňov. Veľa času, sľubujem." Objala som ju.

„Nechala som si v Markse odmerať aj prsia a kúpila som si novú drahú podprsenku," zasmrkala Sharon. „Nakoniec mám väčšie prsia, ako som si myslela. Panebože, prečo si mi nedoprial, aby som mohla večer ukázať moje nové, od prírody veľké prsia Ryanovi Harrisonovi? Určite sa mu páčia veľké, je predsa z Los Angeles."

Pozerala som na Sharonine prsia, či sú naozaj väčšie ako kedysi. Sharon sa znovu vysmrkala a utrela si oči.

„Nat, nebude ti vadiť, ak neprídem? Ide aj Benjamin?"

„Pozvala som ho, ale má hodinu jogy..." Sharon sa natočila k chladničke a vybrala z nej fľašu vína.

„Viem, že sa ksichtíš," povedala som jej.

„Nič nerobím," klamala.

„Viem, že si myslíš, že Benjamin je sebec... A asi aj je... niekedy... ale snaží sa len sústrediť na svoju jogu a meditácie... Všetci sa potrebujeme na niečo sústrediť. Ja sa sústreďujem na svoju prácu.“

Sharon nepresvedčivo pritakala a naliala si veľký pohár vína.

Sharon sa chystala niečo povedať, keď sa ozvala zvučka seriálu Doktor Who.

„Hentú časť určite nebudú pozerať, Felix má nočné mory z tých robotov,“ Sharon zamierila do obývačky. Išla som za ňou. Sledovala som ju v jej mamičkovskej nálade, ako berie ovládač a prepína na inú časť seriálu. Skoro som aj zabudla, že už musím ísť. Pri dverách sme sa objali.

„Potom mi zavolaj. Musíš mi všetko vyrozprávať,“ prosila ma.

„Jasnačka, zlato,“ sľúbila som jej. „A ďakujem za šaty.“

Cestou k vlaku som cítila malilinkú závisť. Niežeby som chcela vši... Závidela som Sharon jej plný dom a jej usporiadaný život.

RYAN HARRISON

Keď som sa vracala zo stanice Charing Cross naspäť do Soho, obloha bola veľmi ťažká a tmavá. Zastihol ma ten najväčší frmol, keď všetci utekali z roboty na vlak. Predierala som sa medzi ľuďmi ako losos proti prúdu. Šaty v ochrannom obale som mala prilepené na spotenom tele. Na Anglicko bolo nezvyčajne teplé popoludnie.

Keď som dorazila k divadlu, ohromil ma dav, ktorý sa pred ním vytvoril. Chodník aj cesta boli ohraničené zátarasami. V prednej časti sa tlačili novinári a neúprosní paparaci. Za nimi sa tlačili fanúšikovia Ryana Harrisona, plní adrenalínu. Rozprávali sa medzi sebou a vytešene sa rehotali. Boli skvele naladení.

Prišlo množstvo tínedžeriek a tínedžerov, ale aj žien v mojom a Sharoninom veku. Z mobilov vyletovali blesky, ako si skupinky robili selfie fotky. Z davu trčalo veľa podomácky vyrobených transparentov: RYAN, MILUJEME ŤA!, RYAN CHCEM MAŤ S TEBOU DETI!... Vzadu som si všimla skupinku starších žien v ružových tričkách s nápisom RYAN, SME MORMÓNKY, MÔŽEŠ SI NÁS VZIAŤ VŠETKY!

Šesť uniformovaných policajtov bolo rozostavaných okolo zátarás. Pred nimi som videla Nicky, ako organizuje Xandera a zopár chalanov z divadla, aby dobre natiahli a povysávali koberec, ktorý sa tiahol od zátarás až dovnútra. Krvopotne som sa predrala davom, potľapkala som policajta po pleci, aby ma pustil dnu. Bohužiaľ, nechcel mi uveriť, kto som. Zakričala som na Nicky, aby mi prišla pomôcť. Potom ma policajt bez slova pustil dnu.

„Prepáč, Nat. Ešte predtým, ako si odišla, som ti chcela dať preukaz. Zabudla som." Nicky mi podala zalaminovaný preukaz s mojím menom a fotkou. „Volali nám Ryanovi ľudia. Bude pol hodiny meškať."

Pozrela som na hodinky. Bolo sedemnásť tridsaťpäť. Nad hlavami nám riadne zahrmelo. Z davu sa ozýval vreskot. Xander priniesol Nicky papier.

„Toto je konečný zoznam hostí," povedal. „Každý, kto príde dnu, bude skontrolovaný trikrát. Raz pred vchodom, druhý raz vo foyeri, keď dostane darčekovú taštičku, a tretí raz pri vstupe do baru."

Znovu zahrmelo a obloha ešte väčšmi sčernela.

„Máme dáždniky?" opýtala som sa.

„Áno, hore máme veľa. Prinesiem ich dole do foyeru," Xander sa zvrtol a stratil sa vo vchodových dverách.

„Ukážeš mi tie šaty?" vyzvedala Nicky. Odlepila som si ich od spoteného tela, vybrala z obalu a ukázala jej ich.

Nicky sa spokojne usmiala.

„Nat, tie sú dokonalé! Toto je bláznivé, čo?!"

„Aj ja si myslím. Zátarasy, novinári, dav fanúšikov... a všetci sú pred naším divadlom!"

Nicky sa usmiala a chytila ma za ruku. „Toto bol náš sen. Nat, kvôli tomuto sme toho toľko obetovali... Pozri, pritiahli sme novinárov dokonca aj z Ameriky." Nicky prstom ukazovala na malú plavovlasú novinárku v nohavicovom kostýme, ktorá stála pred kamerou s mikrofónom v ruke a práve robila reportáž.

Vrátili sme sa do divadla. Ja som sa išla preobliecť do malej šatne, ktorú sme dnes večer nepoužívali. Zelené šaty od Sharon boli neskutočne krásne, jednoduché, elegantné, so sexi výstrihom, len tak pre radosť. Vyžehlila som si vlasy a nanovo si urobila mejkap. Bol to jeden z tých večerov, keď všetko išlo ako po masle. Všetko bolo perfektne zorganizované, lepší dav ľudí sme si nemohli ani želať a takýto mejkap sa mi ešte nikdy nepodaril. Oči som mala našminkované dosť dramaticky, boli ako čierny hodváb, a vlasy som mala dokonale rovné. Neviem, prečo sa mi takéto niečo nepodarí, keď idem na rande s Benjaminom. Vždy som napuchnutá a vlasy mám ako po výbuchu bomby.

Zobrala som si mobil a zavolala som mu. Po krátkom zvonení som bola presmerovaná do odkazovej schránky. „On ma zrušil!" zvolala som. Asi sa chystá meditovať, pomyslela som si. Klopanie na dvere ma vykoplo z mojich myšlienok.

Spoza dverí sa vystrčila Nickina hlava.

„Nat, auto s Ryanom Harrisonom tu bude o desať minút." „Okej, o sekundu som dole." Zrazu som znervóznela.

Keď sme s Nicky vyšli pred divadlo, atmosféra bola úžasná, elektrizujúca. Bolo veľmi dusno a teplo. Čierne mraky blokovali oblohu, hoci stmievať sa ešte nemalo niekoľko hodín. Dav sa zniekoľkonásobil a zaplnil celú ulicu. Raven Street praskala vo švíkoch. Prišla k nám policajtka a oznámila, že uzavreli cestu na oboch koncoch a presmerovali premávku. „Metropolitná polícia si vzala pod kontrolu bezpečnosť celej ulice a verejného priestranstva. Prosím vás, nechajte všetko na nás a nezasahujte nám do práce," dodala prísne. Poslušne sme prikývli. Na opasku jej zašušťala vysielačka a tenkým hlasom sa z nej ozvalo „prichádzajú".

Krik sa zrazu zintenzívnil a blesky fotoaparátov sa išli zblázniť. Osvetľovali tváre rozvášnených fanúšikov. Ľudia sa tlačili a vyskakovali, aby videli, čo sa deje.

„A je to tu, Natalie. To bude Ryanovo auto," zakričala Nicky cez hučiaci dav.

Štyria policajti odtlačili ľudí od zátarás a vpustili dnu veľké čierne auto, ktoré postupovalo dopredu veľmi pomaly, centimeter po centimetri. Zastalo pred divadlom, kde ho obstúpili policajti. Po niekoľkých sekundách jeden z nich otvoril zadné dvere.

Za sprievodu rozbláznených bleskov vyšiel z auta Ryan Harrison. Chvíľku pózoval na chodníku pred divadlom. Vyzeral hrozne sexi, ako hollywoodska hviezda. Oblečený bol jednoducho, v modrých džínsoch a priliehavom bielom tričku. Oči mu zakrývali módne Ray Bany. No ako väčšina ženských miláčikov aj on bol malinký.

Po Ryanovi vystúpil z auta jeho sprievod. Veľká ženská, ktorej dlhé havranie vlasy zakrývali väčšinu mimoriadne bledej tváre, a dve veľmi vážne vyzerajúce mladšie ženy. Veľká ženská prešla rýchlo k divadlu a stratila sa vo vchodových dverách. Jedna z mladších žien prišla ku mne a tá druhá nasledovala Ryana pri jeho obchôdzke okolo zátarás, kde pózoval fanúšikom, novinárom a robil si s nimi selfie.

„Kto je Natalie Love?" ženská sa snažila prekričať dav.

„Dobrý večer, to som ja," zavolala som na ňu.

„Počkajte tu," vyštekla na mňa a prstom mi ukazovala časť chodníka, kde som stála. Potom išla za Ryanom a snažila sa ho popohnať k divadlu.

„Kto sú tie ženské?" opýtala som sa Nicky.

„Tá veľká čiernovlasá je Terri, Ryanova manažérka. A tie druhé dve sú jej asistentky." Asi po desiatich minútach sa rozhodli, že Ryan sa promenádoval už dosť dlho. Ešte sa odfotil so skupinkou mormónok, ktoré sa mu ponúkali na vydaj, zakýval davu a vytratil sa do foyeru divadla. Utekali sme dnu hneď za nimi.

Foyer praskal vo švíkoch. Naši piati nabúchaní ochrankári sa pohybovali v dave, v rohu stála Terri a stále sa tvárila mrzuto. V uchu mala nasáčkované svoje asistentky, ktorej jej niečo šepkali. Hlavné dvere do ďalšej časti divadla blokoval veľký vozík, na ktorom boli naukladané darčekové tašky. Xander ich rozdával aj s dvoma peknými mladými hosteskami, ktoré sme si najali. Ryan stál v strede foyeru a na očiach mal stále slnečné okuliare. Keď sme k nemu prišli, videla som naše tváre v odraze jeho okuliarov, ako keby som sa pozerala do polievkovej lyžice.

S Nicky sme sa mu predstavili so stŕpnutým úsmevom.

Vôbec si nezložil okuliare, iba slušne prikývol. Potom prišla jedna z Terriných asistentiek.

„Nadia... Musíme Ryana odtiaľto presunúť," povedala a ukazovala smerom von, odkiaľ dnu stále prenikali neutíchajúce blesky fotoaparátov. Osvetľovali celý foyer.

„Volám sa Natalie, nie Nadia," zazrela som na ňu. „A, samozrejme, zavedieme vás hore do šatne, ktorú sme vám vyčlenili."

Poprosili sme Xandera, aby nám uvoľnil priechod, a prešli sme k výťahu.

Vo výťahu panovalo hrozné ticho. Terri so svojimi asistentkami stáli v pozore. Na tvárach mali strohý výraz ako tajní agenti. Ryan sa skrýval za svojimi zrkadlovkami.

„Aký bol let?" opýtala som sa ho.

„Dlhýýýýý," odpovedal. Znovu bolo ticho.

„Keďže ste meškali, báli sme sa, či sa vám niečo nestalo... stískala som si ruky, tak trochu ako lady Macbethová," snažila som sa uvoľniť atmosféru.

„Kto?" opýtal sa Ryan. Chcela som niečo povedať, ale výťah práve zastal. Na treťom poschodí sme všetci vystúpili.

„Ako ste žiadali, máme pre vás pripravenú našu najlepšiu šatňu. Je len vaša," ozvala sa Nicky.

„Hej. Hello, Amerika," povedal žartovne Ryan. Nickin americký akcent ho trochu prebral. Dokonca si dal dole aj okuliare. Pod krásnymi smaragdovými očami mal tmavé kruhy. Hodil na nás milý úsmev. V ústach sa mu leskli dokonalé biele zuby.

„Hm, hm, bratu, ja som z Dallasu v štáte Texas." Nicky zavrtela zadkom.

„Ja som z Cuyahoga Falls, Ohio," usmial sa Ryan.

„Sowerton, Devon!" povedala som so štipkou humoru. Nastalo ticho. Chvalabohu, akurát sme sa prepracovali k šatni.

„Okej. Cíť sa tu pohodlne." Nicky otvorila dvere.

„Ďakujem." Ryan vošiel dnu. Nasledovali ho asistentky a nakoniec aj Terri. Snažila som sa predrať dnu spoza Terrinho veľkého zadku, ale pred nosom nám zatresla dvere.

„Tá je milá," poznamenala som.

„Nat, tvoje suché vtipy nám veľmi nepomohli."

„Vôbec ťa neprekvapilo, že nevedel, kto je lady Macbethová?" zasyčala som, ako sme prechádzali naspäť k výťahu.

„Majú za sebou šestnásťhodinový let, boli unavení," odvetila Nicky veľmi diplomaticky.

„Ale on sa upísal hrať Macbetha v Macbethovi! Ako mohol nevedieť, kto je lady Macbethová?"

„Neprináša vyslovenie názvu tej škótskej hry nešťastie?" opýtala sa Nicky trochu vystrašene.

Dokelu. Áno. Máš pravdu. Celkom som zabudla. Čo sa stane, keď povieš iba Mac... škótske divadelné predstavenie?

Nicky začala vyťukávať niečo na mobile. „Tu to máme. Google hovorí, že vyslovenie toho M slova prináša na divadlo prekliatie, ktoré môže spôsobiť pohromu. Na predstaveniach môže spôsobiť nehody a priniesť im veľké nešťastie a smolu..."

„Už len to potrebujeme," vydesila som sa.

„Ale existuje aj očistný proces,“ vravela Nicky a posúvala v mobile internetovú stránku.

„Očistný proces?“

„Pomôže odkliať prekliatie. Netrvá dlho, ale musíme ísť von.“

Hoci mi to prišlo stupídne, nasledovala som Nicky dolu schodmi a von na chodník. Dav stále hystericky vykrikoval Ryanovo meno.

„Čo mám urobiť?“ opýtala som sa.

„Otoč sa dookola trikrát,“ kázala mi Nicky. Otočila som sa trikrát.

„Dobre a teraz?“

„A odpľuj si cez ľavé plece...“ Pokúsila som si odpľuť.

„Ale nie na červený koberec,“ zakričala Nicky. „Odpľuj si pri kanáli.“

Prešla som ku kanálu a poverčivo som si odpľula cez ľavé plece.

„A teraz musíš vysloviť vetu z Hamleta: Anjeli a ministri milosti, ochráňte nás...“

„Anjeli a ministri milosti, ochráňte nás,“ zopakovala som.

„A je to, všetko bude v poriadku,“ upokojovala ma Nicky. Pozerala som sa na ukričané tváre Ryanových fanúšikov. Zrazu zaduneli hromy a nad hlavami sa nám zablyslo.

„Okej. Idem dnu skontrolovať, či je všetko, ako má byť,“ povedala som.

„Ja budem na stráži vonku,“ usmiala sa Nicky a objala ma. „A hlavne si to užime. Okej, Nat? Užime si našu chvíľu.“

„Bez teba by som to nedokázala," pripomenula som Nicky a tľapla ju po zadku.

„Ani ja bez teba, zlato!" žmurkla na mňa.

Keď som sa vrátila dnu, všimla som si, že mám skoro vybitú baterku. Vybehla som hore do kancelárie. Práve som sa prehrabávala v kabelke, hľadala som v nej nabíjačku, keď niekto zaklopal na dvere. Bol to Xander a tváril sa veľmi vážne.

„Prepáč, že ťa ruším, ale jedna z Ryanových asistentiek mi nakázala zohnať mu Mirandu. Nevieš, kto to je a kde ju nájdem? Bola agresívna, nechcel som sa jej nič vypytovať."

„Myslím, že chce mirindu, nie Mirandu. Poznáš ten pomarančový nápoj, nie? Nič si z toho nerob, ona má len veľmi silný americký akcent!" Xander mi vyčaril úsmev na perách.

„Okej, rozumiem," sčervenal od hanby. „Máme mirindu u nás v bare?"

„Nie. Dostať ju v stánku na rohu, kde predávajú noviny z celého sveta. Máš teraz čas?"

„Potrebujem ešte doplniť darčekové tašky vo foyeri." Išla som k malej pokladničke, kde máme peniaze na každodenné potreby, a podala som mu dvadsaťlibrovku.

„Choď a kúp Ryanovi toľko miránd, koľko unesieš. Ja sa postarám o taštičky."

„Budem sa ponáhľať," sľúbil Xander.

Zišla som dole do foyeru, kde sa nám hromadili hostia. Hosteskám na vozíku zostalo už iba zopár darčekových taštičiek. Prešla som poza ne a odomkla dvere do skladu. Zasvietila som si. Zvyšok taštičiek bol naukladaný na veľkom vozíku, ktorý bol zaseknutý za dverami. Musela som ich zavrieť a postupne manévrovať s vozíkom tak, aby som ho presunula do stredu skladu. Otočila som sa a stuhla... cez sklený panel na dverách som videla stáť pri hosteskách Jamieho Dawsona.

Oblečený bol v priliehavom čiernom obleku, košeľu mal pri krku ležérne rozopnutú a viazanka mu voľne visela z krku. Na nohách mal kúlové tenisky. Rýchlo som odskočila na jednu stranu a vypla som svetlo. Dopekla, čo to má byť? pomyslela som si. Veľa som toho dnes nezjedla, ale z toho by som si nemohla vyhalucinovať Jamieho Dawsona! Veď on ani nežije v Londýne. Pokiaľ viem, žije v Kanade.

Opatrne som sa pozrela znovu cez sklo. Áno, je to Jamie Dawson a rozpráva sa s našimi hosteskami. Smial sa. Pri ústach mu vyskakovali sexi jamky. Cez čelo mu padol prameň gaštanových vlasov. Vedľa neho stála slečna Drakulová s neprirodzene bielou tvárou. Na sebe mala ružové čipkové šaty. Boli také vypasované, že to pôsobilo, akoby boli na nej namaľované. Jej pokožka bola biela ako nedotknutý biely porcelán. Odniekiaľ som ju poznala... Natiahla sa k Jamiemu a za ucho mu začesala spadnuté vlasy. Srdce sa mi prudko rozbúšilo, padol na mňa strach. Rýchlo som sa schovala, aby ma náhodou neuvidel. Hlavu som mala pritlačenú na studenú drevenú časť dverí.

Prečo dnes? Prečo sa musím stretnúť s Jamiem práve dnes? Prečo prišiel na náš divadelný večierok? Kto ho pozval? Zhlboka som sa nadýchla a chvíľu som ešte počkala.

Znovu som sa pozrela cez sklo. Jamie sa so svojou

spoločníčkou presunul mimo môjho obzoru. Zasvietila som a od dverí som odtlačila vozík.

„Akurát sme videli Tuppence Halfpennyovú," povedala jedna z hostesiek nadšene.

„To bola tá v ružových čipkových šatách?" opýtala som sa.

„Je ako naša britská Dita Von Teese," pridala sa druhá hosteska. „Ja som práve začala s kurzom burlesky. Viete, to je to umelecké varietné vystupovanie v minimálnom oblečení. Na sebe máme iba gaťurky a prsíčka máme skoro celé holé. Bradavky zakrývajú len okrasné strapce. Také mala kedysi moja babička na kľúčikoch od skríň."

„Moja, my vieme, čo je burleska. Nemusíš vysvetľovať. Je to ako striptíz," zagánila na ňu prvá hosteska.

„Nie, čo to vravíš. Nie je to striptíz, je to umelecký... striptíz. Ježišikriste, ja som striptérka?" Chvíľu pouvažovala a pokračovala: „No a čo... veď mám čo ukázať."

„Videla si, bola ovešaná pravými diamantmi," prerušila ju prvá hosteska. Zopár ľudí prišlo k vozíku s taštičkami.

„Neplatíme vám, aby ste tu stáli a klebetili," povedala som podráždene. Vyšla som z divadla na ulicu. Nicky stála za rečníckym pultom, na ktorom mala položený zoznam pozvaných hostí. Pred pultom sa formoval dlhý rad vyfintených ľudí. Nahodení boli v elegantných róbach, frakoch, oblekoch a v rukách stláčali pozvánky so svojimi menami. Dav za bariérami stále vykrikoval: „RY-AN, RY-AN, RY-AN..."

„Ahoj, Nat, je všetko v poriadku?" zaujímala sa Nicky.

„Chcem sa len pozrieť, či sme pozvali niekoho s menom Tuppence Halfpennyová.“

„Jéj, ááno. Paparacovia sa išli zblázniť, keď prišla. Momentálne je najhorúcejšou hviezdou Londýna. Je to Britka... Je s tým nejaký problém? Je fakt veľká hviezda a dokáže pritiahnuť neskutočné množstvo novinárov. Hlavne tých najneoblomnejších, londýnskych.“

„Žiadny problém. A ten chlap, čo s ňou prišiel?“

„Jamie, nepamätám si priezvisko. Tuším Dyson, ako ten vysávač.“

„Dawson,“ opravila som ju.

„Áno, Jamie Dawson.“

„On bol s ňou, s ňou, alebo sa k nej len pritmolil pred divadlom?“

„On bol s ňou, s ňou,“ odpovedala Nicky. „Poznáš ho?“
„Ja? Nie, len počítam hostí...“ zaklamala som.

Nicky na mňa zagánila. „Nat, naozaj si okej? Strašne si zbledla, akoby si videla ducha.“

„Som v poriadku. Daj mi vedieť, keď budú všetci dnu.“ Vrátila som sa dovnútra, prešla okolo hostesiek a, berúc dva schody naraz, som vybehla do svojej kancelárie.

Zabuchla som dvere a na chvíľu som sa o ne oprela. Triasli sa mi nohy. Schmatla som kabelku, otvorila únikové dvere v rohu miestnosti a vyšla von na bývalé požiarne schodisko. Je tam kovová plošina, ale železné schody, ktoré viedli dolu piatimi poschodiami a kedysi slúžili ako úniková cesta, tam už nie sú. Odstránili ich pri renovácii. Zostala iba časť schodov, ktorými som sa vybrala nahor na plochú strechu divadla. Oprela som sa o veľký komín a začala som predýchavať.

Jamie vyzeral skvele. Zrazu mnou lomcovali staré pocity... akoby ma dobehla minulosť. S Jamiem sme nikdy nedokončili náš rozhovor, keď odo mňa odišiel spred rodičovského domu.

Akoby jeho otázka stále visela niekde vo vzduchu.

Svadba alebo nič?

Ktovie, čo by som povedala, ak by sme v tom rozhovore pokračovali dnes. Svadba? Nič? Musím priznať, že situácia je dnes trochu iná. Jamie je stále fešák prvej triedy a rokmi sa jeho hodnota ešte zvýšila. Keď som mala devätnásť, nebolo ťažké nájsť chalana, ako bol on. Teraz mám takmer tridsaťpäť a chlapi jeho kalibru už nie sú slobodní. A ak aj sú, tak sú hneď „uchmatnutí" ako dom vo vychytenej lokalite.

Svadba alebo nič?

Určite by som nepovedala svadba, ale vybrala by som si nič? Spomínala som na to, ako ma vedel rozveseliť, rozosmiať, ako sme sa k sebe dokonale hodili. Rýchlo som tie myšlienky zahnala preč. Mám Benjamina. Mám kariéru a život, o ktorom som vždy snívala. Len som hlúpo spanikárila, keď som uvidela bývalého snúbenca po pätnástich rokoch.

Strašne zahrmelo. Na holé plece mi dopadla veľká dažďová kvapka, ďalšia mi padla na krk. Potom pár sekúnd nič a zrazu sa otvorilo nebo. Plochú asfaltovú strechu začal bičovať hustý dážď. Zajačala som a rozbehla som sa k únikovým dverám – ktoré boli zabuchnuté. Zabudla som ich po otvorení zaistiť. Zvonku nemali kľučku!

„NIE!" zakričala som beznádejne. Lejak silnel, vlasy

som mala kompletne premočené a po holých rukách mi stekala dažďová voda. Rýchlo som si z kabelky vytiahla mobil a zavolala Nicky. Raz mi zazvonil, potom trikrát zapípal a baterka bola v keli!

„NIEEEEEEE!" vrešťala som s očami prilepenými na displeji. Nad hlavu som si vyložila kabelku a začala som trieskať na dvere. Dážď ešte zosilnel a zo zeme sa mi odrážal na holé nohy. Znovu som začala trieskať na dvere a vrieskať ako nepríčetná, aby som prehlušila hlučný dážď. Krásne zelené šaty sa mi lepili na stehná. Vybehla som schodmi na strechu, na ktorej sa vytvorili dažďové jazierka. Odrážali sa v nich blikajúce modré neónové reklamy zo susedného baru. Prebehla som na druhú stranu strechy, snažila som sa nešmyknúť. Opatrne som sa prehla cez okraj a chcela som zakričať na Nicky pred vchodom divadla. Silný lejak vyprázdnil celú ulicu. Zostalo na nej iba policajné auto, zátarasy a hŕstka najvernejších Ryanových fanúšičiek. Dážď sa lial na asfalt tak silno, že sa opticky menil na tmavomodrý. Na červenom koberci som Nicky nevidela. Utiekla pred dažďom dovnútra. Videla som niekoľko pod dáždnikom ukrývajúcich sa ľudí, ako utekajú k divadlu.

„Nicky! NICKY!" Kričala som, ale hlas mi zanikal v hukote. Kabelka sa mi zošmykla z hlavy, a keďže som ju mala prevesenú na ruke, skoro ma stiahla cez okraj strechy. Intuitívne som sa hodila do protismeru a zadkom som dopadla do ľadovej kaluže.

M...

Po dvadsiatich minútach trieskania na dvere ich Nicky konečne otvorila.

„Všade som ťa hľadala," pozerala na mňa s vyplašeným výrazom. Premoknutá do poslednej nitky som okolo nej prebehla dnu. Šaty boli na mne kompletne prilepené.

„Chvalabohu. Vybil sa mi mobil, mohla som tam trčať celú noc!" povedala som cez drkotajúce zuby. Nicky na mňa zdesene hľadela.

„Nat, o desať minút ťa musím predstaviť našim hosťom."

„Pozri!" zakričala som. „Čo budem robiť?" Stále zo mňa kvapkala voda. Na koberci podo mnou sa tvorila veľká mokrá škvrna. Na jednej strane tváre som mala prilepené vlasy.

„Máš tu svoj druhý outfit." Nicky išla k dverám, kde som mala na vešiaku zavesené oblečenie.

„Outfit letušky Easyjetu?"

„Srandujem," povedala Nicky. „Ale nie som si istá, či máme niečo iné. Mám zbehnúť do kostymérne? Aké predstavenie momentálne hráme?"

„Kráľovná Alžbeta..." povedala som s veľkým výdychom.

„Nemáme toľko času, aby sme ťa navliekli do korzetu." Nicky otvorila ruksak s vecami do fitka a vytiahla z neho suchý uterák.

„Páči sa, zlato, je čistý." Vďačne som si ho zobrala.

„Môžeš sa otočiť? Musím si vyzliecť spodnú bielizeň."

Nicky sa otočila. Vyzliekla som si nohavičky a podprsenku a vyžmýkala som ich do kvetináča v rohu kancelárie.

„To je umelá rastlina," poznamenala Nicky, stále stojac chrbtom ku mne. Zasmiala som sa, ale znelo to ako pištiaca hyena. Poutierala som sa uterákom a obliekla som si vyžmýkané nohavičky a podprsenku. Nicky mi podala čiernu sukňu. Skočila som do nej a zazipsovala ju.

„Môžeš sa otočiť." Rýchlo som si obliekla oranžovú blúzku. Kým som si uterákom sušila vlasy, Nicky mi na blúzke zapínala nekonečný rad minigombíkov.

S vlasmi som nemala veľa možností. Musela som si ich vypnúť do drdola, kúsok nad krkom. Schmatla som zrkadlo a zbadala maskaru roztečenú až po bradu. Z kabelky som vybrala odličovacie mlieko a očistila som si tvár. Vtom zašušťala Nickina vysielačka. Xander jej oznámil, že Ryan už čaká.

„Natalie, musíme ísť," súrila ma Nicky.

„Preboha, prosím ťa, mohla by si ho aspoň minútku zdržať? Musím sa trochu namaľovať."

Nicky išla zdržať Ryana a ja som sa rýchlo namaľovala. Potom som zbehla na tretie poschodie, kde už čakala Nicky s Xanderom a Ryan so svojou manažérkou Terri a dvoma asistentkami. Nicky medzitým zistila, že sa volajú Beth a Mindy. Ryan sa opieral o stenu a v ruke držal plechovku mirindy. Bol prezlečený do čiernych džínsov, značkových tenisiek a priliehavého „roztrhaného" trička, ktoré zvýrazňovalo jeho pôsobivé bicepsy. Tričko vyzeralo, akoby ho napadol medveď. Cez dieru bolo vidieť Ryanov svalnatý hrudník.

„Prepáčte, že meškám. Je všetko k vašej spokojnosti?" opýtala som sa. Ryan si rukou prehrabol vlasy a potriasol plecami.

„Vaša mirinda chutí inak ako naša americká."

„No, my tu máme inakšie pomaranče ako vy v Amerike," usmiala som sa.

„Hej, u nás dostať skvelé španielske pomaranče," pomáhala mi Nicky.

„Takže vlastne koštujem celú Európu?" povedal Ryan vážne.

„Áno. A španielske pomaranče majú viac vitamínov," pridal Xander. Ryana to potešilo aj uspokojilo a mohli sme sa pobrať dole. Prešli sme prázdnou kuchynkou a zastali sme pri dverách. Nicky sa ospravedlnila a vošla dnu.

„Toto sú dvere do baru, kde máme zhromaždených hostí. Prihovorím sa ľuďom a potom predstavím Ryana," vysvetľovala som Beth a Mindy. Terri sa prehla cez kuchynský ostrovček a zamračila sa.

„Zmenila si si oblečko?" opýtal sa Ryan. Nemohla som odpovedať, keďže som počula Nickin hlas, ktorým ma predstavila a volala dnu. Zhlboka som sa nadýchla, otvorila som dvere a vošla do nášho veľkého divadelného baru.

Bar bol zaplnený do posledného milimetra. Nebolo vidieť ani koberec. Červené zamatové steny boli osvietené pozlátenými lampičkami. Miestnosti dodávali veľmi príjemný dojem útulnosti. Našich dvesto hostí popíjalo kokteily. Okolo nich prechádzali čašníci s táckami a ponúkali im drinky. V strede stálo malé pódium, na ktorom bola vzadu nachystaná kapela, ktorú sme si objednali na dnešný večer. Vyšla som po troch schodíkoch hore. Nicky mi podala mikrofón.

„Dobrý večer všetkým a ďakujem vám, že ste prišli na... predstavenie našej novej škótskej divadelnej hry, ktorej názov nesmieme vysloviť." Ľudia sa zasmiali. Potom som im povedala, ako som vyslovila to slovíčko začínajúce na M. Opäť sa zasmiali.

Vtom som zbadala Jamieho. Bol úplne vzadu. Tuppence Halfpennyová stála vedľa neho a hrala sa so svojím mobilom. Na rukách mala čipkové rukavičky bez prstov, vyrobené z tej istej látky ako šaty. Jamie sa na mňa pozrel a kývol hlavou. Došlo mi, že som bola ticho. Smiech pomaly utíchal...

„Okej, takže naše divadlo Raven Street vám predstaví Macbe... škótsku hru..."

Jamie sa nahol k Tuppencinmu uchu a niečo jej pošepkal. Pozrela sa na mňa a uškrnula sa. Mala som problém sústrediť sa na svoj predslov.

„Hmm, veľmi ma teší, že môžem predstaviť muža... ktorý bude hrať hlavnú postavu... v... hre...“

Nevedela som z Jamieho spustiť zrak. Znovu niečo pošepkal Tuppence. Ona sa koketne zasmiala a obtrela o neho.

„Šľapka...“ neverila som, že mi to vybehlo z úst. „Prepáčte, mám mindrák z tejto šľapky,“ vystrčila som nohu s lodičkou. „Chcem povedať z tejto lodičky, ktorá skoro vyzerá ako šľapka,“ pozrela som sa na Tuppence a nervózne som sa usmiala. Ľudia sa obzerali jeden po druhom. Čím väčšmi som sa snažila vymotať, tým väčšmi som sa zamotávala. „Prepáčte, začnem odznova. Veľmi som rada, že vám môžem predstaviť herca, ktorý bude hrať hlavnú úlohu v našej škótskej hre...“

Tuppencka sa stále bavkala s mobilom. Jamie sa na mňa znovu pozrel. Jeho krásne gaštanové oči boli hlboko zahľadené do mojich. Mikrofón sa mi zarezával do rúk.

„Nech sa páči, predstavujem vám Ryana Harrisona!“ konečne som to dostala zo seba. Za veľkého potlesku prišiel Ryan na javisko. Ženská časť publika slintala ako hladní psi. Nad hlavami sa vynorili mobily, blesky kamier oslepovali Ryana. Rozjarení hostia mi zakryli výhľad na Jamieho. Podala som mikrofón Ryanovi. Musel počkať, kým stíchne hlasný aplauz. Zišla som z pódia a postavila som sa k dverám.

„Ďakujem, Nadia. Rád som prišiel do vášho krásneho divadla Raymond Street.“ Nasilu som sa usmiala. Mokré vlasy som mala stále prilepené na polovici tváre.

„Naozaj som rád, že som v Londýne. Chcem ochutnať váš preslávený čaj, jesť vaše povestné koláče a stratiť sa v hmle! Chcem ukázať svojim fanúšikom svoju druhú tvár. Svoju tajomnú, divokú tvár... Chcem sa riadne zahryznúť a popasovať s rolou Hamisha Macbetha!"

Ryan si pobozkal končeky prstov a hosťom ukázal znamenie mieru. Z davu zneli hysterické pokriky. Fotoaparáty sa znovu rozbláznili a osvietili celú miestnosť. Ryan zišiel z pódia. Terri, Beth a Mindy ho už čakali a z baru ho „eskortovali" do prázdnej kuchynky.

„Milujem britských občanov!" kričal Ryan. Mindy mu podala čerstvo otvorenú mirindu so slamkou. Glgal ju tak rýchlo, akoby práve skončil trojhodinový koncert v Carnagie Hall a nie tridsaťsekundový príhovor. Na chrómovej chladničke som zbadala svoj odraz a zostala som zhrozená, vyzerala som úplne ako hosteska Easyjetu! Mejkap pôsobil, akoby som si ho robila pri zemetrasení, a vlasy, škoda hovoriť.

„Sme všetci pripravení prejsť hore do konferenčnej miestnosti?" opýtala sa Nicky. „Pozvali sme novinárov, našich skvelých sponzorov a taktiež aj našich zamestnancov. Ryan sa s nimi zoznámi a novinárom odpovie na pár otázok."

Nasledujúce tri hodiny sme sa nezastavili. Ryan urobil množstvo rozhovorov pre časopisy a noviny, stretol sa so zamestnancami, s naším šéfstvom, sponzormi, tromi poslancami mestského zastupiteľstva a dokonca aj so ženou chlapíka, ktorý nám požičal na dnešný večer zátarasy. Každý sa s ním chcel odfotiť a povedať mu, ako ho strašne miluje. Veľmi ma prekvapilo, koľko ľudí pozeralo jeho seriál Manhattan Beach.

Nakoniec sme Ryana s Terri, Mindy a Beth odprevadili

ku vchodu, kde už na nich čakalo auto. Terri si najskôr naložila zadok a potom do auta vteperila aj zvyšok svojej kostry. Za ňou naskočili Mindy a Beth. Ryan sa zastavil, podal ruku Xanderovi a Nicky, potom sa natiahol ku mne.

„Ďakujem, Ryan. Lístky idú do predaja zajtra ráno o deviatej. Očakávame, že sa vypredajú veľmi rýchlo.“

„Kúl,“ uškrnul sa Ryan. „Voláš sa Natalie, však? Nie Nadia.“

„Áno,“ usmiala som sa.

„Do skorého videnia, Natalie,“ žmurkol na mňa a vhupol do auta. Xander sa vrátil dnu a my s Nicky sme sa zastavili pod strieškou nad vchodom. Nicky sa otočila k oknu. Niečo ukázala čašníkovi. Ten sa o chvíľku zjavil pred vchodom a na tácke nám priniesol dva kokteily. Dali sme si riadny dúšok. Vonku stále lialo.

„Ďakujem, potrebovala som to,“ povedala som. „Koľko je hodín?“

„Pol jedenástej. Myslím, že väčšina ľudí už odišla.“ Nicky nazerala do baru. „Už zostali iba béčkové celebritky, ktoré sa snažia vysať bar. Čo by aj nie, keď je všetko zadara.“

„Som unavená,“ vzdychla som, dopíjajúc kokteil. „Myslím, že už pôjdem do...“ vetu som nedokončila. Začula som známy hlas.

„Natalie. Ahoj.“

Obzreli sme sa. Pod veľkým čiernym dáždnikom stál Jamie s Tuppenckou. Bola na ňom nalepená ako kliešť. Cez plecia mala prehodený Jamieho kabát a triasla sa od zimy.

„Jamie,“ pozdravila som ho. Na chvíľu zavládlo trápne ticho. Jamie sa potom natiahol ku mne a pobozkal ma na líce. Jeho trochu zarastená brada ma jemne poškriabala a na sekundu som zacítila vôňu jeho vlasov. Voňal jarou...

„Dáždnik!“ sykla Tuppencka, keď sa od nej Jamie odklonil aj s parazólom. Dopadlo na ňu pár kvapiek a už syčala.

Jamie sa rýchlo vyrovnal a napravil dáždnik.

„Prepáč, Nicky, toto je Jamie Dawson,“ predstavila som ho. Nicky sa usmiala a potriasla mu ruku.

„A ja viem, kto si ty,“ povedala Nicky Tuppencke. „Sme rady, že si mohla prísť. Nevravela som ti to, Natalie?“

„Hmm, hej, vravela...“

Nicky na mňa zazrela. Nechápala, prečo som iná k Tuppencke ako k Jamiemu.

Tuppencka sa kŕčovito usmiala. Vietor im zatriasol dáždnikom. Z druhej strany cesty sa vynorilo niekoľko paparacov a nacvakali si Tuppencku. Pózovala im s veľkou radosťou. Natočila sa k nim. Jej bledá pleť sa trblietala v záplave bleskov.

„Jamie, nemôžem si tieto šaty premočiť. Sú vintage,“ dopózovala a znovu sa nalepila na Jamieho.

„Zlatino, sú krásne,“ Nicky jej hodila kompliment a pokračovala: „Ako sa vy dvaja poznáte?“ Pozrela som na Tuppencku. Keď som si uvedomila, že Nicky myslela mňa a Jamieho, zasmiala som sa.

„Neviem, či tomu uveríš, ale predstav si, že sme boli s Natalie zasnúbení,“ odpovedal Jamie. Tuppencka spozornela. Z nosných dierok jej skoro vyšľahli plamene. Nesmelo som si upravila vlasy. Nicky si myslela, že Jamie žartuje a rozosmiala sa.

„Natalie mi ušla v svadobný deň spred oltára..." Chvíľu bolo ticho.

„Čo? Vážne? Ty nesranduješ?" opýtala sa Nicky s vypleštenými očami. V ústach mi úplne vyschlo.

„Bolo to hrozne dávno a som veľmi rada, že si Jamie niekoho našiel... Ste vy dvaja..."

„Áno, sme pár... Sme milenci," dodala Tuppencka provokatívnym tónom. „A produkuje moju novú šou."

„Páčila sa mi tvoja stará šou Burleskné kopance. Tá, čo si mala v Garrick Theatre," povedala Nicky. „Kde budeš mať novú šou?"

„Tam," ukazovala rukou navlečenou v čipkovej rukavici. S Nicky sme pozerali ako teľce, kam smeruje jej prst.

„The Palladium?" hádala Nicky.

„Nie, tam." Tuppencka prevrátila oči. Ukazovala na budovu zahalenú plachtou, ktorá stála priamo oproti nášmu divadlu.

„Ale to je stará knižnica. Roky rokúce je zatvorená," namietla som.

„Jamieho produkčná firma si ju prenajala a prerába ju na burleskné divadlo. Budem v nej mať prvú šou." Tuppencka chytila Jamieho za ruku. Vtom pred nami zastavil taxík. Jamie otvoril zadné dvere a pomohol Tuppencke dnu. Ešte predtým nám poslala vzdušný bozk. Jamie za ňou zabuchol dvere.

„Wau. Otváraš divadlo? Hneď oproti môjmu?" vyzvedala som zaskočená.

„Hej. Ale to bude len také dočasné divadlo, pop-up," spresnil Jamie.

„Viem, čo znamená pop-up,“ vyštekla som.

„Ako sa bude volať?“ chcela vedieť Nicky.

„Orgazmus,“ usmial sa Jamie. Sánku som mala padnutú, až kým Jamie nenastúpil do taxíka a neodfrčal preč. Sledovali sme, ako sa auto stratilo v hustom daždi.

„Orgazmus!“ zopakovala Nicky. „Nat, mám milión otázok.“

Prerušil ju novinár z Guardianu, ktorý vyšiel z divadla a poprosil ju o doplnkové info o našej novej produkcii.

„Nat, zostaň, kde si. Hneď som späť a prinesiem ešte kokteily.“

Nicky zobrala novinára dnu. Ja som nemo hľadela na starú knižnicu, zahalenú rúškom tmy a popraskanou umelou plachtou. Bez premýšľania som sa pomalým krokom vybrala na cestu, do hustého dažďa...

OSAMELÝ LOSOS

Dážď neustával celou cestou domov. Pod markízami obchodíkov a reštaurácií na oboch stranách cesty sa schovávali popíjajúci fajčiari. Na moje prekvapenie ich bolo na takéto počasie veľmi veľa. Slzy som mala na krajíčku. Nechcela som, aby ma niekto videl, keď začnem rumázgať, tak som pre istotu sklonila hlavu. Prudký dážď rýchlo zalieval cesty a chodníky. Kanály už nedokázali prijímať návaly vody a začali sa vylievať. V niektorých častiach bola cesta zaliata až po obrubník. Šliapala som proti silnému prúdu sivohnedej vody, ktorá mi prenikala do lodičiek, špliechala mi po celých nohách až po sukňu, ktorá bola takisto mokrá. V oranžovej blúzke som vyzerala ako riadne premočená letuška alebo, metaforicky, ako osamelý losos plávajúci proti prúdu.

Keď som prišla k svojmu domu, vylovila som z kabelky bezpečnostnú kartičku, ktorá funguje ako kľúčik od bránky. Prešla som kódom cez mašinku... bránka klikla, zabzučala a otvorila sa. Prebehla som spoločnou záhradkou k hlavným dverám. Kým som si našla kľúč, vietor mi prešľahal tvár silným prúdom dažďa. Strčila som kľúč do zámky a vhupla som dnu.

Dnes sa vonku dosť ochladilo. Môj byt bol zrazu poriadne mrazivý. Celá som sa triasla. Hneď som si zasvietila. Utekala som do skrinky s bojlerom a zapla som kúrenie. Ozývalo sa z neho rôznorodé klikanie, čo znamenalo, že sa prebúdza. Chodbou sa tiahol zatuchnutý pach studeného bytu. Kabelku som spustila na zem a zohla som sa k premočeným topánkam, aby som ich vyzula. Zajačala som ako blázon. Na jednej topánke som na zaplavenej ceste ulovila použitý kondóm. Bol taký mliečny a zapichol sa medzi nohu a oblúk lodičky pri prstoch. Vzpriamila som sa a striasla zo seba topánku. Kondóm dopadol na rohožku. Začala som revať ako malá. Tvár mi zalial vodopád sĺz. Cítila som sa hrozne osamelá a škaredá. Jediné, čo som si dokázala priniesť so sebou domov po veľkom dni, bol použitý kondóm.

Nahnevane som si poutierala slzy, išla som do kúpeľne a namotala som si kúsok toaletného papiera. Vrátila som sa do chodby, papierom som nabrala kondóm a urobila som to, čo by ste nemali nikdy robiť – spláchla som ho do záchoda. Konečne som si dala dlhú horúcu sprchu. Snažila som sa zmyť zo seba všetku tú špinu. Keď už som bola dostatočne vydrhnutá, vhupla som do veľkého pohodlného župana a zamierila do kuchyne. Otvorila som mrazničku, vybrala som z nej pekne omrznutú fľašku vodky a naliala si veľkú dávku. Chystala som sa z nej práve odpiť, keď zazvonil zvonček. Na chvíľu som sa potešila, dúfala som, že prišiel Benjamin, ale na malej obrazovke pri zvončeku som videla, že vonku stojí pod dáždnikom Nicky. Už-už som ju chcela vpustiť dnu, ale nakoniec som ruku odtiahla od zvončeka. Nemala som náladu na Nickin pozitivizmus. Netúžila som počúvať, že musím hľadieť do budúcnosti, nie do minulosti, a že si mám užívať prítomnosť, lebo tá je naším najväčším darom, alebo že keď nám život trochu skyslie, tak sa aj z citrónov dá urobiť sladučká limonáda... Chcela som sa zachovať ako Britka a utápať sa vo vlastnom smútku.

Zvonček sa ozval znova. Po chvíľke čakania som počula už len vzďaľujúce sa kroky. Civela som na malú obrazovku, na miesto, kde predtým stála Nicky. Videla som, že dážď ešte zosilnel. Lialo riadnym prúdom.

Dnešné stretnutie s Jamiem vrhlo na môj život úplne iné svetlo. Lepšie povedané, ak mám byť úprimná, môj život mi zrazu pripadal hrozne plytký. Po prvý raz som sa cítila skutočne stará... smrteľná. Ak by sme sa pred pätnástimi rokmi vzali, mali by sme teraz dom, krásne spoločné spomienky. Možno by sme mali aj štrnásťročné dieťa, alebo dokonca viac detí! Na chladničke by som mala kresby, ktoré mi v škole urobili moje deti. Vstala som a pozrela na chladničku. Bola takmer holá. Až na jednu magnetku, ktorú mi dal Benjamin. Na magnetke bola silueta ženy s prekríženými nohami. Nad ňou bol napísaný výrok známeho jogína Rama Dassiho:

Čím tichším sa staneš, tým viac budeš počuť...

„Benjamin, nie je to len elegantne povedané drž hubu a počúvaj?" povedala som nahlas. Hneď som sňala magnetku z chladničky, ale bez nej vyzerala úplne smutno. Prehrabala som sa v kuchynskom šuplíku, či nemám nejakú inú. Dúfala som, že nejakú nájdem z obchodíka so suvenírmi po návšteve katedrály. Ale nič... Jediné, čo som našla, bol starý recept na krém na opary a donáškové menu z čínskej reštaurácie. Zobrala som menu a dala som ho na chladničku. Magnetku som ukryla na vnútornú stranu, aby ju nebolo vidieť. Nakoniec som sa na všetko vykašľala a naliala si druhú vodku.

Napadlo mi, že o ďalších pätnásť rokov budem mať päťdesiat. Viem, nie je to ešte starecký vek... ale kam sa pominul môj život? Posledných pätnásť rokov mi ubehlo ako dva roky. Čím je človek starší, tým čas beží rýchlejšie. A ja teda starnem... Dnes večer som vyzerala hrozne. Jamie akoby vôbec nezostarol, vyzeral ešte viac sexi než pred pätnástimi rokmi. A teraz randí s mladšou ženou, s takmer éterickou ženskosťou.

Za posledné roky som uložila Jamieho niekam naspodok mozgu, do najnižšieho šuplíka, aby som nemusela o ňom premýšľať. Bola to taká psychická sebaobrana. Život v Londýne bol skvelý, sústredila som sa na svoju prácu a vôbec som to neľutovala. Po dnešnej čudesnej noci s Ryanom Harrisonom a Jamiem mnou lomcovala jedna ľútosť za druhou. Až ma to vystrašilo.

Z chodby som si zobrala kabelku a vrátila som sa do kuchyne. Spomenula som si, že sa mi vybil mobil, tak som ho pripojila na nabíjačku. Z kabelky som vybrala notebook a do vyhľadávača na Facebooku som naťukala Jamie Dawson. Vyskočilo mi tridsaťšesť mien.

„Vidíš, chlapče, nie si až taký jedinečný," zašomrala

som a odpila si vodky. Prechádzala som jedno meno za druhým, až som natrafila na Jamieho. Mal čiernobielu profilovú fotku, takú umeleckú. Usmieval sa na nej a pozeral sa do jasných slnečných lúčov. Profil mal otvorený iba priateľom. Ja nie som veľká facebookačka. Sem-tam sa mrknem. Spomenula som si, že pred niekoľkými rokmi si ma chcel Jamie pridať do priateľov (niekoľkokrát), ale odignorovala som ho. Prečo som neakceptovala?

„Teraz si ťa do priateľov už vôbec nepridám," povedala som, pozerajúc na jeho fotku. Potom som sa prihlásila na Twitter a začala som ho hľadať tam. Aj na Twitteri mi pod jeho menom vyskočilo veľa ľudí. Mnohí z nich nemali ani fotku, iba obrázok vajca, ktoré ľudia používajú, keď nechcú použiť fotografiu.

„Ktoré vajce si ty?" dopila som druhú vodku a naliala si tretiu.

Hneď po Twitteri som skúšala šťastie na sociálnej sieti Linkedin, ktorá je zameraná skôr pracovne. Aj tam bol jeho účet limitovaný iba pre priateľov a ľudí, ktorých pozná. Zostala som z toho frustrovaná a po bláznivom gúglovaní som objavila článok v divadelných novinách The Stage.

Jamie pracoval tri roky pre produkčnú divadelnú firmu v Toronte a potom ďalšie tri roky organizoval divadelné turné po Kanade a USA. Neskôr bol umeleckým šéfom divadla vo Vancouvri a nakoniec si založil vlastnú produkčnú divadelnú firmu. Článok skončil Jamieho vyjadrením:

„Navždy budem milovať Kanadu. Som jej vďačný za

všetky skvelé príležitosti, ale Anglicko je mojím domovom a dostal som odtiaľ ponuku na etablovanie sa v londýnskom West Ende."

Musel vedieť, že šéfujem divadlu Raven Street. Moja mama stále sem-tam narazí na jeho rodičov.

Usadila som sa na stoličke a počúvala som iba silno búchajúci dážď na okne. Zalialo ma množstvo rôznorodých emócií. Čo ma dostalo najviac, bola vôňa Jamieho vlasov, keď sa ku mne nahol, aby ma pobozkal na líce... Mala som z nej motýliky v žalúdku, prepadol ma pocit šťastia a pociťovala som túžby, aké som nezažila roky.

Rukou som si utrela slzy. Chcela som zavolať Sharon, ale bolo veľmi neskoro. Amy a Felix už určite spali. Uvedomila som si, že chcem len spať. Spánok je bodkou za dňom a vždy je šanca, že keď sa zobudíte, tak budete môcť začať čerstvá a odznova.

Spomenula som si, že v kúpeľni mám lieky na spanie. Išla som si po ne. Jednu som si hodila do úst a zapila ju vodou z kohútika. Kým som dala všetky svoje veci na nabíjačky, umyla pohár a upratala si bordel z kabelky, bola som úplne na odpis.

Sotva som sa dostala do postele pod perinu, už som aj spala.

VYPREDANÉ

Zobudila som sa s hlavou prilepenou na vankúši. Prevalila som sa na druhú stranu, otvorila som oči a zistila som, že je po jedenástej. Vytrepala som sa z postele a zamierila do kuchyne. Na chladničke som zbadala menu z čínskej reštaurácie. Hneď sa mi vyjavilo všetko z včerajšieho večera. Zapla som kávovar a z chladničky vybrala mlieko. Na pevnej linke som si všimla, že bliká červené svetielko, tak som zapla odkazovač.

„Ránečko, Natalie," zapriadol Benjamin. „Je deväť dvadsaťtri. Chcel som vedieť, ako dopadol včerajšok. Môžem očakávať Ryana Harrisona v BenjiJoge? Dúfam, že áno. Namaste."

Odkazovač zapípal, čo znamenalo koniec Benjamina. Jeho odkaz bol dosť pasívno-agresívny, ukončený pasívno-agresívnym Namaste. Benjamin používa Namaste veľmi často. Hlavne, keď niečo chce. Keď niekto spraví niečo, čo sa mu nepáči, tak ho používa v sarkastickom tóne. Dokonca ho vykríkne tesne predtým, ako sa urobí...

Poď, poď. Áno! Ešte, poď! Ešte trochu... Už budem! Idem! Aaa... NAMASTE!

Vybuchla som do smiechu. Do kávovaru som šupla kapsulu. Potom som si išla po notebook. Do Googlu som hodila Namaste. Chcela som vedieť, čo to presne znamená. Na Wikipédii som sa dočítala, že Namaste je úctivý pozdrav, ktorý zdraví nielen človeka, ale aj jeho vnútornú podstatu, dušu. Doslovný preklad znamená: skláňam sa pred dokonalosťou v tebe.

„Tak on mi dáva prednášku o tom, že by som mala byť viac duševná, a ani nevie správne používať Namaste!" povedala som nahlas. Myšlienky sa mi vrátili k Jamiemu. Vždy ma vedel rozosmiať. Nepamätám si deň, keď sme sa spolu nesmiali.

To je problém s Benjaminom, ešte nikdy ma nerozosmial. On tuším vôbec nemá zmysel pre humor. Nikdy som si neuvedomila, aký je humor vo vzťahu dôležitý. Raz som urobila tú chybu, že som zapla dévedečko najlepšieho britského komediálneho seriálu Absolutely Faboulus. Benjamin sa pozeral s hororom v očiach, akoby som pustila Nočnú moru v Elm Street.

„To sú nechutné ženské." Prstom ukazoval na dve hlavné predstaviteľky, pracujúce v módnom priemysle. „Prečo sa všetci smejú?"

Ja som sa rehotala na plné ústa spolu s divákmi v štúdiu, kde sa seriál nakrúcal. Opitá Patsy sa práve vyrútila z taxíka, zvonku na nohaviciach mala oblečené nohavičky.

„Je to sitkom,“ vysvetľovala som mu.

„Ale, Natalie... Tieto ženské majú predsa problém s alkoholom... Tá vysoká...

„Patsy...“

„Áno... ona podporuje tú tmavovlasú...“

„Edinu,“ pomohla som mu s menami. Na obrazovke Patsy otvorila dvere taxíka, z ktorých Edina vypadla chrbtom na zadok na cestu.„Potrebujú profesionálnu pomoc a nie náš smiech!“ zvolal Benjamin s najväčšou vážnosťou. To ma rozosmialo ešte väčšmi. Uvedomila som si, že humor sa nedá vysvetliť. Buď ho v sebe máš, alebo nemáš.

Premýšľala som, že mu zavolám naspäť, ale rozhodla som sa, že najprv potrebujem kávu. Vtom zazvonil telefón. Povedala som si, že zdvihnem a skôr to budem mať za sebou.

„Hmm, ahhh... Ahoj. Si to ty, Natalie?“ ozval sa mamin hlas.

„Ahoj, mami.“

„Natalie, ahoj. Nečakala som, že budeš doma. Chcela som ti nechať odkaz.“

„Dnes nepracujem.“ Chvíľu bolo ticho.

„Dobre, nuž... volám ti, lebo tvoja sestra Micky organizuje krst pre Dextera. Chce ho dať pokrstiť k jeho prvým narodeninám.“

Uvedomila som si, že som sa s mamou dávno nerozprávala. Nechcelo sa mi veriť, že Dexter bude mať už rok.

Mama pokračovala.

„Krstiny budú o dva týždne v nedeľu."

„Mami, pozri... Momentálne máme v práci riadne fofry..."

„No, hádam nepracuješ aj v nedeľu? A radi by sme sa konečne stretli aj s tým tvojím Benjaminom. A, samozrejme, by sme chceli vidieť aj teba," dodala mama prosebným tónom.

„Nie som si istá..."

„Tvoja sestra ti pošle oficiálnu pozvánku. V tlačiarni meškajú."

„Myslela som si, že si ich tlačí Micky doma."

„Natalie, nechytaj ma za slovíčka. Boli by sme veľmi radi, keby si mohla prísť na krst. Už som skoro zabudla, ako vyzeráš. Aj ocovi neskutočne chýbaš. Tvoja návšteva by ho trošku prebrala k životu."

„Ak, a naozaj myslím len ak, by som prišla, tak iba na pár hodín. Musela by som pricestovať v deň krstu a hneď po ňom odísť."

„A privedieš so sebou Benjamina?" opýtala sa vytešená mama.

„Musím sa ho najskôr opýtať."

„Myslíš, že mu bude chutiť môj výnimočný dezert? Trifle?"

„Mami, vravela som, že sa ho musím opýtať. Neviem, či bude mať čas.

„Ale nezabudni sa ho opýtať, či ľúbi trifle. Plánujem urobiť velikánsky trifle s domácim vaječným krémom, piškótovým cestom... čerstvým ovocím... Žiadna kupovaná žbrnda."

„Dobre."

„Ako sa majú veci v divadle?" zaujímala sa mama, vďaka čomu som si spomenula, že ráno o deviatej išli do predaja lístky na Macbetha. Ako som mohla zabudnúť? Krvopotne som zrušila hovor, ale ešte predtým som musela mame sľúbiť, že jej dám vedieť, pokiaľ ide o krstiny.

Zapla som si mobil, schmatla notebook a prešla hneď na stránku divadla. Pred niekoľkými týždňami sme poslali fotografa do Los Angeles, aby nafotil Ryana na propagačné materiály. Na stránke sa zobrazil Ryan oblečený iba v kilte a čiernych vysokých kožených čižmách. Jeho nahá hruď bola spotená v sexi štýle a na nej bolo umelecky rozmazané blato. Zámer bol taký, že predsa aj Macbeth bojoval. Vlasy mal uhladené a z fotky mu iskrili prekrásne smaragdové oči. V záhlaví bolo napísané:

DIVADLO RAVEN STREET UVÁDZA

RYANA HARRISONA

v hre

MACBETH

Limitovaná sezóna! Lístky už v predaji!

1. august – 7. september

Práve som prechádzala stránkou s predajom lístkov, keď mi zazvonil mobil. Volala Nicky.

„Nat! Žiješ? Už som chcela volať policajtov, ale napadlo mi, že ťa možno Benjamin prekvapil neskorým sexom po telefóne...“

„Nie je to jeho štýl. Bola som len unavená, prišla som domov...“ Nepovedala som jej, že jediný raz, keď mi volal Benjamin kvôli sexu po telefóne, volal z pevnej linky na účet volaného.

„Okej, zlato, zabudnime na to, že si sa zabuchla v daždi na streche a že si stretla svojho bývalého snúbenca...

Videla si predajnosť lístkov? Panenka Mária skákavá!“ zakričala na plné hrdlo. „Prvé štyri týždne sa vypredali za dve hodiny!“

Práve som sa dostala na stránke k predaju. Zostali už iba nejaké lístky na posledných pár predstavení.

„Presne tak. Panenka Mária skákavá!“ zareagovala som.

„Poslala som ti e-mail s prepojením na stránky časopisu Heat, novín the Sun, the Guardian a Mail online... Zlato, väčšina novinárov bola unesená. Jeden tupec napísal, že je nezmysel a nedôstojné obsadiť filmovú hviezdu do West Endu, bla-bla-bla... a že je to gýčové. Ale Guardian uverejnil moju reakciu na vyhlásenie dotyčného. Máš to pred sebou na obrazovke?“

„Počkaj,“ povedala som. Otvorila som si svoje e-maily a našla ten od Nicky. Klikla som na link k článku. Bolo tam niekoľko Ryanových fotiek, ako prichádzal včera do divadla, ako sa vítal s fanúšikmi a potom aj zábery z divadla. Vyzeral úžasne a s hrdosťou môžem povedať, že aj náš divadelný bar, kde sme Ryana predstavili novinárom, vyzeral úžasne a elegantne. Začala som nahlas čítať.

„Ryan Harrison, hviezda seriálu Manhattan Beach, priletela včera večer do Londýna...“

„Zlato, nie to, kúsok nižšie,“ prerušila ma Nicky.

„Nicky Bathgateová, riaditeľka PR oddelenia divadla Raven Street, oponovala. Divadlá vo West Ende obsadzujú filmové hviezdy a celebrity už niekoľko sezón. V Chicagu hrali Kelly Osbornová, David Hasselhoff a Jerry Springer. Minulý rok na divadelné dosky vytiahli dokonca aj Lyndsay Lohenovú, ktorá, priznajme si, vyzerala ako vyschnutý kokos pripravený na vystlanie matraca... Ryan Harrison je možno lámačom ženských sŕdc a megacelebritou, ale dovoľte, aby som vám pripomenula, že herectvo vyštudoval na najprestížnejšej svetovej hereckej akadémii Juilliard.“

„Skvelé!“ zvolala som.

Nicky zavýskala. Musela som si odtiahnuť od ucha mobil. „Čo?“

„Predali sa všetky lístky. Nat! Nat! Natalie! Máme totálne vypredané!“

Obnovila som stránku a videla som, že každé jedno predstavenie je vypredané. Pridala som sa k Nicky a chvíľu sme spoločne vrieskali ako malé.

„Dokázali sme to za dve hodiny a štyri minúty,“ tešila sa Nicky. „To je určite rekord! Skvelé pre PR. Idem to oznámiť svetu. Musíme to ísť niekedy zapiť. Lepšie skôr ako neskoro. Dobre, Nat?“

Keď som dotelefonovala, pozrela som si aj ostatné články, ktoré mi Nicky poslala. Bola som šokovaná, koľko priestoru zabrala Tuppencka. Na väčšine fotiek pózovala na červenom koberci pred divadlom. Na jednej stál vedľa nej Jamie. Veľmi im to spolu pristalo.

Rozhodnutá, že sa budem tešiť z úspechu vypredaného Macbetha, som vypla notebook.

Nedeľný pocit

Mala som skvelý dôvod na oslavu, ale nemala som ho s kým prežívať. Zavolala som Sharon. Práve bola s deťmi na ceste do plavárne.

„Príď zajtra na nedeľný obed, všetko mi vyrozprávaš...“ vyhŕkla a potom zakričala: „Felix! Prestaň kopať svoju sestru! Nezaujíma ma, kto začal. Nat, prepáč. Vidíme sa zajtra. O jednej?“

Tak som zatelefonovala Benjaminovi. Jeho mobil ma presmeroval do odkazovej schránky. Nechala som mu koktavý odkaz. Pýtala som sa ho, čo porába, a povedala som, že Ryan leták ešte nedostal, ale že mu ho určite skoro dám. Skúsila som zavolať aj Nicky, ale tá nemala čas.

Poprala som si, upratala byt, vyhodila zopár vyschnutých rastlín. Jedno ucho som mala po celý čas natiahnuté, keby mi volal Benjamin. O šiestej som už vyhladla. Otvorila som si fľašu vína a objednala si jedlo z čínskej reštaurácie (vďaka menu z chladničky). Keď som položila slúchadlo, uvedomila som si, že som objednala priveľa jedla. Napadlo mi, či by bolo šialené pozvať Ryana na večeru. Musí sa cítiť v Londýne veľmi osamelý. Mohla by som ho tak lepšie spoznať, porozprávali by sme sa o predstavení. A mohla by som mu dať leták na BenjiJogu.

Začala som si prechádzať e-maily, aby som našla, kde je Ryan počas šesťtýždňového účinkovania v Londýne ubytovaný. Našla som číslo hotela Langham a meno, pod ktorým sa Ryan ubytoval, Samuel Heathcliff.

Chvíľu som civela na mobil a váhala som. Nakoniec som vytočila číslo hotela. Z mobilu sa ozval mužský hlas:

„Dobrý večer, hotel Langham, ako vám môžem pomôcť?"

„Mohli by ste ma prepojiť do izby Samuela Heathcliffa?" poprosila som.

„A kto volá?"

„Volám sa Natalie Love. Som manažérka divadla Raven Street, kde Ry... chcem povedať, pán Heathcliff pracuje."

„Chvíľku počkajte, prosím."

V pozadí začala hrať klasická hudba. Za okamih sa ohlásil Ryan.

„Prosím?"

„Ahoj, chcela som ti len zagratulovať. Macbeth je vypredaný..." povedala som vzrušeno-nervózne.

„Kto volá?"

„Ahoj, to som ja, Natalie... Love... šéfka divadla. Raven Street..."

„Jasné. Ahoj. Prepáč," ospravedlnil sa Ryan. „Niečo si chcela?"

„No, napadlo mi, že si tu v Londýne..."

Započula som šušťanie. Ryan si prikryl slúchadlo a niečo niekomu vravel.

„Prepáč, Natalie. Mám tu kamoša. Prišiel ma pozrieť a práve sa chystáme von.“

„Samozrejme, dobre... Len som ti volala, chcela som ti poďakovať za to, že si taký známy, vďaka čomu sme hneď ráno vypredali celé predstavenie.“

„Hej, hej. Teším sa na skúšanie... hry... Pozri, prepáč, ale musím utekať, máme rezervovaný stôl...“

„Jasné, utekaj. Je sobota, treba sa zabaviť. Aj ja sa chystám...“ zaklamala som. Ryan sa pozdravil a zložil. Od hanby som sa chcela skrútiť do klbka a odkotúľať pod sedačku. Rozhodla som sa naliať si ďalší pohár vína a pozrieť sa, čo dávajú v telke.

Zobudila som sa v skoré nedeľné ráno. Od Benjamina stále nijaká správa, tak som sa rozhodla, že pôjdem na jeho rannú hodinu jogy, ktorú má o deviatej.

Z metra som vyšla okolo pol deviatej. Pod pazuchou som si niesla podložku na cvičenie. Cesty boli prázdne, sem-tam nejaké auto alebo autobus. Štúdio BenjiJoga je v suteréne vysokej kancelárskej budovy neďaleko stanice Old Street. Uzulinkými dverami som vstúpila dnu a zišla dole schodmi k recepcii štúdia. Za stolíkom sedela Laura. Pre Benjiho pracuje niekoľko mesiacov. Má niečo nad dvadsať, všade jej trčia kosti a hlavu má vždy vyholenú žiletkou, takže sa leskne ako psie gule. Jej tvár, uši a bohvie čo ešte je pokryté pírsingmi. Už dávno sa jej chcem opýtať, čo sa stane, keď prechádza bezpečnostnou kontrolou na letisku, ale myslím si, že je taký týpek, ktorému by to neprišlo smiešne. Je mi mimoriadne nesympatická a zrejme ani ona mňa nemá veľmi v láske.

Miestnosť napĺňala silná aróma zapálených voňavých tyčiniek. Nemusím ich veľmi. V pozadí hrala potichu relaxačná hudba. Laura surfovala na internete na starom notebooku, na ktorého zadnej strane mala Gándhího výrok:

„Vôňa vždy zostane na ruke, ktorá podá ružu."

Laura sa toho asi veľmi nedrží, keďže ruku mala strčenú vo vrecku s cibuľovými čipsami, ktoré vôbec nevoňali ako ruže.

„Natalie," oslovila ma sarkastickým tónom. Po stole som jej šuchla dvadsaťlibrovú bankovku.

„Dobré ráno, Laura. Je tu Benjamin?" opýtala som sa s umelým úsmevom. Po stole mi vrátila päť libier. Ruku mala žltú od cibuľových čipsov. Žltá špina jej prekrývala tetovačky motýľov.

„Samozrejme, že tu je. Toto je BenjiJoga. Nemohla by to byť BenjiJoga bez Benjiho. Nééé?" opýtala sa ma tá sarkastická krava.

Chcela som jej vypláchnuť žalúdok, keď sa jej náhle rozjasnili oči. Pozerala sa mi cez plece, uklonila sa a povedala: „Namaste."

Benjamin sa zjavil za mnou v čiernom župane.

„Ahoj," natočila som sa k nemu.

„Namaste, Natalie," zagánil na mňa.

„Dobre, dobre, Namaste aj tebe." Pobozkala som ho na

ústa tak, aby to Laura dobre videla. Benjamin potom začal robiť niečo, čo vyzeralo ako oňuchávanie vzduchu.

„To sú Laurine cibuľové čipsy," povedala som celkom vytešená.

„Nie... vyžívam sa v tej nádhernej hudbe. Skvelý výber, Laura," pochválil ju. Laura sa usmiala a sklonila svoju plechatú hlavu. Na vrchu mala malú modrú náplasť. Asi sa porezala žiletkou pri holení.

„Benjamin, mohla by som sa s tebou na chvíľku porozprávať?" opýtala som sa ho. Prikývol. Úzkym koridorom sme prešli do veľkej zrkadlovej miestnosti, v ktorej predcvičuje jogu. Okolo nás prechádzali už stabilní Benjiho jogíni, ktorí nikdy nevynechali hodinu. V štúdiu si na podlahu ukladali podložky. Každý, kto prešiel okolo Benjamina, sa mu uklonil. Cez štúdio sme prešli do malej rožnej miestnosti, ktorú Benjamin používa ako kanceláriu. Zavrela som za nami dvere, Benjamin sa posadil za stôl.

„Nedostal si moje odkazy?" sadla som si za stôl oproti nemu.

„Dostal..." odvetil. Zostalo ticho.

„A teraz je ten moment, keď by si mal vysvetliť, prečo si sa mi neozýval."

„Natalie, správaš sa ako malé decko."

„Ja som ako malé decko? A ty si riadny vôl!"

„Natalie, nikto mi tu nebude kričať v mojom jogovom raji," zareagoval nasrdene. Zhlboka som sa nadýchla.

„Nekričím... Si na mňa nasratý kvôli tvojmu posratému letáku? Sľúbila som ti, že mu ho dám. A ja mu ho aj dám, ale nie počas veľkého divadelného večierka.“ Benjamin na mňa zazeral.

„Namaste, Natalie! Sľúbila si mi to.“

„Áno a určite mu ho dám.“

„Chcel som od teba niekedy niečo?“

„Áno! Pred pár dňami, keď sme jedli hranolky, si chcel, aby som ti podala kečup.“

„Nemám náladu na tvoje detinské srandičky. Musím sa pripraviť na hodinu. Mohla by si ísť von?“ Rukou ma nahnal k dverám. Chcela som niečo povedať, ale už bol poskladaný vo svojom meditačnom sede so zatvorenými očami.

Vyšla som do štúdia. Bola som riadne nasratá. Nečakala som, že bude taký idiot. Podložku som si rozprestrela vpredu na svojom zvyčajnom mieste. O chvíľu sa štúdio zaplnilo. Dve minúty pred deviatou sme sa v ňom tlačili ako sardinky. Tesne predtým, ako sme začali cvičiť, ešte dobehli dve veľmi pekné baby. Nemali ani dvadsať. Rozložili sa vpredu predo mnou. Jedna bola blondínka, druhá hnedovláska. Rýchlo sa povyzliekali, zostali na nich iba malinkaté bikiny, ktoré sa hodia skôr na pláž ako na cvičenie. Keď sa dovyzliekali, do štúdia vošiel Benjamin.

„Vitajte, dámy,“ oči sa mu rozžiarili. „Vidím, že ste tu nové. Budem si vás strážiť...“

Baby sa zarehotali a pohodili vlasmi, akoby boli na nakrúcaní Baywatchu. Benjamin sa postavil vpredu do stredu štúdia a sňal si župan. Pod ním mal iba malé čierne tangáče.

Benjamin vždy predcvičoval v športovom úbore, takisto aj ľudia, čo k nemu chodia cvičiť. Ale tangáče???

Úplne som žasla. Zostala som v šoku a onemela som. Začala sa hodina. Snažila som sa zachytiť jeho pohľad, aby som mu ukázala, že, boha, to čo máš na sebe? V tangáčoch mal natlačené svoje mužstvo, ktorého obrysy dokonale vykúkali na celé štúdio, a keď sa potom začal naťahovať pri okne, aby ho otvoril, zadná časť sa mu úplne stratila v zadku!

Benjamin ma kompletne ignoroval počas celého cvičenia. Väčšinou sa venoval dvom novým babám. Opravoval im držanie tela. Rukami im prešiel od lýtok až po krk...

Po hodine som skočila do sprchy, kde som započula rozhovor nových báb. Rehotali sa a jedna druhej vraveli, aký je ich cvičiteľ sexi. Od hnevu som skoro vykypela. Počkala som, kým neodišli, až potom som vyliezla zo sprchy.

Keď som sa prezliekla, pobrala som za Benjaminom do kancelárie. Na sebe mal župan a vyťukával si na počítači.

„Natalie, ešte si tu?" opýtal sa prekvapený. Sadla som si oproti nemu.

„Benjamin, to čo si nacvičoval v tých tangáčoch?"

„O čom hovoríš?"

„O tom minikryte, čo si mal navlečený na svojom vtákovi, a o tej nitke, ktorú si mal celú dobu strčenú v zadku!" „Prosím?" nechápal, o čo mi ide.

„Čo akože prosím? To už si mohol byť úplne holý, nejaký veľký rozdiel by v tom nebol."

„Natalie, v mnohých kultúrach sa joga cvičí v úplnej nahote.“

„Ale my sme v Londýne. A oblečený si bol ako jeden z tých striptérov v Magic Mikovi. Do toho filmu sa to hodilo, ale na cvičenie jogy?!“

„Športové kraťasy mi znemožňovali dokonalý pohyb,“ obraňoval sa.

„A prečo si mne nenaprával cviky, držanie tela...?“ opýtala som sa. Z nosa mi vychádzala para.

„Tvoje držanie tela je fajn.“

„No to určite. Naschvál som sa hrbila, keď sme robili psa.“

„Vážne?“

„Takže si sa ani nepozeral. Očividne boli tie dve baby v bikinách dôležitejšie...“

„Natalie, boli nové. Pamätáš si, aké to bolo, keď si ty začínala? Aj teba som opravoval. Pomáhal som ti s držaním tela.“

„Áno, pravda, a presne tak sa to s nami začalo. Však? A skočila som ti na to ako ryba na háčik. Si ozajstný cvičiteľ jogy alebo to tu máš na to, aby si si vyberal svoju korisť?“

Benjamin sa oprel a pozeral na mňa.

„Prepáč, to som tak nemyslela. Si výborný jogín,“ povedala som s ľútosťou.

„Natalie, myslím, že by si mala ísť domov. Momentálne ide z teba zlá energia. Nechcem, aby ma ovplyvnila.“

„Prepáč. Vieš čo, skočme spolu na kávu. Chcem ti toho toľko povedať. Vypredali sme...“

„Natalie, mám ďalšiu hodinu.“

„Pôjdeš so mnou k Sharon na obed?“ chcela som vedieť. Zamietavo pokrútil hlavou.

„A neprídeš aspoň večer ku mne?“ Neodpovedal.

„Zavoláš mi. Hej?“

Prikývol. Zodvihla som si kabelku a odišla som z jeho kancelárie.

Na recepcii mi Laura hodila kyslý úsmev. Medzi zubami mala pozostatky čipsov.

„Ná-ta-li,“ privítal ma Sharonin manžel, keď mi otvoril dvere. Je dosť nízky, tmavý, s večne rozstrapatenými vlasmi a priateľskými karamelovými očami. Je Talian. Jeho rodičia prišli do Londýna po vojne. Nemá taký silný prízvuk ako jeho otec, ale moje meno znie z jeho úst vždy tak melodicky, Ná-ta-li. Pobozkala som ho na líce a nasledovala do kuchyne. Cez veľké francúzske okno, ktoré bolo otvorené dokorán, prúdil do kuchyne príjemný teplý letný vánok. Sharon kmitala v kuchyni od kredenca k stolu a späť. Práve prestierala.

„Ahoj, Nat,“ cestou k chladničke sa pri mne zastavila a pobozkala ma. „Dáš si pohárik ružového vína?“

„Za pohárik vína by som teraz vedela aj vraždiť,“ usmiala som sa.

„Jeden z tých dní, hmm?“ usmial sa Fred. Z chladničky vybral chladené novozélandské víno a zo šuplíka otvárač.

„AMY! FELIX! Obed je o desať minút,“ kričala Sharon.

Z obývačky som počula zvuky počítačových hier.

„Benjamin nepríde?“ opýtala sa Sharon.

„Hmm, nie...“ Pri Sharon a Fredovi som si už nevymýšľala ani výhovorky, oni môj vzťah s Benjaminom chápali lepšie ako ja. Všimla som si, že stôl bol prestretý pre piatich. Dobre vedeli, že Benjamin nepríde.

Fred otvoril víno, korok vydal krásny zvuk. Nalial do troch pohárov. Jeden podal mne, druhý Sharon. „Na zdravíčko,“ všetci sme si štrngli. Po riadnom dúšku som im porozprávala o divadelnom večierku a o tom, že som stretla Jamieho.

„Jamie Dawson?“ opýtala sa prekvapená Sharon.

„Áno.“

„On randí s Tuppence Halfpennyovou... Je to britská verzia...“

„Dity Von Teese, áno,“ dokončila som Sharoninu vetu.

„Preboha... to som nemohla tie vši dostať iný deň?!“

„Je to zaujímavá ženská, tá Tuppence Halfpennyová. Všetka tá čipka a podväzky,“ usmial sa Fred.

„Schlaď sa miláčik.“ Sharon premiešavala šalát.

„Čo? Ty môžeš mať v špajze plagát Ryana Harrisona a ja nemôžem oceňovať krivky slečny Halfpennyovej?“ uškrnul sa Fred.

„Jednoduchá odpoveď je nie,“ odvetila Sharon. „Ženská platonická láska je elegantnejšia a romantickejšia. Ak by sem teraz vošiel Ryan Harrison, ponúkla by som mu šalát a pohár dobrého vínka... Ak by sem teraz vošla Tuppence, zahmlilo by sa ti pred očami, začal by si slintať ako pes a určite by si si musel popraviť nohavice v rozkroku.“

„Nie, nie. Ja som iná trieda,“ namietal Fred. „Ty si jediná žena, kvôli ktorej si poprávam nafučané nohavice.“

Nahol sa k Sharon a pobozkal ju. Hľadela som na nich s obdivom. Po toľkých rokoch sú stále takí zaľúbení. Sharon sa na mňa usmiala a položila na stôl šalát.

„Tak ako vyzeral Jamie po toľkých rokoch?" zaujímala sa.

„Stále vyzerá dobre. Je ako dobré víno, zostarol do krásy," vzdychla som zasnene.

„Ako Fred. On je vintage," Sharon potľapkala začínajúcu plešinu vo Fredových tmavých vlasoch.

„Hej! Vyhrala v lotérii, že si ma vzala. Nemyslíš?" usmial sa na mňa. Usmiala som sa a pritakala som.

„Neprepadne ťa niekedy myšlienka, aká škoda, že ste sa nevzali?" opýtala sa Sharon.

„Preboha, nie! Nie, nie, nie, nie, nie..." zvolala som a dala som si ďalší veľký glg vína. Nastalo trápne ticho. „Okej. Myslím, že môžeme jesť."

Rada chodím na obed k Sharon, ale dnes som sa cítila trochu inak. Celé to rozprávanie o Jamiem, o tom, čo by bolo, keby... Zrazu som sa pozerala na Sharoninu šťastnú rodinu v inom svetle. Sú veľmi spätí, držia pri sebe, sú ako jeden. Nikdy sa pri nich necítim mimo. Až dnes.

Keď sme dojedli mäso so syrom a šalátom, ospravedlnila som sa a išla hore na toaletu. Otvorila som vodovodné kohútiky a vyskúšala som zavolať Benjaminovi. Na moje prekvapenie mi hneď zodvihol.

„Ahoj, Benjamin." Okolo mobilu som si položila ruku, aby nepočul, že volám z kúpeľne.

„Si pri mori?" opýtal sa ma. Rýchlo som vypla vodu.

„Nie. Som u Sharon... v kúpeľni," vyšla som s pravdou von.

„Si na záchode? Lebo ak áno, tak to ma dehonestuješ."

„Nie, nie som na záchode. Sedím na kraji vane. Mala som pustenú vodu." Hneď som oľutovala, že som sa priznala, lebo si určite domyslel, že som sa išla schovať, aby som mu zavolala. „Chcela som sa len spýtať, čo robíš neskôr?" „Nič," odpovedal veľmi sucho.

„Super. Chce sa ti prísť ku mne? Objednáme si suši a môžeme si pozrieť nejaký tvoj obľúbený film. Mám dévedečko Gándhí."

„Nie, mám naplánované robiť NIČ! Potrebujem premýšľať. Meditovať."

„O čom?" spýtala som sa.

„Natalie, čo to máš za kapitalistické zlozvyky a posadnutosť vypĺňať si každú voľnú minútu nejakou aktivitou?"

„Ale veď si povedal..."

„Natalie, som duševne založený, slobodný človek. Vedela si to, keď si vstúpila so mnou do tohto zväzku."

„Chcela som sa ťa večer niečo spýtať, ale keďže si zaneprázdnený ničnerobením, tak sa ťa musím opýtať teraz. Pôjdeš so mnou na krstiny mojej sestry?"

„Myslel som, že tvoja sestra je už staršia, dvadsať...?"

„Nebudú to sestrine krstiny, ale jej syna Dextera," opravila som sa.

Chvíľu bolo ticho.

„Natalie, vieš, že neznášam organizované náboženstvá."

„Nebude to o náboženstve, ale o kope ľudí v strednom veku, ktorí budú predvádzať svoje deti."

„Okej."

„Čo, okej?"

„Pôjdem s tebou na krstiny." „Naozaj?" zostala som prekvapená.

„Samozrejme. Natalie, sme dospeláci vo vzťahu. Toto dospeláci robia."

„Strašne sa teším. Ďakujem. A ak máš rád dospelácke veci, môžem prísť neskôr k tebe a môžeme spolu urobiť niečo dospelácke..." povedala som sexi hlasom. „Predtým, ako budeš robiť to nič, môžeme urobiť niečo spolu..." zasmiala som sa.

„Natalie, prosím ťa, nechaj mi nejaký voľný priestor, aby som mohol dýchať. Namaste," odvetil Benjamin a zložil.

Vstala som z vane a rýchlo som napísala mame triumfálnu esemesku:

PRÍDEM NA KRSTINY A PRIVEDIEM AJ
BENJAMINA. TEŠÍM SA NA VÁS A SOM
RADA, ŽE HO SPOZNÁTE 😊 NAT CMUK

PS: ZABUDLA SOM SA OPÝTAŤ NA
TRIFLE. ZISTÍM!

Zdola som počula, ako Sharon kričí na deti, aby ma išli zavolať na múčnik. Umyla som si ruky a vyšla som z kúpeľne. Amy a Felix odskočili od dverí, kde očividne načúvali.

„Čo porábate?" usmiala som sa na nich. Amy sa mi hodila okolo pása a silno ma objala.

„Teta Nat, ľúbime ťa... Pravda, Felix?" Felix, stojaci pri nej, prikývol.

„Aj ja vás ľúbim," povedala som im.

„Benjamin si ťa nezaslúži," dodala Amy. „Počuli sme ťa telefonovať."

„Príde mi ako niekto, kto má vzťahovú fóbiu. Ako sonda..." pridal Felix.

„Felix, netrep, mama sondu nespomínala." „A čo je to sonda a fóbia?" opýtal sa Felix.

„Sonda je taká vec, ktorú tatkovi strčia do zadku, keď je na vyšetrení u doktora, a fóbia je, keď sa niekto niečoho bojí..." vysvetľovala Amy. „Benjamin sa bojí zaviazať tete Natalie, ale nie je to jej chyba, on ju len presviedča, že je. To robia ľudia, čo majú vzťahovú fóbiu."

Nad Aminov vyspelosťou a rozhľadenosťou mi padla sánka. Stála som tam a len som na ňu zízala.

„Práve mi sľúbil, že pôjde so mnou na krstiny k mojej sestre," povedala som hrdo. Vtom som si uvedomila, že sa snažím o odobrenie svojho frajera osem- a desaťročným deckom.

„Mama si myslí, že Benjamin je debil," vyhlásil Felix. „Začuli sme ju, keď to vravela tatovi. A ešte povedala, že si myslíš, že nie si preňho dosť dobrá, ale v skutočnosti si miliónkrát lepšia ako on..."

„A mamina ešte povedala, že by si sa nemala báť byť sama, single... a nemala by si mať frajera len preto, aby si nebola sama..." povedala Amy.

Na spodku schodov sa objavila Sharon.

„Tak tu ste. Kto si dá dobrú penovú Pavlovu?

„Jáááááááááááááááááááááááá...“ kričali deti a rozbehli sa dole schodmi.

„Nat?“

„Dám si. Ďakujem a mohla by som ťa poprosiť ešte o pohár vína?“

Odišla som neskôr poobede. Pozdravila som sa deťom a Fredovi. Sharon išla so mnou ku dverám.

„Ďakujem za obed,“ objala som ju. „Benjamin sľúbil, že pôjde so mnou na Dexterove krstiny. Spozná sa s mojou rodinou.“

„To je milé. Trvalo mu to iba rok, hm?“

„Jedenásť a pol mesiaca... Máš Benjamina rada?“ Sharon otvorila ústa, potom ich bez slova zavrela. „Prosím ťa, buď úprimná,“ dodala som.

Sharon vyšla na schodík pred domom a zavrela za sebou dvere.

„Nat. Kohokoľvek ľúbiš, toho budem mať rada, alebo sa o to aspoň pokúsim... Iba si myslím, že Benjamin má...“

„Má vzťahovú fóbiu a je debil?“

„Povedala som to iba Fredovi...“ Sharon sa cítila očividne trápne. „Ale vážne, Nat, ty si úžasný človek. Si krásna, si múdra, si vtipná a lojálna. Si moja najlepšia kamarátka a chcem pre teba len to najlepšie. A nemyslím si, že Benjamin je to najlepšie, čo ťa mohlo stretnúť.“

„Vie byť iný, keď som s ním osamote. Vidí svet trochu inak ako my...“

„Pozri, Nat. Ak s ním budeš šťastná, budem šťastná aj

ja a budem ho mať rada, lebo ťa ľúbim. Dokonca mu aj dovolím strážiť moje deti." Usmiala som sa.

„Aj ja sa ťa chcem niečo opýtať," Sharon sa usmiala huncútsky. „Kedy sa stretnem s Ryanom Harrisonom?"

„Zajtra začíname so skúškami. Prvý deň to bude rušné, ale potom niečo vymyslíme. Sľubujem."

„Ľúbim ťa." Sharon ma objala. Po ceste na vlak mi nič iné nebehalo po rozume, len to, čo mi povedala.

Ak s ním budeš šťastná, budem šťastná aj ja...

Možno to bolo jednoduchšie, ako sa zdalo. Musím sa pokúsiť o to, aby nám to vyšlo. Asi by som sa mala viac uvoľniť a nebáť sa riskovať. To, že sa mi Benjamin sľúbil na krst, bol veľký pokrok. Ak to dopadne dobre, mohla by som ho priviesť aj na obed k Sharon a možno by sme jej aj mohli spoločne postrážiť deti!

Keď som prišla domov, bola som rozhodnutá... Osprchovala som sa, oholila som si nohy, vyžehlila si vlasy a urobila som zo seba neodolateľnú. Dala som si tie najsexi nohavičky, aké som mala atď... Pre istotu, že by išlo všetko podľa plánu a prespala by som u neho, som si zabalila zubnú kefku a ďalšie nohavičky. Potom som sa vybrala k metru.

Celou cestou som premýšľala, čo mu poviem. Poviem mu, že som bola spontánna – to slovo sa mu bude určite páčiť. Poviem, že som merala celú cestu len pre jednu pusu, a keď ho pobozkám, pôjdem domov. Určite mi neodolá a vzrušený ma vtiahne dnu.

Plná adrenalínu som na stanici Collier's Wood vyskočila z metra a ráznym krokom som sa vybrala k jeho bytu. Býva blízko stanice, v kúlovej štvrti Londýna. Je tam veľa malých milých obchodíkov, kaviarničiek, galérií... Jeho byt je na prízemí. Keď som prišla k hlavnému vchodu, videla som, že mal stiahnuté žalúzie. Spoza nich vychádzalo trochu svetla. Zazvonila som. Nikto sa neozýval. Po chvíli som zazvonila ešte raz. Po ďalšej chvíli som počula z jeho bytu jemné tóny relaxačnej hudby.

Prešla som dookola k zadnému oknu. Aj na ňom boli stiahnuté žalúzie, ale nie úplne. Pod nimi bola niekoľkocentimetrová medzera. Zohla som sa a nazrela dnu. Zostala som v šoku, vyšla zo mňa krátka, upišťaná vysoká tónina... Na zemi ležal nahý Benjamin a obkročmo cez neho sedela takisto nahá Laura! Videla som, že nielen jej tvár je plná pírsingov, ale má ich na prsiach. Na časti, kde do nej vnikal Benjamin, mala ďalšie tri.

Strpnutá som sledovala, ako sexovali. Bola som v takom šoku, že som nevedela odvrátiť hlavu. Okolo nich horeli sviečky, spoza okna sa ozývali vzrušené vzdychy a Laurine búchajúce pírsingy. Znelo to, ako keď sa niekto prehrabuje mincami vo vrecku nohavíc. Ich pohyby sa zrýchľovali, vtom Benjamin zakričal: „NAMASTE!" Tak som sa zľakla, že som skoro dostala infarkt.

Vzpriamila som sa. Nevedela som, čo mám robiť. Bola som rozčúlená a vyplašená zároveň. Prešla som k predným dverám a zazvonila som. Benjamin sa neozýval, už som chcela odísť, keď sa otvorili dvere.

Benjamin bol v župane, prekvapený, že ma vidí.

„Natalie, Namaste." Premeral si ma od lodičiek cez minisukňu až po vyžehlené vlasy. Ja som onemela.

„Čo to tu stváraš?" zrazu som zajačala ako moja mama. Vyzeral riadne napálený.

„Natalie, povedal som ti, že budem meditovať. Prečo si prišla, aj keď som ti povedal, aby si nechodila? Prečo si taká pasívno-agresívna?“

„Prosím? Ja?“

„Áno! Povedal som ti, že chcem mať pokoj a užiť si svoj vlastný priestor a ty si sem prídeš bez ohlásenia, oblečená provokatívne, aby som ti nevedel odolať. A aby som ťa zavolal dnu. Ale vieš čo? Nedám sa manipulovať tvojím pasívno-agresívnym správaním!“ zvýšil na mňa hlas. Stála som tam s otvorenými ústami.

„Chcela som ťa len vidieť,“ šepla som roztrasene.

„A ja chcem svoj priestor a pokoj. Možno chcem byť osamote!“ Pozeral na mňa a hanbím sa povedať, že som nič nepovedala. Otvorila som ústa, ale znovu zo mňa nič nevyšlo.

„Tak a teraz šup, šup domov, pokiaľ je ešte svetlo. Choď na metro a odvez sa domov. Keď prídeš domov, napíš mi, že si prišla v poriadku. Okej?“

Usmial sa a zavrel dvere. Chvíľu som tam ešte stála. Všetka moja energia bola fuč. Zničená a porazená som prešla k stanici metra, nasadla do vlaku a išla domov.

ŽENA V ČIERNOM

Vrátila som sa domov, v tme som sa hodila na posteľ a civela na strop. V celej bytovke bolo veľmi ticho, až na sporadické zvuky vody pretekajúcej potrubím. Čím dlhšie som tam ležala, tým menej voda pretekala. Ku koncu som počula už iba tikot hodín z kuchyne. Snažila som sa presvedčiť samu seba, že to, čo sa stalo, sa udialo iba v mojej hlave. Strašne som chcela, aby to bola pravda. Radšej budem debil ako... Nevedela som sa zbaviť predstavy sexujúceho Benjamina a Laury.

Prebdela som celú noc. Snažila som sa prísť na to, prečo sa to stalo. Čo má Laura, čo ja nemám? Tetovania? Pírsingy? Čo mám ja, čo ona nemá? Vlasy. Dookola sa mi tieto myšlienky mleli hlavou. Je to to, po čom Benjamin túži?

Snažila som sa predstaviť si, ako by som vyzerala bez vlasov... Nikdy by som sa ich nevedela dobrovoľne vzdať, a čo sa týka pírsingov... žiadna šanca! Predstava, ako sa pírsingom na intímnych častiach zachytím o deku, alebo ešte o niečo horšie... mala som až mráz na chrbte. Koľkokrát som stratila alebo len zlomila necht? Nie, nie, nie... otriasla som sa.

Potešila som sa, keď začalo svitať. Dúfala som, že práca ma oslobodí od týchto myšlienok. Nadišiel prvý deň skúšok

Macbetha. Pešo som sa vybrala do divadla. Po ceste som sa zastavila v Grande. Stretla som tam Nicky. Oblečená bola v tmavomodrom nohavicovom kostýme, na nohách mala vysoké lodičky rovnakej farby a celé to doplnila modrými okuliarmi.

„Nie, miláčik, zober si pero a napíš si to...“ priateľsky prikázala novému baristovi, ktorý si nevedel zapamätať jej komplikovanú objednávku kávy. „Bezkofeínovú, extra horúcu, so sójovým mliekom a dvomi porciami lieskovo-orieškového sirupu. A, prosím ťa, primiešaj toto do mlieka, keď ho budeš zohrievať,“ podala mu malé vrecúško so stéviou. Barista prikývol. Kým dopísal objednávku, lial sa z neho pot.

„Ja poprosím malé americano,“ požiadala som chudáka baristu.

„Nat, ahoj. Som celá v tmavomodrom, ale ty vyzeráš ešte tmavšie, si zničená.“

„Celú noc som oka nezažmúrila,“ vysvetľovala som jej.

„Nemusíš sa toľko obávať o dnešok, všetko bude fajn.“ Barista podal Nicky veľkú kávu. Tá sa pozrela ponad okuliare ako inšpektorka práce a po podrobnej kontrole svojej kávy vydala spokojný povzdych. Barista si utrel čelo a vydýchol. Uvedomila som si, že som bola totálne posadnutá tým, čo sa stalo včera, a pritom dnes sa budú diať vzrušujúce veci. Prečo som kládla taký dôraz na nefunkčný vzťah s Benjaminom?

Vzala som si americano a pomaly sme prešli k divadlu. Na chvíľu som zastavila oproti, pred starou knižnicou. Práve priviezli veľký kontajner na stavebný odpad. Z lešenia spoza plachty, ktorá zakrývala budovu, vykúkalo veľa robotníkov v bezpečnostných helmách. Naťahovala som krk, či sa mi nepodarí nazrieť dovnútra. Nepodarilo.

„Zlato, všetko má svoj čas," povedala Nicky. Prstom ukazovala na druhú stranu cesty. „Divadlo Raven Street je teraz tým najhorúcejším miestom vo West Ende."

Pred vchodom stála skupinka fotografov a najvernejších fanúšičiek. Boli v nej tínedžerky, zopár starších chlapov s mastnými vlasmi a vyziabnutý, trochu vytočený chalanisko, ktorý tlačil invalidný vozík. Sedelo v ňom malé blonďavé dievčatko. Skupinka sa odsunula trochu nabok, aby sme mohli prejsť dnu.

„O koľkej príde Ryan?" vybafol na nás vyziabnutý chalanisko.

„Nevieme. Ja som len upratovačka," zaklamala Nicky a otvorila vchodové dvere.

Vedľa neho čakalo rozkošné dievčatko, mohlo mať najviac dvanásť. Jeho mama, ktorá bola výnimočne obdarovaná prírodou a jej dary sa vylievali z vypasovaných, o niekoľko veľkostí menších minišiat, ma schmatla za ruku.

„Bethany má pre Ryana plyšáka," mama ju potlačila

pred seba. Dievčatko v ruke stískalo malého vypchaného medvedíka so srdcom na hrudi. Bethany sa usmiala.

„Dobre, postarám sa, aby ho dostal," odpovedala som a zobrala macka.

„Ďakujem," potešilo sa dievčatko. Vošla som dnu, kde ma čakala Nicky.

„Nat, zlato. S bláznami sa nemôžeš zapodievať."

„Ja viem, ale bola taká zlatá."

„Je pol deviatej ráno, pracovný deň, ona trčí v centre Soha. Nemala by byť náhodou v škole?"

„Možno je na ceste do školy."

„Ver mi, zlato, aj oni sú blázni, ako tí ostatní."

„Ale veď nemôžu byť všetci... Len pozri. Ten chalan priviedol kamarátku, možno sestru, na vozíku. Chúďatko drží v ruke zápisník, aby sa jej doň Ryan podpísal," vravela som Nicky.

Nicky pozerala von cez sklenú časť dverí. Prevrátila oči.

„To je ten najstarší trik, ktorý existuje. Prídeš s niekým na vozíku..."

„Nicky!" zvolala som na ňu neveriacky.

„Štyrikrát som sa stretla s Bruceom Springsteenom. Vieš, ako sa mi to podarilo? Vďaka Connie Bouvierovej..."

„Kto je Connie Bouvierová?" opýtala som sa.

„Jedna baba zo strednej. Bola na vozíku. Prenasledovali sme Brucea na jeho koncertnej šnúre Born in USA... Dokonca sme sa dostali až do jeho šatne... Nikto nemal odvahu niečo sa vypytovať, keď som tlačila vozík s Connie. Všetci fanúšikovia sú zbláznení do svojich idolov a potom reagujú ako blázni. Nat, nikdy na to nezabudni."

Pozrela som na malého milého plyšáka a nasledovala som Nicky hore schodmi.

Mali sme sa všetci stretnúť o pol deviatej v skúšobni na štvrtom poschodí. Je veľká s vysokými stropmi. Od parkiet sa odrážalo neónové svetlo. Okná od ulice boli pre väčšie súkromie zamaľované načierno.

Byron, naša inšpicientka, práve naprávala stoličky zoradené do kruhu v strede miestnosti. Hlavou nás nemo pozdravila. Dlhokánske vlasy si vypla do chvosta. Keď si ich rozpustí, siahajú jej po pás. Vo vyšúchaných bledých rifliach mala zapásané tričko s nápisom ZZ Top. Sme radi, že sa nám ju podarilo zohnať na Macbetha. Byron je priamočiara Novozélanďanka, ktorej meno je zárukou vysokého štandardu. Vo West Ende pracovala na nesmiernom množstve úspešných predstavení.

Xander v rohu organizoval stolík s osviežením. Nachystal plastové poháriky, rôzne čaje a instantnú kávu. Keď si nás všimol, prišiel k nám a ukázal nám svoju tartanovú vestičku, ktorú si obliekol pri príležitosti začiatku skúšok našej novej škótskej hry. Do miestnosti vstúpil Craig, náš režisér. Je nízky, tmavý, s výraznými črtami. Má skvelý zmysel pre humor. A keď sa smeje, čo je často, celá tvár sa mu rozžiari ako novoročný ohňostroj. Posledné roky u nás režíroval veľa predstavení a tak ako Byron, aj on je hviezdou West Endu.

Keď začali prichádzať herci, Byron sa postavila k dverám. Každého jedného privítala v skúšobni a nasmerovala k stolíku s kávou a čajom. Len čo do miestnosti vstúpil Ryan, atmosféra sa úplne zmenila. Bol nahodený v sivých teplákoch a mikine. Na chrbte niesol ruksak. Byron mu potriasla ruku a pustila sa s ním do rozhovoru.

„Chudák, vyzerá vyplašený," ľutoval ho Xander.

„Nepovedali ste mi, že je taký krpatý," ozval sa Craig.

„Hollywoodske hviezdy sú ako vianočné stromčeky, za každý centimeter navyše si treba priplatiť," povedala Nicky sarkasticky.

„Viete, akí ste hlasní?" zasyčala som. Do skúšobne vošla vysoká tmavovlasá baba. Pripojila sa k Byroninej a Ryanovej konverzácii.

„Pozrite, lady Macbeth je o jednu stopu vyššia ako Ryan," frflal Craig, pohľadom prilepený na tmavovlasej babe. „Budeme to musieť prebrať s kostymérkami. Dáme mu vyššie topánky a kráľovská koruna možno bude musieť byť vyššia."

„Craig," oslovila ho Nicky. „Lady Macbeth by mohla zavtipkovať, že keď ležia, sú rovnako vysokí."

„Nemôžeš do originálu pridávať nové veci," zasmial sa Craig. Ryan si nás všimol, usmial sa a zamieril k nám.

„Ahojte, čo je nové?" pozdravil.

„Práve sme hovorili, ako sa tešíme, že ťa tu máme," povedala som. Zrazu stíchla celá skúšobňa. Všetci si mysleli, že idem predniesť príhovor. Tak som pokračovala:

„Dobré ráno, všetkým. Vitajte a ponúknite sa kávou alebo čajíkom. Pre tých, ktorí nás ešte nepoznajú, ja som Natalie Love, manažérka divadla a umelecká riaditeľka, toto je Nicky Bathgateová, šéfka PR oddelenia, a Xander Campbell, administrátor."

Všetci herci nám zatlieskali. Nicky vystúpila o krok vpred a uklonila sa, čo každému vyčarilo úsmev na tvári. Usmiala som sa a pokračovala ďalej.

„Nicky a ja sme reštartovali toto divadlo pred piatimi rokmi. Veľmi nás teší, aké skvelé ohlasy má naša nová produkcia Macbetha. A vďaka neskutočne talentovanému Ryanovi Harrisonovi sú lístky vypredané na každé jedno predstavenie. Ďakujeme Ryan."

Musela som počkať, kým neutíchol ďalší aplauz. Ryan sa hanblivo usmieval.

„A ešte by som chcela dodať, že Craig, náš režisér, obsadil do našej hry skvelých hercov. Už sa nevieme dočkať premiéry!"

Všetci tlieskali.

„Prepáčte, že vás musím znovu prerušiť, ale nakoniec by som chcela ešte niečo povedať. Ryan, keď som sem ráno prišla, pred divadlom som sa stretla s jednou tvojou fanúšičkou. Bolo to zlaté dievčatko, Bethany. Poprosila ma, či by som ti mohla odovzdať toto... Pre šťastie."

Ryanovi som podala plyšového medvedíka. Všetci zajojkali, že aké roztomilé.

„Ďakujem," zamrmlal zahanbený Ryan. Prezeral si plyšáka. „Viete, aj ja som veľmi rád, že som tu a že s vami všetkými môžem pracovať v tomto krásnom divadle!" Nervózny Ryan stlačil srdce, ktoré držal macík. Zrazu celú študovňu zalial hrubý hlas Bethaninej mamy.

„Volám sa Dawn Mathewsová a milujem ťa, Ryan. V posteli viem byť riadna mrcha. Môj muž chodí na nočné. Ozvi sa mi na číslo 07984567341... O ostatné sa postarám."

Všetci onemeli. Hanbila som sa ako pes, že som mu také niečo dala. Byron sa postavila do stredu miestnosti.

„Rada by som vás pri tejto príležitosť upozornila, aby ste boli ostražití pri fanúšikoch pána Harrisona," povedala tvrdým novozélandským akcentom. Zo zeme zodvihla malý kovový smetiak a Ryan do neho hodil plyšáka. Bol hrozne bledý. Byron pokračovala ďalej: „Ak si všimnete niečo alebo niekoho podozrivého, ihneď kontaktujte mňa alebo manažment divadla. A teraz mi všetci odovzdajte svoje vypnuté mobily. Tie sú na skúškach zakázané."

„Čo som ti vravela, Nat?" dohovárala mi Nicky, keď sme sa vrátili do kancelárie. „Zbláznení fanúšikovia."

„Vieš, ako sa teraz hanbím?" Cez okno som sa pozerala dole na chodník. „Mám chuť ísť tam a povedať tej ženskej..."

„Povedať jej čo? Máme veľa roboty. A ver mi, sú oveľa bláznivejší, extrémnejší fanúšikovia ako ona." Sadla som si za stôl a zapla notebook.

„Zavolám Val, do pokladne. Poviem jej, aby dávala pozor a nikoho nepúšťala dnu," vyhlásila som.

Zvyšok dňa som strávila odpovedaním na e-maily, otváraním pošty a kontrolou zmlúv všetkých účinkujúcich v Macbethovi. Mala som stretnutie s manažérom predaja lístkov a manažérom baru. Chcela som si prejsť nejaké čísla. Potom som mala stretnutie s finančným manažérom, s ktorým sme preberali rozpočet. Neskôr poobede, počas ďalšej kávovej prestávky, mi Xander nadiktoval zoznam predstavení, ktoré sme si cez týždeň naplánovali pozrieť. S Nicky sa snažíme vidieť toľko predstavení, koľko je len možné. Chceme byť v obraze a často si takto vyhľadávame hercov, ktorí sa nám hodia do našich budúcich predstavení. Nicky mala ísť v ten večer so mnou do divadla Fortune na Ženu v čiernom, ale na poslednú chvíľu si zariadila stretnutie, večeru s editorom časopisu Heat, tak som zavolala Sharon.

Stretli sme sa o pol siedmej v tmavom pube oproti divadlu Fortune. Prišla rovno z práce. Sharon robí na pošte v New Cross.

„Ahoj, Nat," usmiala sa a objala ma. „Dám si veľmi veľký pohár vína. Dnes sme mali pohotovosť. Podozrivý balík s antraxom. Nakoniec to bol len púder pre batoľatá pre nejakú dôchodkyňu."

„Dobre. Ja platím," opätovala som jej úsmev a išla som nám objednať pitie. Sharon hľadala voľný stôl a ja som sa snažila predrať plným pubom k baru. Vrátila som sa s dvoma pohármi vína a vyrozprávala som jej všetko, čo sa udialo cez deň. Sharon sa smiala. Potom som jej povedala, čo sa mi stalo včera s Benjaminom, a to už sa nesmiala. Keď som dokončila, odpila si veľký dúšok vína a chvíľu sa pohrávala s pohárom.

„Nat, musím sa priznať, že som rada, že sa to stalo, lebo on je debil a má vzťahovú fóbiu. Prepáč. Taktiež je bastard, primitív a totálne pod tvoju úroveň. Nechápem, o čo vlastne z tvojej strany ide. Samota? Túžba? Ako ťa môže niekto ako on urobiť šťastnou? Naplniť tvoje túžby?"

„Okej, Sharon..." snažila som sa ju zastaviť, ale ona pokračovala:

„Nemá zmysel pre humor. Je sebecký a samoľúby.

Tvári sa, že je strašne inteligentný, ale v skutočnosti je plytký ako kaluž.“

„Sharon!“

„Prepáč, Nat.“

„Čo si mi to hovorila včera? Ak s ním budeš šťastná, budem šťastná aj ja a budem ho mať rada, lebo ho máš ty rada...“ opýtala som sa jej.

„Teraz, keď ťa podviedol, môžem byť celkom úprimná. Skutočné Namaste. Vieš čo? Každý raz, čo ti povedal Namaste, si mu mala povedať, že je hlupák. Možno by ho používal oveľa menej.“

Oči sa mi začali zalievať slzami. Utrela som si ich rukou.

„Nat, neblázni.“ Sharon vybrala z kabelky vreckovky. „Prepáč. Mala som naňho nakydať pomaly v niekoľkých fázach. Neznášam ťa vidieť nešťastnú. Vo všetkom sa ti teraz v živote darí a kvôli nemu si to nemôžeš vychutnať.“

„Máš pravdu.“ Poutierala som si tvár vreckovkou. „Neviem, čo mám robiť!“

„No, na začiatok si viem predstaviť niečo ako špicu tvojej lodičky v jeho rozkroku.“

Zasmiala som sa a potom mi vyhŕkli ďalšie slzy.

„Nevieš, aké to je byť sama, Sharon. Väčšinu času sa cítim veľmi osamelá. Ty máš úžasnú rodinu...“

„Ktorú by som nemala, keby som nestretla Freda. On bol pre mňa ten pravý. Aj ty stretneš toho pravého.“

„Myslím, že čas na stretnutie toho pravého sa mi kráti,“ vzdychla som a potichu dodala:

„Čo ak bol Jamie ten pravý?“

„Jamie nebol ten pravý,“ odvrkla Sharon.

„Vieš... asi to vyznie hlúpo, ale s Jamiem sme boli ako dokonalý pár tých najkrajších topánok. On bol moja pravá topánka a ja som bola jeho ľavá."

„Pravý a ľavá? Viem, čo tým myslíš. Ale vráťme sa k Benjaminovi. Naozaj si si myslela, že sa za neho vydáš?"

„Nie, ale sľúbil, že pôjde so mnou na krstiny." Sharon sa zasmiala.

„Čo mám robiť?" opýtala som sa.

„Toto mu nemôže prejsť! Máš od neho kľúče? Mohli by sme ísť k nemu, keď nebude doma, rozstriháme mu všetko oblečenie a vyhodíme z okna!"

„Nemám od neho ani len kľúč... Ja som mu svoj dala, on mi to neodplatil."

„Tak v tom prípade to je veľmi jednoduché. Povedz mu, nech skočí z nejakého útesu, a ty potom môžeš začať žiť svoj život. Vieš, koľko ľudí by bralo také jednoduché riešenie?" usmiala sa Sharon a objala ma. „A teraz nám idem zobrať nové drinky a ty mi potom povieš všetko o tom hovoriacom perverznom plyšovom medvedíkovi... Škoda, že to nenapadlo mne. Aj ja by som také niečo dala Ryanovi Harrisonovi. Keby som to bola vedela, len minulý týždeň som zobrala Amy do hračkárstva vo Wesfielde, kde si môžeš vyrobiť vlastného plyšového maca."

Pri ďalšom pohári vína sa Sharon podarilo rozveseliť ma a potom sme prešli cez cestu do divadla. Napriek tomu, že príbeh je o slobodnej dievke, ktorá sa zbláznila zo samoty, Žena v čiernom bola skvelá hra. Nevidela som toto predstavenie už niekoľko rokov a takmer som zabudla, aké je desivé. Produkcia je minimalistická a herci úžasne vtiahnu divákov do príbehu, ktorý sa odohráva v starom strašidelnom dome v močarisku pri mori. So Sharon sme sedeli dolu na krajných sedadlách. Počas hry žena v čiernom prešla sálou a závojom sa jemne dotýkala divákov. Dotkla sa aj Sharon, tá skoro dostala infarkt. Tak sa naľakala, že jej z ruky vyletela škatuľka lentiliek. Rozleteli sa po japonských turistoch sediacich pred nami.

Po predstavení som sa cítila o dosť lepšie. Mali sme ten skvelý adrenalínový pocit, ktorý máte po dobrom desivom filme. Potom sme prešli dookola k dverám do zákulisia, kde som sa porozprávala s hercom, ktorého som si prišla pozrieť. Po polhodinovom rozhovore, v ktorom som mu povedala, ako veľmi sme si užili hru, sme odišli, aby si mohol dať dole mejkap a nachystať sa domov. Fortune je veľmi staré divadlo. Keď sme odchádzali, bolo úplne prázdne, schody, ktorými sme išli dolu, vŕzgali. V polceste sa zrazu vypli všetky svetlá. Zozadu som pocítila Sharoninu ruku, ako ma schmatla.

„Dopekla, tma! Nič nevidím!" zasyčala. O niekoľko sekúnd sa zapli núdzové svetlá, ktoré osvietili schodisko zeleným svetlom.

„Ak teraz natrafíme na ženu v čiernom, poseriem sa," povedala vystrašená Sharon.

„Aj ak by sme na ňu natrafili, už bude bez mejkapu," upokojovala som ju. Naše kroky sa ozývali na železných schodoch, ako sme po nich liezli dolu.

„Kde sú všetci?" opýtala sa Sharon. Stále ma pevne držala za ruku.

„Asi už odišli domov." Konečne sme sa dostali na

koniec schodiska. Ráznym krokom sme nabrali smer vchodové dvere a vyšli sme v bočnej uličke za divadlom. Mesiac bol schovaný za oblakom a v uličke bolo veľmi ticho. Zahli sme na Russel Street, aj tá bola úplne prázdna. Pouličné lampy nesvietili. Ulica pred divadlom bola takisto prázdna a pub oproti zatvorený.

„Nepáči sa mi to. Nezdá sa ti všetko nejaké desivé?" opýtala sa Sharon.

„Asi len vypadla elektrina."

„Aj tak je to nepríjemné, čudné, že nesvieti žiadne svetlo, ani semafory." Sharon si vytiahla golier kabáta až pod bradu.

„Asi by si mala ísť domov taxíkom, divadlo mi ho preplatí. Ty ideš ďalej, ja to mám kúsok."

„A ty pôjdeš sama?"

„Doma som za päť minút." Spoza rohu vyšiel čierny automobil so zapnutým znakom TAXI na streche. Vystrčila som na cestu ruku. Šofér zastavil kúsok od nás.

„Môžeme ísť okolo tvojho bytu," navrhla Sharon.

„To by trvalo so všetkými jednosmerkami veľmi dlho. Len choď domov a nezabudni si vypýtať potvrdenie o zaplatení."

„Zoberiem si taxík, iba ak ty si zoberieš toto," Sharon sa prehrabala v kabelke a vybrala z nej niečo ako malý dezodorant.

„To je slzný sprej," vysvetlila mi.

„Prečo máš slzný sprej?" Rýchlo som si ho zobrala, aby si ho nevšimol taxikár.

„Fred mi ho dal, aby som ho mala vždy pri sebe, keď idem domov z práce."

Okno na taxíku sa trochu pootvorilo.

„Ako dlho budete ešte kecať? Beží vám taxameter," pripomenul nám šofér.

„Už ide," postrčila som Sharon do auta.

„Dávaj si pozor, aby si ho mala dobre nasmerovaný," pozrela sa mi na vrecko, kde som mala schovaný slzný plyn. „Nechceš si ho nasprejovať do tváre!"

„Neboj, budem v poriadku," uisťovala som ju.

„A ak niečo, hneď mi volaj. Hocikedy! Nemôžeš dovoliť Benjaminovi, aby mu to prešlo." Z auta mi poslala vzdušný bozk a zavrela dvere. Zakývala som jej. O pár sekúnd sa taxík stratil za rohom.

Vonku bola riadna tma a ticho, ktoré prechádzalo až do kostí. Vlhký vzduch a mierny vánok dotvárali atmosféru podobnú tej v močariskách v Žene v čiernom. Myslela som na erdžanie koní, ktoré ťahali koč a stratili sa v hustej hmle a neskôr sa utopili v močarisku. Po chrbte mi prebehol mráz.

Kabát som si vytiahla k brade a kráčala som domov. Päť minút v tej atmosfére mi pripadalo ako päť hodín. Cestou som v Soho takmer nikoho nestretla. Osvetlenie nefungovalo nikde. Všetky reštaurácie a bary boli zahalené v tme.

Aj moja ulica Beak Street bola tichá a tmavá. Kartou som chcela otvoriť bránku, ale tá sa vŕzgavo otvorila sama. Keď som už prichádzala k vchodovým dverám, autu na ceste buchol výfuk. Musím sa priznať, hrozne som sa naľakala. Utekala som k dverám, do zámky som strčila kľúč, vbehla som dnu a treskla dverami, aby sa rýchlejšie zavreli. V chodbe som zapla vypínač, ale nič. Všade tma. Vybrala som mobil a ním som si posvietila do kuchyne. Šmátrala som v šuplíku, kde som narazila na dopoly obhorenú sviečku. Zapálila som ju a položila na malú podšálku.

Keď som vyberala z kredenca pohár, z chodby som započula čudný zvuk, škrabkanie... V tom momente som zmrzla. Znovu som to počula. Pomaly som sa priblížila a počula som, že niekto je pre vchodovými dverami, niečo si potichu hundral. Odrazu som počula, ako do zámky pchá kľúč a snaží sa odomykať.

Spanikárila som. V kabáte som rýchlo hľadala slzný plyn. Práve som ho mala v rukách, keď sa dvere otvorili. Len na niekoľko centimetrov, keďže ich stopla bezpečnostná retiazka. Cez medzeru sa predierala ruka, ktorá chcela dať retiazku dole. Zavrešťala som, prebehla k dverám a začala striekať slzný plyn.

„Jáááááu! Namaste!" zakričal hlas.

Vtom sa zapli svetlá. Vonku bol Benjamin. Kľačal na kolenách na schodíku. V dlaniach si zvieral ubolenú tvár. Líca a oči mu rapídne opúchali. Tvár mal zaliatu slzami.

BOLESŤ

Benjamin jačal a zvíjal sa od bolesti. Rýchlo som zvesila bezpečnostnú retiazku z dverí a nasmerovala som ho

dnu do kúpeľne.

„Namaste!" kričal. Rukami si stále zvieral tvár. Otvorila som sklené dvere na sprchovom kúte. „Kurva!" nadával. Natočila som sa k nemu a pustila vodu.

„Čo si mi to urobila?"

„Strekla som na teba slzný plyn, myslela som si, že si zlodej," vysvetľovala som mu.

„A ja som ti priniesol kvety!" zareval. Ruku si strčil do bundy ako kúzelník a vytiahol z nej kytičku klinčekov. Šmaril ich do mňa a okamžite svojimi veľkými rukami pokračoval v škriabaní tváre a očí.

„Aspoň sa poďakuješ?" štekol.

„Áno, ďakujem," povedala som a klinčeky som hodila na zem vedľa záchoda. Nemala som pocit, že bol správny čas na to, aby som mu povedala, že som na ne alergická. Slzia mi z nich oči.

„Strč si hlavu pod vodu." Jemne som mu hlavu strčila pod tečúcu sprchu. „Nechaj si tiecť vodu po tvári, idem pozrieť, čo ďalej."

„Panebože! Namaste, to bolí!" vykrikoval Benjamin.

Od bolesti trieskal rukami po kachličkách. Utekala som do kuchyne, schmatla mobil a gúglila som, ako utlmiť bolesť po styku so slzným plynom. Našla som, že slzák je založený na olejovej báze a že treba do vody pridať slabú dávku čistiaceho prostriedku na riad. Našla som misku, napustila som do nej teplú vodu a zamiešala trochu jari. Hneď som s tým utekala do kúpeľne.

„Nat, Natalie! Kde si? Nenechaj ma tu samého!" volal Benjamin. Keď som sa vrátila, stál oblečený, úplne mokrý pod tečúcou sprchou. Nedal si dole ani rifľovú bundu.

„Už som tu." Chytila som ho za ruku. „Priniesla som misu vody. Zarobila som do nej trochu jari. Musíš si do toho namočiť tvár a otvoriť oči, aby sa z nich mohol vymyť slzný plyn."

„Jar na riad?"

„Áno."

„Dúfam, že to je tá ekologická jar, čo som ti kúpil na narodeniny!"

„Áno, to bol milý darček. Musíš si to teraz rýchlo vymyť, aby si neoslepol."

„Neoslepol?" zopakoval vystrašene a v miske, ktorú som mu podala do rúk si začal rýchlo umývať tvár. Držal ju pred sebou, nadýchol sa, ponoril sa do vody a o pár sekúnd sa dramaticky vynoril, aby sa nadýchol. Mala som čo robiť, aby som sa nezačala smiať. Pripomínal mi súťažiaceho z Pevnosti Boyard, ktorý si musel ponoriť tvár

do nádoby so slizom a zubami z nej vybrať kľúč od truhly...
Potom začal plakať a cítila som sa hlúpo, že som sa chcela
smiať.

„Strašne to bolí, Natalie!"

Párkrát som mu vymenila vodu za novú a previedla
som ho do obývačky. Keď sa úplne mokrý usadil na gauč,

uvedomila som si, že jeho stav sa vôbec nezlepšil...
Tvár mal ešte opuchnutejšiu.

Znovu som schmatla mobil a rýchlo som pozrela na
fórum s radami, čo robiť, keď skončíte so slzákom v tvári.
Ďalší človek radil potrieť tvár mliečnym výrobkom. Biely
jogurt je vraj dobrý na opuchy a stlmenie bolesti. Išla som
do chladničky, či tam niečo také nemám.

Nemala som biely jogurt, ale mala som vanilkový.
Zobrala som ho, reku, veď môže len pomôcť. Vrátila som
sa k Benjaminovi, stále sedel na gauči. Z nosa sa mu lialo,
takisto aj z očí. Keď som ho utierala, v dlani som cítila
horúčavu z jeho opuchnutej tváre.

„Zistila si niečo?" opýtal sa ma plačky a pootvoril oči.
Bielka mal ružové a žilky totálne popraskané, vyzerali ako
krvavá pavučina.

„Áno. Našla som jogurt. Stlmí ti bolesť."

Otvorila som vrchnák, nabrala čajovú lyžicu
vanilkového jogurtu a jemne som mu ho natrela okolo očí.
Chvíľku bol ticho, potom začal stonať.

„Čo?" nevedela som, čo sa deje. Benjamin zastonal
ešte hlasnejšie. A potom mu začala tvár puchnúť ešte viac.
Vtom som si spomenula, že je alergický na sóju.

Hneď som pozrela na téglik. Bol to sójový jogurt!

BYŤ ALEBO NEBYŤ?

Sanitka prišla niekoľko minút potom, ako som ju zavolala. Aj za ten krátky čas Benjamin napuchol ako Hulk a ledva dýchal. Tak rýchlo, ako sa len dalo, som pustila dnu dvoch zdravotníkov, muža a ženu. Niesli so sebou veľký zelený kufrík a nosidlá. Plášte sa im ligotali od dažďových kvapiek.

Nasmerovala som ich do obývačky. Benjamin bol vystretý na gauči. Vyzeral príšerne, akoby mal na sebe kostým zápasníka sumo. Zdravotníci k nemu pribehli a začali ma bombardovať otázkami. Ako sa volá? Čo naštartovalo jeho alergickú reakciu? Bol to sex v latexovom kostýme? Arašidy?

„Sójový jogurt," vyhŕklo zo mňa. „Určite to nebol sex v latexovom kostýme... Strekla som mu do tváre slzotvorný plyn..."

„Tento človek sa vám vlámal do bytu?" opýtala sa zdravotníčka. Benjaminovi rozťahovala pery a malou baterkou mu svietila do úst. „Obraňovali ste sa najprv sójovým jogurtom a až potom slzným plynom?“

„Nie. Je to môj frajer. Sme spolu už asi rok... má alergiu na sóju... Najprv som mu do tváre strekla slzák a potom som mu ju upokojovala sójovým jogurtom,“ vysvetľovala som.

„Nevedeli ste o jeho alergii?“ opýtal sa zdravotník.

„Chlapi vám nikdy nič nepovedia! Musíte z nich ťahať aj tie najzákladnejšie veci.“

Zdravotníčka vybalila striekačku a Benjaminovi pichla adrenalínovú injekciu. Prudko sa nadýchol.

„Benjamin, počujete ma?“ opýtala sa. „Mali ste veľmi zlú alergickú reakciu, berieme vás do nemocnice.“

Benjamin jej odpovedal mrmlavo pre opuchnutý jazyk. Nebolo mu rozumieť. Nosidlá vystreli a položili vedľa sedačky. Potom ho nadvihli a hojdavým pohybom na ne preložili.

„Dýchacie cesty sú už uvoľnené a otvorené,“ oznámila zdravotníčka a vybalila ďalšiu injekciu, ktorú pichla Benjaminovi do ruky. Bola veľmi rýchla. Hneď mu na ruku upevnila hadičku, ktorá viedla k priehľadnému vrecku.

„Nezomrie?“ opýtala som sa vystrašená. Aj Sharon by mi dala za pravdu, že oslzákovať Benjamina a potom ho usmrtiť anafylaktickým šokom by bola trochu prehnaná pomsta.

Chlapík nastavil tyč, vedúcu z nosidiel, a zavesil na ňu vrecko s tekutým obsahom.

„Prišli sme včas. Je stabilizovaný,“ upokojoval ma.

„Dobre, poďme,“ žena prehodila cez Benjamina

červenú deku. Rýchlo som si zobrala kabelku a nasledovala som ich cez komunálnu záhradku.

„Berie Benjamin nejaké lieky?" opýtal sa zdravotník.

„Neviem, má u mňa iba zubnú kefku." Ponáhľala som sa popri ňom. „Chcela som, aby si u mňa nechal viacej svojich vecí, ale vždy odmietol..."

Spod deky sa vynorila Benjaminova ruka.

„Chce, aby ste ho chytili," upozornila ma zdravotníčka. Chytila som ho za ruku, ale musela som ju hneď pustiť, keď ho začali nakladať do sanitky. Najprv zložili spodok nosidiel a potom ho šupli dnu. Chcela som nastúpiť dnu, ale nebolo tam dosť miesta. Povedala som im, že chcem prísť za ním do nemocnice.

„Mám prísť?" opýtala som sa.

„Ste jeho priateľka, nie?" odpovedala žena.

„No, ako sa to vezme..."

„Musíme ísť. Berieme ho do nemocnice Guy's," ledva dopovedala, keď zabuchla dvere. Sanitka odišla za sprievodu hlučnej a blikajúcej sirény. O chvíľočku sa zjavil na ceste čierny taxík. Signalizovala som mu, aby zastavil. O dvadsať minút som bola v nemocnici.

Pohotovostné oddelenie bolo plné ľudí. Deti revali, v rohu sedela staršia pani s opuchnutým členkom. Ďalšia žena sa opierala o stenu a v rukách si zvierala hlavu, z ktorej jej na biele tričko kvapkala krv. Dve recepčné dvíhali neutíchajúce telefóny. Postavila som sa do radu. Našťastie som nečakala veľmi dlho. Dopracovala som sa k tej mladšej a milšej. Poprosila som ju, aby mi povedala, kde by som mohla nájsť Benjamina Jarvisa. Niečo naťukala do počítača a potom ma poprosila, aby som sa usadila.

„Prosím vás, mohli by ste mi povedať, čo sa deje? Je v poriadku?" opýtala som sa.

„Teraz je u doktora," odvetila mi.

„Bude v poriadku?"

„Budeme vedieť viac, keď ho prezrie doktor. Prosím vás, sadnite si a počkajte," požiadala ma rázne. Chvíľu som tam nemo stála. V rade za mnou bola žena s bábätkom. Nakoniec som si sadla a začala som premýšľať. Mám kontaktovať Benjaminových rodičov? Kde by som mohla na nich nájsť číslo? Viem, že má sestru Emmu. Žije v Readingu, ale nikdy som sa s ňou nestretla. Nemala som od neho kľúč, aby som mu mohla priniesť nejaké jeho veci. Cítila som sa dosť čudne. Chvíľu som sledovala hodiny na stene. Potom ohlásili moje meno.

„Nech sa páči, prejdite tamto a pýtajte sa na doktora Besta," recepčná mi ukazovala smer. Prešla som do veľkej miestnosti rozdelenej do malých kutíc ako v banke. V každej kutici bola jedna posteľ. Od osvieteného panelu so snímkami ma zavolal vysoký chudý muž.

„Natalie Love?"

„Áno, to som ja. Som tu s Benjaminom Jarvisom. Je v poriadku?"

„Poďte za mnou," povedal chlapík a zaviedol ma na koniec miestnosti do jednej z kutíc. Odtiahol na nej záves. V posteli sedel Benjamin. Mal na sebe zelený nemocničný plášť a z ruky mu viedli dve hadičky. Jedna bola výživa a tá druhá ani neviem. Tvár mal opuchnutú a stále vyzeral, akoby mal na sebe kostým zápasníka sumo.

„Mal veľmi agresívnu reakciu, ale určite sa z toho dostane," informoval ma doktor Best. „Na tvári mal čudný mix niečoho korenistého a vanilkového jogurtu."

„Aha," na nič iné som sa nezmohla. Doktor pokračoval ďalej.

„Možno to bola nejaká nová nátierka z potravín? Moja žena miluje nátierky Heston a Blumenthal. Bol toto nový druh? Ešte som sa s takouto nátierkou nestretol."

„Nie, to korenisté bol slzný plyn."

„Okej, to dáva zmysel."

„Bola to nehoda..."

Doktor na mňa odrazu pozeral inak. Akoby mi to v jeho očiach ubralo na vážnosti. Zrazu som preňho nebola vyznávačka nátierok a dipov, ale vandalka najhrubšieho zrna.

„Okej... necháme si ho tu do rána na pozorovanie," povedal mi doktor Best a odišiel. Pristúpila som k posteli a chytila som Benjamina za ruku.

„Ahoj, Benjamin. To som ja, Natalie. Je mi to strašne ľúto." Dnu vošla sestrička a napravila mu hadičku s výživou.

„Veci má v igelitke v nočnom stolíku. Chcete pri ňom prespať? Môžem vám objednať matrac a pokojne tu môžete zostať celú noc."

„Nie, ďakujem. Prišla som len na návštevu."

„Keď mu dotečie celá výživa, tak bude môcť ísť pravdepodobne ráno domov," sestrička pozrela na Benjamina. „Teraz už spí, dostal sedatívum."

Nakoniec som poprosila o prenosnú posteľ, aby som mohla zostať pri Benjaminovi.

„Kým spí, choďte si pokojne dať niečo pod zub, alebo drink. Budem na neho dozerať," ukázala mi smer k nemocničnej kaviarni. Kúpila som si veľké americano a vyšla som na čerstvý vzduch pred hlavný vchod.

Bola teplá letná noc a okolo oranžových svetiel pouličných lámp sa motali húfy molí. Vonku postávali sestričky na fajčiarskej prestávke. Vedľa mňa zastavil starší pán na vozíku.

„Nosiť ťa von takto neskoro Gerald... mohla by som mať z toho problémy. Máš päť minút," povedala mu zdravotná sestra. Zabrzdila vozík a odišla dnu. Tvár mal hrozne žltú. Možno mal žltačku. S niečím sa hral pod dekou. Nakoniec spod nej vybral dokrčenú škatuľku cigariet. Šmátravo pod dekou našiel aj zapaľovač. Zo škatuľky si trasľavo vybral cigaretu a strčil si ju do úst. Ruky mal veľmi opuchnuté a zaliate modrinami. Predpokladám, že mu sestričky nevedeli nájsť žilu. Aj napriek tomu, že sa snažil zapáliť cigaretu oboma rukami, nedarilo sa mu to.

„Pomôžem vám?" ponúkla som sa. Vďačne prikývol. Zobrala som zapaľovač a zapálila mu cigaretu.

„Nemal by som," povedal a vtom ho chytil záchvat kašľa. „Ale keď mi to tak chutí."

„Dievčinka, si v poriadku?" opýtal sa ma po chvíli.

„Hmmm, ani sama neviem. A vy ste v poriadku?"

Starý pán sa pozrel dolu na vozík, kde mal pripevnený katéter.

„Prepáčte, to bola hlúpa..."

„Nič sa nestalo," šepol roztraseným hlasom. „Mal som prekliato krásny život. O chvíľu budem mať deväťdesiat." Jedna ruka sa mu stratila pod dekou a niečo šmátrala. Nakoniec vybral malú peňaženku – takú, čo musel stlačiť na oboch stranách, aby sa v strede otvorila. Roztrasenou rukou ju nastrčil smerom ku mne.

„Mám vám ísť niečo kúpiť?" Pokrútil hlavou na znak nesúhlasu a potom sa tak rozkašľal, že skoro omodrel. Keď dokašľal, pokračoval. „Pozri sa dnu." Zobrala som peňaženku a vybrala som z nej kôpku debetných kariet zaviazaných gumičkou.

„Otoč ich," povedal. Otočila som ich a vnútri nepriehľadného obalu bola stará čiernobiela fotka. Opatrne som ju vybrala. Bol na nej mladý pár sediaci na okennej rímse, hľadeli do diaľky na krásnu rybársku dedinku.

„Toskánsko... V päťdesiatom štvrtom," potiahol si z cigarety.

„Je krásna." Pozerala som na ženu na fotke. Jej dlhé gaštanové vlasy sa leskli v slnečných lúčoch. Nádhernú, jednoduchú bielu blúzku mala zapnutú takmer po krk. Aj keď sedela, bolo vidieť jej krásnu postavu. Vedľa nej sedel štíhly, tmavý, veľmi fešný mladý muž v čiernom roláku.

Ruky mal položené na jej pleciach a usmieval sa do slnka.

„To ste vy?" opýtala som sa.

„Chce sa ti tomu veriť? Pripadá mi to, akoby to bolo len minulý týždeň."

„To bola vaša priateľka?" V ruke som stále držala fotku.

„Priateľka? Ja som si ju zobral! Myslíš, že by som nechal takú kočku odísť? Prežili sme spolu šesťdesiattri rokov." Zdalo sa, že sa znova rozkašle. Na chvíľu zostal ticho. Potom mu začali slziť oči. Našla som vreckovku a podala som mu ju.

„Som starý hlupák, pravda?"

„Nie! Ona bola tá pravá. Však?"

„To teda bola," pritakal zasnívane. „Claire bola ta pravá..."

Jemne som zasunula fotku naspäť do obalu a do peňaženky. Vložila som mu ju do ruky. On si ju potom schoval pod deku.

„Ešte pred desiatimi rokmi som bol v takom stave, že som mohol súperiť o každú ženu," usmial sa deduško. „Si vydatá?"

„Nie."

„Priateľa máš?"

„Hmm... Nie som si istá."

„Nuž, keby si potrebovala nad tým porozmýšľať, som na izbe šesťdesiatdeväť. Lepšie číslo som nemohol ani mať." Zasmiala som sa. Za nami sa objavila sestrička.

„Aha, tu je moja väzenská dozorkyňa." Sestrička sa usmiala a prikývla mu.

„Správal sa k vám ako malý chlapec?"

„Nie, bol džentlmen."

„Gerald, Gerald, čo s tebou urobím?" Čiernovlasá sestrička krútila hlavou. Nemocničná uniforma jej veľmi pristala.

„Môžeš sa k nám pridať," povedal deduško sestričke a žmurkol na mňa. „Moje posledné želanie na smrteľnej posteli je rozdať si to v trojke." Sestrička na mňa pozrela s výrazom, že je to starý blázon, a vzala ho dnu.

Aj ja som sa zakrátko vrátila k Benjaminovej posteli. Čakal ma tam už aj matrac. Bol zrolovaný a opretý o stenu. Mohla som ho rozložiť a prespať tam, alebo... Odniekiaľ zhora ma zrazu osvietilo a uvedomila som si, že Benjamin nie je pre mňa ten pravý. Ako mi to mohlo trvať tak dlho? Prečo som si to nevšimla už dávno? Je to také očividné!

Otvorila som nočný stolík pri jeho posteli a vybrala som z malého priehľadného vrecka jeho mobil. Zapla som ho, rýchlo som rukou stlmila zvuk, ktorý začal vydávať pri zapnutí. Po chvíli si mobil pýtal pin. Zahľadela som sa na obrazovku s malým štvorcom so štyrmi čiarkami, kde som ho mala napísať. Vyskúšala som dátum svojich narodenín. Nebola som veľmi prekvapená, keď neprešiel. Zostali mi dva pokusy. Nemala som šajnu, kedy sa narodila Laura, ale potom mi došlo, že jediný človek, ktorého Benjamin skutočne miluje, je Benjamin. Naťukala som jeho dátum. Až som stŕpla, keď sa mobil odblokoval.

Pozrela som na Benjamina. Vyzeral, že tuho spí.

Preletela som jeho správy a e-maily. Všimla som si, že väčšina bola od Laury, a zdalo sa, že to medzi nimi frčí už dosť dlho. Za posledných pár mesiacov mu prišlo množstvo Lauriných fotiek. Nebudem ich radšej ani opisovať. Stačí, keď poviem, že Laura má pätnásť pírsingov, z ktorých osem je od krku dolu.

Vybrala som svoj mobil a poslala som Laure správu. Napísala som jej, že si môže Benjamina nechať celého aj s topánkami a má si zajtra vyzdvihnúť svoju výhru v nemocnici Guy's. Potom som sa vrátila k Benjaminovmu mobilu, otvorila som jeho Facebook a vyhľadala som stránku BenjiJoga. Po chvíli zvažovania som na stránku, ktorú sleduje vyše päťtisíc ľudí, v jeho mene napísala:

„Všetkým sa ospravedlňujem, ale hodiny BenjiJogy sú do odvolania zrušené. Moja frajerka mi prišla na to, že si to rozdávam s babami z jogy, vďaka čomu som chytil nepríjemnú prenosnú pohlavnú chorobu. NAMASTE. BenjiJoga."

To isté som napísala na Benjaminov Twitter. Potom som mu na oboch sociálnych sieťach zmenila heslá, vypla mobil a vrátila ho do nočného stolíka. Jeho tvár vyzerala o dosť lepšie, opuchy sa zmenšovali.

Ešte raz som sa na neho pozrela. Potom som potichu odišla. Domov som sa vrátila taxíkom.

DEJSTVO DRUHÉ

O TÝŽDEŇ NESKÔR

ZLATKO, JE TO LEN PR

„Vyzerám dobre? Nevyzerám ako ustarostená mama?"

opýtala sa Sharon s pohľadom upretým do malého

mejkapového zrkadla, pričom si jemne nanášala rúž na pery. Stáli sme na treťom poschodí divadla, pred miestnosťou, kde sa skúšal Macbeth. Čakali sme na obednú prestávku, keď bude mať Sharon šancu stretnúť sa s Ryanom Harrisonom.

Sharon sem pribehla z roboty v rámci obednej prestávky. Na sebe mala pracovnú poštovú uniformu, pozostávajúcu zo sivých nohavíc, červenej blúzky a viacfarebnej šatky. Keď sa otvorili dvere skúšobne, poskočila ako vytešená tínedžerka na koncerte Justina Biebera. No bol to len člen produkcie. Pozdravil sa a na Sharon hodil čudný pohľad.

„Mala som si so sebou priniesť niečo na prezlečenie, vyzerám ako debil!" zasyčala Sharon. Rýchlo si naprávala nohavice a oberala z nich všetko, čo sa jej cestou na ne nalepilo.

„Vyzeráš fajn. Možno si daj dole šatku a bude to lepšie," povedala som. Stiahla si z krku šatku a strčila ju do kabelky.

„Lepšie?" opýtala sa.

„Dokonalé, ale nezabudni, že to bude len také malé ahoj. Dobre?"

„Samozrejme. Nechcem vyzerať ako nejaká bláznivá zúfalá fanúšička. Ako tá ženská s plyšákom. Mám najskôr pochváliť jeho seriál Manhattan Beach? A potom sa ho spýtam na jeho psov?"

„On má psov? Ktovie, kde sú teraz?" opýtala som sa Sharon.

„Má ľudí, ktorí mu ich venčia a strážia u neho doma. Všetci v Los Angeles to tak robia. Volajú sa Bella a Edward."

„Ty vieš, ako sa volá jeho venčiteľka a opatrovateľ psov?"

„Nie. Tak sa volajú jeho psi..." vysvetľovala Sharon. Na chvíľku sme stíchli. Zo študovne sme započuli hlasy a stoličky škrípajúce po parketách.

„Ozval sa ti Benjamin?" opýtala sa. Odvtedy, ako som ho nechala v nemocnici, prešiel už týždeň.

„Na odkazovači mi nechal ďalší odkaz, ktorý ukončil nadávkami a vreskotom hysterickej ženy."

„Vyzerá to tak, že sa jeho jogínsky pokoj stratil tam, kde jeho tangáče. Hlboko v zadku!" zasmiala sa. „Ignoruj ho, nedaj mu žiadny priestor v svojom novom živote..."

„Vrátila som mu vlastníctvo jeho sociálnych médií. Poslala som mu heslá."

„Ale mala si ich v rukách dosť dlho nato, aby všetci

vedeli, aký je to promiskuitný bastard," povedala Sharon s veľkým úsmevom.

Vtom sa otvorili dvere. Ako prví vychádzali von Byron s Ryanom. V ruke mal scenár Macbetha. Bol popísaný Byroniným písmom a jej pokynmi, čo kde a kedy na javisku. Oblečený bol v sivých značkových teplákoch a bicepsy mu vyskakovali z vypasovaného bieleho trička. Sharon ma silne schmatla za ruku. Skoro mi zlomila prsty.

„Môžem vám s niečím pomôcť?" opýtala sa Byron silným novozélandským prízvukom. Podozrievavo sa pozerala na Sharon v poštárskej uniforme a pokračovala:

„Niečo ste mi priniesli na dobierku?"

„Nemám pre vás žiadnu zásielku. Prišla som za Ryanom," odpovedala Sharon.

„Musíte ísť za Val do pokladne, všetka pošta pre pána Harrisona sa nechává u Val."

„Nepriniesla žiadnu poštu, toto je moja kamarátka Sharon," vysvetlila som Byron. „Dúfam, že vám to nevadí, ale išla okolo a je tvojou veľkou fanúšičkou,

Ryan."

Dvere sa znovu otvorili a zvyšok hercov a produkčného tímu prešiel okolo nás.

„Žiaden problém. Ahoj..." usmial sa Ryan.

„Ahoj, volám sa Sharon Lombardová." Pozerala na Ryana s bizarným výrazom lásky v očiach. Ryan sa k nej nahol a bozkal ju na obidve líca.

„Bože môj, ďakujem." Chytila sa za líca, kde sa jej dotkol perami.

„Lombardová je talianske meno?" opýtal sa Ryan. „Nevyzeráš ako Talianka."

„Nie, nie som, môj manž... manžel je Talian.“ Pozrela sa dole na svadobnú obrúčku a ruku si schovala do vrecka. Nastalo trápne ticho.

„Ako sa má Bella a Edward?“ opýtala sa, aby prerušila ticho. Ryana to prekvapilo. „Fíha, vieš toho o mne dosť. Sú okej. A ako sa majú...?“

„Amy a Felix,“ uškrnula sa Sharon.

„Kúlové mená, aká sú rasa?“ zaujímal sa Ryan.

„Nie. Nie sú to psi, milujem psov... ale miesto psov som si zadovážila deti. Ježiš, chcem povedať, to sú moje deti, nezadovážila som si ich od nejakého chovateľa alebo náhradnej rodičky... porodila som ich...“ Ryan prikývol. Sharon pokračovala ďalej.

„Milujem Manhattan Beach, videla som každú časť. Nechce sa mi veriť, že nie si skutočný zubár... Chcem povedať, že viem, že toho zubára len hráš, ale normálne sa musím krotiť, inak by som od teba chcela preventívnu zubnú prehliadku!“

Ryan len slušne prikyvoval.

„Nieže by som potrebovala preventívnu prehliadku. Bola som len nedávno. Jedna plomba, dala som si urobiť bielu,“ Sharon otvorila ústa, nahla sa k Ryanovi a išla mu ju ukázať.

„Sharon!“ škaredo som na ňu zazrela. Zdalo sa, že Ryan je na podobné správanie fanúšičiek zvyknutý.

„Tvoj zubár odviedol skvelú robotu. Ak niekedy prídeš do Ameriky na Manhattan Beach, pokúsim sa o takú dobrú robotu.“

„Ryan má iba tridsať minút na obed,“ pripomenula Byron. V skutočnosti chcela povedať: Ryan, pozor, táto ženská má možno zbraň. Sharon došlo, že Ryan je na odchode a začala brblať.

„Nat, Natalie mi povedala, že dnes je premiéra tvojho megaveľkého bilbordu na divadle. Macbeth!"

„Hej. Je hrozne kúlový. Natalie zasa povedala mne, že bude na titulkách niektorých novín," uškrnul sa Ryan.

„V Evening Standard?" opýtala sa Sharon. Ryan jej išiel odpovedať, ale Byron mu naznačila, že musia ísť.

„Okej, Sharon. Bolo kúlové, že sme sa takto spoznali, ale teraz už musím ísť. Robím rozhovor do novín."

„Nie som hocijaká fanúšička," vyletelo zo Sharoniných úst, „chcem povedať, že som fanúšička, ale hlavne som Natalina najlepšia kamarátka. Ona vie, že nie som cvok, že by som ťa nikdy neprenasledovala ani sa ti neprehrabávala v smetiakoch pred domom alebo hotelom..."

„Ryan sa musí najesť a potom robí rozhovor," prerušila ju nasrdená Byron.

„Sharon, ak si Natalina kamarátka, tak sa určite ešte stretneme. Určite príď na premiéru Macbetha."

„Určite prídem!" zakričala Sharon, keď sa začal Ryan poberať. Skôr ako s Byron zmizol za rohom chodby, ešte sa otočil a poslal Sharon vzdušnú pusu.

„Ahoj!" prázdnou chodbou sa ozýval Sharonin hlas.

„Preboha, Sharon!"

„Bože môj, ja som sa s ním stretla. Natalie, ja som sa stretla s Ryanom Harrisonom... Je krásny a pobozkal ma... Pozval ma na premiéru!"

„Viem, celý čas som stála vedľa teba. Taktiež si mu

ukázala svoje plomby a niečo si mu mlela o jeho smetiakoch.“

„Ale, buď ticho. To boli nervy...“ Pozrela sa na hodinky. „Kurnik. Riadne meškám do roboty. Budem si musieť na chvíľu ľahnúť v sklade medzi balíky.“

Zbehli sme dole schodmi a vyšli na slnkom zaliatu ulicu. Všetkých päť poschodí bolo zahalených v našom zatiaľ najväčšom a najdramatickejšom bilborde. Xander stál na druhej strane cesty a navigoval chlapíkov vo výsuvných vozíkoch, aby správne nainštalovali veľké kusy plátna, ktoré mali vytvoriť megaobraz Ryana.

„Pozri na tie nohy,“ vzdychla Sharon. Náš zrak putoval hore po Ryanových vymakaných chlpatých nohách.

„Vidíš mu pod jeho škótsku sukňu?“ Sharon prešla bližšie k dverám, aby zistila, či je vidieť niečo pod kiltom.

Zasmiala som sa a pokrútila hlavou. Ryanova sukňa zabrala druhé a tretie poschodie divadla a trup prekrýval štvrté a piate. Hlavu a plecia nemal ešte nainštalované.

Sharon na chvíľu zastala, pozrela sa oproti na starú knižnicu. Stále bola zahalená plachtami. Cez malú medzeru prechádzali dnu a von robotníci.

„Nejaké novinky o Jamiem a jeho veľkom O?“ opýtala sa Sharon.

„Nie, všetko robí veľmi tajomne. Podarilo sa mi zistiť, že dostal povolenie na predaj alkoholu a na divadlo si zobral veľkú poistku. A pred pár dňami naštartovali svoju stránku na Facebooku.“ Bola som z toho trochu neistá.

„Nat, haló... nebuď smutná. Ty strávíš deň s Ryanom Harrisonom. Ja musím ísť späť do roboty olizovať známky," povedala Sharon. Objala som ju. „Strašne ti ďakujem. Kedy sa s ním môžem znovu stretnúť?"

„Uvidím, čo sa bude dať urobiť," usmiala som sa a zakývala som jej. Sharon zamierila k stanici Charing Cross.

Zostala som pred divadlom a dívala sa na Orgazmus. Niekoľkí robotníci v ochranných prilbách prešli cez plachtu dnu. Zabudli ju poriadne zatiahnuť. Počkala som, kým prejde auto, a prešla som na druhú stranu Raven Street. Pristúpila som k medzere pri nezatiahnutej plachte a snažila som sa nenápadne nazrieť dnu, ale slnko ma pri prechádzaní cesty tak oslepilo, že som nič nevidela. Zrazu vyšiel von Jamie. Narazil do mňa tak, že ma skoro zhodil na zem.

„Heeej, Nat. Ahoj," usmial sa. Mal na sebe priliehavé čierne tričko a modré rifle, v ruke držal zrolovaný veľký papier.

Vyzeral božsky.

„Ahoj," odzdravila som sa a upravila som si vlasy. Potom bolo ticho.

„Pokúšaš sa nakuknúť načierno?" opýtal sa.

„Prichytená pri čine... Môžem sa pozrieť?" vykročila som smerom dnu.

„Všetko bude odhalené už čoskoro," usmial sa na mňa a zablokoval mi vstup do divadla. Chvíľu som na neho hľadela, či si to nerozmyslí, ale potom som ustúpila o krok vzad.

„Pôsobivý bilbord," ukázal na Ryanovu veľkú hlavu, ktorú práve dvíhali k piatemu poschodiu.

„Ďakujem." Opäť nastalo nepríjemné ticho.

„Pozri, Nat. Odteraz budeme do seba narážať veľmi často. Neskočíme na kávu?"

„Hm... dobre," súhlasila som prekvapená. „Kúsok od nás je kaviareň."

„Počkaj," Jamie zašiel dnu pomedzi dve plachty, no hneď sa aj vrátil, bez papierového valčeka. Nahol sa dolu. Myslela som, že ma ide pobozkať na líce, tak som mu nastavila tvár, ale vtom som si uvedomila, že ide podliezť lešenie. Jamie si to všimol a usmial sa, a aby som nebola veľmi zahanbená, tak mi dal jemnú pusu. Keď sa jeho strnisko dotklo mojej tváre, zacítila som príjemnú vôňu jeho vlasov... Vzalo ma to späť do našej predsvadobnej noci, keď sme ležali spolu v posteli a hlavu som mala uloženú na jeho hrudi. Vtedy som cítila tú istú príjemnú vôňu vlasov a jeho tela... Jamie sa odtiahol. V trápnom tichu sme kráčali smerom ku kaviarni Grande. Cestou sme prešli okolo mnohých gay barov.

V niektorých barmani práve otvárali na rannú zmenu. Všimla som si, ako sa otáčali za Jamiem. Aj niekoľko žien si na ňom skoro vyočilo oči, hoci sa snažili byť nenápadné.

Hlas v mojej hlave mi nadával.

Natalie Love, si hlupaňa... Je ešte krajší a viac sexi ako kedysi... Mala si sa za neho vydať... ak by si si ho vtedy vzala, mali by ste teraz krásne deti a dom!

Nebuď absurdný! odpovedala som myšlienkami hlasu. *Boli by sme stále strčení v Sowertone, bez vyhliadok na dobrú budúcnosť, naše deti by boli diagnostikované s poruchou sociálneho správania. To by bol život, čo?*

„Natalie, si v poriadku?" opýtal sa Jamie. Došli sme ku Grande. Jamie otvoril a podržal veľké sklené dvere.

„Čo?" vrátila som sa do prítomnosti.

„Prevracala si oči a niečo si si hundrala popod nos."

„Opakovala som si niečo pracovné, aby som to neskôr nezabudla," zaklamala som.

„Na poznámky by si mala používať appku na mobile... je to tak menej čudné." Dopracovali sme sa na začiatok radu. Jamie sa pozdravil vychudnutému, poblednutému baristovi s dredmi.

„Ahoj, Jamie," usmial sa. „Ako sa máš?"

„Veď vieš, raz hore, raz dole, ale nakoniec v poriadku," Jamie načrel do vrecka a vybral z neho kôpku bankoviek. „Toto je Nat," predstavil ma baristovi, u ktorého som si bez slova kupovala kávu posledných päť rokov.

„Ahoj," pozdravil ma opatrne.

„Ahoj," slušne som sa odzdravila.

„Ja a Nat sa delíme o veľmi vzdialenú spoločnú minulosť," povedal Jamie. „Mal som si ju brať, ale neviem, akú kávu pije."

Nechápavo som na neho pozrela.

„Bolo to dávno. Boli sme len tínedžeri," poznamenala som vážnym tónom.

„Veľké americano, však?" uistil sa barista.

„Áno," prisvedčila som a išla nájsť voľný stôl. Bola som dosť naštvaná. Prečo ma musel Jamie predstaviť baristovi a povedať mu o našej minulosti? Vždy ho slušne pozdravím a on vie, akú kávu pijem. Dokonca mu nechávam tringelt a tak mi to vyhovuje. Sadla som si za voľný stôl. O chvíľku prišiel Jamie s kávami.

„To budeš hovoriť každému, koho stretneš?" opýtala som sa.

„Ušla si mi od oltára, vieš, čo to vie urobiť s chlapom?"

„Len aby si vedel... je mi to naozaj ľúto."

„Ďakujem, ale aj tak sa ospravedlňuješ len preto, lebo sme do seba náhodne narazili."

„Ja som do teba narazila?"

„Čo už si zabudla? Pred chvíľou, pred mojím divadlom... Zo všetkých divadiel z celého sveta si si vybrala práve to moje, aby si ma pred ním skoro zoťala." Napriek všetkému som sa musela zasmiať.

„Myslela som si, že si bol v Kanade šťastný."

„Bol som tam šťastný, ale teraz som tu a nadobro tu zostanem, tak sa mi už môžeš prestať vyhýbať."

„Nikdy som sa ti nevyhýbala. Sharon ťa pozvala na svoju svadbu, ale neprišiel si."

„Teba pozvali na otcovu päťdesiatku aj na maminu, potom aj na babkinu deväťdesiatku... Vždy ťa na všetko pozvali!"

„Bola som dosť zaneprázdnená..." Nebola to celkom pravda. Bála som sa ísť na všetky tri oslavy. Cítila som sa previnilo. Vždy som veľmi ľúbila Jamieho babku.

„Okej, Jamie, vyložme karty na stôl. Je mi všetkého skutočne veľmi ľúto. Nemala som ťa naťahovať, nemala som zájsť tak ďaleko a potom urobiť to, čo som urobila... Ale bolo to dávno, či nie? Myslíš, že by sme dnes boli tam, kde sme, ak by som... ak by sme sa vtedy vzali?" Napila som sa kávy. Jamie sa usmial.

„Nat, akceptujem tvoje ospravedlnenie... len... nikdy som sa cez to nevedel preniesť, nikdy som nevedel zabudnúť a posledných pätnásť rokov bolo dosť ťažkých," povedal smutne. „Naozaj?"

Jamie prikývol a odpil si kávy.

„V ten deň, keď si ma nechala, som išiel hneď do krčmy a hrozne som sa opil... Niekoľko dní som sa nezastavil. Vlastne veľmi dlho som sa nezastavil a nakoniec som sa dal aj na drogy. Mariška, hašiš, kokaín..."

Šokovaná som si dala ruku na ústa. „Naozaj? Hašiš? Kokaín?" Jamie prikývol.

„Potom sa mi všetko vymklo z rúk. Prestal som platiť nájomné a skončil som na ulici. Bol zo mňa bezďák..." povedal tichším hlasom a poobzeral sa okolo seba. „Nakoniec som sa musel živiť na ulici fajkami." „Čo?" Skoro mi vypadli oči z jamiek.

„A vieš si predstaviť, aké je to ťažké u nás v malom Devone, samé poľné cesty, žiadne tmavé zákutia..."

„Počkaj, počkaj... počula som, že si býval u vašich, oni by ti nedovolili..."

Jamie vypukol do hurónskeho smiechu.

„Nat, tvoje výrazy... ako z hororového filmu." „Čo? Nie je to pravda?" Sčervenela som ako cvikla.

„Samozrejme, že to nie pravda!" rehotal sa. „Presťahoval som sa do Kanady, dostal som sa k divadlu, založil som si vlastnú produkčnú firmu. Pred niekoľkými mesiacmi som ju predal za neskutočnú sumu. Na zdravíčko!" pozdvihol svoju kávu.

Neveriacky som na neho hľadela, chcela som mu

vypláchnuť žalúdok, ale všetky hlavy v kaviarni sa začali zrazu otáčať. Veľké sklené dvere sa otvorili a dnu vošla Tuppence Halfpennyová.

Aj napriek horúcemu počasiu bola oblečená v dlhom ružovom kožuchu až po zem. Karamelové vlasy sa jej vlnili po chrbte. Mala krásny mejkap, dlhé umelé mihalnice a lesklé, mierne pootvorené pery.

„Ahoj," povedala chladno. Pohľadom blúdila medzi Jamiem a mnou. Na stolík položila malú kabelku, vuittonku.

„Ahoj, sexi," Jamie vyskočil zo stoličky. Pred tvár mu strčila otvorenú dlaň.

„Jamie, nie! Som nachystaná pre kamery. Nechcem sa rozmazať."

„Ideš niečo natáčať?" opýtala som sa.

„To sa tak len hovorí. Nemala by si to vedieť? Nepracuješ náhodou v divadle?" odvrkla stroho.

„Viem to veľmi dobre, ale keďže si oblečená, akoby si mala dnes nejakú výnimočnú udalosť, tak som si myslela, že budeš niečo natáčať," povedala som odmerane.

„Vidíš, ona ani nevie, že dnes otvárame!" vyprskla Tuppencka.

„Povedal som ti..." začal Jamie, ale Tuppencka ho hneď prerušila.

„Bývalá snúbenica, ktorá ťa pravdepodobne sleduje cez sociálne médiá, ani nevie, že dnes otvárame divadlo! Keď to nevie ani ona, myslíš, že obyčajný ľud to vie?" povedala snobsky.

„Tuppence, vravel som ti, že to nebude žiadne

grandiózne otváranie, práve naopak." Jamie pozeral raz na mňa, raz na ňu.

„Žiadne grandiózne?" zopakovala Tuppencka. „To si si mohol radšej otvoriť materskú školu," vyštekla. „Dúfam, že aspoň ten flashmob vyjde tak, ako sme plánovali. Ak tam príde menej ako tisíc ľudí, tak ja nevyleziem na..." Jamie vstal, išiel jej rukou zakryť ústa.

„Flashmob?" Ničomu som nerozumela.

„Pozri, ona zase niečo nevie. Flashmob je blesková akcia, keď sa na jednom mieste zíde množstvo ľudí a urobia niečo bizarné, absurdné, vtipné a potom sa bez akýchkoľvek slov rozídu. Chápeš moja?"

„Ja viem, čo je flashmob, ale nerozumiem, o čo tu ide," odvetila som.

„Tuppence, všetko je pod kontrolou... O nič sa nestaraj, len o to, aby si vyzerala skvele, a ja..." Znovu ho odstrčila.

„Jamie, myslím to vážne. Musí to dopadnúť skvele. Toto je tvoja šanca. A tentoraz som sa za teba postavila..."

Chvíľu nad ním prevracala oči, potom mykla plecami a vyzliekla si kožuch. Pod ním mala prekrásne kabaretné oblečenie. Čierny korzet, sexi pančušky a podväzky. Znovu som obdivovala jej postavu. Ako len dokázala zapnúť ten malinký korzet. Je vôbec? Jamie ju chytil za jej uzulinký pás.

„Budeš najväčšou hviezdou West Endu." Jemne ju pobozkal na líce, aby jej nerozotrel rúž. Tuppencka na mňa zazerala, ako sedím nepohodlne vo svojich džínsoch a bielej blúzke. Potom sa na mňa vyškerila. Aj napriek perfektným ústam a krásnym zubom bol jej úsmev prázdny a určite hladný. Napadlo mi, či aj ona ako iné modelky jedáva namiesto jedla záchodový papier.

„Väčšia ako Macbeth?“ opýtala sa provokatívne. Jamie sa zasmial.

„Bože, to ma posúva do nepríjemnej pozície. Cítim sa teraz ako niečo medzi kameňom a niečím ešte tvrdším,“ Jamie pozrel najprv na Tuppencku a potom na mňa.

„Jamie, len jej pekne povedz to, čo chce počuť,“ povedala som mu. „Inak sa budeš musieť sám starať o svoje vlastné tvrdé miesto...“ Pozrela som mu do rozkroku.

Tuppencka na mňa zazrela.

„Jamie, odchádzam.“ Zazrela aj na neho. Z malej kabelky vybrala vizitku a po stole ju posunula ku mne.

„Mám kamarátku, ktorá ti pomôže s nadmerným ochlpením,“ vravela mi a s nalakovaným nechtom ťukla na vizitku. Ladným pohybom si prehodila na plecia kožuch a odcupkala k dverám. Jamie išiel za ňou, otvoril jej dvere a ona mu dovolila, aby ju pobozkal. Keď odišla, vrátil sa k stolu.

„Wau, rolu suky má nacvičenú výborne.“ Obaja sme ju sledovali, keď prechádzala okolo výkladu kaviarne.

„Prepáč, Natalie, vieš, aké to je manažovať talent,“ ospravedlnil sa mi.

„Myslím, že talent skôr manažuje teba. Vy dvaja spolu chodíte?“

„Hej, bol som na jednej jej šou a...“

„Nemusíš zachádzať do detailov,“ zastavila som ho.

„A ty? Ako sa má Benjamin?“

„Ako vieš o Benjaminovi?“ zostala som prekvapená.

„Nat, máš ho na Facebooku, v statuse... Mimochodom, už dávnejšie som ti poslal žiadosť o priateľstvo.“

„Ďakujem, nebola som dávno na nete.“

Uvedomila som si, že si musím na Facebooku zmeniť status na slobodná.

„Čo robí ten tvoj Benjamin?“ opýtal sa Jamie.

„Je inštruktor jogy. Má vlastné štúdio.“

„Ako ste sa stretli?“ „Išla som na jeho jogu a...“

„Nemusíš zachádzať do detailov...“ štekol Jamie, pričom napodobňoval môj hlas. Musela som sa zasmiať.

Chvíľu sme sa na seba iba pozerali.

„Nuž, musím už ísť, musím sa postarať o megabilbord,“ vstala som.

„Veď hej, aj ja by som mal ísť.“ Otvoril dvere a ako pravý džentlmen ich podržal, aby som mohla prejsť von. Pomaly sme kráčali k našim divadlám.

„Doma je iná, Tuppence. Pod tým všetkým mejkapom je...“

„Rotvajler?“ dokončila som vetu.

„Vtipné, Nat. Len počkaj, kým sa stretnem s Benjaminom.“ Nereagovala som na to. V hlave mi behalo milión otázok: žijú spolu? Je to vážne? Stretla sa Tuppence s Jamieho rodičmi?

Zastavili sme sa pod lešením pred veľkým O. Spomedzi plachiet vyšiel blondín s tvárou vyhladovaného potkana. Na nose mal okuliare. Opatrne zatiahol plachty, aby nikto nič nevidel. Premeral si ma zhora nadol a potom sa otočil k Jamiemu.

„Tuppence je vo svojej šatni a...“ Nedokončil vetu, videl, že Jamie chce niečo povedať.

„Prepáč, Natalie, toto je Brenden, PR môjho divadla.“ Podala som Brendenovi ruku, on mi podal svoju veľmi obozretne.

„Ahoj, som Natalie Love. Som šéfka divadla Raven Street.“ Brenden mi hneď odstrčil ruku, ani sme si nimi poriadne nepotriasli.

„Nepriateľím sa s konkurenciou,“ vyhlásil surovo a odišiel ku skupinke stavbárov, zaparkovaných pri chodníku. Bol neskutočne drzý.

„Máš skvelý tím, Jamie.“

„Sú len vystresovaní.“ Videla som, že je zahanbený.

Mala som toho už dosť.

„Jamie, zobuď sa, lebo ťa jedného pekného dňa nechajú...“ zavrela som ústa.

„Tak, ako si ma nechala ty?“

Chvíľu na mňa hľadel a potom zmizol za plachtou. Krátko som zostala stáť v žiare slnečných lúčov.

„Všetko v poriadku?“ opýtal sa chrapľavý fajčiarsky hlas. Otočila som sa. Za mnou stála Eva Castlová, novinárka z Evening Standardu. Pozerala sa na bilbord Ryana Harrisona. Práve dokončovali inštaláciu jeho hlavy.

„Dobrý deň, Eva.“ Nahla sa ku mne na vzdušný bozk. Oblečená bola v dokrčenom béžovom nohavicovom kostýme. Na očiach mala okuliare, v ruke dva mobily a na krku jej visela retiazka s tromi elektronickými cigaretami.

Rukou si napravila krátke vlasy, ktoré vyzerali ako helma na moped, a prižmúrila slnkom oslepené oči.

„Je pripravený na rozhovor? Lebo mám ešte kopu iných stretnutí.“

„Áno,“ prikývla som. „Zavediem vás za ním hore. Poďte za mnou.“

ORGAZMUS

Rozhovor s Ryanom prebiehal dobre. Spolu s Nicky sme boli prísediace, keď ho Eva spovedala v konferenčnej miestnosti. Eva vie byť drsná novinárka a dnes bola v provokatívnej nálade. Snažila sa Ryana rozhodiť otázkami typu:

Macbeth je veľmi ambiciózna postava pre tínedžerský idol z plagátov, myslíte, že na to máte? alebo Myslíte si, že by ste boli úspešný, ak by ste neboli taký atraktívny?

Ryan sa správal ako profík. Ignoroval jej nepriateľský až bojovný prístup a na všetky otázky odpovedal s úsmevom a priateľským tónom. Po rozhovore sa jej poďakoval za jej čas a Byron ho odprevadila späť do skúšobne. Ja a Nicky sme odprevadili Evu k východu.

„Myslím, že si to Ryan veľmi užil," konštatovala Nicky a privolala výťah.

„Je strašne nízky," povedala nie veľmi ohromená Eva a odložila notes do kabelky.

„Má dvadsaťštyri metrov... na fasáde divadla,"

poznamenala som. Skoro sa aj usmiala, jeden kútik pier sa nadvihol, no potom si potiahla z jednej so svojich elektronických cigariet.

„Niečo s tým urobím," zamrmlala. „Zdal sa mi príliš čistý, neuvoľnený, akoby mal každú odpoveď natrénovanú. Bol veľmi opatrný, preto rada robím rozhovory s ľuďmi ako Lily Allenová alebo Noel Gallagher. Stačí im nastrčiť niečo provokatívne, hneď sa chytia a s radosťou na niekoho nakydajú. Článok sa vtedy napíše sám."

„Čo myslíte, aké máme šance dostať večernú titulku v novinách a v online vydaní?" opýtala sa Nicky.

„To vám nemôžem garantovať, zlatiná." Eva si potiahla z cigarety. „Ak tá naša drahá kráľovná otrčí kopytá alebo niekto vyhlási vojnu, všetko z prednej strany ide preč, lebo musíme informovať národ."

„To mi je jasné," povedala Nicky.

„Vypredali sme všetky Ryanove predstavenia, ale radi by sme ten rozhovor použili na zviditeľnenie našich sociálnych sietí," vysvetľovala som. „Máte náš Facebook a Instagram?"

„Prekliaty Instagram a ešte sprostejší Facebook? No, pozriem sa na to." Eva sa prehrabala v kabelke.

O chvíľu si nasadila okuliare a vybrala notes. Nahlas prečítala, ako si zapísala náš Facebook a Instagram. Všetko pasovalo.

„Či sa to niekomu páči, či nie, potrebujeme sociálne médiá," zahundrala som. Nastúpili sme do výťahu a začali sme klesať.

„Chcela som sa opýtať, samozrejme, bolo by to mimo

rozhovoru, len pre moje vlastné info, je Ryan Harrison teplý?" vyzvedala sa Eva.

„Nemyslím," odpovedala som jej.

„Nie je," povedala Nicky veľmi vážne.

„Lebo som počula, že je," nedala sa Eva. „Vraj má niečo s ďalším hercom z Manhattan Beach a vraj si spolu kúpili aj psov."

„Psov?" zopakovala som.

„Áno, psov," potvrdila Eva. „Bellu a Edwarda, pomenovali ich podľa tých debilov z Twilight ságy. To by bol už iný článok!"

„Moja priateľka Sharon spomínala nejakých psov," povedala som.

„Môžem vás na sto percent utvrdiť v tom, že nie je gay." Nicky na mňa zazrela.

„Pokoj, zlato. Nebudem o tom písať. Nemôžem. Komisia novinárov nám nedovoľuje odhaľovať sexuálnu orientáciu celebrít. Prekliata Európska únia aj s jej súdom pre ľudské práva," hromžila Eva.

Výťah zastal na prízemí. Vystúpili sme.

„Čo viete o Orgazme?" opýtala som sa, keď sme vychádzali na ulicu.

„Orgazmus som nemala už roky," uškrnula sa Eva. Vonku čakal prešedivený fotograf. Na krku mal zavesený fotoaparát a práve si naprával gule.

„Boha tam, Larry, nehraj sa už s nimi toľko," zapišťala naňho Eva.

„Toto je ono?" zamrmlal Larry s pohľadom upretým hore. Nad ulicou sa týčila velikánska fotka Ryana Harrisona. Pózoval pred pozadím tmavých hôr. Nad ním sa tiahli búrkové mraky. Mal veľmi sexi strapaté vlasy, nahú, umelecky naolejovanú hruď, zamazanú blatom. Na kilte mu visel sporran, malá kožená taštička. Na nohách mal mohutné čierne kanady. Uhrančivo hľadel do fotoaparátu tými svojimi smaragdovozelenými očami. Nad jeho hlavou svietil nápis RYAN HARRISON JE MACBETH.

Larry začal cvakať ostošesť, aby mal bilbord zachytený z každého možného uhla. Mnohí okoloidúci sa zastavili, vytiahli mobily a fotili si Ryana. Bilbord bol úžasný. Veľká dokonalosť!

„Nevyzerá príliš ako spevák z chlapčenskej skupiny na to, aby bol Macbeth?" opýtala sa Eva. Larry fotil ďalšiu minútu a potom Eve oznámil, že má niekoľko dobrých záberov.

„Zlatko, chlapčenské spevácke skupiny dokážu predať aj nemožné," povedala Nicky.

„Okej, ideme Larry. Stačilo. Bude v strehu pre nové vydanie novín," zamrmlala Eva a odkráčala preč. Larry nám zakýval a vybral sa opačným smerom.

„Nat, si v poriadku?" opýtala sa ma Nicky.

„Vyzerá to dobre, však?" zamrmlala som neisto.

„Vyzerá skvelo! Je to výborné, nič sa neboj, všetko bude dobré." Nicky ma objala. „Nat, je to len zatrpknutá novinárka... a koho už bude len zaujímať, čo si myslí ten s tými svrbivými guľami!"

Cez Nickino plece som v diaľke videla Evu. Zastala. Sledovala som, ako tam postáva a čaká Brendena. Objali sa ako najväčší kamaráti a do reštaurácie vošli zaujatí vážnym rozhovorom.

„Poznáš Brendena O'Connora?" opýtala som sa. Nicky na mňa pozrela s vážnym výrazom.

„Najal si Jamie Brendena O'Connora?" „Áno, prečo si tak čudne vyslovila jeho meno?" Nicky sa zamračila.

„Je dobrý, ale je to riadne jedovatý had... Nat, ale ako som povedala, vypredali sme všetky predstavenia. Pozri sa na to takto, sme iní ako oni, my sme etablované divadlo, oni sú pop-up divadlo. Dnes sú tu, zajtra môžu byť inde. Nedovoľ, aby ti fakt, že ho riadi tvoj ex, znepríjemňoval život alebo dokonca zakalil zdravý úsudok."

„Hej, máš pravdu."

„No poďme, v kostymérni máme poradu o tom, aké krátke by mali byť chalanské kilty."

„Okej, budem za to, aby boli čo najkratšie," usmiala som sa.

Keď sme už takmer končili v kostymérni, prišiel za nami Xander.

„Musíte ísť hneď so mnou, toto musíte vidieť," súril nás. Išli sme na ulicu. Na starej knižnici oproti už neviseli plachty ani lešenie. Budova bola zahalená toľko rokov, že už som si poriadne ani nepamätala, ako presne vyzerala.

Pred nami stála päťposchodová budova, od chodníka po strechu kompletne pokrytá neskutočným priečelím, obrazovkami. Celá budova, až na malý priestor zamatových červených dvojitých dverí, nad ktorými sa týčil zlatý nápis Orgazmus, sa zmenila na veľkú megaobrazovku.

Obrazovky boli vypnuté, vtom sa však v pravom

hornom rohu objavili lesklé zlatisté bodky, z ktorých sa o pár sekúnd na nočnej oblohe vytvoril mesiac v splne... Blikajúce hviezdičky sa začali objavovať po celej budove, cez mesiac prebehli mraky a v tej chvíli sa na budove zjavil veľký obraz Tuppance Halfpennyovej. Sedela na hojdačke v malých čiernych nohavičkách a podväzkoch. Bradavky na neskutočne pevných prsiach mala zahalené malými červenými srdiečkami. Prehodila si vlasy a zasmiala sa. Sypali sa na ňu blikajúce hviezdičky.

Na okamih sa zasekla, oči mala napoly zavreté. Potom sa začalo video na pár sekúnd premietať spätne, až sa úplne vytratilo. Na obrazovke zostali farebné pásy, ako keď v noci v televízii nič nevysielajú. Ľudia sa zastavovali a sledovali obrazovku. Autá na nich museli trúbiť, aby im uhli z cesty.

„Panenka Mária skákavá," zapišťala Nicky, zaliata farbami svietiacej obrazovky. Z dvojitých dverí vyšiel Jamie.

Cez cestu prešiel k nám.

„Čo si myslíte, dámy a džentlmen?" opýtal sa nás.

„Výnimočné," zvolala Nicky.

„Geniálne," pridal sa Xander.

„Viem, že na pop-up divadlo je to trošku extravagantné, ale počítam s tým, že sa tu zdržíme dlhšiu chvíľu," vysvetľoval Jamie. „Môj kamoš z Kanady má firmu, ktorá vyrába umelecké veľkoplošné obrazovky..."

„Nuž, ja len dúfam, že si platíš koncesionársky poplatok," pozrela som na Jamieho. Vtip mi celkom nevyšiel, vyzerala som ako zatrpknutý závistlivec.

SENDVIČE Z NEBA

Vrátili sme sa do kancelárie. Jedinou nevýhodou veľkého bilbordu bolo, že sme mali zablokované všetky okná. Strašne som sa chcela pozrieť dole na ulicu, čo sa tam deje, ale videla som iba zadnú stranu plátna s Ryanovým veľkým ľavým okom. Nasledujúcu hodinu sa na ulici hromadili davy ľudí a vzrušene sa rozprávali. Nicky sa chystala na videohovor s editorkou časopisu Heat. Chcela, aby Ryana dali na stránku Telo týždňa. Pred odchodom sa ku mne otočila.

„Prestaň byť posadnutá Orgazmom.“

„To mi má kto hovoriť,“ zavtipkovala som.

„Nat, myslím to vážne. Musíš sa cez to preniesť.“ Nicky na mňa hodila ostrý pohľad. Nebol to však Nickin bývalý snúbenec, kto sa tu zrazu zjavil a otvoril si divadlo cez cestu od môjho. Vstala som a chodila som hore-dole po kancelárii. Prevádzka divadla znamená neustály stres a riadnu drinu. Jamieho divadlo znamenalo ďalšieho konkurenta a tým aj väčší boj o diváka. Potrebujeme, aby si ľudia kupovali lístky na naše predstavenia.

Na dvere zaklopal Xander.

„Natalie, idem kúpiť neskorý obed pre všetkých. Prinesiem ti niečo?“

„Dala by som si ražný sendvič s pastrami, salámou a horčicou. A prosím, na neskôr mi kúp biely sendvič so syrom a Marmite nátierkou.“

Xander si zapísal objednávku na svoj zoznam a odišiel nakúpiť. Usadila som sa v svojej stoličke. Z ulice prichádzali zvuky, akoby tam boli stovky ľudí. Trochu som si pohrešila, že mi plátno blokuje okno. Vstala som, otvorila núdzový východ a vyštverala sa na strechu. Tentoraz som sa uistila, že som podložila dvere.

Bolo veľmi teplo. Asfaltová cesta nasala horúce ranné slnko. Na zadnej strane strechy sa opaľoval veľký kŕdeľ holubov.

Pomaly som pristúpila k okraju strechy. Ulica bola zaplnená ženami v burleskných kostýmoch. Zdalo sa, že ich tam je niekoľko stoviek, rozmanitých veľkostí. Na sebe mali rôznofarebné korzety a našminkované boli vo varietnom štýle. Vzrušene sa medzi sebou rozprávali a na obrazovke sledovali Tuppencku.

Zrazu sa otvorili zamatové dvere Orgazmu. Von vyšiel Jamie. V ruke zvieral mikrofón. Oblečený bol v priliehavých čiernych nohaviciach a hore bol bez! Za pätnásť rokov, čo som naposledy videla jeho nahý trup, sa na neho nalepilo veľa svalov. Jamie vyšiel na malé pódium na chodníku pred divadlom.

„Dobý deň, dámy," povedal veselo. Ženy začali tlieskať a pískať. Rukou si zaclonil oči, aby zatienil slnko, a poprezeral si dav žien.

„Wau! Vyzeráte skvele. Veľmi nás teší, že ste sa rozhodli venovať nám váš drahocenný čas. Ste pripravené na burleskný flashmob?"

Ženské sa išli zblázniť, kričali, jačali... Na chodníku stálo množstvo novinárov a fotografov. Zbadala som,

že tam je aj Eva Castlová. Stála vedľa Brendena O'Connora. Jamie pokračoval ďalej.

„Chceme vám dnes predstaviť našu prvú šou v divadle Orgazmus... Nezbedná Halfpenny. Prosím vás privítajte úžasnú, jedinečnú Tuppence Halfpennyovú!"

Tuppencka vyšla cez zamatové dvere a vystúpila za Jamiem na pódium. Dav sa išiel totálne zblázniť. Na sebe mala strieborný korzet s nohavičkami z rovnakej látky v štýle päťdesiatych rokov. K nim mala doladené podväzky, pančušky, strieborné lodičky a dlhé strieborné rukavičky.

„Zdravím, dámy!" zakričala.

„Ahoj," zakričali naspäť.

„Ste pripravené na trochu burlesky?" Zakričali jej veľké hlučné áno. Musela som sa zdržať, aby som sa nepridala. Atmosféra bola neskutočná.

„Okej a teraz vám ukážem choreografiu. Začneme ľavou rukavicou, strhneme ju dole, potom pravú a nakoniec korzet... Dobre ste si pripevnili na bradavky okrasné strapce?"

Dav zahučal „Áno!" Všimla som si, ako sa zhora k Tuppencke začala približovať hojdačka. Pozerala som, odkiaľ vedú dva oceľové káble. Končili sa na streche oproti mne. Stál tam chlapík, ktorý narábal so zariadením, s navijakom pripevneným na vysunutom železe. Pozrela som dole. Hojdačka sa zastavila vo výške Tuppenckinho pása.

„Dobre a teraz robte to čo ja, okej?" povedala Tuppencka. „Choreografia je možno dosť jednoduchá, ale burleska je o pomalých, provokatívnych pohyboch!" Podala mikrofón Jamiemu a ladne si sadla na hojdačku.

„Tuppence, mňa rozhodne provokuješ." Jamie nahodil sexi úsmev. „Ste pripravené provokovať?"

Dav súhlasne zakričal a zrazu boli všetky ženy naštelované v provokatívnych pózach.

Vtom ulicu zalial hlas Justina Timberlaka a pieseň Sexi je späť. Hojdačka s Tuppenckou sa pomaly vznášala hore. Dav pod jej nohami bol v neskutočnom tranze. Začala sa hojdať zo strany na stranu pred veľkou obrazovkou, jej pohyby nasledovali blikajúce hviezdy a z rohu na ňu svietil mesiac. Bolo to neskutočné. Úžasné.

Xander sa vrátil z obchodu, vyštveral sa na strechu a išiel ku mne. V ruke držal veľký kôš plný sendvičov a obloženého pečiva. Keď som sa k nemu otočila, dav začal jačať. Tuppencka si zvodne, pomaly vyzliekala rukavičky. Zubami ich sťahovala z každého prsta. Predstavila som si, ako sa tie zuby zahryzávajú do Jamieho svalnatého tela. Jedna rukavica bola dolu. S našpúlenými perami ju hodila do davu. Ženy pod ňou zrkadlovo napodobňovali jej pohyby. Za veľkého vreskotu vyhodili naraz do vzduchu stiahnutú rukavicu.

Rýchlosť hojdačky naberala grády. Tuppencka sa

narovnala, usmiala a postavila sa na hojdačku. Ženy v dave zhíkli a začali tlieskať. Potom si vyzliekla druhú rukavicu, hneď po nej urobili to isté ženy pod ňou. Tuppencka sa pozrela na druhú stranu. Na sekundu sme sa stretli pohľadmi. Hojdala sa z jednej strany na druhú.

Xander so žemľami sa postavil vedľa mňa. Pečivo bolo krásne naukladané. Ako na displeji na potravinárskej výstave. Niečo mi povedal, ale cez hučiacu hudbu som ho nepočula. Neviem, čím to bolo, či vôňou čerstvého pečiva a nátierok, ale kŕdeľ holubov v rohu strechy, čo sa doteraz vyhrieval na slnku, sa pomaly prebúdzal a skackal smerom k nám. Keď si ich Xander všimol, zbledol ako stena.

„Nie! Neznášam holuby!" zakričal. Xander poskakoval, aby sa k nemu nepribližovali. Rýchlo som ho chytila, aby nespadol zo strechy. Holuby začali agresívne plieskať krídlami pri jeho nohách a krky načahovali ku košíku s pečivom. Xander spanikáril, zdvihol kôš nad hlavu, no v tom momente sa mu pošmykla ruka spotená od strachu. Celý kôš, plný nátierkových a salámových sendvičov a žemlí, mu vyletel z rúk a preletel cez okraj strechy. Vo vzduchu sa sendviče rozpadli a zasypali burleskné slečny na ulici nátierkou, horčicou, salámou, chlebom a majonézou.

Neviem, či sa vám v parku niekedy stalo, že vám na zem spadlo vrecko čipsov a odrazu vás, akoby odnikiaľ, obľahol kŕdeľ holubov.

Obrovský kŕdeľ holubov z okolitých striech zrazu letel

smerom na dav. Samozrejme, holuby nerátali s tým, že niekde vo vzduchu bude na hojdačke polonahá ženská. Okolo Tuppencky trepotali krídlami desiatky holubov. Stratila rovnováhu, začala strašne jačať a skoro spadla z hojdačky. Na korzet jej dopadlo veľa holubích výkalov. Vrieskala ešte hlasnejšie. Holuby narážali na obrazovku na divadle. Medzi ženy v dave vletovali hladné holuby, aby sa dostali k sendvičom. Hudba stíchla a ľudia sa začali otáčať hore, smerom na strechu, odkiaľ sa sypali sendviče. Xander zdrhol, takže som sa zo strechy dívala dolu sama. Jamie na mňa pozeral, v ruke stále držal mikrofón. Spamätala som sa a utiekla som sa skryť do svojej kancelárie.

Spotená a vyľakaná som sa učupila do rohu. Načúvala som hlasom z ulice. Akási veľmi upišťaná žena kričala, že má zničený korzet. Bola oblepená salámou. Nicky otvorila dvere. Rýchlo som sa postavila.

„Hej, Nat... Nevieš, či by si Ryan oholil hruď pre Telo týždňa?" Chcela som jej odpovedať, ale začula som krik a Xanderov hlas.

„Nemôžete sem len tak vletieť!"

Za Nicky sa zjavil Jamie. Stále bol hore bez. Na hlave mal kúsok uhorky, vyzeralo to, akoby si nasadil čiapku z malej hračky.

„Prepáčte, dámy," dychčal za ním Xander. „Pokúšal som sa ho zastaviť, ale nedal sa..."

„Natalie... to si čo urobila?" prerušil ho Jamie. Nicky a Xander na nás pozerali, ako keď sledujete tenis. Vtom dobehol Brenden O'Connor. Parilo sa mu zo všetkých otvorov. Na okuliaroch mal rozmazanú majonézu.

„Heeeeeej! Čo sa deje? Myslela som, že máme pri vchode strážnu službu, aby nám sem hocikto nelozil," kričala Nicky.

„Bola to moja chyba," kajal sa Xander.

„Xander, nechaj to na mňa," povedala som. „Chlapci, prepáčte, bola to nepríjemná náhoda..."

„Nepríjemná náhoda?" vyštekol Jamie. „Náhoda, že ste zo strechy vydrbali kopu sendvičov?! To, čo si urobila, bolo hrozne nebezpečné. Tuppence mi povedala, že ťa videla, ako stojíš na streche a snažíš sa naschvál vyplašiť holuby. Mohla spadnúť z hojdačky! Mohla sa zabiť! Do úst jej nasrali holuby!"

Na Jamieho hlave sa hýbal ten kúsok uhorky, a keď rozprával, ako Tuppencku „pozdravili" holuby, začala som sa smiať.

„Ty si myslíš, že to je vtipné?" zreval Brenden. „Varujem ťa, so mnou si nezačínaj, kamoška!"

„A ty si nezačínaj s nami, Brenden," kontrovala mu Nicky. Oko, ktoré mal zamajonézované, bolo v poriadku, ale v tom druhom mal zákerný výraz. Radšej som sa mu do neho nepozerala.

„Kde je?" z chodby sa ozýval hlas. „Ktorá je jej prekliata kancelária?"

Tuppencka sa vrútila dnu, bola naboso. Na sebe mala prehodený tenký dlhý župan. Holubie hovno jej šikmo viselo na vlasoch. Pár sekúnd po nej vletel do kancelárie jeden z našich ochrankárov a chcel ju vyviesť von.

„Daj zo mňa tie pracky preč! Mám ťa zažalovať za

napadnutie?" jačala. Ochrankár ustúpil o krok vzad, očividne bol z nej vyplašený.

„Nie. Rob si svoju robotu! Nepovolene vstúpila na cudzí pozemok," zavelila Nicky. Ochrankár sa k nej opäť priblížil.

„To určite, nedotýkaj sa ma, ty tyran... Nezdržím sa dlho!" ziapala Tuppencka. „Natalie Love za toto ťa budem žalovať!"

„Za čo ma chceš zažalovať? Bola to nehoda!" obraňovala som sa.

„Ha, ha, mám agresívnych právnikov, ktorí ťa roztrhajú v zuboch, Natalie Love. Napadla si ma s... hodila si na mňa ten chlieb!"

„Čím som ťa napadla? Mala si traumu z tých sacharidov, čo ti leteli v ústrety?" spýtala som sa.

„Áno!" zakričala. „A pošlem ti účet za vyčistenie tohto korzetu, posiateho krištáľmi od Swarovského za sedemtisíc libier," Tuppencka roztvorila župan. Korzet bol zničený.

„Nebudeme ti predsa platiť odškodné za nehodu, ktorú by súdy aj tak označili za akt Boha. Napadnutie kŕdľom vtákov sa jednoznačne považuje za akt Boha," ozvala sa Nicky.

„Čo ak neverím v Boha?" oponovala Tuppencka.

„Čo ak ja neverím, že burleska je niečo viac ako len elegantnejšie slovo pre striptérku?" povedala Nicky vyzývavo.

„To zober späť!" kričala Tuppencka.

„Už ma vidíš," zasmiala sa Nicky provokujúco.

„Zmizni. Hneď,“ stala som si medzi Nicky a Tuppencku.

Ochrankár podišiel k Tuppencke, ktorá si pevne zaviazala župan.

„Odchádzam. Ešte sme spolu neskončili!“ pohrozila a vyletela nahnevaná z kancelárie.

„Aj vy páni,“ ozval sa konečne ochrankár.

„Na svoje špinavé ťahy si si vybrala nesprávnych ľudí, Natalie... Keď sa zahrávaš s mojimi klientmi, zahrávaš sa so mnou,“ vyhlásil Brenden a odišiel napajedený preč.

„Natalie, vieš, koľko úsilia a peňazí ma stálo otvorenie divadla? Vieš, ako dlho sme dávali dokopy všetkých ľudí na flashmob?“ spýtal sa Jamie.

„Jamie, skutočne to bola len hlúpa náhoda, je mi to naozaj ľúto,“ zopakovala som. On len pokrútil hlavou a odišiel.

Keď sa zavreli dvere, Nicky zazrela na mňa a na Xandera. Všetko som jej vysvetlila a potom Nicky poprosila Xandera, aby nás nechal osamote.

„A ty mi chceš tvrdiť, že to nie je nič osobné?“ opýtala sa Nicky, keď odišiel Xander.

„Bola to nešťastná náhoda!“

„Ja ti verím, ale prečo si ho špehovala z tej sprostej strechy?“

„Chcela som si pozrieť otvorenie ich divadla... Sú našou konkurenciou,“ odpovedala som.

„Nat, jedinou našou konkurenciou sme si my samy. Snažíme sa na sebe pracovať a odvádzať vždy maximum, áno?“

Prikývla som, mala pravdu.

„Okej, idem dole a vynasnažím sa eliminovať spôsobené škody. A nech Boh ochraňuje Tuppencku, keď sa mi ešte raz dostane pred ksicht," dodala Nicky. Prikývla som a Nicky odišla z kancelárie.

Musím nájsť spôsob, ako sa vyrovnám s tým, že Jamie je naspäť v mojom živote.

REGIONÁLNE SPRÁVY

Zvyšok popoludnia som strávila v tmavej kancelárii. Nedokázala som nič robiť. Myslela som na to, aká som krava, že som zo strechy odstránila hroty proti holubom. Mestský úrad ich tam dal namontovať počas renovácie budovy. Ja som ich potichu odstránila, keď som tam jedného dňa našla poraneného holuba.

Okolo pol šiestej sa vonku všetko upokojilo. Nicky mi zavolala, že ide domov a že vzduch je čistý. V telefóne sa mi zdala trochu chladná.

Počkala som do šiestej a pobrala som sa domov. Ulicami prúdil zvyčajný večerný dav. Bary a reštaurácie sa pomaly zapĺňali. Orgazmus vyzeral úplne vyľudnený, veľká obrazovka bola vypnutá a divadlo bolo zrazu len jednou z obyčajných budov na našej ulici. Radšej som sa nezdržovala, nechcela som sa stretnúť s nikým od nich. Zrýchlila som krok a predĺženou trasou som prešla až dole na stanicu Charing Cross, kde som si vzala čerstvé vydanie Evening Standardu.

Polovicu prednej strany zabral štrajk metra a na druhej polovici svietil titulok FLASHMOB CHAOS V SOHO! Pod ním niekoľko fotiek. Pri jednej z nich stálo: Populárnu hviezdu britskej burlesky napadol kŕdeľ holubov. Vo vrecku mi zazvonil mobil. Volala Nicky.

„Videla si noviny?" opýtala sa ma. Povedala som jej, že ich mám práve v ruke. „Vieš, čo je na tom najhoršie? Tá novinárka mi poobede poslala článok na schválenie, aj s veľkou fotkou Ryana Harrisona na titulke. Ak by sa nestalo to s tými holubmi, mali by sme titulku."

„A kde sme teraz?" Mobil som si prichytila bradou a listovala som v novinách.

„Strana osem," vyslovili sme naraz.

„A v online verzii?" spýtala som sa.

„Celkom dole v bočnom stĺpčeku," odpovedala Nicky. „Možno by sme mali vyhodiť Xandera."

„Nie, skutočne to bola náhoda, nič naschvál. Xander je výborný, veľmi pracovitý... a čo ak by nás dal na súd? Vyžívali by sa v tom, prečo sme ho vyhodili... zo strechy mu spadli sendviče."

„Toto bola naša veľká príležitosť a my sme ju prehajdákali," frflala naštvaná Nicky. „Mohli sme nazbierať tisíce nových followerov na sociálnych médiách a vieš aké..." „Áno, viem, aké to je dôležité," vyštekla som.

„To som rada, že to vieš," odvrkla nahnevane. „Lebo kým ty si pôjdeš domov, ja sa musím postarať o to, aby sa nám to celé nevymklo z rúk. A nezabúdaj na to, že sme si proti sebe poštvali Brendena. Je to jedna jedovatá bukva..."

„Tak ti držím palce, urob, čo sa len dá," povedala som s úsmevom, aby som pretrhla nepríjemnú atmosféru.

„Ja vždy urobím všetko, čo sa dá," odvetila Nicky a zrušila hovor.

Domov som sa vrátila pred pol siedmou večer. Zabuchla som vchodové dvere a oprela sa o ne s rozbúšeným srdcom. Rozmýšľala som, že zavolám Sharon a všetko jej vyrozprávam, ale vzápätí mi došlo, že jej to bude pripadať srandovné a bude sa rehotať ako koza. Pri opisovaní pršiacich sendvičov a útočiacich holubov by sa od smiechu váľala po zemi. Ja som nebola zatiaľ v rozpoložení, aby som sa na tom smiala.

Osprchovala som sa a naliala som si veľký, silný drink. Stále som sa však akosi nevedela uvoľniť. Zodvihla som poštu spred dverí a kráčala som do kuchyne. Prišla mi kopa letákov, niečo z banky a jemne béžová obálka s rukopisom mojej sestry. Len čo som ju otvorila, vypadla z nej pozvánka.

Drahá Natalie a Benjamin,

Micky, Dave, House a dvojičky Downton a Abbey vás srdečne pozývajú na krst nášho bábätka Dextera. Krst sa uskutoční v Kostole sv. Batšeby v Sowertone, kraj Devon, v nedeľu 26. júla o 11.00 hodine.

Po krste vás pozývame na neformálny obed na Hill farmu. Kvôli našej momentálne nepriaznivej finančnej situácii dúfame, že naši hostia pochopia, že peňazí nie je nazvyš. Preto prosíme, keby mohol každý hosť prispieť jedlom na nórsky stôl. Z tohto dôvodu som vám pridelila... Grilnné kurča, pixlu barbecue čipsov a fľašu bublinkového vína.

S láskou, Micky a Dave Lambovci.

(priložená je mapa s parkoviskami a regionálnymi penziónmi pre váš pobyt)

P. S.: Nat, teším sa na teba a na stretnutie s Benjaminom! Je sexi? Prespíš u mamy a otca? Po tom, ako som vytlačila mapu, mali v penzióne Prasa a píšťalka prípad salmonely. Momentálne je pre dôkladnú dezinfekciu a upratovanie zatvorený. Tam sa radšej neubytuj.

MICKY Cmuk

Po prečítaní pozvánky sa ma zmocnila úzkosť. Ak by som išla, musela by som ísť sama a musela by som im povedať o ďalšom stroskotanom vzťahu. A prečo by mali hostia nosiť jedlo? Nemali by jedlo zabezpečiť náhodou hostitelia?! A ten Mickin pravopis... hrúza! Čo je grilnné kura? A bublinkové víno? Čo jej mám kúpiť bubli fuk a vyrobiť extra bublinky, alebo chce šumivé víno? Rozhodla som sa, že nepôjdem. Musím si nájsť nejakú výhovorku.

S drinkom v ruke som prešla do obývačky. A vykotila som sa na gauč. Zapla som TV. Práve sa končili správy na BBC.

„A teraz sa pozrime, čo sa udialo vo vašom regióne," ohlásil moderátor povýšenecky. Keďže som vyrástla v Sowertone, vždy som neznášala tón, akým predstavovali regionálne správy, akoby ľudia z môjho malého kúta krajiny znamenali čosi menej ako z Londýna. Kedysi uvádzala BBC správy z Londýna Anna Fordová, mala som ju veľmi rada, bola kúlová, pokojná a múdra. Keď som sa dozvedela, že na nejakej párty svojím drinkom obliala šéfa z exekutívy, milovala som ju ešte väčšmi.

Anna Fordová bola majsterka vo vyslovovaní vety „A teraz sa pozrime, čo sa udialo vo vašom regióne…" Bolo to, akoby sme boli všetci pozvaní na pol hodiny do jej vzrušujúceho, kozmopolitného Londýna a potom, keď sa blížilo vyvrcholenie, presmerovali nás na regióny.

Regionálne správy mám v živej pamäti, sedávala som doma na farme v obývačke a vzrušene som čakala, ako oznámia, že niekto v Bideforde vyhral súťaž o najkrajší záchod alebo že niekto potreboval súrne nové srdce.

Vždy som rozmýšľala, či Anna Fordová netrpezlivo čaká, kým sa skončia regióny, aby sa mohla vrátiť k Londýnčanom.

„A teraz vám poviem o tom, ako som na jednej veľmi dôležitej párty drinkom obliala svojho šéfa…" predstavovala som si, že vraví do kamier.

Samozrejme, keď som prišla do Londýna, zistila som, že Londýnčanov odbíjala tak isto ako zvyšok krajiny. Vo večerných správach BBC London Tonight sa vždy tvárila, akoby bol deväťmiliónový Londýn nejaká malá periférna dedina.

Zrazu som si uvedomila, že na obrazovke beží BBC London Tonight. Práve dávali video očividne nahraté na mobile, keďže nebolo dostatočne ostro vidieť kŕdle holubov napádajúcich burleskné tanečnice v korzetoch. Ženy jačali. Na obrazovke ďalej bežal roztrasený záber na roztrasené nohy tanečníc. Pridala som hlas.

„Čo malo byť nacvičenou tanečnou rutinou, sa razom zmenilo na chaos…" vravel reportér dramaticky. Kamera sa zamerala na dve moletky stojace pred barom v Soho, z korzetov im vyskakovalo bujné poprsie.

„Dobre sme sa bavili a vtom nás napadol kŕdeľ holubov...“ vravela jedna z nich. Do korzetu si zaprávala vyskočené prsia.

„Mňa poďobali na nose,“ sťažovala sa jej chudšia kamarátka, ktorá mala, bohužiaľ, taký nos, že by ho žiaden holub nemohol prehliadnuť. Na obrazovke ukázali ďalšie rozzrnené video z mobilu. Tentoraz bolo nasnímané odspodu s výhľadom na Tuppencku na hojdačke. Rukami od seba odháňala holuby ako šialená.

Potom kamera zabrala Brendena! Stál pred Orgazmom. Okuliare mal očistené od majonézy.

„A ako sa darí Tuppence Halfpennyovej?“ opýtala sa reportérka.

„Snaží sa spamätať zo šoku,“ odpovedal Brenden. „Našťastie jej fyzička z trénovania burlesky jej zachránila život a pomohla jej udržať sa na hojdačke. Sme si istí, že to bola chladnokrvne naplánovaná priemyselná sabotáž od našej konkurencie,“ dodal.

„Sabotáž v Soho?“ reportérka zostala celá vzrušená.

„Áno, divadlo Raven Street nám hádže pod nohy polená na každom kroku, len aby sa nám nepodarilo rozbehnúť naše divadlo, ktoré sídli oproti nim.

V najdôležitejšej časti choreografie bolo na nás zo strechy hodených niekoľko kíl chleba, na vyprovokovanie holubov. Som len rád, že nikto pritom nezomrel.“

Reportáž ukončil záber na hlavu chudej ženy v korzete, kde mala reznú ranu. Zdravotníčka jej utierala krv a prikladala na ranu obväz. Reportérka stála v strede cesty, za chrbtom je svietil náš megabilbord s Ryanom

Harrisonom. Na spodku obrazovky bolo červeným napísané NAŽIVO ZO SOHO.

„Zdravotnícky personál odporúča každému, kto sa dostal do kontaktu s holubom, či už zobnutím, alebo výkalom, aby ihneď vyhľadal lekára kvôli tetanovej injekcii," oznamovala reportérka. „Čo sa týka priemyselnej sabotáže, tak to sú zatiaľ nepotvrdené špekulácie. Snažili sme sa poskytnúť priestor aj druhej strane, ale umelecká riaditeľka divadla Nancy Love to odmietla komentovať. Z londýnskeho Soho pre BBC London Tonight, Rita Cochranová."

Kým ja som kričala na obrazovku, správy sa vrátili do štúdia.

„Čo to trepeš, že odmietla komentovať? Nikto sa ma na nič nepýtal! A Nancy Love, to sranduješ?" Schmatla som mobil a zavolala Nicky.

„Videla si správy?" vybafla som naštvaná.

„Áno. A nemusíš mi ani ďakovať, zlato," odvetila Nicky.

„Prosím?" nechápala som.

„Chcela si robiť rozhovor pre London Tonight?"

„No... nie."

„Dobre, bolo by to ako pridávanie dreva do ohňa. Brenden by to využil na ďalšie kecy o sabotáži a pre ich publicitu. My mu nič navyše nedarujeme, hej?"

„Samozrejme, že nie," súhlasila som.

Nicky zložila. Chvíľu som chodila po byte ako hladný lev a potom som si na rozptýlenie objednala veľkú čínu a fľašu vína. Práve keď mi doniesli jedlo, začal mi zvoniť mobil. Zo slúchadla sa ozval operátor a opýtal sa, či zaplatím za prichádzajúci hovor. Bol to ďalší pokus od Benjamina? Chcel sex po telefóne? Bola som zvedavá, tak som súhlasila. Niečo zapípalo a potom sa ozval hlas.

„Natalie, moja zlatino.“

„Babi? Ahoj!“ Bradou som si prichytila mobil a vyplatila som chlapíka s čínou. Zabuchla som dvere a prešla do kuchyne. „Babi, to je prekvapenie. Ako sa máš?“

„Ajajaj, Natalie. Mám znovu zlomený srdco. Štefan skončil náš aféra lásky...“

Začala som na stôl vykladať škatule s jedlom a snažila som sa spomenúť, ktorý bol Štefan... Bol to ten umelec, alebo sochár?

„Prichytila som ho s iným žena...“ dodala babka.

„Babi, to mi je veľmi ľúto. Si v poriadku?“

„Áno, zlatino,“ vzdychla ustarostene. „Sex bola tip top, ale zmysel pre humor žiadna. Myslím, že to veľmi dóležitý...“

„To s tebou súhlasím, ale skôr som myslela na to, či ty si v poriadku. Prečo telefonuješ na účet volaného?“ vyzvedala som sa.

„Natalie, volám, lebo ti hcem hovoriť, že prídem na krstina toho decka s čudná meno. Mickiho decka. Hce, aby já priniesla lobása,“ povedala s tvrdým prízvukom.

„Čo je lobása?“ opýtala som sa.

„Veď vieš, to mäso, napchatá v šulec, z prasaťa. Lobása.“ „Myslíš klobása?“ zasmiala som sa.

„Ajajaj, mój prízvuk, há?“

„Ja mám priniesť grilnné kurča a bublinky vo fľaši.“ Na tanier som si nabrala čínu. Babka sa smiala.

„Na jaká planét Micky žije? Neletím dnes do Londýn s kufor plná lobás. Kto som? Prisťahovalec?" Zostala som ticho a nabrala som si ryžu.

„Letím do Londýna? Dnes?" zopakovala som.

„Igen, Natalie. Som v Heathrow letisko, Londýn. Strašný miesto. Jak smrť."

„A kde si ubytovaná?" pozrela som sa na hodinky. Bolo skoro osem.

„U teba!" zasmiala sa, akoby to bolo vtipné. „Zlatino, som v terminál päť, kedy tu ty móžeš byť?"

Srdce mi padlo do nohavičiek. Prečo to vždy robí? Vždy sa zjaví len tak, bez akéhokoľvek varovania. Čo mám urobiť? Začali sa mi zamotávať myšlienky, kde mám čistú posteľnú bielizeň? Kde by mohla spať?

„Terminál päť je na trase metra Piccadily Line," povedala som. „Choď dole do metra, nástupište smer východ. Odtiaľ sa odvez na stanicu Leicester Square a tam sa stretneme."

„Natalie, buď také zlatino a príď mňa vyzdvihnúť na letisko. Mám veľa kufor a na sebe zlato od mój matka, všetko ten krásny zlato, čo ona mala na sebe, keď utekala od fašista..."

„Okej," súhlasila som. „Budem tam tak... no neviem, povedzme, že za hodinu."

„Ďakujem, moja zlatino." Babka zložila telefón. Hodila som do seba zopár lyžičiek číny, schmatla som kabelku a bežala na metro.

O pol hodiny som vyšla na letisku, na termináli päť. Babku som našla sedieť v prázdnom Starbuckse. Okolo seba mala naukladanú kopu kufrov. Ovešaná bola zlatom ako vianočný stromček reťazami a na sebe mala veľký kožuch. O stoličku mala opretú paličku.

„Natalie! Moja zlatino!“ zakričala a nemotorne sa postavila, aby ma mohla objať. „Ty vyzeráš lepšie čím staršia.“

Aj keď sa zjavila bez ohlásenia, tešila som sa, že prišla. Veľmi sa nezmenila, stále bola krásna, trošku zostarnutá, dlhé blond vlasy mala vypnuté niekoľkými zlatými sponami dohora.

„Máš strašne veľa kufrov.“ Neveriacky som sa pozerala okolo nej. Na kope batožiny sedel malý kozmetický kufrík.

„Igen, nikdy neviem, čo potrebovať, tak beriem všetko,“ zasmiala sa. Išla som po vozík na batožinu, do ktorého som to všetko naukladala. Pomaly sme sa presunuli do metra. Babka dosť krívala, rázne sa opierala o palicu. „Babi, čo sa ti stalo s nohou?“

„Mám strašná výrastok.“ Prstom ukázala na neforemný výrastok na nohe, ktorú mala natlačenú v zlatých lodičkách na vysokých podpätkoch.

„Môžeš nosiť také vysoké topánky?“ Len sa zasmiala a oprela sa o palicu.

„Aj keby ma niekto strelila do nohy, tak nosiť lodička!“

Prišli sme k turniketom pri vchode do metra. Zamestnanec stanice nám otvoril jeden z nich, aby babka mohla prejsť s palicou a ja s vozíkom. Práve dorazil vlak. Babka sa usadila a ja som musela navláčiť dovnútra všetku batožinu. Dvere sa niekoľkokrát zatvorili a pípali. Konečne sa mi podarilo všetko naložiť a metro sa pohlo.

Vypytovala sa ma na robotu a na všetko. Začala som jej hovoriť o Benjaminovi, o Jamiem a o tom, čo sa stalo v divadle. Vtom nastúpil revízor a mne došlo, že babka nemá lístok.

„Zlatino, strašne ľutujem..." ospravedlňovala sa, keď sme vystupovali na Leicester Square. „Já tebe zaplatím pokuta, tridsaťpäť libra... keď zamením peňáze." Zo stanice sme sa odviezli domov taxíkom a kým som z neho do bytu vynosila všetky kufre, bolo už po desiatej. Rozdelila som zvyšok číny na dva taniere a odniesla ich do obývačky.

„Ďakujem. Som strašne hladný," povedala, keď som jej podala tanier. „Máš to tu krásny, Natalie. To mi stačiť."

Chcela som sa jej opýtať, čo tým myslí, keď mi podala tašku z duty free. Otvorila som ju a našla v nej parfum Chanel No. 5 a fľašku slivovice.

„Babi, ďakujem. Nemala si, myslela som, že nemáš peniaze?"

„Mám kartový peňáze... Pripi si teraz s tvoj babka."

Zobrala som poháriky, naliala som nám slivovicu a štrngli sme si.

„Na mój obľúbený vnučka," povedala babka.

„A kde si teraz vlastne žila?" Do úst som si naložila hlt jedla.

„Espaňa!" odvetila vzrušene. „V Torremolinos, pri more, so Štefan, filmový producent," do úst si naložila vidličku číny, ktorú potom zapila slivovicou

„Aké filmy natáča?"

„Také film, ktoré nikto nepozerá," povedala sarkasticky. „Já som bola v jeho posledná film Pieseň zmätenej morskej panny."

„Ty si v ňom hrala? Ako herečka?"

„Igen! On ma obsadil do rola vládkyňa morská panna."

„To znie čarovne," vzdychla som.

„To nebol čarovný. Ja sedela tri hodiny hore bez na skala v Benálmadena, zadok som mala vyštípaná od studený, slaný morský voda. Nakoniec som hytila urologický infekcia."

„Ty si bola hore bez?"

„Igen, každý žena v Štefanovom film je hore bez... Já som ho prihytila jeden deň s druhý morská panna, jak on odzipsuje jej plutva. A teraz kaput, koniec, finíto."

„Babi, to mi je naozaj ľúto." Pohladila som ju po ruke.

„To bol mój vina. Ja som myslela, že móžem byť jeho múza. No skutočnosť bol taký, on len hce moja peňáze na produkovanie filmu. Nejestvovať nič lepšia pre hlupák, ako prísť o peňáze, ako je mať mladá zajačik."

„Koľko má rokov Štefan?"

„Päťdesiattri," babka si do úst vložila ďalší hlt. Ja som sa snažila spracovať informácie, čo mi povedala.

„Mne sa stalo niečo podobné, nebola som síce morská panna hore bez ani nič podobné, ale chodila som s cvičiteľom jogy, Benjaminom..." všetko som jej vyrozprávala.

„Hlapi sú nepredvídateľná! Keď teba hcú a ty nehceš ich, oni zostanú v tvoj život. Ale keď ty im ukážeš, že ich hceš, oni ťa už nepotrebujú a budú odísť zo života. Je to jak tá film Kúzelný opatrovateľka." Vybuchla som do smiechu.

„Nič to nemá spoločné s kúzelnou opatrovateľkou!"

„Igen, ale hápeš, čo myslím," usmiala sa a naliala mi

ďalšiu slivovicu. „Hýbala si mi, Natalie. Tebe móžem všetko povedať, všetko o mój život... Tvoj mama sa hce vždy rozprávať iba o recept, jak urobiť guláš, jak uvariť šiška...“

„No, ja mám pre teba ešte jednu novinku,“ pozrela som na ňu. „Jamie sa mi vrátil do života.“

„Čóó?“

„Nie tak úplne. Otvoril si divadlo hneď naproti môjmu.“

„Zaujímavá... Myslíš, že on ťa hce späť?“

„Nie. Má krásnu frajerku. Je krajšia ako ja... Nechce ma späť, myslím, že sa chce len trošku ukázať.“

„Natalie, za prvá, ty si najkrajší dievča na svet a za druhá, urobila si správna krok, keď si jeho nezobrala. On by nikdy nevedel preglgnúť, že si úspešnejší jak on. Len mysli na život, aká si dosiahla. Myslíš, že by si mala taká dobrá, úžasná život aj v tom diera?“ Pokrčila som plecami.

„Natalie, já som mrzutý, že som teba prinútila spáliť tvoj svadobný šaty. To bláznovstvo som vymyslela, aby si náhodou nerozmyslela a nezobrala jeho...“

Chytila som ju za ruku a usmiala som sa na ňu.

„Odvtedy som sa o moc skľudnila.“ Babka nám naliala ďalšiu slivovicu.

„Myslíš? Neviem si predstaviť kamarátku, ktorej babka by hrala vo filme nahú morskú pannu!“

Babka ešte chvíľu pokračovala v rozprávaní svojich príhod a potom som jej pripravila kúpeľ. Počkala som, kým som ju nepočula vojsť do vane, a pobrala som sa z kuchyne zavolať mame.

„Prišla len tak bez ohlásenia?" čudovala sa mama.

„Myslela som, že nepríde na krstiny."

„No, ale príde."

„Myslela som, že sa potulovala po Španielsku so Štefanom."

„Štefan... ten je už minulosťou," odpovedala som mame, ona len vzdychla.

„Ako s ňou teraz prídeš na krstiny?"

„Prídeme autom. Budem šoférovať."

„Budeš mať dostatok miesta pre ňu aj pre Benjamina?"

Na vysvetľovanie som bola priveľmi unavená, tak som len povedala, že miesta bude v aute dosť pre obidvoch.

„Veľmi sa na teba tešíme, Natalie, a s mamou to nejako už len vydržíme. Zistila si mi, či má Benjamin rád trifle?"

„Áno, neľúbi trifle," zaklamala som.

„Aký človek neľúbi trifle? Je z nejakej čudnej časti Anglicka?"

Snažila som sa vymyslieť nejakú vieru, ktorej členovia nemôžu jesť trifle, ale nič mi rýchlo nenapadalo. Mama pokračovala:

„Nevadí. Robím veľký trifle. Všetko bude ručne robené, žiadne kupované piškóty, ale sama ich urobím. Stavím sa, ak Benjamín okoštuje môj trifle, tak sa ním aj zadrhne! Tešíme sa, že ho konečne spoznáme aj osobne. Ahoj!"

Babka vyšla z kúpeľne v dlhom župane, odlíčená a s rozpustenými vlasmi. Bez mejkapu a zlatých šperkov vyzerala veľmi zraniteľne. Odmietla spať v mojej posteli, tak som jej rozložila gauč v obývačke a ustlala jej tam. Keď som zapravila plachtu, babka vhupla pod duchnu.

„Natalie, toto je úžasná," vyslovila veľmi uvoľnene. „Som rád, že som u teba, a je mne ľúto, že som neupozornila skór... Stratila som mobil..." oči sa jej zaliali slzami. „Som strašne unavený."

„Babi, to je v poriadku. U mňa si vždy vítaná." Nahla som sa nad ňu a bozkala som ju na líce.

„Dobrú noc a sladké sny."

„Boh ti buď vďačná," šepla unavene a zavrela oči. Chvíľu som na ňu hľadela. Potom som potichu zhasla svetlo a nechala som ju spať.

NÁSLEDKY

Keď som sa ráno zobudila, chodila som po byte po špičkách, aby som babku nezobudila. Pochrapkávala, ešte aj keď som odchádzala do roboty. Rýchlo som jej naškrabala odkaz a číslo na mňa do roboty. Došlo mi, že Benjamin má stále náhradný kľúč od môjmu bytu, tak som dodala, že keď bude chcieť niekam ísť, prinesiem jej kľúč. Aj takéto problémy bývajú s exfrajermi!

Slnko vonku pražilo. Vyzeralo to na ďalší horúci deň. Ulica Raven Street pred divadlom sa hemžila nadávajúcimi turistami, kuriérmi na bicykloch, dodávkami, z ktorých vykladali tovar do barov a reštaurácií. Smetiarske auto zastavovalo po pár metroch, aby mohlo vyprázdniť preplnené smetiaky. Za ním sa tvorila kolóna áut, ktoré ho pre úzku cestu nemohli predbehnúť.

Megaobrazovka, zložená s mnohých menších obrazoviek, na priečelí Orgazmu stále nefungovala. Jedna z obrazoviek bola odmontovaná. Na rebríku neďaleko nej stál opravár v oranžových montérkach a šiltovke. V ruke mal skrutkovač, s ktorým sa špáral v rôznofarebných káblikoch trčiacich z vedľajších obrazoviek. Pred naším divadlom robila poriadky Val z pokladne.

Upozorňovala Ryanových fanúšikov, že nemôžu blokovať vchod do divadla.

„Počúva ma vôbec niekto z vás? Ustúpte nabok, aby mohol tento chudáčik robiť svoju robotu!" kričala Val. Za nimi čakal postarší sivovlasý pán s vozíkom naloženým škatuľami fliaš, ktoré nám priniesol do baru. Fanúšikovia Val ignorovali. Čakali, kedy sa otvoria dvere, aby mohli nakuknúť dnu, či nezbadajú Ryana. Mali nachystané mobily, aby mohli fotiť, ak by sa im náhodou zadarilo.

„Ryan Harrison nie je v divadle!" kričala. Zrazu vyšiel von jeden z našich ochrankárov a konečne urobil poriadok.

„Ránko," pozdravila som Val a postaršieho pána.

„Boha, tam nemajú nič lepšie na robote, ako tu postávať?" zamrmlala Val. Za ňou vošiel dnu aj pán s vozíkom.

Práve som ich chcela nasledovať, keď som na opačnej strane ulice zazrela postavu v ružovom teplákovom úbore a šiltovke. Vychádzala z vchodu Orgazmu, bola to Tuppencka. Z vrecka na mikine si vybrala škatuľku cigariet a jednu si zapálila. Napriek tomu, čo Brenden natáral novinárom, vyzerala Tuppencka v poriadku.

„Jamie, Jamie!" štekala. „Ako dlho tam ešte budeš?

Chcem, aby si ma sledoval pri skúške..."

Až vtedy som si všimla, že chlapík na rebríku v oranžových montérkach bol Jamie.

„Budem tam za desať minút," zakričal.

„Nemal by si sa v tom vŕtať, zavolaj elektrikára," pišťala a potiahla si z cigarety.

„Tuppence, viem, čo robím." Vtom som si uvedomila, že bez pozlátky a elegantného oblečenia vyzerajú Tuppencka a Jamie ako ktorýkoľvek iný pár. Rýchlo som vošla do divadla, aby ma nezbadali.

V kancelárii som bola prvá, o niekoľko minút po mne dorazila Nicky. V rukách zvierala iPad a zdalo sa, že je v lepšej nálade ako včera v telefóne.

„Ránko, zlato. Vyzerá to tak, že náš holubí škandál už pomaly utícha. Bála som sa, že to bude horšie a že sa to rozšíri do viacerých novín," povedala Nicky.

„A nerozšírilo sa to?" opýtala som sa nervózne.

„Ani nie, v skutočnosti spomínajú ich otvorenie iba v The Sun a Mail online, a to iba malé články... Pozri," podala mi iPad. V The Sun bol nepodarený záber na Tuppencku, ako sa hojdá na hojdačke a ako na ňu práve dopadá holubí výkal.

„Tuppence v sračkách," prečítala som nadpis článku.

„A pozri sem." Nicky prstom posunula článok na displeji. „Náš chutný zlatý chlapec Ryan Harrison je všade. Najväčšie noviny a časopisy prebrali rozhovor Ryana s Evou Castlovou. Nevyzerá úžasne?" „A Brenden?" opýtala som sa.

„Kto by mal záujem o rozhovor s Brendenom?"

„Nie, nemyslím na rozhovor s Brendenom, ale nebojíš sa, že nám niečo vyvedie? Je hrozne agresívny," vysvetľovala som.

„Zlato, vždy bude niekto, kto bude chcieť s nami

bojovať. Čo najhoršie sa môže stať? Že odfotia Ryana, ako sa špára v nose? Ryan je kúlový. Je inteligentný a dobre pozná, aké hry vedia hrať médiá. A hlavne, my sme inteligentné a vieme, čo robiť v prípade núdze.“

Pozrela som sa ešte raz na hroznú fotku Tuppencky a spomenula som si na včerajší nepríjemný, pomstychtivý výraz na Brendenovej tvári. Nebola som si taká istá ako Nicky.

Na obed mi volala babka, že by chcela ísť na nákupy, aby mohla navariť večeru. Keď som jej priniesla kľúč, našla som ju stáť v strede kuchyne. Na sebe mala župan a vyzerala stratená.

„Babi, si v poriadku?“

„Ako tu môžem urobiť prekliaty káva?“ zahundrala. „Všetky táto ligotavá stroj a já neviem, čo s tým. Vyskúšala som tlačiť gombík na hladnička, ale vypadla na mňa lad. A hentá vec hce odo mňa nejaký kapsula.“

„Babi, sadni si. Urobím nám dobrú kávičku.“ Babka sa uvelebila na stoličke. Ja som zatiaľ urobila kávu a syrové sendviče. Potom som jej dala dvadsať libier na nákup. Nechcela si ich zobrať.

„Mala by som byť doma okolo piatej,“ povedala som jej, keď sme dojedli sendviče. „Babi, dávaj si vonku pozor.“

„Natalie, preboha, neni som bábatko. Ja teba priviedla prvýkrát do Soho!“

Objala som ju a išla naspäť do roboty. Cestou som zavolala Benjaminovi. Potešila som sa, keď som bola presmerovaná na odkazovač. Nechala som mu krátky odkaz, aby mi vrátil kľúč.

Po návrate do divadla sme si išli s Nicky a Xanderom pozrieť skúšku prvého dejstva Macbetha. Sadli sme si na rozkladacie stoličky poukladané okolo štvorca, ktorý v skúšobni znázorňoval divadelnú scénu. Craig a Byron sa naháňali. Kontrolovali, či sú herci nachystaní. Potom nastal ten trochu nervózny, ale veľmi vzrušujúci moment, keď sa stlmili svetlá a my sme sa ocitli v polotme.

Nastal šum signalizujúci, že herci sa pripravujú na scéne. Byronina stolička za technicko-hudobným pultom zapišťala, keď si na ňu sadla. Od pultu zaznel zvuk gongu a v šere sa pomaly zjavili tri čarodejnice. Nadšene sme sledovali otváraciu scénu, kde čarodejnice prekľajú Macbetha.

Už aj v takomto skorom štádiu hry sme videli a cítili, že má energiu. Hra nás úplne vtiahla do deja. A potom na scénu vyšiel Ryan. Ryan ako Macbeth sa práve vrátil z boja a citoval naučené slová so skvelým britským prízvukom. Ten prízvuk bol naozaj fajn, nič také, ako keď mala Madonna britský prízvuk počas manželstva s Guyom Ritchiem.

Ryanov prízvuk bol mužný a silný.

„Pozri na Xandera," ťukla ma Nicky lakťom a zašepkala mi do ucha. „Je zaľúbený..." Pozreli sme jedna na druhú a v tom momente sme vedeli, že táto hra bude skvelá. Prvé dejstvo sa skončilo až príliš rýchlo. Herci aj režisér od nás zožali veľký aplauz. Craig potom zobral hercov dole do baru, kde si prebrali skúšku. Keď sa vzdialili, prišla za nami na chodbu Byron. Vyzerala dosť vážne.

„Je všetko v poriadku?" opýtala som sa jej. „Skúška dopadla výnimočne."

„Nie, nejde o skúšku, ide skôr o mimodivadelnú záležitosť. Mám požiadavku od pána Harrisona. Potrebuje zmeniť houtel."

„Houtel?" zopakovala Nicky nechápavo. Ja som si už na Byronin silný novozélandský prízvuk zvykla, tak som vedela, že ide o hotel.

„Áno, houtel. Jeho izba je v prednej časti houtela a má v nej problém zaspať."

„Vyrušujú ho fanúšikovia?" spýtala sa Nicky.

„Kempujú mu pod oknami, vykrikujú, hádžu mu k oknám podprsenky... a neustále vykrikujú nejaké obscénne vulgarizmy, ako citujem: ‚poje. ma'; ‚strč ho do mňa'; ‚chcem mať s tebou deti'. Chudák, je z toho vyčerpaný." „Dobre. Postarám sa o to," sľúbila som Byron.

„Máš pseudonym, pod ktorým je prihlásený v houteli?" chcela vedieť Byron. Prikývla som.

Byron sa poďakovala a vrátila sa naspäť do skúšobne. Xander išiel domov a na chodbe sme zostali stáť iba my dve s Nicky.

„Neviem ako ty, zlato, ale dnešok bol oveľa lepší ako včerajšok," ozvala sa Nicky. „Idem domov skôr, dnes máme s Bartom rande."

„Jasné, len choď a dobre sa zabavte. Asi aj ja o chvíľu pôjdem. Mám neohláseného hosťa. Včera ku mne prišla babka."

„Tá bláznivá komunistka?" čudovala sa Nicky.

„Ona nie je komunistka, ale áno, tá bláznivá," usmiala som sa.

„Okej. Poďme domov, oddýchnime si mimopracovnými aktivitami a zajtra bude ešte krajší deň." Nicky ma objala a pobrali sme sa domov.

Keď som vstúpila do bytu, z kuchyne sa šírila úžasná vôňa. Babka stála pri sporáku a niečo miešala vo veľkom hrnci.

„Natalie, zlatino. Robím ti moja famózna guláš," vravela nadšene. Na sebe mala elegantné nohavice, krásnu červenú blúzku a bola kompletne vyfešákovaná... mejkap, vlasy...

„Jéj, som strašne hladná." Objala som ju.

„Bol som v tá výborná mäsiar na Raven Street ulica aj u zelenina."

Z tašky som si vybrala notebook a mobil a dala som si ich nabíjať.

„Vínko, zlatino?" zarehotala sa babka.

„Ja nám nalejem," ponúkla som sa.

„Zlatino, sadnúť! Hostka obsluhovať hostiteľka."

Sadla som si za stôl. Onedlho prišla ku mne babka s dvoma pohárikmi červeného vína.

„Tvoj mäsiarstvo predáva víno, hceš tomu veriť?" Štrngli sme si a hneď som si odpila. Bolo výborné.

„Počkaj, počkaj, mäsiar? Ty myslíš Rossi's organic na Raven Street?" opýtala som sa.

„Igen. On vyzeral taliansky." Babka sa vrátila miešať jedlo v hrnci. Izbou sa niesla lahodná vôňa korenia, rajčín a vína.

„Babi, ten obchod je strašne drahý. Dala som ti iba

dvadsať libier."

„A tutok ich máš," podala mi dvadsaťlibrovku. „Já som otvorila účet v obhode."

„Nevedela som, že sa tam dá otvoriť účet."

„Zlatino, ja som bola ovešaná všetko moja zlato. Mala som moja drahá kožuch a správala sa k nim ako zdutý panička. Samozrejme, že mi otvorila účet." Babka prešla k chladničke a otvorila ju. Očividne bola plnšia než ráno. Boli v nej drahé syry od výmyslu sveta, luxusná talianska šunka, španielske olivy...

„Máš huť niečo zobnúť? Guláš sa variť dlho." „Aký veľký účet ti otvorili?" opýtala som sa.

„Natalie, Natalie. Ja tebe varím večera. Nehaj na mňa, ako to som kúpila. Len užívaj," nahla sa ku mne, a skôr ako som mohla niečo povedať, strčila mi do úst olivu.

„Babi, počkaj. Spomenula som si, že musím vybaviť jeden hovor," povedala som, žujúc olivu. Išla som k pevnej linke a vytočila som číslo hotela Langham. Recepčnému som vysvetlila, že musí presťahovať Samuela Heathcliffa ako Ryana Harrisona do zadnej časti hotela, aby bol mimo svojich vrieskajúcich fanúšičiek. Recepčný mi sľúbil, že to okamžite vybaví.

Potom sme si s babkou dali ďalší pohárik vína, pochutnali na olivách a na jej úžasnom guláši. Počas jedenia som ju zasvätila do všetkého, čo sa udialo.

„A nakoniec, mama si myslí, že prídem na krstiny s Benjaminom," dodala som smutne.

„Natalie, Natalie, Natalie," objala ma. „Všetko bude na poriadok. Som tu pre teba, zlatino..."

„Dnes bol taký dobrý deň a ja tu sedím a fňukám kvôli sprostému chlapovi!" Utrela som si slzu.

„Nem! Ty mať v život hlapov, ktorí teba presvedčili, že si slečna ľavá. Nem! Nem! Nem! Ty slečna pravá. Dokonalá. Nikdy nezabudni, zlatino!" Babka ma pohladila po vlasoch.

„Bolo krásne prísť domov a mať tu niekoho, kto mi navarí," usmiala som sa cez slzy.

„To ma teší. Ja nekúpila som žiadna múčnik. Ale kúpila som mydlo, menej kalória."

„Ideme jesť mydlo?"

„Nem, Natalie. Ty potrebuješ relaxný kúpeľ." Babka mi doliala vína a išla mi napustiť vaňu.

„Dala som do vaňa špeciálny bublina," z kúpeľne vyšla s uterákom, do ktorého si utierala ruky. „Aby si mala krásna bublinová kúpeľ. Tvoj mäsiarstvo tiež predávať dobrá mydlo a bublinka do kúpeľa."

„Babi, ty si kúpila mydlo a penu do kúpeľa v Rossi's? Všetko tam stojí majland!"

„Pssst. Jak já som povedala, to namiesto múčnik..."

Keď som vošla do kúpeľne, všimla som si na stoličke pri vani drevenú škatuľku s ručne vyrobeným mydlom.

Som si istá, že som ho videla v obchode a stálo šesťdesiat libier. Vhupla som do vane s teplou vodou a príjemnou penou a konečne som sa dokázala uvoľniť. Po hodine vo vani som sa cítila úplne zrelaxovaná a ospanlivá. Babka práve dokončovala umývanie riadu.

„Natalie, hoď kľudne spať. Riad umytá a všetko na poriadok."

„Určite?"

„Si krásny dievča, ale potrebuješ svoj spánok pre krása...“

„Možno máš pravdu, som dosť unavená,“ prikývla som.

„Tak dobrú noc, babi, a ďakujem.“

„Dobrú noc, zlatino... Budeš vadiť, keď urobím pár telefónny hovor? Nie medzinárodná.“

„Samozrejme, babi, zavolaj, komu chceš. Telefón je pri chladničke. Dobrú noc.“

„Dobrú, zlatino.“ Objala ma.

Zaspala som, hneď ako sa mi hlava dotkla vankúša.

POZVANIE

Ráno som nechala babku pochrapkávať a išla som do roboty. Benjamin sa neozýval, poprosila som teda Xandera, aby mi dal urobiť nový kľúč, vložil ho do obálky a strčil mi ho doma do dverovej schránky. Po zvyšok dňa som mala samé pracovné stretnutia, od nudných a nie veľmi dôležitých až po dôležité.

Najprv sme mali poradu o tom, či treba dať na strechu namontovať hroty proti holubom, keďže sme spôsobili to fiasko počas otvorenia Orgazmu. Stretnutie sa zvrhlo na ostrú debatu o holuboch. Val z pokladne bola vážne proti. Povedala, že jej manžel má športové holuby, sú to mimoriadne inteligentné zvieratá, dokonca sú vraj inteligentnejšie ako jej muž. Proti bola aj Byron, ktorá je veľkou milovníčkou zvierat a väčšinu svojej výplaty dáva na rôzne zvieracie organizácie.

Len náš domovník, Nicky a Xander boli za. Nicky nemá holuby rada odvtedy, ako cestovala loďou do Dublinu a sprievodca jej povedal, že holuby v Dubline za rok vyjedia z ulíc plných barov a krčiem vyše tristo ton vývratkov.

Navrhla som, aby sme sa postarali o holuby nejakým ľudskejším prístupom. Craig navrhol, aby sme prenajali amerického holohlavého orla a dvakrát za deň ho dali na strechu, nech odplaší holuby. Ale pochybovali sme, že by sme na to zohnali peniaze z nejakých fondov.

Potom sme mali stretnutie s Craigom a Mhairi, ktorá nám robí scénu do Macbetha. Navrhla, že zadná stena by mohla byť ako fontána, po ktorej by sa liala krv, keď lady Macbeth zabije kráľa. Výborný nápad, ale museli sme vymyslieť, ako to celé zrealizovať. A koľko umelej krvi by sme potrebovali na každý večer počas piatich týždňov. Mhairi vypočítala, že približne dvetisíc osemsto litrov. Potom jej začala Nicky rozprávať o holuboch v Dubline a Mhairi sa jej snažila vypočítať, koľko je tristo ton vývratkov v galónoch, čo nás rozosmialo a zároveň aj naplo.

Pomyslela som si, že bez mojej úžasnej, nepredvídateľnej práce by som bola stratená.

Neskôr poobede som surfovala po internete a hľadala firmy, ktoré predávajú filmovú krv. Snažila som sa nájsť niekoho s lepšou cenou. Vtom som si uvedomila, že som ešte nepovedala mame, že zajtra prídem na krstiny bez Benjamina. Natiahla som ruku k mobilu, ale niekto zaklopal na dvere.

„Vstúpte," povedala som. Dvere sa pomaly otvorili a stál v nich Ryan Harrison, v modrých džínsoch, károvanej košeli a s imidžovo rozstrapatenými vlasmi. Na pleci mu visela taška. Vyzeral ako študent, veľmi chutný študent.

„Ryan, ahoj. Je všetko v poriadku? Je tu s tebou Byron?" „Áno a nie. Som tu sám."

„Si spokojný s novou izbou?" opýtala som sa. „Povedali mi, že má výhľad na park."

„Hej, mám veľký apartmán, je oveľa lepší ako ten predošlý. Konečne som sa vyspal!"

„Super." Ryan mlčal a začal mi upravovať knihy na stole.

„Vieš, Londýn je dosť čudný, hlavne cez víkendy..." povedal. „Mám tu zopár priateľov, ale sú od môjho fachu. Stále chcú behať na nejaké párty a... Bol som si tu pozrieť veľa divadelných hier a muzikálov. Videla si Matildu?"

„Hej, perfektný muzikál," odvetila som. „Dobre si pamätám, aký sa mi zdal Londýn čudný, keď som sem prišla prvýkrát. Je to iný svet ako kdekoľvek inde. A ešte horšie to musí byť pre známych ľudí a celebrity."

„Áno, a preto si veľmi cením tvoje pozvanie," povedal Ryan.

„Pozvanie?"

„Hej, pozvanie na krstiny k Micky."

Bol to ten najčudnejší pocit, počuť meno mojej sestry z Ryanových úst. Potom pokračoval ďalej.

„Tvoja babka Anouska je fakt trieda... Naozaj vyrastala v Maďarsku spolu so Zsa Gabor?"

„Vraj hej," prisvedčila som so sileným úsmevom.

„A skutočne ušla fašistom?"

„Áno. Aj keď niekedy si želáme..." Rýchlo som

odohnala tú hnusnú myšlienku. „Tak ona ťa pozvala na krstiny?"

„Vravela, že by som si mal vychutnať starú anglickú dedinu, starý anglický kostol, ale že ona nie je taká stará ako ten kostol. Tvoja babka je fakt vtipná... Povedala, že ma vyzdvihneš pri hoteli, zajtra ráno o siedmej."

„Jasné, vyzdvihneme ťa o siedmej." Úsmev som mala stále nahodený.

„Mám niečo priniesť?" opýtal sa. Mala som nutkanie povedať, nech prinesie grilované kura, barbecue čipsy a šumivé víno, ale napadlo mi, že on sám už asi nenakupuje. Určite má na to ľudí.

„Nenos nič, len seba," usmiala som sa úprimne.

„Super, ďakujem, Natalie," usmial sa a nenáhlivo odišiel z kancelárie.

Počkala som asi minútku a potom som utekala domov. Babka ležala na gauči s mokrou handrou na čele.

„Natalie, bol mi zrazu špatne," vyhlásila dramaticky.

Pobehla som k nej a chytila som ju za ruku. „Čo sa stalo?"

„Angína. Asi som to prehnala s vysávač."

Poobzerala som sa okolo seba, ale vysávač som nevidela.

„Babi, nemusíš tu upratovať."

„Som tvoja hosť, Natalie, a ďakujem ti z plná srdce."

Išla som jej urobiť čaj, bez mlieka, len s kúskom citróna. Keď som sa vrátila ku gauču, pomaličky sa posadila.

„Úch, to je lepšie.“ Odpila si čaju. „Niekedy zabúdam, že som starý. Byť starý neni dobre.“

„Babi, pozvala si Ryana Harrisona na Mickine krstiny?“ opýtala som sa jej.

„Áno,“ pochlipkávala si čajík a odkašľala si.

„Prečo? A ako? A nepomyslela si na to, že si sa ma mohla najskôr opýtať?“

Babka zostala zamyslená.

„Natalie. Hentá Benjamin teba pustil k rieke skôr, ako si ho predstavila tvoj rodina na krstiny – ktorý sú, len tak medzi nama, taký vzrušujúci akcia, ako pozerať naživo smrť na elektrické kreslo...“

„Dobre, dobre... ale hovorí sa poslať k vode, nie k rieke.“

„No... tvoj mama a sestra myslia, že ide o kráľovská svadba...“

„Kam tým mieriš?“ opýtala som sa.

„Hceš objaviť na krstiny bez hlapa? Aby teba oni ľutovali?“

„Nie.“

„Samozrejme, že nem... A ako na dlaň máš v robota Ryan Harrison. Najsexi muž na svet!“

„Vravela si, že ho nepoznáš.“

„Igen, igen, ale dala som do gúgla. Na počítač... Vygúglala som ho,“ vysvetlila.

„Vygúglila si si ho?“ opravila som ju.

„Igen. On je americká cukrík. Neni to Sean Connery, ale zas nová Sean Connery už nikdy nemôže byť. No, ale ten fotka Ryan v plavky sú mňami jak ploskačka domáci pálenka.“

Súhlasne som prikývla.

„Babi, ale na Dexterových krstinách budú ľudia zo Sowertonu…“

„Natalie, keď som bola mladý jak ty, vždy som snívala, že sa vrátim do svoj rodná mesto ruka v ruke so Sean Connery. Hcela som vidieť výraz na ten krumplový ksicht, čo po mne vždy vykrikovali štetka!“

„My ruka v ruke nebudeme. Pracujeme spolu. Dokonca je možno gay! Nevadí, a ako si ho vlastne pozvala?“

„Natalie. Ty si volala do jeho hotel včera predo mnou. Keď si išla do posteľ, vytočila som spiatočný hovor a vypýtala si pán Heathcliff! On sa zaujíma o stará anglická vidiek…“ Žmurkla na mňa.

„Babi, on je skoro tínedžer a…“

„Ach, Natalie, zlatino. Ty si moc hanblivý. Už to stačilo.

Idem ohriať guláš a potom rozhodneme, čo zajtra oblečieš.“ Vstala z gauča.

„Myslela som, že máš angínu.“ Civela som na ňu. Zrazu bola čiperná, akoby sa nič nestalo.

„To mení sa, raz lepšia, raz horšia,“ povedala dosť nepresvedčivo.

Napriek mojím protestom ma nakŕmila gulášom, ale nedovolila mi piť, aby som ráno vyzerala dobre. Potom sa mi pohrabala v skrini, našla mi outfit na krstiny a poslala ma do postele, aby som sa vyspala do krásy. Nevedela som zaspať. V tme som ležala asi hodinu, prevracala som sa zo strany na stranu, myšlienky sa mi tĺkli jedna o druhú, až som to nakoniec vzdala a zavolala som Sharon.

„Čo?" zakričala do telefónu, keď som jej povedala o Ryanovi. „Život nie je spravodlivý! Vieš, čo budem robiť zajtra ja? Beriem Fredovho otca Giuseppeho do nemocnice v Lewishame, aby mu vyšpricovali uši..."

„Sharon, bude to strašná hanba... Ryan Harrison sa stretne s mojou čudnou rodinou a celý čas ma s ním bude chcieť dať babka dokopy."

„Odo mňa sa ľútosti nedočkáš," zasmiala sa.

„Bude to vyzerať zúfalo, nemyslíš? Ísť na Dexterove krstiny s Ryanom Harrisonom. Možno je gay."

„Dexter? Neviem, Natalie, má len dva roky," povedala Sharon vážne.

„Nie Dexter, Ryan. Ak by bol Ryan gay, tak by to bolo lepšie. Všetci by si mysleli, že som prišla so svojím najlepším gay kamarátom. Takto si budú myslieť, že sprostá stará chudera poľuje na mladého zajačika."

„Natalie Loveová, vydrhni si ústa mydlom a cirokovou kefou. Ryan nie je gay."

„Pozrime sa na dôkazy," povedala som. „Je príliš pekný na to, aby bol heterák, psov nazval po postavách z Twilightu. A počula som fámy, že randí s niekým zo seriálu Manhattan Beach." „S kým?" opýtala sa.

„Sú to asi len fámy..." „S kým?" zasyčala Sharon.

„S tým chalaniskom, čo hrá jeho najlepšieho kamaráta."

„Jodie Pitch? Čo hrá Mitcha Fitcha, ktorý je ženatý s tou bohatou sukou? Tomu neverím! Preboha!"

„Sharon, prízvukujem, že je to len fáma. Ale aj tak, aj keby bol Ryan gay, tak sa s tým nepochváli na krstinách nejakej pračudesnej anglickej rodiny."

„Súhlasím s tým, že v obtiahnutých plavkách vyzerá na heteráka strašne sexi. No aj plavci heteráci v nich vyzerajú chutne... Nat, závidím ti. Musíš mi ho nafotiť. Z každého uhla. Bože môj, práve som dostala skvelý nápad!" „Aký?" opýtala som sa.

„Z tých fotiek by si mi potom mohla urobiť exkluzívny kalendár Ryana Harrisona!"

„Nie."

„Prosím ťa. Vždy sa ma pýtaš, čo chcem na Vianoce. Teraz máš skvelú príležitosť. Vôbec nebude čudné, že máš na rodinnej oslave foťák. Na január by si mohla odfotiť Ryana s lamou, ktoré tam majú na farme. Sexi chlapi vyzerajú strašne zlato s chlpatými zvieratkami."

„Sharon, nie." Vôbec ma nepočúvala.

„Február by mohol byť Ryan hore bez na trávniku pred pubom. Skontrolujem na zajtra predpoveď počasia. Určite sa vyzlečie, keď bude teplo. V marci by mohlo byť..."

Po dlhšom čase sa mi podarilo odbiť Sharon a jej bláznivé nápady na fotky Ryana na každý mesiac v roku. Tvrdila mi, že pozná niekoho spoľahlivého v Kodaku, kto by fotky vyvolal v najväčšej diskrétnosti. A to som si ešte donedávna myslela, že babka bola najbláznivejším človekom v mojom živote.

SUPER BABKA

Keď sme sa nasledujúce ráno vydali na cestu, bol krásny deň. Babka sa ukázala ako dokonalá štylistka s neskutočným vkusom. Pomohla mi vybrať dokonalý outfit na krstiny, ktorý pozostával z priliehavých džínsov a krémového topu bez rukávov, ktorý ukázal také množstvo poprsia, aby to nevyznelo príliš vulgárne, ale zároveň vyzeralo sexi. Babka si obliekla elegantné béžové nohavice, čierne lakované ihličky, blúzku v odtieni nohavíc, kašmírový sveter, ktorý si prehodila okolo pliec, a celý look doplnila perlovým náhrdelníkom. Keď sme nastúpili do výťahu, smer garáž, nahodila si slnečné okuliare v štýle Jackie Onassisovej.

„Babi, vyzeráš úžasne," pochválila som ju.

„Ďakujem, zlatino." Trochu mi stiahla môj top. Ja som si ho hneď vytiahla hore.

„On bude pozerať na teba, nie na mňa," namietla.

„Nepotrebuje mi vidieť až do žalúdka," povedala som

chladne. „A okrem iného, som jeho bos... v určitom zmysle.“

Výťah sa otvoril v podzemnej garáži. Babka ma chytila za ruku, aby sa mohla trochu podoprieť na ceste k môjmu malému Fordu Fiesta. Pokrivkávala a tvár mala ubolenú.

„Tie lodičky vyzerajú o tri čísla menšie, ako je tvoja noha,“ pozerala som sa na jej nohy napratané v malých lakovaných lodičkách.

„Budem na poriadok. Zjedla som liek od bolesť.“

Na chvíľku zastala a oprela sa o palicu.

„Babi!“

„Ach... čuššš... Radšej trpieť bolesť, ako by muž, ktorý vyhral najsexi muž sveta podľa časopis GQ tri rok za sebou, ma videl v nízky topánka.“

„Vidím, že si strávila veľa času na Googli,“ usmiala som sa.

„A teraz prestaň vymýšľať a poďme jeho zobrať,“ povedala babka, akoby sme si išli do hračkárstva vyzdvihnúť Kena. Trochu som upratala auto a pomohla som babke nastúpiť na zadné sedadlo. Bol to jej nápad. Vraj nech Ryan sedí vpredu, aby sa mohol so mnou rozprávať. Potom sme vyštartovali z garáže smer hotel Langham.

Nebolo ľahké nájsť cestu k zadnému vchodu hotela. Takmer všade v Londýne sú teraz jednosmerné ulice. Premýšľala som, či si to Ryan na poslednú chvíľu nerozmyslí a nedá nám košom. Či sa mu bude vôbec chcieť vstávať tak skoro.

A to nehovorím o tom, že mu niekto mohol dať lepšiu ponuku na zaujímavejšie strávenú sobotu. No len čo sme zabočili k hotelu, zbadala som ho pri vchode. Bol oblečený v čiernom obleku, šitom na mieru. Vedľa neho stál hotelový poslíček a v rukách držal veľký darčekový kôš.

„Ktorá je on?" Babka pozerala cez zadné okno.

„Daj si dole slnečné okuliare a uvidíš. On je ten, čo nemá na sebe uniformu hotelového poslíčka," odpovedala som jej.

„Igen, igen, ach... vyzerá ešte lepšia jak na gúgel," okomentovala babka, hneď ako si zložila okuliare. Ryan zišiel po schodoch, sprevádzaný poslíčkom. Vyšla som z auta a babka si krvopotne páčkou otvorila okno.

„Zdravím, dámy," pozdravil nás Ryan s veľkým úsmevom.

„Ahoj!" pozdravila som ho ako vytešená tínedžerka. „Toto je moja ba..."

„Som Anouska, ahoj," prerušila ma babka vystrčená v okne. Ryan sa k nej naklonil a bozkal ju na líce.

„To asi dáme do kufra," povedala som poslíčkovi s darčekovým košom. Prešla som okolo auta, kde ma Ryan pobozkal na líce. Krásne voňal a v dokonale ušitom obleku vyzeral úžasne sexi. Darčekový kôš bol velikánsky, plný luxusných dobrôt ako šampanské, čokolády, whisky a syry.

„Bože môj, to si nemusel." Sánku som mala padnutú skoro až pri kolenách.

„To je pre Micky a Dava. Viem, ako vy Briti ľúbite párty, párty, párty," usmial sa. „A toto je pre Dextera."

Z tašky vybral nádherné balenie knižiek od Beatrix Potterovej, Rozprávky o králikovi Petrovi.

„Ryan, tie sú krásne," rozplývala som sa.

Poslíček opatrne naložil darčekový kôš aj tašku s knihami do kufra a Ryan mu dal dvadsaťlibrový tringelt. Ja som zatiaľ nastúpila do auta.

„Kúpil im krásne darčeky. Strašne drahé," rýchlo som pošepkala babke. „Čo máme pre nich my?" „Lacná fľaša a hrkálka," odvetila babka.

„Vyberiem niekde po ceste na pumpe peniaze. Micky miluje peniaze," zamrmlala som. Babka mlčiac prikývla, práve keď nastupoval Ryan. Naštartovala som a odfičali sme preč. Ryan sa nevedel poriadne usadiť, otáčal sa a pozeral cez zadné okno.

„Je všetko v poriadku?" opýtala som sa.

„Posledných pár dní ma prenasleduje jeden nepríjemný paparaco."

„Prečo si nám to v divadle nepovedal?" Pozrela som do spiatočného zrkadla.

„Ak by som mal chodiť za tebou alebo za mojou manažérkou zakaždým, keď ma niekto prenasleduje, boli by ste z toho znudené!" Ryan ešte chvíľu sledoval cestu za sebou, a keď sa ubezpečil, že nás nikto nesleduje, upokojil sa a prestal sa otáčať.

„Strašne sa teším do Sowertonu!" povedal.

Čím ďalej sme boli od Londýna, tým väčšmi sa tešil. Radoval sa z toho, že miesto budov a obchodov mohol obdivovať krásy anglického vidieka. Pýtal sa, či moji rodičia bývajú v dome so slamenou strechou a či ich dedinu niekedy navštívil Shakespeare.

„Nem, ale písala o nej v jedna kniha Domesday Book. Je to prekrásny dedina," zaštebotala babka zo zadného sedadla. To bolo prvýkrát, čo povedala niečo pekné o mojom rodisku. Jej zvyčajný opis bol, že satan vykopal veľkú jamu, naplnil ju sračkami a potom nad ňou postavil Sowerton.

Nevedela som, ako sa mám správať a tváriť v Ryanovej prítomnosti. Bolo to, akoby do seba narazili moja práca s mojím súkromným životom. Vždy, keď som preradila rýchlosť, ruka sa mi obtrela o jeho nohu... veľmi pevnú, svalnatú nohu. Asi po štvrtom raze, keď som sa o neho nechtiac obtrela a ospravedlnila sa, som si uvedomila, že Ryan je úplne normálny, obyčajný chalan, hoci veľmi sexi chalan, ktorému sa len pošťastilo v živote dosiahnuť niečo výnimočné. Veľakrát som čítala, že keď sa niekto stane známym, tak sa veľmi nezmení, že sú to ľudia okolo neho, čo sa zmenia a zrazu sa správajú úplne inak.

„Natalie, mohli by sme postáť, keď sa bude dať?" opýtal sa

Ryan po niekoľkých hodinách cesty. „Potrebujem ísť čúrať." „Okej, o necelú míľu je benzínka," súhlasila som.

„Vadilo by ti, keby si zastavila niekde pri ceste? Prepáč, ale snažím sa vyhýbať verejným veckám."

„Já tebe rozumiem, zlatino. Já nikdy nesadala na záchodový misa, len tak nad ním balansovala. Aj napriek mój zlý bedrá," vyhlásila babka.

Ryan sa zarehotal.

„Nie, s tým problém nemám. Baby chodia za mnou až na záchod, niekedy aj chalani. Minulý týždeň som musel volať Terri, svojej manažérke, po tom, čo ma jedna baba vysnorila na záchode, odfotila môjho... veď viete čo a potom sa snažila fotku predať do novín.“

Zastavila som na prázdnom odpočívadle. Ryan hneď vybehol z auta a rozbehol sa k prvému kríku. Keď si uľavoval, dávali sme pozor, aby za ním nikto náhodou nešiel.

„Je zlatý, nie?“ Pozrela som na babku.

„Igen, veľmi,“ súhlasila babka. „Myslela si predtým, že nebol zlatá?“

„Nie, ale v divadle mu organizujeme každú minútu a nikdy nie je sám. Vždy má niekoho pri sebe. Myslela som, že si potrpí na to, aby ho všetci obskakovali, a na luxus.“

„Čúra v kríkoh, myslíš, že to luxus?“ Babka sa tvárila vážne.

„Máš pravdu.“ Ešte chvíľu sme ho sledovali.

„On naozaj potreboval čúrať, je jak vodopád. A teraz aj já potrebujem, ale ja do kríkoh nejdem.“

Vydali sme sa na cestu a na najbližšej benzínke som zastavila. Prešla som okolo stojanov. Potom som zabočila za budovu, lebo tam boli záchody.

„Prosíš si niečo z obchodu?“ opýtala som sa Ryana, keď sme s babkou vystúpili z auta.

„Nie, ďakujem. Počkám tu na vás. Zapálim si.“ Ryan vystúpil z auta. Nechali sme ho, nech si zafajčí, a zamierili sme k záchodom. Keď sme si umývali ruky, napadlo mi, že som mala zavolať mame a povedať jej, že so mnou nepríde Benjamin.

„Igen, máš pravda.“ Babka si maľovala ústa

krvavočerveným rúžom. Vybrala som si mobil a vytočila som číslo domov. Mama zdvihla vystresovaná.

„Natalie, kde ste? Je s tebou mama?"

„Áno, je so mnou. Sme na diaľnici M päť."

„Správa sa slušne? Dúfam, že ťa pred Benjaminom nezahanbila."

„Mami, Benjamin nepríde," povedala som so sklopenými ušami.

„Prečo nie?"

„Rozišli sme sa." Nastalo ticho.

„Kedy sa to stalo?" opýtala sa.

„Asi pred týždňom..."

Jej reakciu som vôbec nečakala.

„Natalie, je mi to ľúto. Ale mala si nám to povedať skôr, lebo sme premenovali psa." „Prosím?" nechápala som.

„Pred pár týždňami sme si z útulku zobrali psa, Benjamina. Myslela som, že to bude nepríjemné, keď sa náš pes bude volať rovnako ako tvoj partner."

„Partner?"

„No, na frajera si už trochu stará, nemyslíš? Natalie, začali sme ho trénovať, aby si zvykol na nové meno Nigel."

„Nigel?"

„Vieš, ako milujem kuchárku Nigellu, no ale je to pes, tak sme to pozmenili na Nigel."

„Očividne," poznamenala som sucho.

„Natalie, nerozprávaj sa so mnou týmto tónom. Myslíš, že sa dáte ešte s Benjaminom dokopy?"

„To pochybujem."

„Tak potom môžeme Nigela znovu volať Benjamin.

Náš malý Nigelko, chcem povedať Benjaminko."

„Mami, počúvaj..." začala som.

„Jáj, musím utekať. Pani Rustová búcha na okno, v ruke má nejakú tortu. Chuderka stará, je dementná."

„Mami, chcem ti len povedať, že so mnou príde niekto iný. Ryan Harrison, ten herec od nás z divadla, čo som ti spomínala."

„Dobre moja... Dobrý deň, pani Rustová, božíček môj, tečie vám torta... Natalie, musím ísť." A už jej nebolo.

Vedľa mňa načúvala babka.

„Všetka tá konská hnoj jej udrel do hlava," komentovala babka.

Keď sme vyšli zo záchodu, auto bolo obkľúčené skupinkou tínedžerov, ktorí sa ho pokúšali rozkývať. Ryan sa zamkol vnútri. Vyzeral vystrašený.

„Hej!" zakričala som. „Prestaňte!"

Ignorovali nás a pokračovali v rozkolísavaní auta. Boli tam dvaja poblednutí chalani a dve baby v značkových teplákoch. Spolu mali riadnu silu, lebo auto sa knísalo až tak, že v jednej chvíli sa od zeme odlepili dve kolesá.

„Okamžite prestaňte, inak zavolám políciu," zrevala som a z vrecka som si vytiahla mobil, ale vôbec ich to nevzrušilo. Babka dokrívala ku kapote. Ruku som jej položila na plece, ale mi ju striasla dole. Dievčatá začali hecovať chalanov. Vyšší chalanisko sa natočil k nám.

„Hej, máme tu nejaké suky," zahulákal ako veľký bos.

Premeriaval si nás od hora dolu a odpľul si na zem.

„Prosím vás, prestaňte." Babka pristúpila o krok bližšie k vysokému chalanovi. Chalanisko ukázal zvyšku svojho gangu, aby skončili. Auto sa s vrzgotom pomaly prestalo hýbať zo strany na stranu a zastalo.

„Nech sa páči, babička!" povedal chalanisko. „A čo teraz urobíš ty pre mňa?" Ešte raz si ju premeral zdola hore. Dievčatá sa rehotali ako hyeny. Babka sa nezľakla.

„Poďme, nič sa nestalo, ideme," povedala som vystrašená. Ryan sledoval všetko zvnútra auta. Oči mal plné strachu. Vysoký chalan sa približoval k babke.

„Staré suky vedia najlepšie, čo robiť s vtákom." Chytil sa za rozkrok. Ostatní traja sa nepríjemne uškrnuli. Chalanisko zastal pred babkou. Bola pri ňom malinká. „Chceš si dať môjho vtáka, babi?" Znovu sa chytil za rozkrok. Pár sekúnd bolo hrobové ticho. Babka sa mu pozrela do rozkroku a potom do očí. „Ak by som hcela malá červík, tak pójdem do rybárska obhod…"

Babka rýchlym pohybom švihla svojou palicou a silne ňou trafila nos vysokého chalana.

Oči sa mu rozšírili a s veľkou bolesťou padol na kolená. Z nosa sa mu na bielu mikinu liala krv. Spodok palice s gumenou podrážkou mu babka priložila na hruď a celou silou do nej strčila. Spadol na chrbát. Babka sa postavila nad neho, palicou ho tlačila k zemi.

„Ako voláš?" opýtala sa. Ostatní traja tínedžeri na ňu civeli šokovane, s otvorenými ústami.

„Mike." Hľadel na babku s chrbtom priklincovaným k asfaltu.

„Vie tvój mama, ako bavíš so starý žena?" Zakýval, že nie.

„Nepočujem!"

„Nie, nevie," povedal vystrašený Mike.

„Ak byť já tvoj mama, tak vyplácať tvoja malá zadok... Čo by som robila byť tvoj mama? Zopakuj!“

„Vyplácala by ste... môj malý zadok.“ Mike si rukávom utrel zakrvavený nos.

„Ty,“ babka luskla prstom na druhého chalana, „otvor dvere pre mój vnučka.“

Ryan odomkol centrálne zamykanie a chalanisko mi vystrašene otvoril dvere.

„Natalie, hoď dnu,“ povedala babka. Rýchlo som prešla k dverám a naskočila som dnu. Ryan na mňa pozrel.

„A teraz otvor dvere pre mňa,“ rozkázala. Chalanisko urobil, čo chcela. Babka potom uvoľnila svoju palicu.

„A keď už nemáte vy nič na srdce, tak my musíme na krstina,“ dodala. Dievčatá potichu odstúpili od auta, chalanisko, čo nám otvoril dvere, pozrel na zakrvaveného Mika a nasledoval dievčatá. Len čo babka nastúpila, rýchlo som naštartovala a zmizli sme tak rýchlo, ako sa len dalo.

„Boha tam, tak sa to má robiť, Anouska!“ Ryan sa pozeral cez zadné okno na zakrvaveného Mika, ako mu jeho parťák pomáha vstať zo zeme. „Vy ste ten najlepší bodyguard na svete!“

„Babi, to bolo nebezpečné.“ Ruky som mala roztrasené ako osika. „Čo ak by mal nôž?“

„Mám paralyzéra.“ Z tašky vytiahla malú čiernu vecičku. „Strelila by som jemu do gule.“

Ryan sa na mňa pozrel a zasmial sa.

„Ona nie je typická babička, čo vypeká koláčiky... Hmm?“

„Nie." Stále som sa triasla. Nohu som mala prilepenú na pedáli a diaľnicou sme fičali ako lietadlo.

„Hej, Natalie, všetko je už okej." Ryan položil ruku na moju. Keď začalo auto pišťať, došlo mi, že musím prehodiť rýchlosť na päťku. V spätnom zrkadle sa na mňa usmievala babka.

Zvyšok cesty bol odľahčený Ryanovým vzrušením z babkinho policajného zásahu.

„To bolo hrozne kúlové! Úplne, že kapúúút."

„Nevravme o tom radšej mame a otcovi," požiadala som ho. „Riadne by nám dali."

„Anouska, mali by ste mať svoju vlastnú televíznu šou, Super babka!" navrhol Ryan.

„V Anglicku kedysi vysielali program Super babka," povedala som.

„Tak by sme mali totálne urobiť remake s Anouskou!"

„Som poctený, ale život herca neni pre mňa..." namietla babka. Našťastie sme sa dostali do oblasti s vidieckymi domami so slamenými strechami. Ryan si z vrecka vybral mobil a začal si ich fotiť. Zachránilo nás to pred tým, aby babka vyrozprávala svoju skúsenosť s herectvom, keď hrala morskú pannu hore bez vo filme Pieseň zmätenej morskej panny.

NA FARME

Do Sowertonu sme dorazili okolo obeda. Domčeky so slamenými strechami, krásne upravenými trávnikmi a záhradkami plnými divokých kvetín vyzerali idylicky. Keď sme vyšli spoza rohu, zbadali sme rozkošnú krčmičku Rambles Rest, od ktorej nás delil rozľahlý trávnik. Pred ňou sedelo na stoličkách zopár ľudí, ktorí si po túre vychutnávali drink pod slnečnými lúčmi. Vždy, keď sa vrátim do Sowertonu, mám čudný pocit, akoby som sa vrátila do minulosti a zrazu sa zo mňa stala tá stará Natalie. Akoby všetky tie roky, čo som na sebe tvrdo pracovala, ani neexistovali. Je zo mňa dievča, ktoré si nevie dať rady so svojimi kučerami, neustále napomínané mamou. To sprosté dievča, ktoré nespravilo skúšky na strednej a ušlo snúbencovi spred oltára. Pozrela som do spätného zrkadla a videla som, že ani babka sa netvári veľmi nadšene, že je v Sowertone.

Ryan otvoril okno a zrazu nás ovalil poriadny smrad.

„Wau. Čo je to?" opýtal sa so skrúteným nosom.

„Desať druh hovna," odpovedala babka. „Musíš na to zvyknúť, je to nekonečný."

Z hlavnej som odbočila doľava a cesta nás doviedla k bráne našej farmy. Keď poviem „našej", tak myslím

maminej a otcovej. Otec nechal otvorenú bránu. Pomaly som prešla po cestičke vedľa domu, na ktorej konci je záhrada a za ňou mierny, trávou zarastený kopec. Ryan hľadel z okna, akoby sme pristáli na mesiaci.

„Čo je to?" opýtal sa. Prstom ukazoval na chlpatého tvora s dlhými nohami a dlhým krkom, ktorý stál na pastvine za záhradou.

„To je Rihanna," odvetila som.

„Prosím?"

„To je otcova lama. Moja neter a synovec ju tak pomenovali," vysvetlila som.

„Wau, nikdy predtým som lamu nevidel," zvolal vzrušene. Vyšli sme z auta a Ryan hneď utekal do záhrady. Obzrela som sa za babkou. Nos a ústa si prikrývala čipkovou vreckovkou.

„Ježišmária, som späť v hovno dedina... Neznášam to tu. Ale hrozne..." hundrala. Ukázala mi, aby som išla za Ryanom. Dobehla som ho pri drevenom plote. Rihanna prišla k nám, chcela si obzrieť sexi chlapa v obleku. Na hnedých vlasoch sa mu odrážali slnečné lúče. Ústa sa mu roztiahli do úsmevu, ktorý zvýraznil jeho dokonalé biele zuby.

„Mám ťa s ňou odfotiť?" opýtala som sa. Myslela som na Sharonin nápad s kalendárom. Ryan s Rihannou by mohli byť január.

„Kúl," Ryan sa potešil. Rihanna sa na svojich

špajdľových nohách priblížila k Ryanovi, vystrčila spodné zuby a zaksichtila sa. Prosím ťa, nepľuj teraz, pomyslela som si. Keď majú lamy strach alebo sú vyprovokované, často pľujú. Ich pľuvanec je nechutná guča zeleného svinstva a strašne smrdí. Rihanna si odfúkla a hlavu položila na Ryanovo plece. Bol celý bez seba, pohladil ju po líci a pozrel sa jej do očí.

„Ahoj, Rihanna, ty si ale kočka," usmial sa na ňu. Ona sa na neho dívala svojimi veľkými očiskami s dlhokánskymi mihalnicami. Odfotila som ich a potom som ju aj ja pohladkala. Odfúkla si a otvorila ústa, v ktorých mala veľký jazyčisko.

„Vyzerá, ako tie tvory v hviezdnych vojnách, na ktorých jazdia v púšti. Mohol by som si na nej zajazdiť?" opýtal sa Ryan.

„Lamy to nemajú veľmi rady a teraz je ešte aj tehotná."

„Wau, takže budú malé lamie bábätká," tešil sa Ryan a pohladkal ju.

Babka prišla pomaly za nami k plotu. Popod nos nadávala. Keď si ju všimla Rihanna, tak spozornela, odfúkla si, ale tentoraz napajedene. Otvorila ústa, vyletel z nich veľký zelený pľuvanec, ktorý doletel na babkin sveter.

Všetko sa to udialo veľmi rýchlo.

„No páni, to čo bolo?" Ryan odstúpil od plota „Niekto tu hrá paintball?"

„Sprostá zviera!" kričala babka, palicou mávala na Rihannu. „Jediná dôvod, prečo som sa nedal na vegetariánstvo, je, aby som mohla vás všetky pojesť!" Rihanna zazrela na babku, z úst sa jej tiahli špagáty slín.

Odzadu sme počuli, ju-hú. Mama bežala od domu, oblečená v elegantnom kostýme, cez ktorý mala prehodenú zásteru.

„Natalie! Natalie, zlato!" kričala a hodila sa na mňa, aby ma objala. Objímala ma veľmi pevne. „Som taká rada, že si prišla."

„Annie, tvoj sprostá zviera ma opľul!" zamračená babka si vyzliekala sveter.

„To nič nie je, len pľuvanec od lamy. Musela zacítiť, že ju nemáš rada." Mama prešla k babke a pomohla jej so svetrom. „Nemala si kedysi kožuch z lamy?"

„Len čo prídem, skočím do hovno a som opľutý od zviera. Krása!" rozčuľovala sa babka. Vtom k nám cez záhradu dobehol malý béžový labrador a vrazil do babkiných nôh.

„A čo je, dopeklo, hento?" kričala a skoro stratila rovnováhu. Mama ju v poslednej chvíli chytila.

„To je Nigel, chcem povedať Benjamin," povedala mama.

„Dobrý deň, pani Love. Rád vás spoznávam," pozdravil sa Ryan.

„Uch... Dobrý..." Mama pozrela na Ryana a hneď prvým pohľadom ho odobrila. Babke podala sveter s pľuvancom.

„Vy ste Američan?"

„Mami, toto je Ryan Harrison. Hrá u nás v divadle Macbetha."

„Je mi veľkým potešením," usmiala sa mama a rýchlo zo seba strhla zásteru.

„Som vám veľmi vďačný, že môžem byť súčasťou vášho špeciálneho dňa." Ryan sa nahol k mame a pobozkal ju na líce.

„Óhhhh, ďakujem." Mama sa začervenala.

„Zíď zo mňa, ty malá čert!" babka zavrčala na Benjamina, ktorý jej vytešene šukal nohu.

„Nigel! Benjamin, prestaň s tým." Mama sa zohla a odtiahla šteniatko od babkinej nohy.

„Pozri na moja nohavica!"

„Mama, nerob z toho haló. Za chvíľu to vyschne a potom ti to vykefujem," povedala mama a otočila sa naspäť k Ryanovi. „Poďme si dať príjemnú šálku čaju predtým, ako sa poberieme do kostola." Pomaly sme išli k domu. Mama sa na mňa pozrela a potichu mi za Ryanovým chrbtom povedala „fešák". Babka krivkala za nami. Na nohe mala „prikliešteného" malého vzrušeného Benjaminka.

ΛΛ

Len čo sme vošli do kuchyne, mama zakričala na otca, aby prišiel rýchlo dolu. Otec priletel ako búrka, okolo pása mal zaviazaný uterák a na tvári penu na holenie.

„Čo sa stalo? Je všetko v poriadku?" opýtal sa zadýchaný. Pena z neho lietala po celej kuchyni. Mama sa zhrozila.

„Martin! Čo to, preboha, vyvádzaš?" zapišťala.

„Čo myslíš, že čo to vyvádzam? Kričala si na mňa hore schodmi, akoby išlo o život. Stalo sa niečo?" otec sa otočil a všimol si ma s babkou a Ryanom. Vydýchol si, že sa nič nestalo.

„Martin, nikomu sa nič nestalo. Volala som na teba, lebo tu je Natalie a priviedla so sebou tohto mladého džentlmena... Myslela som, že už budeš nachystaný."

Mama to povedala tak, akoby som nikdy predtým neprišla domov so žiadnym chalanom.

„Aha... Ahoj, Benjamin," otec sa usmieval cez penu na

holenie a podal Ryanovi ruku. Nastalo nepríjemné ticho. „Nie, toto je Ryan, je z Ameriky," opravila ho mama.

„Rád vás spoznávam, pane." Ryan pristúpil k otcovi, podal mu ruku a chlapsky si rukami potriasli.

„Aj ja teba." Otec vyzeral trochu zmätený.

„Ahoj, oci."

„Ahoj, Nat, a čo sa stalo..."

„Benjamin a ja... hmm... my sme..."

„Načapala ho v posteľ s iný žena," povedala babka spoza stola, kde sa usadila a zapálila si cigaretu.

„Ooookej," zareagoval otec. „Nuž, Ryan, sme radi, že si k nám prišiel."

„Martin, choď a hoď na seba niečo!" zasyčala mama a zazrela naňho. Otec zamieril ku schodom. Nad uterákom mu trčalo trochu zadku.

„Prepáč nám, Ryan," mama sa silene usmiala. „Zvyčajne nebeháme po dome nahí."

Keď sa otec po chvíli vrátil dolu, bol oblečený vo svojom najlepšom obleku. Mama vytiahla svoju najlepšiu porcelánovú súpravu šálok a nepretržite obskakovala Ryana. Niekoľkokrát sa ho spýtala, či nesedí v prievane, či mu môže niečo ponúknuť... Otec sa so mnou a babkou ešte raz poriadne privítal a ospravedlnil sa Ryanovi, že sa s ním zvítal v uteráku.

„Žiadny problém, pane," odvetil Ryan. Keď mu mama podala šálku čaju, tak jej povedal: „Madam, veľmi pekne vám ďakujem."

„Úúúh, aký je vychovaný," nadchýnala sa mama. „Mali by sme aj my učiť deti v Británii takej slušnosti, aby používali výrazy, pane a madam. Vždy, keď volám do banky, oslovujú ma Annie, čo je na môj vkus až príliš osobné."

Prvýkrát som musela súhlasiť s mamou. Keď ju Ryan oslovil americkým prízvukom madam, tak sa mi až podlomili kolená.

„Kto si dá drink? Za chvíľu budeme musieť ísť do kostola. Ryan?" opýtal sa otec. „Ja pijem whisky. Šoféruješ?" „Som v AA," odpovedal Ryan.

„Hej, my sme v RAC," dodala mama. „Nedávno nám volali a ponúkli nám ešte väčšie výhody pri autohavárii, ako sme mali doteraz. Majú skvelý servis."

„Nie, madam, som bývalý alkoholik a chodím na stretnutia AA, anonymní alkoholici. Štyri mesiace som triezvy," vysvetlil Ryan.

Všetci zostali prekvapení a stíchli. Pozrela som naňho šokovaná.

„Vôbec som to nevedela. Mal si mi niečo povedať, nedotiahla by som ťa na oslavu, kde sa bude piť jedna radosť."

„Preboha, nikdy by som si to o tebe nemyslela. Na alkoholika si príliš pekný," tresla mama.

„Mami!" zazrela som na ňu.

„Prepáč, ale my veľa alkoholikov nepoznáme," ospravedlnila sa mama a pokračovala: „U nás v dedine máme iba dvoch alkoholikov, Neda a Jeda, a tí vyzerajú ako prepité strašidlá." „Martin, já si dám veľká whisky," ozvala sa babka.

„Babi, neblázni..." napomenula som ju.

„Nie, nie, to je v poriadku," uisťoval ma Ryan.

„Anouska, len si dajte. Som úplne odovzdaný nášmu AA programu. Život je fajn. Som tu na krásnom vidieku…"

Otec išiel babke naliať whisky. O chvíľu sa vrátil a položil pohár pred ňu na stôl. Všetci sme zmĺkli a hľadeli sme na ňu. Babka si odpila.

A práve pre toto nikomu nič nehovorím," vyhlásil Ryan. „Ja s tým problém nemám. Musíme poriadne osláviť Dexterove krstiny."

„Okej, super," pritakala som, no znovu nastalo trápne ticho.

„Mohol by som použiť vašu toaletu?" opýtal sa Ryan.

„Samozrejme, že môžeš. Martin, ukáž Ryanovi, kde máme na poschodí toaletu." Mama strčila do otca. Keď obaja zmizli na schodoch, mama ma zavalila otázkami. Kde býva Ryan? Kam chodil do školy? Ako dlho ho poznáš?

„Mami, on je len mojím hosťom. Nie je to môj frajer. Hrá v mojom divadle v Macbethovi."

„Annie, on je moc známa herec," pridala sa babka. „Je veľký hviezda v americká seriál. Musela si vidieť v noviny." Mama sa natiahla za regionálnymi novinami na chladničke.

„Bože moja, Annie, vo veľký novina a nie v tom váš lokálny sračka."

„Mama! My celonárodné noviny nečítame."

„Igen, igen… samozrejme. Si taká ignorant, že tvoja rozum scvrkol na veľkosť mandarínka."

„Babi, nezačínaj," pozrela som sa na ňu. Otec sa vrátil do kuchyne.

„Martin, je Ryan v poriadku?"

„Zaviedol som ho do kúpeľne a čo tam už bude on robiť, to je jeho vec," usmial sa otec.

„Annie, máš mi niečo požičať?" Babka sa pozerala na sveter, ktorý sa točil dokola v práčke.

„Áno, mami, počkaj chvíľu."

Ryan sa vrátil, práve keď mama, otec a babka panikárili, či všetko stíhajú. Ryan sa zohol na zem a poškrabkal Nigela za uškom.

„Natalie, je medzi nami všetko okej?" opýtal sa.

„Hej, len som prekvapená, že si nič nepovedal."

„O svojom probléme s alkoholom som nikdy neklamal. Keď sa ma niekto opýta, tak poviem pravdu. Ale nevkročím do každej miestnosti s tým, že všetkým hneď vykričím, že sa dávam dokopy z alkoholizmu. Nemyslíš?"

„Nie, máš pravdu, Ryan." Usmial sa na mňa. Uvedomila som si, že Ryan je úplne iný človek, ako sa môže zdať na prvý pohľad."

EPICKÝ DEZERT

Na predošlých krstinách House, Downtona a Abbey som sa nezúčastnila, takže toto bolo prvý raz od mojej svadby, čo som sa ocitla v Kostole svätej Batšeby. Pri veľkých dubových dverách stál reverend Ball v dokrčenej sutane a vítal celú kongregáciu. Bol to ten istý reverend, ktorý ma mal zosobášiť na svadbe, ktorá sa nikdy nekonala.

„Dobrý deň, pani a pán Loveovci,“ usmial sa tak, až mu trčali ďasná ako hladnému bábätku.

„Dobrý deň, reverend Ball,“ usmiala sa mama. „Pamätáte si našu najstaršiu, Natalie?“

„Samozrejme,“ zachichotal sa. „Dúfam, že dnes zostaneš aspoň na prvý hymnus.“

„Haha,“ usmiala som sa.

„Priniesla so sebou známeho herca,“ povedala mama nadšene. „Toto je Ryan Morrison.“

Išla som ju opraviť, ale Ryan mi naznačil, aby som to nechala tak.

„Rád vás spoznávam, reverend.“

V kostole bolo chladno. Cez vitrážové okná prechádzali slnečné lúče. Na kamennej dlažbe vytvárali farebné tiene.

„Wau, aké je toto miesto staré?" zašepkal Ryan.

„Postavili ho v šestnástom storočí," zašepkala som naspäť. Ryan znovu povedal wau a nahol sa dozadu, aby mohol obdivovať anjelov na strope, vytesaných do kameňa.

Micky stála pri prvej lavici a prichádzajúcim hosťom rozdávala vytlačený program krstín. Vedľa nej stál jej manžel Dave. V náručí držal malého Dextera, oblečeného v čipkových šatách. Do spiacej tváre mu padali havranie vlasy. Od svadby, ktorú mali pred ôsmimi rokmi v Grécku, strašne pribrali. Micky má skoro stotridsať kíl a Dave ešte viac. Ale aj napriek tomu vyzerajú šťastní. Mama s otcom sa išli s nimi pozdraviť a potom sa usadili do lavice.

„Nat, ty si prišla!" Micky ma pobozkala. „Dave mi teraz dlhuje dvadsať libier..."

„Nie, tridsať. O ďalších desať sme sa stavili, či príde aj s nejakým chlapom," dodal Dave.

„Ty si sa stavila, že neprídem?" zostala som zaskočená. „A? Čo si čakala? Nikdy neprídeš. Všetko vynecháš."

„Ale teraz som tu... Toto je Ryan." Ryan si potriasol ruku s Davom a Micky pobozkal na líce.

„Odniekiaľ ťa poznám." Micky si ho premeriavala.

„Vyzerá ako ten chalanisko z telky, z toho plážového seriálu," povedal Dave.

„Ja som ten chalanisko z telky, z plážového seriálu," zopakoval vysmiaty Ryan.

„To myslíš vážne?" Micky bola ohromená. Prikývla som.

„Som na pár týždňov v Londýne. Hrám v Natalinom divadle."

„Kurva hergot!" Dave povedal na plné hrdlo.

„Dave, drž hubu! Sme len v blbom kostole, nééé?!" zasyčala Micky. Na chvíľu mlčky sledovali Ryana.

„To tvoje divadlo musí byť celkom dobré," povedal mi prekvapený Dave.

„Čo tým chceš povedať?" spýtala som sa chladne.

„Myslel som, že šéfuješ nejakému divadielku na juhu Londýna, čo hráva po krčmách."

„To bolo pred desiatimi rokmi." Nastalo trápne ticho.

„V tom tvojom seriáli sú riadne kosti, kamoš," pokračoval Dave.

„Dúfam, že nie sú väčšie kosti, ako som ja," hnevala sa Micky.

„Nikto nie je taká kosť, ako si ty," rýchlo dodal Dave.

„Taký veľký kosť nikto nemóže byť," zahundrala babka popod nos, keď nás dobehla.

„Ahoj, babi," Micky ju pozdravila hlasne, akoby bola hluchá. „Ako sa máš?" Babka mala na sebe od mamy požičaný červený sveter s malými zelenými brmbolcami.

„Mám dobre. Malá Dexter je ako veľká anjelik," babka mu pohladila jeho jemnučké vlasy.

„Veľký anjelik, ktorý stále sere. Ako holub," povedal Dave.

„Dave hovorí, že Dexter strašne veľa kaká. Nonstop. Babi..."

„Já som dobre počula," prerušila ju babka, ale Micky aj tak hlasno pokračovala.

„Všetky babky a dedkov máme usadených v špeciálnej lavici..." Micky potiahla babku smerom k lavici so sivými hlavami. Babka sa otočila a prosebne na mňa pozrela. Vtom začal hrať organ, tak sme sa museli rýchlo usadiť.

Mama s otcom nám obsadili dve miesta v jednej z predných lavíc. Sadla som si vedľa mamy. Ryan si sadol na koniec lavice, vedľa mňa. Potom sa to celé začalo. Reverend Ball začal mlieť niečo o semienkach šťastia. Pozrela som na mamu. Robila sa, že počúva. Na tvári mala rovnaký výraz, ako keď si dáva maskaru. Ryan sa na mňa pozrel kútikom oka a usmial sa.

„Kedy je prestávka po prvom dejstve?" zašepkal.

„Prepáč, ale prestávka nebude," odpovedala som pošepky.

„Žiadne hotdogy ani pivo? Pre mňa nealkoholické... samozrejme."

„Pssst!" zasyčala na mňa mama a zazrela. Ryan sa usmial a zakýval prstom, že no! V lavici sme boli natlačení na sebe. Cítila som teplo sálajúce z jeho nohy a jeho vôňu. Voňal krásne. Ako jarná lúka. Cítila som aj jeho pevnú, svalnatú ruku. Celý obrat som sa vyžívala z tesnej blízkosti Ryana. Ani Dexterov krik, keď mu reverend lial na hlavu vodu, mnou nezatriasol. Naše spojenie bolo prerušené až na konci, keď sme vstali, aby sme zaspievali posledný hymnus Kto postavil archu.

Po krste sa všetci pobrali na farmu, kde sa konala oslava formou švédskych stolov. V malej obývačke sa tlačilo strašne veľa ľudí. Mama nebola nadšená z Mickinho nápadu, aby každý hosť so sebou priniesol nejaké jedlo. Väčšina ľudí ignorovala, čo im Micky napísala, aby doniesli. Nakoniec to dopadlo tak, že na stole bolo asi sedemdesiat studených syrových koláčov a šesťdesiat malinových tort z Marks and Spencer. Mala som priniesť to grilované kura, pomyslela som si.

Bola som rada, že bol so mnou Ryan. Nemusela som odpovedať na otázky typu „Si stále slobodná?" „Nemáš priateľa?"... Všetci si mysleli, že sme pár. Sem-tam na neho niekto čudne pozrel, že čo tu robíš na krstinách Dextera Lamba.

Pri švédskom stole sme sa stretli s Micky a Davom, ktorý mal stále na rukách spiaceho Dextera.

„Gratulujem vám k vašej prekrásnej rodine," povedal Ryan. Pozrela som sa do rohu na Downtona a Abbey. Na tvári mali rozmazané syrové koláče a plieskali s príklopom na klavíri. House si cez hlavu pretiahla šaty, ktoré sa jej zachytili o jej princeznovskú korunku. Bohužiaľ, nemala na sebe nohavičky. Micky s Davom chvíľu rozmýšľali, či si z nich Ryan uťahuje, ale uvedomili si, že je to len milý, slušný chalan.

„Ďakujeme. Myslím, že štyri decká stačia," poďakovala sa Micky a utekala pomôcť House so šatami. Potom sa opýtal Ryan Dava, čím sa živí. Nasledujúcu polhodinu sme zo slušnosti počúvali, ako nám rozprával o svojej robote programátora. Rôzne firmy si ho najímajú, aby sa im nabúral do systému a tým odhalil chyby v ochrannom systéme. „Do čoho sa ti nabúravalo najťažšie?" opýtal sa Ryan.

„S počítačmi to je ľahké, so ženami oveľa ťažšie, tak musím povedať, že najnedostupnejším miestom na nabúranie sa do systému boli Mickine nohavičky," odpovedal Dave. Zo slušnosti sme sa zasmiali.

Babka sa v kostole zaplietla do klbka starých ľudí a na farmu ju doviezli v minibuse pre penzistov. Do obývačky dokrivkala obkľúčená sivovlasými babkami.

„Babi, si v poriadku?" opýtala som sa jej.

„Pomóc," vyhŕkla a chytila ma za ruku. „Ony hcú, aby sedela som s nimi, že budeme pozerať starý fotka!"

„Anouska, poď k nám, držíme ti miesto na gauči," volala na ňu jedna z babičiek v modrých šatách.

„Prídem ťa vyslobodiť o desať minút," sľúbila som jej. Babka nasilu odkrivkala ku gauču.

Započula som cinkanie o pohár. Obzrela som sa a uvidela som otca, ako lyžicou ťuká na krištáľový pohár. Celá miestnosť stíchla, aby sme si vypočuli jeho príhovor.

„Annie a ja by sme vám chceli poďakovať za vašu účasť na dnešných krstinách a zároveň chceme zagratulovať Micky a Davovi. Malý Dexter je ďalším skvelým prírastkom do našej rodiny a teraz je už aj naplnený Božou láskou..."

Izbou sa šírilo ááááh, akože aké milé, a potom aj aplauz. Otec pokračoval. „Rád tu vidím toľko známych tvárí a je úžasné tu mať tvár, ktorú takmer ani nevídavame. Našu najstaršiu dcéru Natalie. Našla si dnes na nás čas a priviedla so sebou aj svojho nového priateľa, ktorého pravdepodobne poznáte z televízie, Ryana Harrisona.“

Nastalo ticho. Pozrela som na otca so smrtkou v očiach.

„Nie... Martin, on nie je frajer,“ mama ho opravila hlasným šuškaním.

„Ale... Nie je?“ opýtal sa otec. Oči všetkých v miestnosti sa upierali na mňa a Ryana.

„Nie, Martin, asi si zle počul, keď Natalie vravela, že Ryan je jej kamarát...“ zašepkala mama ešte hlasnejšie.

„Hej?“ opýtal sa zmätený otec. V tom momente som sa chcela prepadnúť do Austrálie, alebo na Nový Zéland. Myslela som, že to už ani nemôže byť horšie...

Neviem, prečo mama šepkala, aj tak ju všetci sledovali a počuli.

„Okej, musím sa opraviť,“ pokračoval otec. „Natalie je stále nezadaná a tento chalan je iba jej kamarát. Na zdravie!“ Všetci zdvihli poháre a nastalo nepríjemné ticho.

„A nech sa páči, ponúknite sa z nášho švédskeho stola,“ dodala mama. Všetci sa začali pomaly rozprávať, ale cítila som, ako na mňa pozerajú.

„Natalie, si v poriadku? Môžem ti nejako pomôcť?“ opýtal sa Ryan.

„Čudujú sa, že sem často nechodím.“ Premáhala som plač. Mama ku mne prišla, akoby sa nič nestalo, a opýtala sa Ryana, či chce okoštovať jej špeciálny dezert, trifle. Trifle vykúkal zo stredu švédskeho stola. Mal niekoľko rôznych vrstiev dobrôt. Poslednú tvoril vanilkový puding a šľahačka, ktorá sa skoro vylievala z krištáľovej misy. „To je ozajstný anglický trifle?" zaujímal sa Ryan.

„Áno," povedala mama hrdo.

„Super, veľmi rád ochutnám, madam."

Mama vzala misku a naberačkou nabrala veľký kus a podala ho Ryanovi. Spokojne sa na neho dívala, keď si do úst vložil lyžicu jej dezertu.

„Nikdy som si nemyslela, že hollywoodska hviezda bude jesť môj trifle!" usmievala sa od ucha k uchu.

„Wau, to je výborné," Ryan dožul prvý kúsok. „Madam, robíte najlepší anglický trifle na svete."

„Ďakujem," vyškerila sa ešte väčšmi. „Všetko som robila sama. Piškóty sú domáce, žiadne z obchodu..." opisovala zoznam ingrediencií. Pri jej dlhom opise som vypla, radšej som sledovala Downtona a Abbey na kolenách na parketách, až kým som nepočula, ako mama povedala: „a pridala som skoro celú fľašu Harvey's Bristol Cream..."

Ryan práve dojedal.

„Čo je Harvey's Bristol Cream?"

„Ryan, to je sherry," povedala mama s veľkou radosťou. Vtom zbadala niekoho, s kým sa ešte nepozdravila. Ospravedlnila sa teda a odišla. Ryanove oči boli otvorené dokorán, pozeral na posledný kúsok trifle vo svojej miske, akoby tam videl smrť.

„Štyri mesiace," zašepkal.

„Nevedela som..."

„Cítim to, cítim, ako to na mňa ide! Ten pocit, akoby som stál na surfe na vysokánskej vlne... adrenalín." Nikdy predtým som nevidela také vzrúšo, čo sa týka maminho varenia a pečenia. Mamin dezert ako narkotikum! Rýchlo som vzala Ryanovi misku a chytila som ho za ruku. Vedľa nás práve niekto otvoril šampanské, korok vyletel do vzduchu a potom sme len počuli šumenie vína pri nalievaní do pohárikov.

„Poď, rýchlo, musíš to vyvracať," ťahala som Ryana na chodbu ku schodom a potom hore do kúpeľne. Pred ňou stálo veľa ľudí. Búchali na kúpeľňové dvere.

„Pán Rust sa zamkol v kúpeľni a vyliezol z okna von," povedal Ned z konca radu na záchod.

„Máte iný záchod?" opýtal sa Ryan.

„Nie. Toto je Anglicko," odvetila som.

„Dáš si drink, chlapče?" spýtal sa Ned a z vnútorného vrecka saka vytiahol ploskačku. Otvoril vrchnák a chodbu zasiahla príjemná vôňa whisky.

„Natalie," Ryan prehltol slinu a schmatol ma za ruku.

„Utekajme von," navrhla som. Ťahala som ho za sebou až na koniec záhrady. Prešli sme cez bránku na pasienok. Ryan za mnou skackal a pevne ma držal za ruku. Nakoniec sme sa dostali až k jazierku na konci pasienka.

„Choď za krík a vyvracaj sa," povedala som mu.

„Natalie, som na krstinách tvojej sestry..."

„Mali už dvoje a zvracajúca hollywoodska hviezda je určite ten najlepší program, aký na nich mali." Ryan sa zvalil na lavičku pri jazierku.

„Je to zlé, cítim to... som úplne uvoľnený... je mi dobre... Boha tam, už viem, prečo som pil."

„Ale ty si nepil, Ryan. Len si zjedol misku maminho dezertu. Je to asi také vzrúšo, ako ísť na diskotéku s Billom Clintonom."

Ryan sa usmial. Bol to taký milý pripitý úsmev... Musím priznať, že pripitý Ryan bol hrozne sexi a zrazu som po ňom túžila.

„Choď! Strč si do krku dva prsty," vyskočila som zo svojich nebezpečných myšlienok.

Ryan zmizol na druhej strane jazierka za kríkom. Ja som si sadla na lavičku, pozerala som sa na oblohu. Po niekoľkých minútach som počula šplechot tekutiny. Ryan vyšiel spoza kríka a utieral si tvár.

„Tá voda bola nechutná!" vravel.

„Nevyplachoval si si ústa v tej žbrnde za kríkom?" opýtala som sa. Ryan prikývol.

„Prepáč, zabudla som ti povedať, že to je voda pre prasce..."

Prehrabala som sa v kabelke a podala som mu vreckovku a extra silnú mentolku. Ryan si prisadol ku mne na lavičku.

„Preboha, pozri, ako vyzerám, som v riti." Hlavu si sklonil ku kolenám. „Vyhodia ma zo seriálu, keď zistia, že pijem... Bol som na odvykačke trikrát a to mám len dvadsaťpäť rokov..."

„Nikto o tom nevie, iba ja a ja nikomu nič nepoviem," sľúbila som mu.

„Macbeth mal byť mojou veľkou šancou, aby som všetkým ukázal, že som dobrý herec a nielen nejaký priemerný seriálový idiot."

„Ale ty si skvelý herec a Manhattan Beach je dobrý seriál," upokojovala som ho.

„Hrám v ňom zubára, milionára v meste, kde všetci majú dokonalé zuby." Ryan na mňa vyceril zuby.

„Ale ľudia musia chodiť na preventívne prehliadky,“ povedala som. Ryan sa zasmial.

„Aj ja som v riti. Počul si, čo o mne povedala moja rodina?“

Chvíľu nič nepovedal. „Pamätáš si Jamieho, toho chalana, čo si otvoril divadlo naproti nám? Orgazmus.“ „Toho fešáka?“ opýtal sa Ryan.

„Hej, toho. On je ten chlap, ktorému som ušla spred oltára z kostola, v ktorom sme práve boli. Spolu sme vyrastali. Sedávali sme na tejto lavičke a...“

„A...?“

„A rozprávali sme sa. Snívali sme tu spolu o našej budúcnosti...“

„Nebolo to čudné, keď si ho znovu stretla?“

„Áno. Stále je taký krásny ako pred rokmi a randí s tou tupou Tuppenckou, s ktorou sa nemôžem ani porovnávať.“ Uvedomila som si, že som toho povedala príliš veľa.

„Chceš počuť niečo, čo ťa rozveselí?“ Ryan sa na mňa pozrel kútikom oka.

„Čo?“

„Tuppence Halfpennyová prišla za mnou do hotelovej izby, v deň otvorenia ich divadla. Na sebe mala kožuch a pod ním nič...“

„Ako vieš, že pod ním nič nemala?“

„Vyzliekla si ho.“

„Čo??? A mali ste...?“

„Nie.“

„Neverím. Je krásna!

„Áno, je krásna, ale som triezvy len niekoľko mesiacov

a nemôžem si začínať so ženami. V Los Angeles mám chlapíka, ktorý mi pomáha. Hovorí sa tomu sponzor. Často s ním skypujem a aj vďaka nemu som to vydržal tak dlho. A navyše mi Tuppence príde dosť nepríjemná až zlomyseľná.“

„Aj ti niečo povedala, keď si sa s ňou nechcel vyspať?“

„Hodila po mne prístroj na výrobu čaju,“ zasmial sa Ryan. „Myslím to vážne. Tak tú kanvicu nazval chlapík z hotela. ‚Pane, vy ste zničili prístroj na výrobu čaju‘,“ povedal Ryan anglickým prízvukom.

„Tvoj anglický prízvuk je výborný,“ pochválila som ho.

„Chvalabohu, tak nie som až taký idiotský herec, ako si každý myslí,“ uškrnul sa. Jemný vánok mi sfúkol do tváre pramienok vlasov. Ryan mi ho zapravil za ucho.

„Ďakujem, že si ma sem pozvala. Chýba mi normálna rodina.“

„Ja tebe ďakujem, že si prišiel a že si myslíš, že moja rodina je normálna.“

Chvíľku sme na seba hľadeli. Potom sa zjavila babka. Podopierala sa o palicu. Nevyzerala najšťastnejšie.

„Babi, prepáč, úplne som ťa zabudla oslobodiť od tých babičiek,“ ospravedlnila som sa.

„Vieš, koľký fotka deciek som musela pozerať?“ zasyčala.

„Musíš mať s tými babkami niečo spoločné. Predsa si tu pred dvadsiatimi rokmi žila,“ pozrela som na ňu.

„Jediný vec, ktorý mám s nimi spoločný, je, že som randiť so všetkými ich manželmi predtým, ako vzali, a o tom nemôžem vyprávať. Nem?!“

Nastalo nepríjemné ticho.

„Poďme naspäť a dajme si niečo pod zub. Nie trifle!“ navrhla som.

Vrátili sme sa do domu a zvyšok poobedia preletel veľmi rýchlo. Silná dávka alkoholu v maminom dezerte uvoľnila väčšinu hostí, a keď sa už nehanbili, tak sa jeden po druhom chceli fotiť s Ryanom a vraveli mu, ako strašne majú radi jeho seriál. Okolo šiestej začali ľudia odchádzať. Medzi poslednými Micky a Dave s deťmi.

„Ako dlho tu budete?“ opýtala sa Micky, keď sme ju vyprevádzali k dverám.

„Ešte dnes večer sa vraciame do Londýna,“ odvetila som. „Zajtra poobede bude Ryan vystupovať na londýnskom dúhovom pochode Gay Pride.“

„Nebola si u nás odvtedy, ako sme dostavali k domu. A to je vyše päť rokov,“ povedala zamračená Micky.

„Aj ty ma môžeš prísť pozrieť do Londýna, nemyslíš?“ nedala som sa.

„Natalie, pokojne môžete prespať do zajtra a ráno môžete ísť späť,“ navrhla mama. „Ryan môže spať v hosťovskej izbe... Mami, ty môžeš spať s Natalie v podkroví.“

„Super, veľmi pekne ďakujem madam Love, to by bolo skvelé,“ potešil sa Ryan.

Vyzeralo to tak, že zostávame.

„Dúfam, že sa ešte uvidíme... niekedy,“ hundrala Micky cestou k autu.

„Chýbaš jej, zlato.“ Mama sa snažila všetko urovnať.

Ryan nástojil na tom, že umyje riad, a potom sme išli s otcom na pastvinu nakŕmiť Rihannu. Otec odpovedal Ryanovi na všetky jeho otázky týkajúce sa lám. Keď zapadlo slnko, otec povedal, že sa vracia do domu.

„Natalie, prepáč mi ten príhovor,“ zamrmlal otec nervózne. „Neviem, ako som to mohol tak dopliesť.“

„To je v poriadku. No, nie veľmi v poriadku, ale aj tak ťa ľúbim, oci.“

„Natalie, aj my ťa ľúbime. Veľmi nám chýbaš.“ Otec ma objal.

„Pán Love, ďakujem vám za skvelý deň,“ poďakoval Ryan. Otec nám zaželal dobrú noc a nechal nás s Rihannou samých.

„Prečo si odtiaľto odišla? Pozri na tú krásu okolo seba,“ prehovoril Ryan po dlhom tichu.

„Viem, je tu krásne, ale z výhľadu sa žiť nedá.“

„Rozumiem ti,“ súhlasil. „Moji rodičia vlastnia ranč. Kone. Môj brat, dvojča, im pomáha.“

„Ty máš dvojča?“

„Hej. Volá sa David.“

„Je identické dvojča?“ vyzvedala som sa.

„Nie. A myslím, že je rád, že nie je,“ zasmial sa Ryan.

„Chodíš domov často?“

„Sem-tam, nie tak často, ako by som mal. Tak trochu by som teraz chcel, aby David bol ten známy. Aby sme si vymenili životy. Má skvelého frajera a psov. Je veľmi šťastný… ja by som ale radšej frajerku. To jediné by som zmenil.“

„Počkaj, počkaj, ako sa volajú jeho psy?“ spýtala som sa. „Bella a Edward. Prečo?“

„Okej, tak teraz mi dáva všetko zmysel. Fámy, že si gay."

„Vždy sú nejaké fámy, že som gay. Už som si na to zvykol," dodal Ryan sarkasticky.

„Ty teda nie si gay?"

„Nie. Raz som bozkal chalana, ale to bolo v mojom seriáli, akože vo sne. Nebolo to nič pre mňa. Škriabala ma jeho brada."

Zrazu sa medzi nami zmenila energia. So zapadajúcim slnkom a červenozlatou oblohou dostal večer romantický nádych.

Keď sa úplne zotmelo, išli sme do domu. Mama s otcom boli už v posteli a babka robila v kuchyni horúcu čokoládu. Na drevený stôl položila tri šálky.

„Natalie a Ryan," oslovila nás. „Môžem vás poprosiť o láskavosť?" Sadli sme si a vzali sme si šálku s čokoládou.

„Shody do tvoj podkrovný izba, Natalie, sú moc strmá. Mój výrastok moc bolieť. Vadilo vám deliť sa o izba? Samozrejme, tam sú dva posteľ."

Otvorila som ústa, ale nevedela som, čo na to povedať.

„Mne to nevadí, ak to nevadí tebe, Natalie?" povedal Ryan. „Okej, fajn."

Keď sme dopili čokoládu, babka nám zaželala dobrú noc a vyšli sme hore. Izba zostala nezmenená odvtedy, ako som odišla do Londýna.

Je veľká a priestranná. Na každej strane je v rohu malá posteľ a nad ňou okno. Stojí tam aj môj starý stolík a na ňom škatuľka na bižutériu s točiacou sa balerínou navrchu.

„Je to tu milé," zhodnotil Ryan. Musel zostať v strede izby, aby si neudrel hlavu o šikmý strop.

„Kurt Cobain a Keanu Reeves?" opýtal sa Ryan pri pohľade na moje plagáty.

„Hej. Bola som posadnutá Nirvanou a s kamoškou Sharon sme milovali Matrix. Stretol si sa s nimi?" vyzvedala som sa.

„S Keanu Reevesom nie a Kurt Cobain zomrel, keď som mal štyri roky."

„Preboha, celkom som zabudla, že máš len dvadsaťpäť." Cítila som sa trápne.

„Raz som bol na večeri s Courtney Loveovou."

„Aké to bolo?"

„Veľmi zaujímavé... Ledva si trafila vidličkou do úst..." Chvíľu bolo ticho.

„Máš mi požičať nejaké pyžamo?" opýtal sa.

„Jasné, zbehnem dole a niečo pohľadám." Otvorila som dvere a tam stála babka.

„Niečo vám priniesla," zamrmlala. V ruke držala pásikavé pyžamo a uterák.

„Ďakujem, Anouska," Ryan jej ich zobral z ruky.

„Môžeš ísť prvý do kúpeľne. Ak chceš. Zídeš dole a je naľavo." Ryan sa usmial a zbehol dolu schodmi.

„Babi, čo robíš?" spýtala som sa, keď už bol Ryan mimo dosahu. „Myslela som, že nemôžeš vyjsť hore schodmi."

„Natalie, nebuď naivný. A teraz mi povedz, či ty zistila, či je gay?"

„Nie je gay," odvetila som jej.

„Super. Tento som mala v kabelka." Do ruky mi vtlačila kôpku malých strieborných štvorcových obalov.

„Kondómy," vykríkla som prekvapená. „Šesť kondómov! Odkiaľ ich máš?"

„To, že som starý, neznamená, že som prestala byť žena," odvrkla babka. Potom mi porozprávala, ako bolo kedysi ťažké prinútiť chlapa, aby si dal kondóm… „Teraz je ťažký prinútiť hlap dať si kravata. Čo to hovorí o dnešný spoločnosť?" zasmiala sa. Na schodoch som začula vŕzganie dreva. „On vracia sa! Idem."

Dvere sa otvorili a do izby vošiel Ryan v pyžamových nohaviciach, hore bez. Vlasy mal mokré zo sprchy. Po vyholenom svalnatom hrudníku mu ešte stekali kvapky vody. Vyzeral úplne ako na fotke v Sharoninom kalendári. Kondómy som rýchlo schovala za chrbát.

„Natalie mi akurát dávala tabletka od bolesť na moja výrastok. Strášne bolí," povedala babka a začala aukať a predstierať, že nemôže poriadne stúpiť na nohu.

„Anouska, pomôžem vám dole schodmi?" ponúkol sa Ryan.

„Nem, ďakujem. Natalie, moja zlatino, mi pomóceť na shod." Zobrala som si svoje veci a pomohla jej dolu.

„Ty si ale prešpekulovaná!" zasyčala som na ňu, keď Ryan zavrel dvere.

„Moja Bože, videla si tá telo? Povýšila ho na úroveň Sean Connery."

Chcela som namietať, ale babka ma prerušila.

„Natalie, keď budeš starý jak já a zemský príťažlivosť bude hrať s tebou špatná hra, tak si budeš želať, aby si v mladosť skočila na každý náruživý príležitosť, ktorú mať.

Teraz hoď a uži si, moja zlatino. Nestrácaj čas so mnou."

„Nebudem... sa o tom s tebou baviť... a určite nebudem..."

„Iba teba prosím, buď opatrný, bezpečný. Dobrú noc." Babka ma potľapkala po ruke a odkrivkala do svojej izby.

Vošla som do kúpeľne a osprchovala sa. Natiahla som si dlhé tričko a pozrela som sa do zrkadla.

„Asi to nebude dobrý nápad, čo myslíš?" spýtala som sa svojho odrazu. Rozmýšľala som, či nezavolám Sharon, ale došlo mi, že ma bude chcieť zabiť už len preto, že spím v tej istej izbe ako Ryan Harrison. Znovu som sa pozrela na seba do zrkadla a povedala som si: „Čo si ty vôbec namýšľaš? Odmietol sex s Tuppence Halfpennyovou, svetovou kočkou. Kde sa hrabeš, chudera?"

Keď som sa vrátila do izby, Ryan bol v posteli a ťukal si do mobilu.

„Hej, majú vaši wifinu?" opýtal sa.

„Áno." Na stolík som položila svoje oblečenie, do ktorého som schovala kondómy.

„Dokelu, neviem ju nájsť, ukážeš mi to, prosím ťa?" Vykročila som k jeho posteli, stiahla som si tričko, ktoré sa mi zrazu zdalo veľmi krátke. Sadla som si vedľa neho a zobrala som mu z ruky mobil.

„Nech sa páči." Prstom som prešla po obrazovke. „Je to LOVE27 a heslo LOVE27." Vrátila som mu mobil.

„To je strašne veľa lásky pod jednou strechou. Priezvisko je Love, wifina je Love, heslo máte Love, a keď to ešte vynásobíš tou dvadsaťsedminou... Podarené. Samá láska.“

„Dvadsaťsedem je číslo domu, preto to číslo,“ vysvetlila som mu. Chcela som vstať, ale Ryan vložil ruku do mojej.

„Ďakujem, Natalie.“

„Nemáš za čo. Majú silnú wifinu, myslím, že jeden gigabajt na mesiac, tak pokojne buď na nete tak dlho, ako potrebuješ.“

„Nie. Ďakujem ti za dnešok. S tvojou rodinou mi bolo strašne fajn, cítil som sa, ako keby som k vám patril. Aj keď len na jeden deň. Znovu som sa cítil ako normálny človek.“

Pozreli sme sa na seba. Nahol sa ku mne. Pobozkal ma. Bolo to krásne, jemné a príjemné. Odtiahol sa a usmial. Nepovedala som nič také, že nemali by sme alebo že to je zlý nápad, ale nahla som sa k nemu a vášnivo som ho pobozkala. Ruku mi položil na nohu a pomaly ňou prešiel až na stehno. Položila som ruku na jeho nohu a zasmiala som sa.

„Hej,“ odtiahol sa a vyzeral trošku urazený. „Čo je?“

„To je tým pyžamom, je otcovo, tak je mi to trochu čudné,“ vysvetlila som mu môj hlúpy smiech. Ryan nadvihol perinu, trochu sa pod ňou pomrvil a potom spod nej víťazne vyhodil pyžamové nohavice. Dopadli na zem vedľa mojej nohy.

„A je to. Teraz som holý a už ti nebudem pripomínať tvojho ocina,“ povedal vyškerený Ryan. Chytil mi tvár, priblížil si ju k sebe a pobozkal ma.

„Chceš ísť pod moju perinu?" zašepkal. Vliezla som k nemu. Pokračovali sme v bozkávaní. Jeho telo bolo príjemne teplé a pevné. Neskutočne sexi. Prstami som mu prechádzala po vymakaných tehličkách až dolu.

„To je čo?" zarazila som sa.

„To bude môj penis," zapriadol ako sexi kocúr.

„Nie. Nie to... to!"

„Aha. Tak to je dôsledok jednej divokej noci v LA..." Na penise mal pírsing.

Na chvíľu sme zostali mlčky zaseknutí.

„Odpudzuje ťa to?" opýtal sa ma.

„Nie, len ma to prekvapilo."

„Chceš to vidieť?"

„Okej..."

Odokryl sa a o brucho mal postavený stoporený penis. Na vršku mu cez dierku prechádzal strieborný okrúhly pírsing.

Nebol veľký. Bola som prekvapená, ako veľmi ma to vzrušilo.

„Bolelo to?" opýtala som sa.

„Áno. Ani fľaška Jacka Danielsa mi nepomohla. Nevidela si to predtým?"

„Penis? To som už videla. Nezabúdaj, som od teba skoro o desať rokov staršia..." Len čo som to vyslovila, želala som si, aby som radšej zostala ticho.

„Myslel som, že chalani v Európe sú s pírsingmi odvážnejší ako Američania," povedal Ryan.

„V živote som videla iba jeden pírsing, a to na dievčati. Očividne ho nemala na penise, ale mala ho na... veď vieš na čom... Tam dolu," jachtala som.

„Asi by sme sa mali lepšie spoznať, skôr ako si začneme rozprávať príbehy z minulosti," zasmial sa Ryan.

Pomaly mi vyzliekol tričko. Ľahla som si na chrbát a on sa presunul nado mňa. Bozkával ma po krku... potom po tvári... Cítila som každý jeho sval, bola som hrozne vzrušená. Na chvíľku zastal a usmial sa na mňa. „Chceš vyskúšať, aké to je s pírsingom?"

Mali sme ten najúžasnejší sex, aký sa len dá predstaviť. Nepoužili sme všetky kondómy, ktoré mi dala babka – to je veta, o ktorej sa mi ani nesnívalo, že ju niekedy vyslovím.

Hlavu som mala uloženú na Ryanovej hrudi.

„Teraz sa už poznáme lepšie, chceš mi povedať niečo o tej babe s pírsingom?" opýtal sa Ryan.

Porozprávala som mu o vzťahu s Benjaminom a ako som ho načapala s Laurou.

„To je ale debil! Nikdy by som ti niečo také nespravil," šepol Ryan, zatvoril oči a zaspal.

VÍNA

Zobudila som sa o pár hodín, tesne pred šiestou. Cez malé strešné okno mi na tvár dopadali slnečné lúče. Ryan ešte spal. Hlavu mal na mojich prsiach. Vyzeral hrozne krásne a spokojne. Sálalo z neho príjemné teplo. Pozrela som mu na nos, na jeho dlhé mihalnice a rozmýšľala som, ako je možné, že ráno vyzerá tak dobre. Pokožka mu zdravo žiarila a vlasy mal moderne strapaté. Chytila som svoje vlasy, ktoré boli suché ako stoh slamy. Potichu som si zo stolíka zobrala mobil. Natiahla som ruku a Ryana som si odfotila.

Začula som mamin hlas.

„Ránečko! Natalie!" ozýval sa spoza dverí. Počula som vrzgot schodov. Mama sa krok za krokom približovala k dverám. Rýchlo som vyskočila z Ryanovej postele a letela som do svojej na opačnej strane izby. Skočila som do nej a prikryla som sa. Vtom sa otvorili dvere.

„Dobré ráno, Natalie. Ale..." zasekla sa, keď zbadala spiaceho Ryana.

„Dobré ráno, mami. Babku strašne bolela noha, nechcela riskovať schody, tak nás poprosila, či by nemohla spať dole a Ryan v mojej izbe."

Mama sa poobzerala po izbe ako policajt. Hanbila som sa ako pes. Neviem síce prečo, preboha, mám tridsaťpäť rokov! Na druhej strane, Ryan je o desať rokov mladší a sexovala som s ním pod maminou strechou. Mala som orgazmus v maminom dome. Lepšie povedané, dva orgazmy!

„Je Ryan žid?" opýtala sa mama potichu.

„Ako to mám vedieť? Nevidela som mu penis!" vyletelo zo mňa.

„Prosím?" nechápala mama. „Natalie, robím anglické raňajky. Chcela som len vedieť, či je slaninu. Hollywood ovládajú židia, tak som nevedela. Nechcela som ho uraziť...

„No... neviem," habkala som celá červená.

„Vrátim sa, keď bude hore. Hore-dole po schodoch je pre mňa dobré, miesto jogy..." povedala mama.

Ryan otvoril oči.

„Dobré ránko, Ryan," pozdravila ho vytešená mama. „Ľúbiš slaninku?"

Ryan si pretrel oči, vyzeral, že ani nevie, kde je. Potom ma zbadal v mojej posteli.

„Hádam nechceš, aby som sem vyšla aj druhýkrát," usmiala sa mama.

„Prosím? Dvakrát?" Ryan si spomenul, čo sa v noci udialo.

„Mami, nemusíš sa vracať. Ryan, chceš na raňajky aj slaninu?" opýtala som sa ho.

„Hej, ďakujem. Dám si." Mama sa na nás pozrela ako na dve deti, ktoré sa spolu kamarátia a hrávajú na povale tak, ako sa pozerávala na mňa a Sharon, keď u nás prespala. Trochu ma to upokojilo.

„Takže sendviče s pečenou slaninkou? Potrebujete si naplniť bruchá predtým, ako sa vydáte na cestu do Londýna," žmurkla na nás.

„Wau, ďakujem, madam," povedal Ryan.

„Volaj ma Annie, všetci Natalini kamaráti ma tak volajú. Raňajky sa podávajú o dvadsať minút." Mama sa otočila a zavrela za sebou dvere. Počuli sme škrípajúce schody, keď po nich schádzala.

Chvíľu sme na seba s Ryanom pozerali a potom sme vybuchli do riadneho rehotu.

„Dobré ránko," usmial sa na mňa Ryan. „Máš stoličku?"

„Áno. Jedna je pri stolíku." Ryan vstal z postele, nahý... a prešiel k stolíku. Zobral stoličku a podoprel ňou kľučku. „Čo robíš?" opýtala som sa. Vrátil sa ku mne.

„Máme dvadsať minút." Pomaly vošiel pod moju perinu. „Čo ak mama urobí raňajky skôr?" znervóznela som.

„Garantujem ti, že ja sa urobím skôr, ako ona urobí raňajky." Nahol sa ku mne a začal ma bozkávať.

Raňajky boli veľmi príjemné. Všetci sme sedeli za veľkým stolom, rozprávali sme sa a vychutnávali si mamine skvelé slaninkové sendviče. Ryan sedel vedľa mňa a dotýkal sa ma nohou. Babka na nás pozerala s úsmevom a pohľadom hovorila: Ja viem, čo ste robili v noci!

Odišli sme po pol ôsmej, ale vôbec sa nám nechcelo. Mama nám zabalila kopu syrových koláčikov a zákuskov.

Spolu s otcom nás odprevadili k autu.

„Myslíš, že sa ešte niekedy uvidíme?" opýtala sa mama.

„Veľmi rád k vám opäť prídem, madam Love," Ryan a nastúpil do auta. „Mohli by ste nás prísť pozrieť do

Londýna, na premiéru Macbetha." Mama pozrela na otca.

„Mohli by sme ísť na pár dní do Londýna. Nemyslíš, Martin?"

„Áno. Myslím, že Micky a Dave nám pár dní nakŕmia zvieratá," súhlasil otec.

„Naozaj? Prídete si pozrieť Macbetha?" opýtala som sa. Obaja prikývli. Veľmi som sa potešila.

„Rezervujem vám lístky. Mami, oci, ľúbim vás."

„Aj my ťa ľúbime." Mama ma pobozkala na líce, keď som nastupovala do auta. Potom išla za babkou. Tá už sedela zamyslená na zadnom sedadle. „Mami, a teba kde zanesú tvoje túlavé lodičky? Kam máš namierené z Londýna? Tam, kam ťa odveje vietor?" Babka si niečo zamrmlala popod nos a potom sa rozlúčila s mamou a otcom.

Kým sme sa dostali na diaľnicu, babka zaspala.

„V Londýne je strašne veľa vecí, ktoré by som ti chcela

ukázať," povedala som nadšene. „Často chodím do divadla na rôzne hry, raz by si mohol ísť so mnou."

„Znie to dobre. A potom by som ťa mohol zobrať do môjho hotela a ty by si mohla..."

„Ha-ha," uškrnula som sa a pobozkala som ho na líce. „A čo tvoj sponzor? Myslela som, že nemôžeš mať teraz vzťah," dodala som.

„Wau, my sme vo vzťahu?"

„Nemyslela som to tak."

Chcela som sa z toho nejako vyzuť, ale vtom sa zobudila babka a zakašľala.

„Zlatino, môžeme zastať na benzínka. Rýchlo potrebujem kúpeľňa."

„Dobre, babi. Najbližšia je o pár kilometrov."

Zastali sme, vystúpili z auta a Ryan povedal, že si niečo nakúpi v obchode na benzínke. Pred babkou ma bozkal na ústa a odišiel s veľkým úsmevom.

Keď sme sa s babkou dopracovali k toaletám, zbombardovala ma otázkami. Všetko som jej vyrozprávala až na veci, o ktorých mi bolo trápne hovoriť, aj keď ona je veľmi kúlová.

„Ach, Natalie," zatlieskala mi potichu. „Toto je štart niečo krásny."

„My spolu nechodíme," namietla som, „bol to len..."

„Natalie. Já videla láska v oku ten hlapec. Myslím, on je z teba paf! A ty z neho."

„Ale pracujeme spolu a... je zotavujúci sa alkoholik."

„Obaja ste single a dospelá. Ty musíš nasledovať svoja srdce.“

Začala som premýšľať, ako by to mohlo fungovať, keď sme sa priblížili k autu. Ryan stál pri otvorených dverách a cez mobil s niekým riadne drsne konverzoval. Zazrel na nás. Z očí mu zmizla iskra zaľúbenosti. Všimla som si, že si kúpil noviny a kávu.

„Terri, platím dvadsať percent, aby sa takéto sračky nedostávali do novín...“ hovoril. „Možno ty by si si mala robiť svoju robotu. Samozrejme, že sa s ňou o tom porozprávam. Je tu pri mne. Ide.“

Zrušil hovor a skočil mi do vlasov.

„O čom bol celý tento víkend?“ Z očí mu sršal hnev.

„Prosím?“ nechápala som.

„Vždy, keď sa s niekým zblížim, tak to ten človek len zneužije...“

„Ryan, čo sa stalo? O čo ide?“ opýtala som sa. Ryan mi hodil ponad strechu auta noviny. Zobrala som ich a pozrela som na babku, ktorá bola zo všetkého taktiež úplne mimo.

„Strana štyri,“ zavrčal. Otvorila som nedeľné noviny na dvojstrane s veľkým nadpisom

Ryan znovu naložený v alkohole!

V článku sa písalo, že Ryan Harrison, hviezda tínedžerského seriálu Manhattan Beach, je alkoholik. Boli v ňom podrobnosti z Ryanovej minulosti, keď bol na protialkoholickom liečení. A že aj napriek sľubom, ktoré dal Ryan producentom seriálu, znovu začal piť.

Pod článkom boli rozmazané fotky zo včerajška. Na jednej som podopierala Ryana na ceste k jazierku a druhá bola ešte horšia, nechutný záber, ako Ryan vracia. V článku sa ďalej spomínal fakt, že Ryan dostal posledné napomenutie od produkcie a že ho po tomto určite vyrazia zo seriálu. Novinár o ňom písal ako o ďalšom zruinovanom hollywoodskom decku, ktoré si prišlo do Londýna posilniť svoje ego. Novinár sa zamýšľal, či je Ryan vôbec schopný zahrať vo West Ende takú rolu, ako je Macbeth, a či vôbec vie hrať.

„Preboha... Ryan, strašne mi to je ľúto," zašepkala som so smútkom v očiach.

„To určite!"

„Ty si myslíš, že som za tým ja?"

„Ako inak by ma našli? Povedali ste, že ideme ďaleko od civilizácie," obrátil sa na babku.

„Je to mimo civilizácia," potvrdila babka. „Bože moja, žila som v Sowerton dvadsať rok! Jeden autobus za deň do najbližšia mesto," vravela nervózne a pozerala sa raz na mňa a raz na Ryana.

„To si bola ty, stará ženská? Koľko ti za to dali?" „Hej!" Zamračila som sa na neho.

„Vravela si, že sa ocitla v Londýne len tak z jasného neba so svojimi kuframi. Novinárske svine platia riadne pálky za takéto nechutnosti!"

„Stačilo!" zakričala som. „Mne vykrič, čo len chceš, ale moju babku nechaj na pokoji! Počuješ?!"

„Okej, tak ako mi to chceš vysvetliť?" Ryan ukazoval prstom na článok. Do očí sa mu tlačili slzy.

„Musel to byť niekto z hostí na krstinách. Pozri

v článku je... nemenovaný hosť ťa videl v opitom stave,“ prstom som tlačila na vetu v novinách.

„Nikdy som nemala rád trifle od tvoj mama,“ povedala babka.

„Babi, toto nie je najlepší čas na žartovanie,“ odvrkla som jej.

„Chcem meno každého, kto bol na tých podrbaných krstinách... Pozri na tie fotky. To nie je fotené mobilom, ale dlhým objektívom.“

Chvíľu sme zostali stáť v tichu a hlavne v šoku. Bolo skoré ráno a na benzínke len zopár áut. Neďaleko od nás parkovala biela špinavá dodávka. Za volantom sedel chlapík v šiltovke. Mohol mať okolo štyridsaťpäť a bol trochu pri tele. Nevyzeral, že by na niekoho alebo na niečo čakal. Ryan ho chvíľu sledoval. Potom podišiel k babke. Z ruky jej vychmatol kabelku.

„Čo, do peklo, robíš?“ zostala zhrozená. Z kabelky vybral jej paralyzér a rýchlym krokom smeroval k dodávke. Chlapík za volantom začal panikáriť. Ryan prišiel k jeho oknu, naklonil sa dnu a zo štartéra mu vybral kľúče.

„Vylez z auta!“ zakričal Ryan. Rýchlo som k nim utekala.

„Ryan! Ako si môžeš byť istý, že tento chlap s tým má niečo spoločné?“

„Viem ich vysnoriť na míle... slizkí bastardi s dlhými objektívmi.“

„Nevyjdem von.“ Chlapík drzo pozrel na Ryana. Na sedadle vedľa neho som si všimla veľký fotoaparát s dlhým objektívom.

„Ste novinár? Sledujete nás?" opýtala som sa neveriacky.

„Slovo novinár je preňho pridobré. Je to hajzel paparaco," nadával Ryan.

„Pojeb sa, krásavec," vyštekol chlapík z auta. „Vráť mi kľúče."

Ryan sa zrazu cez okno nahol do auta, schmatol ho pod krkom a na líce mu priložil paralyzér. Chlapík zostal v šoku. Dva výbežky paralyzéra sa mu zaryli do jeho tučnej poblednutej tváre. Ryan stlačil gombík. Mašinka vydala čudný zvuk, akoby sa prebudila z dlhého spánku.

„Už ťa predtým niekto paralyzoval?"

„Hej, dávaj pozor." Tvár mal zdeformovanú Ryanovým chmatom.

„Pre koho pracuješ?" opýtal sa Ryan.

„Som na voľnej nohe..." zapišťal chlapík. „Ak si nedáš pozor, tá vecička sparalyzuje aj teba."

„Vyzerám, že ma to sere?" povedal Ryan s diabolskými očami. Ruku ešte viac stiahol okolo jeho krku.

„Ryan, neblázni," upokojovala som ho.

„Tento víkend bol súkromnou záležitosťou... v mojom súkromnom živote," hlas sa mu lámal. „Bol som pozvaný na súkromnú rodinnú udalosť."

Veľmi mi ho bolo ľúto. Spomienka na dokonalý deň bola zničená. Chlapík preglgol, ale nič z neho nevyšlo.

„Prisahám Bohu, že to zapnem a naplním ťa voltmi ako kačicu kukuricou, ak mi nepovieš, pre koho pracuješ!" dožadoval sa Ryan.

„Ryan, prestaň!" Bála som sa toho najhoršieho.

„Brenden O'Connor," zachrčal roztrasený chlapík.

„Poznám ho," povedala som.

„Ako vedel, kde budem?" chcel vedieť Ryan.

„Sledovali sme ťa po Londýne. Doviedol si nás za sebou až sem..." odpovedal chlapík. Oči mal mokré.

„Čo myslíte tým množným číslom?" opýtala som sa.

„Ja a niekoľko ďalších, čo si najal Brenden..."

„Okej, Ryan pusti ho... nechaj ho ísť."

Ryan bol stále hrozne rozzúrený, ale podarilo sa mi ho odtiahnuť od chlapíka. Vzala som mu kľúče a hodila som ich do auta.

„Choďte, vypadnite!" prikázala som mu. Chlapík rýchlo zodvihol kľúče, strčil ich do štartéra a nakopol motor. Keď otočil dodávku a vychádzal z benzínky, zastal pri nás a pozrel na nás pohľadom zbabelého „víťaza".

„Takých, ako si ty, stretávame stále. Krásavci bez talentu. Za tri roky o teba nikto ani nezakopne!" Potom nohou stlačil plynový pedál a odfrčal preč. Ryan na neho zakričal, ale jeho hlas sa stratil v hlasnom zvuku škrípajúcich kolies. Rozbehol sa za ním. Utekal po dlhom diaľničnom privádzači.

„Ach, Natalie," zavzdychala babka a položila mi ruku na plece.

„Ryan!" kričala som. „Ryan, vráť sa!" On neprestával bežať.

„Myslíš, že on bude na diaľnica stopovať?" opýtala sa babka.

„Ktovie? Poď, ideme." Nastúpili sme do auta, otočili sme sa a mierili za Ryanom.

„On tá dodávka nedobehnúť. Nem?" Babka ho

sledovala zo zadného okna. Pridala som rýchlosť. Ryana sme dostihli, keď bol už takmer na diaľnici.

„Čo mám urobiť? Na diaľnici nemôžem zastaviť,“ začala som panikáriť. Rýchlo som zastala pri kríkoch, tesne pred vjazdom na diaľnicu.

„Babi, ty zostaň.“ Vyskočila som z auta. Zatrúbil na mňa prechádzajúci kamión. Ryan to nevzdával, stále utekal po krajnici. Bežala som za ním. Po chvíli som ho dobehla.

Ryan, neutekaj! Nemôžeš pobehovať po diaľnici!“ Okolo nás prechádzali frčiace autá. Schmatla som mu ruku. „Stoj!“

Konečne zastal. Celý bol uplakaný.

„Nechaj ma na pokoji!“ kričal cez hluk áut.

„Prosím. Prisahám ti na život mojej netere a synovca, že s tým nič nemám.“

„Čo? Na neter a synovca, ktorých ani nevídavaš?“

„Pokojne buď nahnevaný, len, prosím ťa, neutekaj po diaľnici, vráť sa do auta.“

„Nie, niečo si stopnem.“

„Ryan, každý ťa pozná a si v novinách. Chceš mať ďalšiu titulku? Zbláznená stratená hviezda, nájdená na diaľnici M päť?“

To pomohlo. Ryan zastal.

„Vrátim sa k tebe do auta len preto, lebo nemám inú možnosť.“

„V pohode. No a teraz už poď.“ Vrátili sme sa do auta a zamierili do Londýna. Chvíľu sme sa viezli v nepríjemnom tichu. Babka na mňa prevracala oči v spätnom zrkadle. Ryanovi zazvonil mobil. Neprestával zvoniť.

„Nezdvihneš?" nabádala som ho. Našpúlil spodnú peru a zapozeral sa cez predné okno von. Iritujúci zvuk jeho zvonenia neustával. „Aspoň sa pozri, kto to je," dodala som. Hodil na mňa nahnevaný pohľad a z vrecka džínsov vybral mobil.

„Nicky," odvrkol a zrušil hovor.

„Kristepane," zahundrala som popod nos. O pár sekúnd začal vyzváňať môj mobil. Mala som ho v kabelke na zadnom sedadle vedľa babky.

„Volá ťa Nicky." Babka mi vybrala mobil.

„Podaj mi ho, prosím ťa."

„Zlatino, ty šoférovala... Podržím tebe pri uho." Babka prijala hovor a priložila mi mobil k uchu.

„Panenka Mária skákavá, videla si noviny?" bedákala Nicky.

„Áno."

„Nat, kde si? Stojím pred tvojím domom."

„Sme na M päť. Vraciame sa z Devonu."

„Okej... Snažím sa dovolať Ryanovi a predpokladám, že je s tebou, keďže ste spolu na fotkách. Nechceš mi niečo vysvetliť?"

„Išiel so mnou na krstiny."

„To mi došlo, Nat. Len nerozumiem prečo." „Lebo... lebo bol pozvaný," zakoktala som.

„Myslela som, že krstiny sú veľmi súkromnou rodinnou záležitosťou. Hlavne v Británii. Prečo je na fotke na tebe nalepený? Prečo ste niekde pri jazierku? A prečo pil?"

„Mala by si vedieť, že za všetkým je Brenden. Najal si paparacov na voľnej nohe, aby sledovali Ryana. Sledovali nás do Devonu," vysvetlila som jej.

„A ako na tácke si im naservírovala skvelú príležitosť," povedala nahnevane.

„Nicky, môžeme sa porozprávať, keď sa vrátim?" Chvíľu bolo ticho.

„Daj mi Ryana. Musím mu dať ešte pokyny na dúhový pochod."

„Myslíš, že po tomto všetkom by sa mal ukázať na Gay Pride?"

„Samozrejme. Sľúbil, že bude na hlavnom alegorickom voze. Najmä po takýchto sračkách sa musí ukázať na verejnosti... načas a s veľkým úsmevom."

Podala som Ryanovi mobil. Pozorne počúval, párkrát pritakal a potom zložil.

„Vyhoď ma pri hoteli. Majú ma tam vyzdvihnúť." Ryan podal mobil babke. Zvyšok cesty sme zotrvali v nepríjemnom tichu. Ryan sa stratil vo svojich myšlienkach.

„Môžem s niečím pomôcť?" opýtala som sa ho, keď som zaparkovala pri zadnom vchode hotela Langham.

Ryan vystúpil z auta.

„Myslím, že si urobila už dosť." Tresol dverami. Sledovali sme ho, ako prekĺzol medzi batožinami a zmizol v hotelových dverách.

Hodila som spiatočku a odšoférovala domov. Bála som sa, čo budem musieť riešiť.

DEJSTVO TRETIE

O NIEKOĽKO MINÚT NESKÔR...

DÚHOVÝ POCHOD

Cestou späť bola babka nešťastná. Do Soho sme dorazili okolo obeda. Keď som zaparkovala v podzemnej garáži a vypla motor, nastalo úplné ticho.

„Je mne ľúto, Natalie," ozvala sa babka. „Já naozaj myslela, že ty a Ryan môžete mať budúcnosť."

„Akú budúcnosť?"

„Šťastný budúcnosť," vydýchla si. Keď sme vystúpili z auta, všimla som si, že kríva ešte viac ako predtým. Pomohla som jej k výťahu. Povedala mi, že sa chce so mnou porozprávať, ale pred dverami do bytu ma už čakala Nicky s Xanderom a Craigom.

„Zlato, prišli sme na núdzovú poradu," vyhŕkla Nicky bez pozdravu. V ruke mala veľký notes a pod pazuchou rozkladaciu tabuľu. Xander priniesol haldu nedeľných novín Mail on Sunday.

„Mohli by sme sa porozprávať o chvíľku v divadle? Ešte sme len dorazili..." nástojila som. Babka sa opierala o palicu. Na tvári mala bolestivý výraz. „Prepáčte, zabudla som vás predstaviť. Toto je Nicky, Craig, Xander a toto je moja babka Anouska.“

Všetci sa navzájom pozdravili.

„Viem, že to možno bude znieť trochu bláznivo, ale bojím sa, že naše kancelárie sú napichnuté,“ vysvetľovala Nicky.

„To sme už takí paranoidní?“ opýtala som sa.

„Ja som s tým prišiel,“ povedal Craig. Rukou si prečesal svoje gaštanovohnedé vlasy. Vyzeral ustarostený.

„Myslíte si, že Brenden by dokázal zájsť tak ďaleko?“

„Celý víkend ťa sledovali paparcovia, ktorých najal,“ pozrela na mňa Nicky.

„Natalie, musíme ísť dnu a sadnúť,“ poprosila poblednutá babka.

„Dobre, tak poďte.“ Otvorila som dvere a všetci sme vošli dnu.

„Máš krásny byt, Natalie,“ vydýchol obdivne Xander, keď sme vošli do kuchyne. Babka dokrivkala k stoličke a sadla si. Veľmi sa jej uľavilo. Xander položil na stôl noviny a sadol si oproti babke.

„Takže Ryan Harrison je alkoholik?“ opýtal sa Xander a roztvoril noviny na strane s článkom.

„Vyzerá to tak,“ prisvedčila som.

„A tu bývajú tvoji rodičia?“ Xander ukazoval na fotku z farmy. Prikývla som. Xander pokračoval: „Pil Ryan na krstinách?“

Začala som im rozprávať o maminom dezerte, ale Nicky ma prerušila. „Počúvajte, nezáleží na tom, či Ryan pil alebo nepil, či si dal len malú rumovú čokoládku alebo trifle, alebo fľašu whisky... Z týchto fotiek je zrejmá intoxikácia." Craig pomaly rozložil tabuľu.

„Ty si dieťa šťasteny, že si vyrastala na farme. Ja som vyrastal v Rainhame, v malom domčeku..." povedal Xander. „Tvoji rodičia sú asi pekne bohatí. Aj ja by som chcel žiť v Soho. Tento byt vás musel stáť majland."

„Xander, prišli sme sem kvôli niečomu inému, zlato," pripomenula mu Nicky.

„Natalin byt vlastnil zverenecká fond pána Peabody. Je to sociálny bývanie," vysvetľovala babka. „Ty počul o pán Peabody?" Pozrela na Xandera.

„Nie, ale rád ho spoznám," usmial sa Xander.

„Okej, okej. Dosť bolo pána Peabodyho, potrebujeme niečo vymyslieť," ujala sa slova Nicky a na tabuľu fixkou napísala meno Brenden. Craig sa usadil vedľa Xandera.

Babka ignorovala Nicky a pokračovala:

„Pán Peabody bol veľmi bohatá Američan, biznismen..." „Okej, čo o ňom vieme?" opýtala sa Nicky.

„On založil charitatívna fond na podpora dostupný bývanie pre všetkých," vysvetlila babka.

„Nemyslím Peabodyho, ale Brendena O'Connora," zasyčala Nicky. Babka na ňu zazrela ako na kobru v tráve.

„Moja kamarát Paolo bol fajn muzikant v londýnska symfonická orchester, keď Natalie prišla do Londýn a práve tu my bývali u Pedro... Bol to jeho sociálna byt."

„Nat, mohla by si..." Nicky pozrela na mňa, ale babka ju prerušila.

„Pedro zrazu bol chorá, veľmi ochorieť. Natalie mu pomáhala do smrť. On za vďaka preniesol právo na byt v závet na Natalie, aby ona mohla dovoliť žiť v Londýn a pracovať v kultúra." Chvíľu bolo ticho.

„Nat, o tom si nám nikdy nehovorila," ozval sa prvý Craig.

„Nie je to niečo, čo len tak zahrnieš do bežnej konverzácie," odvetila som potichu.

„Je mi ľúto vášho priateľa." Nicky pozrela na babku a potom na mňa.

„To je krásny skutok a zároveň veľmi smutný príbeh," konštatoval Xander. „Takže ty nie si bohatá?"

„Nie, nie som bohatá. Poznáš veľa bohatých ľudí, čo sa s láskou venujú umeniu?"

„Ryan Harrison," povedal Xander. „Vypočítal som, že jeho plat je väčší ako všetky naše dohromady. Dal by som všetko mať jeho život..."

Všetci sme sa pozreli na fotky Ryana, kde vracia a kde ho držím za plece. Zrazu som videla, že môj súkromný život koliduje s pracovným. Nebol to dobrý pocit.

„Okej. Navrhujem toto. Urobím nám kávu a potom všetko poriadne preberieme a vypracujeme plán záchrany," vyhlásila som s pohľadom upretým na tabuľu.

Po káve sme sa sústredene posadili okolo Nickinej tabule.

„Dobre, čo o ňom vieme?" Nicky ukazovala na Brendenovo meno na tabuli, akoby sme boli na víkendovom školení.

„On je muž. Igen?" opýtala sa babka.

„Áno... a?" čudovala sa Nicky, „Akože nie je to očividné?" „Zlatino, ty mňa nepočúvaš," babka pozrela na

Nicky. „Muži môžeš veľmi ľahko manipulovať. Nájdeš jeho slabá miesto a kopneš ho do gulí."

„To nie je práve najmúdrejší nápad," nesúhlasila Nicky.

„Nem, nem. Samozrejme hovorím obrazne. Musíš jeho ponížiť."

„Babi, a ako ho máme ponížiť?"

„Nedávno čítala som štatistika. Pýtali žien, čo ony boja najviac, že muži urobia. Hádaj, čo ony odpovedala."

„Boja sa, keď muži nechajú hore záchodové veko," zasmial sa Xander. Babka na neho zazrela.

„Že ich nechajú kvôli mladšej žene?" hádal Craig.

„Nem. Že muž ich napadnúť alebo znásilniť," oznámila babka a pokračovala: „Hádaj, čo muži povedali na ten istý otázka o žena?"

„Že urobí to isté čo Lorena Bobbitová? Odreže mu vtáka?" opýtala sa Nicky.

Babka pokrútila hlavou, že nie.

„Muži povedala, že oni sa najviac boja, že žena na ňom bude smiať."

Chvíľu sme nad tým všetci premýšľali.

„To je naozaj pravda?" opýtala som sa. Babka prikývla.

„Opýtajme sa našich chlapov," navrhla Nicky.

„Mňa nepočítajte, ja som gay, takže je to mimo mňa." Xander si odpil kávy.

„Craig?" vyzvala som ho. Nevyzeral nadšene, že má na niečo takéto odpovedať.

„Nedá sa to takto povedať. Zovšeobecňovanie nie je veľmi múdre, ale je v tom kus pravdy. Myšlienka, že by som mal byť žene na smiech, mi nie je príjemná,“ prisvedčil Craig.

„Takže, chcete, aby sme všetci išli, postavili sa pred Brendena a začali sa mu smiať do tváre?“ Nicky krútila hlavou.

Babka na ňu znovu zazrela.

„Zlatino, ty zase nepočúvaš alebo nechápeš mňa. Čo je najdôležitejší vec pre Brenden?“

„Jeho reputácia,“ vyhlásil Xander.

„Jeho práca,“ dodal Craig. Babka naznačila Nicky, aby to zapisovala na tabuľu.

„Brendenov momentálne najväčší klient je Orgazmus,“ povedala som. „Organizuje veľkú kampaň, aby sa divadlo zviditeľnilo, a počula som Tuppencku vravieť, že riadne riskujú...“

„Nachystajme nejaké články, ktoré budú oponovať článkom o Ryanovi,“ navrhol Craig.

„A to by ho malo zraziť na kolená?“ opýtala sa nepresvedčená Nicky. „Obrátil by ich proti nám a boli by sme v ešte väčších sračkách.“

„Vieme, čo dnes chystajú na dúhový pochod?“ chcela som vedieť.

„Tuppencka si dáva repete na hojdačke pred divadlom a na obrazovke za ňou bude jej video s textom – pošli tento kód a dostaň dvadsaťpercentnú zľavu na lístky... bla-bla-bla,“ odpovedala Nicky.

„Tak to ja dnes nebudem kupovať sendviče a nejdem ani len z diaľky k holubom,“ poznamenal Xander.

„Ak sa zamyslíme, tak Brendenove gule sú tá veľká

obrazovka,“ ignorovala som, čo povedal Xander. „A aj Jamieho gule...“

„A aj Tuppenckine,“ zasmial sa Xander. „Ona je taká bojovná drsňáčka ako chlap...“

„Okej, zlato,“ umlčala ho Nicky a na tabuľu napísala VIDEOOBRAZOVKA. „Obrazovka... mám to. My im odpojíme obrazovku!“

„Ako? To by sme sa k nim museli dostať načierno. To by bolo nelegálne. A okrem iného tú budovu zvnútra vôbec nepoznáme. A kto z nás sa vyzná v elektrike?“ opýtal sa Craig. Chvíľu sme o tom premýšľali. Zrazu mi niečo napadlo.

„Mám to!“ zvolala som. Vyskočila som zo stoličky, zobrala som z Nickinej ruky fixku a začala som písať na tabuľu.

O minútku neskôr sa ozvala Nicky.

„Len aby som to pochopila. Ty chceš, aby sa tvoj švagor...“ „Dave,“ pomohla som jej.

„Tvoj švagor Dave z Devonu nabúral do ich systému a zablokoval obrazovku na Orgazme?“

„Áno,“ odpovedala som víťazne. „Zablokujeme video Tuppencky a zameníme ho za naše video z Youtubu, v ktorom je Ryan ako Macbeth.“

„To sexi video, kde je hore bez?“ opýtal sa Xander.

„Áno!“

„Urobíme z ich divadla naše!“ tešila som sa.

„A máte to. To je jeho gule,“ dodala babka.

„A ten Dave... to dokáže?“ uisťovala sa Nicky.

„Hej, na krstinách sa vykecával o tom, ako mu banky

a rôzne firmy platia za to, aby sa im nabúral do systémov, nech vedia, kde majú problém s bezpečnosťou.“

„Zavolaj jemu.“ Babka vybrala z kabelky malý zlatý adresár. Zavolala som Davovi a mobil som dala na hlasný odposluch.

„Ahoj, Dave,“ pozdravila som ho.

„Kto to je?“ opýtal sa.

„Natalie, tvoja švagriná...“

„Ahoj, Natalie...“ Dave si prikryl mobil, aby som nepočula, a pokračoval: „Micky, volá ti sestra. Neviem, čo chce.“ Všetko sme počuli.

V pozadí kričala Micky. „Som na záchode! Čo chce? Určite sa nebudem trepať do Londýna na nejakého blbého Shakespeara. Dave, voľačo si vymysli, aby sme nemuseli ísť.“

Babka na mňa pozrela a prevrátila oči. Dave si odkryl mobil.

„Prepáč, Nat. Micky je...“

„Chcem sa rozprávať s tebou,“ skočila som mu do reči a načrtla náš nápad, ktorý ho dosť zaujal. Povedal, že zistí, či sa to bude dať, a zavolá mi naspäť. Urobila som nám ďalšiu kávu, pri ktorej sme sedeli v tichu. Videla som, ako všetci premýšľajú.

„Prepáčte, ale ako dlho tu ešte budeme?“ opýtal sa Xander hanblivo. „Ja len, že... sľúbil som kamarátom, že sa s nimi stretnem ešte predtým, ako sa začne dúhový pochod. Budeme na alegorickom voze Wonder Woman.

Mám v ruksaku ich zlaté plášte a korunky.“

Chystala som sa mu niečo povedať, ale vtom mi zazvonil mobil.

Zdvihla som a dala som ho nahlas.

„Ahoj, Nat. Dalo sa mi k nim nabúrať až neskutočne ľahko," povedal Dave. „Ľudia minú neskutočné peniaze na softvér a hardvér, ale na ochranu nemyslia. Som práve v ich systéme. Chceš ich e-maily, telefónne čísla, kontakty?"

Nicky zakývala hlavou, že nie.

„Nechceme im nič ukradnúť. Chceme ich len trochu rozrušiť," odpovedala som. „Ale skôr než čokoľvek urobíš, potrebujeme vedieť, či je to nelegálne."

„Technicky áno, ale to, čo im chcete vyviesť, nie je až také zákerné."

„Dave, mohol by si kvôli tomu prísť o prácu? Lebo to naozaj nechceme."

„Nat, som na voľnej nohe. Viem, že v skutočnosti som jedna tlstá sviňa, ale online som ľahký ako pierko, neviditeľný. Nezanechám po sebe žiadnu stopu," zasmial sa. Pozrela som na Nicky a Craiga. Obaja prikývli.

„Aké video ti mám hodiť na ich obrazovku? Nejaké porno? Zlovestný odkaz?"

„Nie! Nič také, máme upútavku na Macbetha. Tú by sme tam chceli."

„Vypýtaj si od Dava jeho e-mailovú adresu. Môžem mu hneď poslať video," šepkala mi Nicky. Z kabelky si vybrala iPad. Dave mi dal adresu a Nicky mu poslala video.

„Dave... Mohol by si ich odstaviť až do večera. Vtedy sa končí dúhový pochod."

„Ver mi, do svojho softvéru sa tak ľahko nedostanú. Za takú hodinku to bude vybavené. Možno aj skôr."

Na obed sme dojedli babkin guláš a potom sa išiel Xander prezliecť do svojho kostýmu Wonder Woman.

„Ako vyzerám?" Xander sa zjavil v kuchyni. Na hlave mal dlhú čiernu parochňu a zlatú čelenku. Ligotavý kostým bol v červeno-modro-zlatých farbách. Nikdy som si neuvedomila, aký je vychudnutý.

„Je to parochňa zo Cher. Vidieť to?" opýtal sa.

„Máš veľmi hudý noha," povedala babka.

„Ďakujem," usmial sa Xander.

„Jak cigareťľa!" dodala babka.

Xander sa zatváril vážne.

„Vyzeráš skvele," snažila som sa mu pozdvihnúť ego a nabádala som k tomu aj ostatných, ktorí sa nakoniec pridali.

„Budem dávať pozor na Ryana. Náš alegorický voz zbiera peniaze pre zranených vojakov," vysvetľoval Xander.

„Ach, zlatino, ja myslela, že ty obliekaš za žena s teplý kamarát len kvôli sex," povedala babka.

„Nie! Gay Pride nie je o sexe, ale o rovnoprávnosti pre všetkých a o charite." Xander si vybral z úst vlasy z parochne.

Babka sa pohrabala v kabelke.

„Páči, dar na charita. Veľmi dobrá nápad." Babka mu strčila za pás dvadsať libier. Všetci sme sa pridali a vyhrabali sme peniaze, ktoré sme venovali na Xanderovu charitu. Asi aj z pocitu viny, keď sme si mysleli, že dúhový pochod je o sexe.

„Veľmi pekne vám všetkým ďakujem. Dojali ste ma."

Keď sme vyšli von, Xander sa od nás odpojil na rohu

Beak Street, kde sa pridal k svojim kamarátom, oblečeným v kostýmoch Wonder Women. Babka sa rozhodla zostať doma. Bola dosť unavená.

„Riadne im nakopajte gule," povedala nám, keď sme odchádzali.

Raven Street bola zablokovaná policajnými zátarasami, aby ju mohli nachystať na poobedňajší dúhový pochod. Z vedľajšej ulice sme začuli bubnovanie a piskot. Došlo nám, že to bude rušné popoludnie.

Nad ulicou sa vynímal megabilbord Ryana Harrisona. Blížili sme sa k nášmu divadlu. Bol to čudný pocit, hľadieť na bilbord chlapa, s ktorým som sa noc predtým vyspala.

Pozrela som sa oproti na divadlo Orgazmus. Na obrazovke išlo video Tuppencky na hojdačke. Všetko okolo nej sa ligotalo. Pod ňou bežal text s kódom na zľavu na lístky. Z vchodu vyšiel Brenden s Jamiem a zapálili si cigaretu. Všimli si nás na druhej strane ulice.

„Zdravím, chlapci," pozdravila som ich sebavedomo. Pokukovali po mne obozretne.

„Dobrý deň, Natalie," odzdravil Brenden. „Aký si mala víkend? Jaj, prepáč, už som si o ňom prečítal v novinách!"

Z vchodu vyšla Tuppencka v červenom korzete a červených vzorovaných silonkách.

„Natalie, ahoj," uškrnula sa. „Prišla si konvertovať heterákov na gayov?"

„Máš krásny korzet. A kde sa ti podarilo schovať svoj penis?" odpovedala som jej s úsmevom.

Nicky a Craig vybuchli do smiechu. Bubnovanie sa

stupňovalo. Gay Pride sa prepracoval na začiatok našej ulice a smeroval k nám.

„Mali by ste si na nás dávať pozor! Ešte sme len začali. Pravda, Brenden?" zavrčala Tuppencka.

„Podceňujete nás," zakričala Nicky. V tej sekunde zmizlo video Tuppencky na hojdačke. Obrazovka zostala čierna. Všetci traja sa zmätene pozreli nad seba.

Na obrazovke sa objavil Ryan Harrison. V ruke držal meč, napínal svoje bicepsy. Za ním prebiehali nad kopcami oblaky. Vtom nad jeho hlavou zažiaril nápis – Ryan Harrison v role Macbetha! Ryanov nahý trup bol impozantný. Brendenovi, Tuppencke a Jamiemu padli sánky.

„Prepáčte, ale nemáme čas na to, aby sme vám rátali plomby," zakričala som cez bujarý dav, ktorý bol zrazu pri nás. Ulicu zaliala krásna, odviazaná nálada. Alegorický voz s mužmi preoblečenými za Spartaka prechádzal okolo. Chalani napínali svaly, pózovali a začali pískať, keď zbadali mega Ryana Harrisona na oboch stranách ulice. Brenden a Jamie sa rozbehli dnu. Nasledovala ich Tuppencka. Tváre mali zaliate výrazmi zdesenia.

My sme vyšli na strechu, odkiaľ sme si užívali pochod.

„Milujem túto krajinu!" Nicky sa snažila prekričať hlasné bubnovanie a skandovanie. „Pozri: banky, veľké siete supermarketov, politici. Všetci chcú byť súčasťou dúhového pochodu a oslavovať rovnosť medzi ľuďmi a zbierať peniaze na dôležité veci, na charitu. Je to neskutočne pozitívne!"

Chcela som niečo povedať, ale všimla som si, že z Orgazmu vybehla rozzúrená Tuppencka a Brenden. Nechápavo pozerali na Ryana na ich divadle. Nicky pokračovala:

„A pozri na tie svine. Prerátali sa. Ha!"

Dívala som sa, ako nahnevaní Brenden a Tuppencka ukazujú niečo Jamiemu, ktorý vyšiel za nimi na chodník. Prečo sme sa v taký krásny, skvelý deň zaplietli do niečoho takého zlého? Toto nebol dôvod, prečo som chcela pracovať v divadle.

Okolo nás prechádzal Xanderov voz s Wonder ženami. Zatlieskali sme im a Xander nám zakýval.

Ryan sa objavil na voze ku koncu sprievodu. Herci z našej produkcie Macbetha boli oblečení v kiltoch. Ruky si poprepletali ako trón pre Ryana, ktorý si na ne sadol a kýval davu. Výkriky a aplauz boli najsilnejšie, keď išiel Ryan. Takmer sme ohluchli, keď sa dostali k nám. Bola to strašná hystéria. Všetci sa fotili s Ryanom na voze v pozadí s Ryanom na obrazovke z jednej strany a na bilborde z druhej.

Kývali sme našim chalanom zo strechy. Niektorí si nás všimli a odkývali nám späť. Z nejakého čudného dôvodu som strašne chcela, aby sa na mňa Ryan pozrel, ale nevidel ma.

„Pozrite! Ryan Harrison je najpopulárnejším subjektom na Twitteri," kričal Craig a strčil pred nás mobil.

„Super! Vojna pokračuje," Nicky vyskočila a vyhodila ruky nad seba. Na ulicu pod nami znovu vyšiel Brenden. Zbadal nás na streche. Nicky mu ukázala prostredný prst.

On jej to oplatili tým istým spôsobom a potom si pomaly prešiel rukou pod krkom ako nejaký mafián, na znamenie, že nás zničí.

Dúhový pochod pomaly utíchal a napriek nášmu veľkému víťazstvu som sa necítila ako víťaz. Nicky s Craigom povedali, že si idú pozrieť pochod na Trafalgarské námestie. Ja som bola unavená a došlo mi, že babka je sama doma, tak som sa chcela za ňou vrátiť.

„Dnes to bol super výkon, zlato." Nicky ma na rozlúčku objala. „Tvoja babka by mala pre nás pracovať, má skvelé nápady!"

Kráčala som pomaly domov a stále som sa cítila hlúpo za to, čo sa udialo. Tešila som sa na babku, vždy ma vie rozveseliť.

PRI RIEKE

Keď som prišla domov, videla som, že babka na mňa čaká. Pôsobila veľmi nervózne, čo je pre ňu neobvyklé. Hneď mi podala pohárik brandy.

„Natalie, musím s tebou rozprávať.“ Prešli sme do obývačky. Sadla som si na roztiahnutý gauč. Babka stála pred televízorom. Opierala sa o palicu.

„Prečo si nesadneš? Vyzeráš, že ťa tá noha riadne bolí.“

„Natalie, zlatino. Spomínaš, ty dostať listy na moja meno od nemocnica?“ opýtala sa ma.

„Áno, preposlala som ti ich do Španielska.“ Babka prešla ku gauču a oprela sa o operadlo. „Myslela som, že to boli nejaké hlúpe nemocničné letáky... Bolo to niečo dôležité? Babi? Hovor. Strašíš ma...“

„Musím ísť do nemocnica,“ povedala dramaticky. Prešla som k nej a chytila som ju za ruku.

„Si chorá?“ Prikývla.

„Je to vážne?“ opýtala som sa potichu. Opäť prikývla

a ústa si zakryla vreckovkou. V žilách mi od strachu stuhla krv.

„Babi, len aby si vedela, som tu pre teba. Čokoľvek budeš potrebovať, budem pri tebe stáť.“

„Ďakujem, zlatino...“

„Kedy musíš ísť do nemocnice?“

„Zajtra.“

„Zajtra?“ vyhŕkla som prekvapene.

„Doktor chce operovať predtým, ako sa zväčšiť.“ Pozerala som na jej ubolenú tvár a snažila som sa nájsť vhodné slová...

„Je to...?“ Babka prikývla.

„Preboha!“ Zhíkla som a z očí mi vytryskli slzy. Rukou som si zakryla ústa.

„Zlatino, neplakaj, doktor verí, že to môže liečiť.“

„Preboha, babi, strašne mi to je ľúto.“

„Roky som odkladala, ale už musím dať operovať výrastok na hodidlo,“ povedala. Išla som si vziať vreckovku z televízneho stolíka.

„Počkaj, počkaj. Operovať výrastok? Výrastok na chodidle?“

„Igen.“

„Myslela som, že máš niečo vážne!“

„To je vážne, Natalie. Čo ak operácia nebude dopadnúť dobre? Čo ak niečo stane na operačný sála? Možno už nebudem môcť nosiť vysoký topánka. Nikdy! Predstav si, zvyšok moja život v nízky topánka. Já radšej umrem. A po operácia je dlhá zotavovanie. Minimálne šesť týždeň.“

„Keďže ideš už zajtra, kde sa budeš potom šesť

týždňov zotavovať?“ opýtala som sa s kamenným výrazom.

„U teba, zlatino...“

„A Španielsko?“

„Španielsko pre mňa neexistuje. Už neni to domov. Som zbankrotovaný. Já prišla som sem, lebo nemám kde inde.“ Pozrela som na jej kufre poukladané za telkou.

„Ako? Prečo?“

„Štefan. On financoval svoj filmy na mój meno. Minulý máj on povedal mne, že ide do Cannes a nikdy nevrátil.

Nemala som ako splatiť každá účet za filmovanie.“ Mlčky som na ňu hľadela.

„Takže zajtra budem ísť do nemocnica. Já som zdravotný turistka. Prídem na operáciu zadarmo, cez štátna nemocnica.“ Na stole som si všimla otvorenú obálku, ktorá bola adresovaná mne. Zobrala som ju a nazrela dnu. Bol to účet z obchodu Rossi’s organic.

„Nemáš peniaze, ale otvorila si si účet v najdrahšom obchode v Soho? A v mojom mene? A teraz príde účet na tristo libier!“ Bola som zhrozená.

„Ja tebe zaplatím, keď mať peňáze! Já som hcela teba poctiť.“

„Tristo libier? Dnes si dala Xanderovi dvadsať libier.

Tak máš peniaze, alebo nemáš?“

„Natalie, prečo ty taký nepriateľská?“

„Nepriateľská? O ulicu ďalej je Tesco express.“

„Čo tam je?“

„Potraviny. Poznáš tieto slová? Po-tra-vi-ny? Účty? Alebo žiješ v rozprávkovej ríši, kde si starnúcou princeznou?“

„Natalie, zo všetky ľudia v mój život ty jediný, kto ma hápať, já vedela som, že móžem prísť. Práve povedala, že čokoľvek, ty budeš stáť pri mne!"

„To bolo, keď som si myslela, že máš smrteľnú nemoc, nie výrastok na chodidle!"

„Je vedela, že mój časovanie je zlý."

„Myslíš?"

„Hcela som vravieť, keď som pricestoval, ale ty mala problém s holuby, potom s Benjamin... A potom já mala som nápad dať teba dokopy s Ryan pre krajší život a všetko byť potom okej."

„Takže ty si myslíš, že všetko sa dá vyriešiť chlapom? Babi, tak ja mám pre teba novinu, niektorí z nás sa dokážeme pretĺcť životom aj vlastnými schopnosťami!"

Na stôl som tresla svoj pohárik brandy, schmatla som kabelu a vybehla z bytu.

Potrebovala som sa prejsť a prevetrať si hlavu. Zamierila som k Temži v časti Embankment. Nahla som sa cez zábradlie pri rieke. Sledovala som lode plné turistov. Vlasy mi viali v príjemnom vetríku. V strede rieky bol remorkér. Sálal z neho čierny dym a za sebou ťahal nákladnú loď. Zazvonil mi mobil. Vybrala som ho z kabelky. Volala mama.

„Ahoj, Natalie. Otec prešiel záznamy z kamier za domom. Na záberoch je malý tučný chlap so šiltovkou. Mal pri sebe fotoaparát a celé včerajšie poobedie striehol u nás na poli."

„Hej, to bude on.“ Potom som jej porozprávala o babke.

„Vedela som, že sa niečo deje,“ povedala mama. „Pred niekoľkými týždňami vypli jej španielsky mobil. Tvrdila mi, že jej spadol do panvice s paellou, keď bola na festivale Mardi Gras. Koľko je dlžná?“

„Tak ďaleko sme sa nedostali. Nakričala som na ňu a odišla som z bytu.“

„Natalie, teraz ma dobre počúvaj. Možno ťa to prekvapí, ale babka je napriek svojmu, na jej vek nevhodnému, oblečeniu a často pochybnému správaniu tvojím veľkým spojencom.“

„Čo tým myslíš?“

„Nikdy by sa ti neotočila chrbtom. Ani ty sa teraz neotoč chrbtom jej.“

„Ak je takým spojencom, nemala mi najprv zavolať a povedať mi, že príde ku mne na tri mesiace? Ona priletela na Heathrow a ešte som musela platiť za jej hovor, keď mi odtiaľ volala.“

„Natalie. Je stará a hrdá a nikdy sa nezotavila zo smrti tvojho dedka. Ja si myslím, že za jej bláznivým štýlom života je veľký smútok a túžba nájsť ešte raz v živote šťastie.“ „To som nevedela,“ povedala som smutne.

„No, teraz už vieš. Ak teraz príde aj o teba, neviem si predstaviť, čo bude robiť. A nezabúdaj, ona je tá, ktorá ťa vzala do Londýna aj napriek mojim protestom. Vtedy som bola proti, ale čas ukázal, že to bola najlepšia vec, ktorú mohol pre teba niekto urobiť po tom svadobnom fiasku.“

„Nevedela som, že ti na nej až tak záleží.“

„Samozrejme, že mi na nej záleží. Je to moja mama!

Len jej to, preboha, nepovedz," zapišťala mama.

„Dobre."

„Sľúb mi, že sa teraz k nej vrátiš a povieš jej, že môže u teba zostať. O zvyšok sa postaráme. Môžem ti prísť pomôcť. A ak to bude väčšia finančná záťaž, tak ti, samozrejme, pomôžeme aj s tým."

„Ďakujem, mami."

„A len aby si vedela, naozaj mi je ľúto, čo sa stalo s Ryanom. Zdalo sa, že sa ti veľmi páči."

„No neviem. Je to zložité. On je herec. Mala som si to uvedomiť a nebyť taká krava."

„Vieš, my s otcom sme na teba veľmi hrdí, Natalie. Odišla si do Londýna s prázdnymi rukami a teraz si šéfkou jedného z najlepších divadiel."

„Neviem, ako dlho tou šéfkou budem po tom, čo sa stalo," zapochybovala som.

„Nevzdávaj sa, Natalie. Bojuj za to, v čo veríš, a nedovoľ nikomu, aby ťa obral o tvoju dôstojnosť." V pozadí som počula cinknúť rúru. „Jáj, to bude môj piškótový koláč."

„Pokojne choď, mami. Ďakujem."

„Hlavu hore, zlato," povedala a zrušila hovor.

Chvíľu som sa ešte prechádzala pri rieke. Premýšľala som, koľko ľudí tu za tie stovky rokov stálo na brehu Temže s problémami, malými či veľkými. V momente, keď ich ťažili, museli im pripadať neriešiteľné. A teraz? Sú popolom. Problémy prišli a odišli, ale rieka stále tečie. Všetko sú už len spomienky. Okolo mňa prechádzala skupinka rehotajúcich sa chalanov v zlatých kraťasoch a s anjelskými krídlami. Vracali sa z dúhového pochodu. Zhlboka som sa nadýchla a zamierila som domov.

Keď som sa vrátila, babka prenášala posledný kufor ku kope ostatných, ktoré stáli na chodbe. Tvár jej očervenela od námahy a bolesti.

„Budem preč za moment," oznámila mi babka.

„A kam ideš?"

Videla som, že krvopotne rozmýšľa nad odpoveďou. Chytila som ju za ruku.

„Babi, zostaň a prepáč mi, že som na teba vyštekla. Dnes som mala veľmi emocionálny deň. Trochu som to prehnala."

„Nehceš starý žena na sedačka tri mesiace, to je normálne," povedala babka.

„Ale ty nie si len taká nejaká stará žena, ty si moja babka. A myslím si, že tri mesiace s tebou by mohli byť veľká zábava," usmiala som sa na ňu.

„A čo pánsky návšteva?" opýtala sa.

„Môžeš si požičať moju izbu s posteľou." „Ja nemyslela na seba, ale teba," zasmiala sa.

„Ja si dám teraz pokoj s pánskymi návštevami. Tí, čo mi v poslednom čas klopkali na pomyselné dvere, boli problémoví. Prosím ťa, zostaň."

Babka sa prestala bavkať s kuframi.

„Prečo zmenila si názor?" opýtala sa.

„Išla som sa prejsť k rieke."

„A napil si ten špinavý žbrnda?" Pozrela na mňa podozrievavo.

„Nie, vodu z rieky som nepila. Uvedomila som si, že som sa mýlila. Ty si sa o mňa postarala, keď som to najviac potrebovala. A teraz ti to chcem odplatiť.“

„Čo ak budem umrieť?“

„Tak dúfam, že potom budem prvá, ktorá sa vrhne na tvoju šperkovničku so všetkým zlatom,“ zavtipkovala som. Babka zostala vážna. „Prepáč, to bolo necitlivé. Neboj, nezomrieš,“ rýchlo som dodala. Podišla som k nej, objala som ju a pobozkala na čelo.

„Musím byť v nemocnica ráno o šesť.“

„Dobre.“

„A ak budem umrieť, tak si zodpovedný za moja oblečenie do truhla. Ak by ma obliekala tvoj mama, tak by som vyzerala jak starý harfa.“

„Dobre, babi,“ pritakala som a pohladkala ju po pleci.

„Poď, ideme ti preniesť kufre a dáme si drink.“

POŠTOVÉ SMEROVÉ ČÍSLO

V tú noc som mala strašné sny. Sedela som s Ryanom na zadnom sedadle vo veľmi dlhej limuzíne. Mal na sebe frak. V limuzíne bola aj mama. Sedela na druhej strane, za priečkou pri šoférovi. Dala zovrieť kanvicu, aby nám urobila čaj.

„Hneď to bude!“ vravela, tvár mala zahmlenú v pare.

„Táto voda musí dobre zovrieť. Neverím zahraničnej vode.“ „Madam Love, toto je Los Angeles,“ povedal Ryan. Otvorila som si pudrenku so zrkadlom a videla som, že mám vlasy skučeravené ako pudel.

„Dávaš si mlieko a cukor, Ryan?“ opýtala sa mama.

„Natalie, dávam si mlieko a cukor?“ opýtal sa ma Ryan.

„Ryan, a akú ľúbiš šťavu s mäsom? Hustú alebo redšiu? Natalie, akú má Ryan rád šťavu s mäsom? Keď som sa vydala, to bolo prvé, na čo sa ma opýtala moja svokra... na omáčku!“ bľabotala mama vzrušene.

Pozrela som sa dole a zbadala som, že mám na sebe svadobné šaty. Tie, ktoré sme spálili.

„Ideme sa sobášiť?" vyhŕkla som.

„Áno," uškrnul sa Ryan. „Musíme sa po ceste ešte niekde zastaviť," dodal a hlavu otočil za seba. Obzrela som sa za zadné sedadlo. Limuzína sa premenila na pohrebné vozidlo. Babka tam ležala v truhle so zatvorenými očami.

Bola hrozne bledá a v ruke držala kyticu.

„Babka je mŕtva?" opýtala som sa.

„Dorazil ju výrastok na nohe, zomrela na operačnom stole," povedala mama. „Môže si za to sama, celý život nosila sprosté vysoké štekle."

Preliezla som cez sedadlo a chytila som babkinu tvár.

Bola ľadová.

Zrazu sa otvorili zadné dvere. Za parou v nich stál Jamie, oblečený vo svojom svadobnom obleku, a podával mi ruku.

„Natalie, poď. Čakajú na nás v kostole," prehovoril.

„Ja sa idem vydávať," zakričala som natešená.

„Áno, vydávaš sa za mňa. Som pre teba ten pravý, vždy som bol ten pravý," zdôraznil Jamie.

Babka otvorila oči a pomaly si v truhle sadla.

„Natalie, vezmi tento kytica," podávala mi kvety. „Ja nepotrebujem. Som mŕtvy, Natalie. Mŕtvy..."

Zobudila som sa na vlastný krik a posadila som sa. Začal mi zvoniť budík. Bolo päť hodín ráno. Snažila som sa lapiť dych. Celá som bola zaliata potom. Od dverí som počula jemné klopkanie. Babka prestrčila hlavu pomedzi dvere.

„Ránko, zlatino. Si na poriadok?" Prikývla som.

„Ja skúšam urobiť nám káva, ale tvoja kávomat je čudná.“

„Je na kapsule. Hneď prídem a urobím kávu.“

Cesta do nemocnice bola takmer prázdna. Bolo sychravé ráno. Na predné okno auta dopadali jemné dažďové kvapky. Zapla som stierače, ktoré pri pohybe pišťali.

„Ak budem umrieť na operačná stól, hcem na pohreb mój zelená šaty,“ vyhlásila babka.

„Nebuď malá, nezomrieš,“ dohovárala som jej a spomenula som si na svoj sen, v ktorom na mňa hovorila z truhly.

„Neželám, aby mňa upravili v márnica, oni robia iba jedna druh mejkap a jedna účes. Nehcem vyzerať jak nejaký starenka.“

„Babi...“

„Ty ma musíš líčiť. Rúž Chanel, púder Givenchy a očný tieň jak ty.“

„Babi!“

„Dám to všetko sem do polička.“ Z kabelky vytiahla taštičku s mejkapom a strčila ju do priečinka pred spolujazdcom. „A ak zomriem predtým, jak oni dokončia mój noha, tak nakáž, aby mi noha aspoň zašili. Hcem byť pohovaný v mój najvyšší lodičky... Sľúb mi, igen?“

„Babi, prosím ťa.“ Začali sa mi do očí tlačiť slzy.

„Natalie, sľubuj!“

„Dobre, dobre, sľubujem. Ale ty nezomrieš!“ trvala som na svojom.

Pred nemocnicou som našla miesto na parkovanie

a potom sme sa pobrali dnu. Keď sa babka uvelebila na svojom ležadle, prišiel doktor a zatiahol za sebou záves. Bol to veľký fešák s krásnymi hnedými očami.

„Bože moja, ten štátna nemocnica lepší jak pred rokmi. Aký zmena," povedala babka a prečesávala si vlasy. Doktor si vybral z vrecka pracovnú fixku a začal jej vysvetľovať operáciu. Ako jej z palca na nohe odreže z kosti, na ktorej sa vytvoril výrastok, a ako jej to potom napraví chodidlo.

„Je to veľmi jednoduchá operácia, vôbec sa nemusíte báť. Po operácii vám zavolá sestrička," povedal mi doktor a odišiel k vedľajšej posteli oddelenej závesom. Babku nechal s pomaľovanou nohou.

„Natalie, pozri," zašepkala babka.

„Kam sa mám pozrieť?" opýtala som sa.

„Na moja palec, čo on nakreslil. Tak bude vyzerať moja nová palec? Strašné. Aj ja nakreslím krajšie..."

„On nie je maliar, ale doktor."

„Bohu vďaka on neoperovať moja cecky! Predstav, aké by nakreslil ih."

„Babi, bude to v pohode," upokojovala som ju.

„Nem! Ja hcem nosiť mój krásny lodičky po operácia. Čo ak budem mať nechutná veľká palec jak hurka? Hoď a dones ho naspáky."

Zahanbená som zavolala doktora. Bol veľmi milý a ochotný. Babke povedal, že kresba je len orientačná a že maľovanie je jeho hoby. Potom zavolal sestričku, ktorá babke zotrela z nohy čarbanice. Doktor jej nakreslil „nový" prst.

„Perfektná! Aj Sophii Lorenovej by určite páčil,“ usmiala sa babka. Aj doktor sa usmial a odišiel.

„Aj tak by som nekúpil obraz od neho,“ zamrmlala babka.

„Mám pri tebe zostať, babi? Zavolám do roboty a zoberiem si deň voľna.“

„Natalie, nemaj rozruch,“ povedala babka a otvorila si Vogue. „Oni ma budú uspať, potom budú operovať a potom zobudím. A je to. Hoď do robota, budem na poriadok.“

Bozkala som ju na čelo a pobrala som sa k autu. Zapla som si mobil. Mala som dva zmeškané hovory od Sharon.

Vtom začal mobil vyzváňať. Volala mi Nicky.

„Ahoj, Nat, kde si?“

„V nemocnici.“

„Ty to už vieš? Odkiaľ si sa to dozvedela?“

„Je to predsa moja babka,“ odpovedala som totálne zmätená.

„Ale ja nehovorím o Anouske, ale o Ryanovi.“

„Tak to potom vôbec neviem, o čom hovoríš. Neviem nič o Ryanovi. Ja som bola zaviezť babku do nemocnice.“

„Okej, rozumiem. No... Ryan, vďaka svojej nekonečnej múdrosti, sa rozhodol, že po dúhovom pochode sa pôjde zabaviť na afterpárty do klubu Shadow Lounge. Tak sa ožral, že museli volať sanitku.“

„Je v poriadku?“

„Áno, je v súkromnej nemocnici, za ktorú platí divadlo. Mal malú otravu alkoholom. Doktor povedal, že ho dajú na infúzku a o pár dní by mal byť okej.“ „No super,“ povzdychla som si.

„Je toho viac. Tú afterpárty organizovali naši priatelia z Orgazmu. Recepčný povedal, že Brenden O'Connor poslal Ryanovi do hotela auto, aby sa uistil, že príde." „Ten hajzel!" vyletelo mi z úst.

„A v dnešných novinách sú fotky ožratého Ryana, ako vracia."

„Nicky utekám, budem v kancelárii tak skoro, ako sa len dá."

Cestu domov som si spestrila prekročením rýchlosti. Veľmi som sa ponáhľala. Auto som zaparkovala v garáži a bežala som do divadla. Dvere do divadla Orgazmus boli ešte zamknuté. Na ich obrazovke stále išlo video Ryana ako Macbetha. Pred naším divadlom bola zvyčajná skupinka Ryanových fanúšičiek. Musela som ich trochu postrčiť, aby som sa vôbec dostala k dverám. Jedna z nich, taká päťdesiatnička, mi podala vrecko hrozna a pohľadnicu pre Ryana, aby sa čoskoro uzdravil.

„Ubezpeč sa, aby to dostal!" nakázala mi.

„Nie som donášková služba," štekla som na ňu a vrátila som jej hrozno aj pohľadnicu. Jeden z našich ochrankárov mi rýchlo otvoril dvere. Vhupla som dnu a zhlboka som si vydýchla.

Videla som, že v bare sú zhromaždení herci z Macbetha, ale utekala som do kancelárie. V nej na mňa nedočkavo čakali Byron, Craig, Nicky a Xander.

„Videla som v bare hercov. Čo sa deje?" opýtala som sa. Na stôl som si položila kabelku a vytiahla z nej notebook.

„Volala mi Ryanova manažérka, Terri," ozvala sa Nicky. „Chce, aby išiel na odvykačku, čo by bola pre nás nočná mora. Nemôžeme si dovoliť tridsať dní bez Ryana.“

„Doriti!“ zahrešila som.

„Terri ide na to z amerického uhla pohľadu,“ konštatoval Craig.

„Ako to myslíš?“ chcela vedieť Nicky.

„My v Británii máme iný pohľad na pitie alkoholu. Kopa mojich známych mala po nejakom večierku alebo oslave v pube otravu alkoholom. Nikto im nikdy nekázal ísť na odvykačku,“ vysvetľoval Craig.

„Ryan je členom Anonymných alkoholikov, má sponzora, chlapíka, ktorý mu má pomáhať,“ poznamenala som.

„Počkajme, kým sa vráti z nemocnice,“ navrhol Craig.

„Zreorganizujem skúšky. Pár dní to bez neho zvládneme.“

„Áno, budeme skúšať scény, v ktorých Ryan nevystupuje,“ súhlasila Byron.

„Iná možnosť asi nie je.“ Pozrela som na Nicky. Prikývla.

„Dajte nám priebežne vedieť, ak by bolo niečo nové,“ povedal Craig.

„A nezabudnite hercom pripomenúť, že podpísali zmluvu o mlčanlivosti, viete, ako radi klebetia,“ upozornila som ho.

„Ja im to dnes natlačím do hláv,“ prikývla Byron a potom aj s Craigom odišli za hercami.

Zvyšok rána sme strávili eliminovaním následkov katastrofy. Snažili sme sa prísť s pozitívnymi príbehmi o Ryanovi, ktoré by sme natlačili novinárom. Veľmi sa nám nedarilo.

Novinám kraľovala fotka Ryana s prevrátenými očami, zošuchnutého zo sedačky v Shadow Lounge. Bol obklopený ľuďmi, ktorí ho mali na háku a nešlo im o jeho dobro. Stôl pred ním bol plný kokteilových pohárov a fliaš so šampanským.

„Mali by sme ho ísť pozrieť do nemocnice,“ navrhla som, keď som si spomenula na ženskú s hroznom a pohľadnicou.

„Ja pôjdem za ním,“ rozhodla Nicky. „Keby si išla ty, tak máme pri riti novinárov a bolo by z toho veľké haló. Čudujem sa, že nevyžmýkali viac z toho vášho výletu na farmu a z fotiek pri jazierku.“

Zavolala som do nemocnice, kde operovali babku. Sestrička na recepcii ma informovala, že je práve na operačnej sále. Zavolala som mame, ale nebola doma. Potom som skúsila Sharon. Všetky hovory boli presmerované na odkazovač. Po štvrtom pokuse som od nej dostala správu:

TERAZ SI SI NAŠLA NA MŇA ČAS?

SOM ZANEPRÁZDNENÁ. NEMÔŽEM HOVORIŤ.

Odpísala som jej, či by sme sa mohli stretnúť cez obed. Prišla mi od nej ďalšia strohá odpoveď.

TO MYSLÍŠ VÁŽNE? NEMÁM ČAS.

ŠIESTI SÚ NA MARÓDKE A MÁME TU KONTROLU! MUSÍM DNES ROBIŤ PRI OKIENKU. SOM NASRATÁ.

Chvíľu som hľadela na displej. Hnevá sa na mňa Sharon, lebo som jej nezavolala po krstinách? Vždy mi v správach posiela pusy a smajlíky. Pozrela som sa na Xandera, ktorý práve chystal dnešnú várku pošty na odoslanie.

„Máš ešte niečo na poštu?" opýtal sa ma. „Dnes pôjdem ja," povedala som mu.

„Okej. A čo ti mám priniesť na obed?"

„Nič. Ďakujem. Dnes budem obedovať v teréne." Zobrala som obálky, schmatla kabelku a pešo som išla na stanicu Charing Cross. Keď som vošla na nástupište, práve sa zatvárali dvere na vlaku do New Cross. Rýchlo som naskočila.

Keď som sa blížila k veľkej pošte na ulici New Cross Road, začalo popŕchať. Bol takmer obed. Množstvo ľudí mierilo k hlavnému vchodu pošty. Rad vnútri sa tiahol až k dverám. Prechádzala som popri ňom, keď ma z diaľky zbadala Sharon. Sedela pri poslednom okienku.

Aby som sa k nej dostala, musela som si stať na koniec radu pri jej priehradke. Sharon na mňa pozrela, že čo tam robím. Polovica priehradiek bola zatvorená. Po dlhšom čase som sa takmer prepracovala k okienku. Staršia pani predo mnou mala hroznú kopu obálok, tak som si ešte musela počkať. Po ďalších desiatich minútach som sa konečne dostala na rad.

Pristúpila som k okienku.

„Čo tu robíš, Nat? Aj na Charing Cross je pošta, nie?" zazrela na mňa.

„Prepáč, toľko sa toho stalo. Potrebujem sa s tebou porozprávať, Sharon."

„No... podaj mi tie listy. Nemôžem tu len tak sedieť a kecať,“ popravila si svoju poštovú šatôčku. Podala som jej obálky. Ona sa v nich začala prehrabávať.

„Nat, vieš, aj ja mám život. Mám deti, musela som ísť so svokrom do nemocnice, aby mu prešpricovali uši, ale aj tak som si našla čas ti zavolať!“

„Prepáč mi. Ako to dopadlo so svokrovými ušami?“ opýtala som sa.

„Bolo to nechutné. Doktor povedal, že toľko mazu ešte v živote nevidel.“ Sharon vytlačila štítky na obálky, polepila ich a nakoniec hodila listy do veľkého vreca.

„Budú to tri libry dvadsať.“ Podala som jej presnú sumu.

„Tak, keď som išla s Ryanom na krstiny...“ začala som hovoriť, ale Sharon zakričala „ďalší“.

„Sharon,“ zasyčala som na ňu. „Naozaj sa potrebujem s tebou rozprávať o Ryanovi. Niečo sa medzi nami stalo. Vyspala som sa s ním!“

Sharon skoro vybehli oči z jamiek.

„Toto mi povieš, keď neviem čo skôr? Na kamerách nás dnes kontroluje jeden chlap z vedenia,“ Sharon sa pozrela do malej kamery v rohu.

„Neviem si rady. Potrebujem sa porozprávať. Nemôžeš ísť so mnou na obed?“ prosila som ju.

K okienku prichádzala pani s veľkou kopou listov.

„Pozri, vyplň tento zákaznícky formulár, kým obslúžim ďalšiu zákazníčku.“ Cez okienko mi podala formulár a pero.

„Madam, ustúpte trochu,“ upozornila ma Sharon pracovným tónom. Pozrela som sa na formulár.

Zákazníčka pri okienku povedala Sharon, že chce všetku poštu poslať do Jersey. Sharon začala vážiť obálky a lepiť na ne známky. Pozrela na mňa.

„Prvá otázka na formulári je, ako by ste ohodnotili vašu poslednú poštovú zásielku. Na stupnici od jedna do päť," povedala mi profesionálnym hlasom.

„Prosím?" nechápala som.

„Tá krásna zásielka z Ameriky, o ktorej ste mi vraveli, madam..."

„Aha, hej ten úžasný americký balík. On... označila by som ho päťkou!" konečne mi došlo, čo myslela.

„Takže to bola špeciálna zásielka?" opýtala sa Sharon.

„Áno, bola to špeciálna zásielka. Veľmi špeciálna," odpovedala som.

„A koľkokrát sa zásielka urobila? Chcem povedať, na koľký raz vám ju doručili?"

„Zásielka sa urobila dvakrát... Doručili mi ju dvakrát..."

„Nemal poštár problém strčiť ju do vašej poštovej schránky?"

„Nie," snažila som sa nerehotať.

„A vedel poštár, kde je vaše špeciálne miesto? Kde má nechať zásielku, keby ste neboli doma?" Ženská so zásielkou do Jersey sa zaksichtila.

„Tak čo chcete reklamovať, madam? Nechal vám poštár číslo, keby chcel prísť za vami znovu?"

„Nie. Problém je ten, že poštára vídam každý deň v práci a nejako sa to komplikuje," vysvetlila som.

„A vy nechcete pomiešať vašu súkromnú poštu s tou pracovnou. Áno?" opýtala sa Sharon.

Presne tak.

„Nech sa páči bude to sedemnásť libier a tridsať pencí," povedala Sharon zákazníčke pri okienku. Tá hneď zaplatila, a keď odchádzala, pozrela na nás ako na debilov. Rýchlo som sa pritisla k okienku a podala som Sharon formulár.

„Prosím ťa, poď so mnou na obed. Musím ti toho veľa povedať a myslím, že ten náš kódovaný poštový jazyk by to nepokryl."

„Dobre, Nat. Dávam ti body za to, že si až sem prišla poslať svoje listy. Stretneme sa o dvadsať minút v kaviarni oproti."

Keď prišla Sharon do kaviarne, čakala na ňu na stole šálka čaju a syrový sendvič.

„Naozaj mám len dvadsať minút," posadila sa k stolu. „Dobre som pochopila ten kódovaný jazyk? Ty si sa vyspala s Ryanom Harrisonom?!"

Kým jedla sendvič, vyrozprávala som jej všetko, čo sa stalo. Skončila som tým, že som si myslela, že k Ryanovi niečo cítim.

„Nat, musíš sa na to pozrieť z inej perspektívy. Mne to znie tak, že ste spolu strávili jednu úžasnú noc..." povedala Sharon.

„Mala som pocit, že išlo o viac ako jednorazovku. On sa mi úplne otvoril. Bolo to veľmi osobné."

„A nemyslíš si, že to bolo tým, že si ho brala ako celebritu. To vie určite pomotať aj čistú hlavu."

„Vravím ti... prebehla medzi nami iskra."

„A teraz čo teda? Randíte?"

„Nie. Myslím, že ma nenávidí. Myslíš, že je to moja chyba, že začal piť?“

„Nat, ty si ho nedonútila vyslopať fľašu vodky a šnupať kokaín z tvojho zadku. On si len pochutil na dezerte tvojej mamy.“

Aj napriek všetkému som vybuchla do smiechu. Sharon pokračovala:

„Nemôžeš byť zodpovedná za jeho voľby. On sa chcel ožrať, tak sa ožral. Áno, je teraz zraniteľný, ale kedy nebude? Ak chce niekto piť, tak sa opije.“

„Ale čo to ostatné? Mám pocit, že sa mi všetko vymyká z rúk. Čo ak sa o tom dozvie Nicky?“

„Ryan sa rozhodol, že sa stane hercom a do určitej miery, že bude lámačom sŕdc Ryanom Harrisonom. On veľmi dobre vie, ako to celé funguje. Novinári sledujú každý jeho krok a aj Nicky vie, ako to funguje. Dobre vie, že novinári všetko prekrúcajú a klamú.“

„Mám ísť pozrieť Ryana do nemocnice?“

„Nat, pokojne mu buď dobrou priateľkou. Ale nezabúdaj, ty musíš myslieť na svoj život a na svoju kariéru. Máš babku, ktorá ťa bude potrebovať, keď sa vráti z nemocnice. A taktiež máš kamarátku, ktorej si chýbala ako blázon.“ Sharon sa natiahla ku mne a chytila ma za ruku.

„Ďakujem, Sharon,“ usmiala som sa.

„Dobre, dobre, dnes ťa už nebudem poúčať. A teraz mi ešte rýchlo povedz, koľko fotiek Ryana si nafotila na môj súkromný harrisonovský kalendár?“ Sharon na mňa žmurkla.

„Mám jednu na január,“ povedala som vyškerená a ukázala som jej mobil.

„Pekné... a s lamou.“

„No počkaj, urobila som ešte jedno foto, ako spal,“ začala som ho hľadať v mobile.

„Ešte aj skoro ráno vyzerá vynikajúco a sexi,“ konštatovala Sharon.

„To teda áno a pozri na mňa vedľa neho...“ „Bože, Nat, vyzeráš ako Marge Simpsonová...“ „Ty krava!“ zasmiala som sa.

„Mala by si vidieť ráno mňa. Fuj!“ chichotala sa Sharon. „Ešte mám pár minút, rýchlo mi povedz, aký bol sex s chlapom s pírsingom na penise?“

„Nebolo to zlé, bolo to vzrušujúce, veľmi dobré.“

„Myslíš, že by som mala kúpiť jeden Fredovi na narodeniny?“

„Čo? Ako prekvapko?“

„No, asi by to cítil, keby mu to robili.“

„Ale nie, mohla by si mu to objednať ako prekvapenie.“

„To asi nie. Má veľmi nízky prah bolesti... a asi by bol radšej, ak by som mu predplatila časopis National Geographic,“ povedala Sharon. Vonku začalo dosť pršať. „Dúfam, že tento dážď chvíľu vydrží. Potrebovali by sme menšie záplavy, upchané rúry, kanály...“ dodala.

„Je všetko v poriadku?“

„Fred nemal v poslednom čase veľa práce. Žiadna vodárenská pohotovosť. Premýšľame, že budeme asi musieť prenajať izbu, aby sme nejako vyžili z toho, čo máme.“

„Bože, to mi je hrozne ľúto." Pohladila som ju po ruke.

„Bude to v poriadku. Ešte máme, čo do úst, tak to nie je až také zlé... zatiaľ. Ak by si počula o niekom, o niekom normálnom, daj mi, prosím ťa, vedieť."

„Jasné. Dám ti vedieť." Sharon sa pozrela na hodinky a rýchlo dopila čaj.

„Kurnik, musím utekať. Nat, sľúb mi, že sa ozveš."

„Sľubujem."

„A daj mi vedieť, ako dopadla Anouska. Pokúsim sa ju prísť pozrieť."

Sharon ma objala a potom sme sa pred poštou rozlúčili. Pomaly som išla k vlakovej stanici. Stále som mala pocit, že sa mi všetko vymyká z rúk, ale tešilo ma, že mám kamarátku, na ktorú sa môžem vždy obrátiť.

PALEC SOPHIE LORENOVEJ

Keď som sa vrátila do divadla, zastavila som sa pri Val v pokladni. Práve ukončila hovor a na obrazovke počítača mala otvorený rezervačný systém na lístky.

„Je všetko v poriadku?" opýtala som sa.

„Práve mi volala riaditeľka jednej dievčenskej internátnej školy a zrušila rezerváciu pre celú školu na jedno poobedné matiné."

„Prečo?"

„Povedala, že v novinách čítali, čo sa deje s Ryanom Harrisonom, a rodičia detí nechcú platiť tridsať libier za lístok na nejakého alternanta."

„Koľko lístkov?" opýtala som sa.

„Stoštyri!" prstom ukazovala na prázdne miesta, ktoré svietili ako zelené, čo znamenalo, že sú voľné na predaj.

„Pokúsila si sa ju prehovoriť, aby rezerváciu nerušila?"

„Áno. Len neviem, čo sa vlastne deje. Je Ryan v takom stave, aby mohol hrať? A čo mám robiť so všetkými plyšákmi a kyticami, čo nechávajú Ryanovi fanúšikovia na

282

schodoch pred divadlom?“ Val otvorila dvere na veľkej skrini plnej hračiek. „Je to tu ako pred Buckinghamským palácom, keď zomrela princezná Diana!“

Odporučila som jej, aby poslala hračky do detskej nemocnice Great Ormond Street Hospital a že pokiaľ ide o Ryana, prichystáme vyhlásenie pre novinárov.

Vyšla som hore do kancelárie a povedala som Nicky, čo sa deje. Všimla som si, že Xander sa s niečím bavkal na Youtube. Opýtala som sa ho, čo robí.

„Kontaktoval som znovu Dava. Mysleli sme, že by sme mohli dať na Orgazmus nejaké nové video, niečo strašne nudné, nech odpudzujú ľudí.“

„Našli sme dvojhodinový záznam zo ženského curlingu a trojhodinový záznam z vojenskej prehliadky v Severnej Kórei,“ povedala vysmiata Nicky.

O 16.40 som toho mala dosť. Prítmie zo zablokovaných okien v kancelárii, žiadne novinky o Ryanovi a žiaden telefonát z babkinej nemocnice boli len poslednou bodkou mojej zlej nálady.

„Zlato, čo si dnes už nedáš pohov? Choď sa prejsť alebo niečo... Ja to tu zvládnem,“ dohovárala mi Nicky. „Tvoja babka bude v pohode a určite sa jej bude páčiť nový prst à la Sophia Lorenová!“

Objala som ju aj Xandera a odišla som z divadla.

Keď som vyšla von, už nepršalo. Soho bolo plné ľudí. Dážď sa zmenil na slnečné lúče, ktoré bleskove vysúšali mokré chodníky. Zrazu znova pražilo. Na obrazovke Orgazmu hrali ženský curling. Mohutné krátkovlasé ženy s bláznivými výrazmi na tvári čistili ľad metličkami ako o život, aby sa ich curlingový kameň dostal čo najďalej. Z terasy vedľajšieho baru sledovala zápas skupinka lesbičiek.

Doma som sa prezliekla z pracovného oblečenia do šortiek a trička. Vzala som iPod, zobrala som si mobil a cez plece som si prehodila korčule.

Prebíjala som sa cez davy ľudí, ktoré odchádzali z práce smerom na Charing Cross. Ako som prechádzala cez most Hungerford, na tvári som zacítila príjemný teplý vánok. Temža sa trblietala od slnečných lúčov. Na druhej strane rieky sa týčilo Londýnske oko. Pozrela som na vežu Big Benu. Hodiny ukazovali pol šiestej. Babka mala byť o takomto čase už dávno vonku z operačky.

Na druhej strane mosta som zastavila pri pouličnom hudobníkovi a prezula som sa do korčúľ. Tenisky som schovala do ruksaku a popri rieke som sa vybrala plnou parou vpred. Veľmi mám rada túto stranu Temže. Okolo Embankmetu sa toho vždy veľa deje a je tu viac priestoru pre korčuliarov. Sklonila som hlavu a pokračovala som k Národnému divadlu. Z bočnej strany vyšpurtoval chalan v čiernej teplákovej súprave a šiltovke. Zozadu som obdivovala, aký je pekný. Ale bol rýchly, tak sa mi čoskoro stratil z dohľadu.

Išla som si svojím tempom a užívala som si vánok vo vlasoch. Hladina Temže bola nízka. Po kamenistom brehu sa prechádzala pani so starým labradorom. Veľmi som sa potešila, keď som pred sebou zbadala bicyklovú kaviareň. Chalanisko brázdi Londýn na prerobenom bicykli a predáva výbornú taliansku kávu. Všimla som si, že aj chalan v čiernych teplákoch sa tam zastavil. Spomalila som. V poslednej chvíli som zbadala, že ten chalan je Jamie. Nemala som už ako pridať a nechcene som zastala pri ňom. Ešte som sa pokúsila otočiť a odkorčuľovať, ale chalan z bicyklovej kaviarne sa ma spýtal, čo si dám. Jamie sa otočil a hneď mu odpovedal:

„Ona pije americano.“

Ruku si strčil do vrecka teplákov a vybral z nich dvadsaťlibrovú bankovku.

„Nie. Dám si horúcu čokoládu so šľahačkou. A platím ja,“ povedala som zmätenému predávajúcemu.

„Objednávate si spolu?“ opýtal sa.

„Objednávam dva drinky. My nie sme spolu.“ Pozrela som na Jamieho.

„Kedysi sme boli spolu, ale ušla mi od oltára,“ dodal Jamie.

„Ušla som mu od oltára, lebo som zistila, že je na mužov,“ snažila som sa ho umlčať zahanbením. Jamie úplne sčervenel.

Predávajúci sa zo slušnosti kŕčovito usmial.

„Takže klesáš ešte nižšie, ako som si myslel, že dokážeš, Natalie?“ zasyčal Jamie.

„Nechce sa mi veriť, že ty, Jamie, si klesol až tak hlboko, aby si ožral alkoholika! Vieš, že je v nemocnici?“ zasyčala som na neho.

„Ty si nám takmer zruinovala predaj vstupeniek!“ namietol Jamie. „Akokoľvek sa ti to podarilo, chcem, aby si nám vrátila kontrolu nad našou obrazovkou. Potom možno aj Ryan zostane triezvy.“

„Mám to brať ako vyhrážku?“

„Ja sa nevyhrážam," odpovedal Jamie.

„Nechal si ma sledovať!"

„Nie, Ryana sledovali, ty si sa len pri ňom motala ako nejaká prísavka v strednom veku."

„Nie som prísavka a nie som v strednom veku. A ak by som aj bola, prečo robíš zo mňa chuderu? Medzi tebou a Tuppenckou je taký istý vekový rozdiel. Ale keďže ty si chlap, tak je okej, že s ňou randíš?"

„Musím ťa poopraviť, sme zasnúbení," uškrnul sa Jamie.

„Dobre a čo? Nabudúce, keď odíde z domu v kožuchu, tak si skontroluj, čo má pod ním oblečené," zamrmlala som.

„Čo tým myslíš?"

„Nič. Táto konverzácia je minulosťou. Nechcem byť ani len v tvojej prítomnosti," vyhŕkla som.

Predávajúci nám práve dokončoval drinky. Bol riadne započúvaný do nášho rozhovoru, ale tváril sa, že nepočúva.

„Zaplatím za tieto nápoje," povedala som. Z ruksaku som vybrala peňaženku s obrázkom Hello Kitty. Jamie pozrel na peňaženku a ironicky sa usmial. „Máš zaujímavý vkus."

„Bol to darček od Sharoninej dcéry."

Jamieho tvár trošku zmäkla. „Koľko má už rokov?"

„Amy má desať." Podala som mu kávu. Letmo na mňa pozrel. „No... nebudem ťa viac zdržovať. Choď, len pekne choď," dodala som.

Chvíľu sme na seba hľadeli a potom sa Jamie otočil na korčuliach a odfičal preč. Počkala som, kým z neho nebola v diaľke malá bodka, a potom som odkorčuľovala aj ja a chlipkala som si svoju horúcu čokoládu. Hnevalo ma, že som nemala americano.

Trochu som pridala na rýchlosti, hlavu som sklonila do vetríka. Prechádzala som okolo trhu s použitými knihami, okolo Národného divadla, ešte viac som pridala a vtom som nabehla na kúsok rozbitého betónu pri Embankmente. Udialo sa to veľmi rýchlo. V jednom momente som išla ako majsterka sveta na kolieskových korčuliach a v druhom som už len počula škrípanie koliesok, keď som narazila na jamu. Skydala som sa vo veľkom štýle. Letela som ako vyplašená labuť, dopadla som s veľkou bolesťou na koleno. Vrchnák z papierového pohára vyletel a horúca čokoláda sa mi vyliala na nohu. Pristála som pri múre deliacom Temžu od chodníka. Zostala som

sedieť v šoku. Noha ma pálila a neskutočne bolela. Z kolena mi tiekla krv, ktorá sa nechutne miešala s čokoládou a šľahačkou. Snažila som sa postaviť. V tom okamihu pri mne niekto rýchlo pribrzdil.

„Nat, si v poriadku?"

Pomaly som zdvíhala zrak po nohách až k tvári. Nado mnou stál vystrašený Jamie.

„Čo myslíš?" Jamie sa ku mne zohol. Zo zadného vrecka teplákov vytiahol papierové vreckovky. Jednu vybral a priložil mi ju na koleno. V tichosti som sa usilovala spracovať bolesť.

„Au!" zakričala som. „Pomaly."

„Snažím sa ti zastaviť krvácanie," upokojoval ma.

Z čela mu do tváre tiekol pot.

„Je to len škrabanec," povedala som. Všimla som si, že sa k nám nahrnulo veľa okoloidúcich. Jamie vybral ďalšiu vreckovku a podal mi ju. Začala som si utierať čokoládu a šľahačku.

„Stavím sa, že si teraz želáš, aby to bolo americano," zavtipkoval Jamie.

„Daj mi pokoj. Choď preč." Jamie mi doutieral nohu.

„Dovoľ mi, aby som ti pomohol," ponúkol sa. Chytil ma za ruku a pomohol mi postaviť sa. Oprela som sa o múrik a zastonala od bolesti, ktorá sa šírila zo zadku, na ktorý som sčasti dopadla. Začal mi zvoniť mobil. Pokúsila som si zložiť ruksak z chrbta, ale veľmi to bolelo.

„Kde ho máš? Vyberiem ti ho," povedal Jamie a načiahol sa poza môj chrbát.

„Je vo vnútornom vrecku. V tom malinkom vpredu." Jamie sa mi začal hrabať v ruksaku. Mobil stále vyzváňal.

„V malom vnútornom vrecku!" zopakovala som.

„Tento ruksak má aspoň dvanásť vreciek!" protestoval Jamie. Odstrčila som ho a so zaťatými zubami som si ruksak dala dole. Kým som mobil vybrala z vrecka, prestal zvoniť.

„Kurňajs," zahrešila som, na displeji som videla zmeškaný hovor z utajeného čísla.

„Kuješ proti nám zasa nejaké plány?" opýtal sa Jamie.

„Vypáliš mi divadlo?"

„Čakám na telefonát z nemocnice. Babku dnes operujú." Snažila som sa v mobile vyhľadať kontakt na nemocnicu. Keď som ho našla, hneď som stlačila číslo a nervózne som čakala, či sa niekto ozve. Jamie ustarostene pokrčil čelo. Konečne sa mi ozvala sestrička a po chvíľke mi oznámila dobrú správu. Babka je po operácii, všetko prebehlo v poriadku a o niekoľko hodín môže ísť domov.

„Vďaka Bohu,“ vydýchla som od úľavy. „Veľmi pekne vám ďakujem.“

„Môžete si ju vyzdvihnúť okolo ôsmej,“ dodala sestrička. Po telefonáte som sa usmievala ako blázon. Zo srdca mi spadol obrovský balvan.

„Čo jej operovali?“ zaujímal sa Jamie.

„Výrastok na nohe, spôsobený nosením vysokých topánok,“ odvetila som. Jamie sa usmial.

„Pamätáš si, keď sme chodili surfovať v časti Buda? Ešte aj na pláži nosila ihličky!“ zasmial sa Jamie a ja som sa pridala.

„Nepostavila sa v nich dokonca aj na surf?“

„Áno. A celých šesť sekúnd sa na ňom udržala.“ „Hej, hej a ty si jej musel merať čas...“ smiala som sa.

„Mám ju niekde odfotenú. Musím tú fotku nájsť,“ povedal Jamie.

Nastalo ticho.

„Moja babka nie je na tom teraz najlepšie,“ dodal po chvíli. Tvár mu potemnela smútkom. Na Jamieho babku mám len tie najlepšie spomienky. Bola síce oveľa konzervatívnejšia ako tá moja, ale vždy bola zlatá a veľmi zábavná.

„Je mi to ľúto. Čo jej je?“ opýtala som sa.

„Zápal pľúc.“

„Prosím ťa, pozdrav ju odo mňa. Dúfam, že sa rýchlo zotaví.“

„Ďakujem, odovzdám." Vtom mu zazvonil mobil. Vybral ho z vrecka a ťukol na displej.

„Ahoj, zlato," povedal. „Som na Embankment, korčuľujem sa... nie, som sám... Čo? Na našej obrazovke teraz dávajú vojenskú prehliadku zo Severnej Kórey? Okej, budem tam o desať minút."

Jamie ukončil hovor a chladne na mňa pozrel, akoby naša predošlá konverzácia ani neexistovala.

„Ty nás zruinuješ," zahundral. Potom sa otočil a odkorčuľoval smerom na Charing Cross.

Minútku som rozmýšľala nad tým, čo myslel tým nás. Predpokladám, že nás mohlo znamenať iba jeho, Brendena a Tuppencku.

Do nemocnice som dorazila o pol deviatej. Keď som prišla na babkino oddelenie, už ma čakala usadená v invalidnom vozíku. Na sebe mala oblečenie, v ktorom prišla, a nohu mala obviazanú. Na druhej mala vysokú lodičku.

„Ahoj," jemne som ju objala. „Ako sa máš?"

„Cítim, akoby som lietala," usmiala sa. Potom ku mne prišla milá sestrička. V ruke držala veľké papierové vrecko.

„Vaša babka má v sebe dosť silné lieky na utlmenie bolesti," povedala. „Na starších ľudí môžu pôsobiť ešte silnejšie ako na mladších. A môžu spôsobiť aj nezvyčajné reakcie."

„Koho voláš stará?" vyštekla babka.

„Babi!"

„Urobil mi ten doktor krásna palec?" opýtala sa veľmi

hlasne. Sestrička ju ignorovala a podala mi papierové vrecko.

„Tu máte lieky proti bolesti a antibiotiká pre Anousku. Bude potrebovať, aby pri nej niekto bol počas nasledujúcich dvadsiatich štyroch hodín."

„Neignoroval ma, ty žena! Urobil mi pekná palec, alebo nem?! Taký, na ktorý by bol hrdý aj Sophia Lorenová?" kričala babka.

„Prepáčte, babka bola troška vystrašená, keď jej doktor urobil nákres na nohe," vysvetľovala som sestričke.

„Nebojte sa, máte krásny nový palec," usmiala sa sestrička.

„Ako môžem vedieť, že ty neklameš? Hcem vidieť svoja palec teraz! V nemocnica!" nástojila babka. „Keď já odídem a potom zistím, že je strašný, tak bude neskoro na reklamácia!"

„Anouska, pár dní si musíte nechať nohu obviazanú!"

„Pssst... Natalie, pome. Tá sestra je imbecil."

„Prepáčte," ospravedlnila som sa. Sestrička bola na to asi zvyknutá, lebo ju babkino správanie nejako netrklo. Popriala nám krásny večer a odišla. Vďaka Bohu za štátne zdravotníctvo!

Dostať babku z invalidného vozíka do auta nebolo najjednoduchšie. Nemá už toľko kíl ako za mlada, plus moje ubolené koleno, ktoré mi taktiež veľmi nepomohlo. Nechtiac som jej buchla nohu do sedadla, ale bola taká nadopovaná tabletkami, že si to nevšimla.

„Natalie, pome von. Pomé na diskotéka!"

„Ideme domov," povedala som vážne.

„Neeeemmm?" zatiahla babka, a kým som ju zapásala, zaspala.

Keď sme dorazili domov, babka stále spala. Zaparkovala som v podzemnej garáži a vypla som motor. Vtom som si uvedomila, že som nechala vozíček na parkovisku pred nemocnicou. Ako ju, dokelu, teraz vynesiem po schodoch k výťahu a z výťahu do bytu? Obišla som auto a otvorila som jej dvere. V tom momente otvorila oči.

„Ahoj, Natalie. Vyzeráš krásny, trochu unavený vyzeráš, ale krásny."

„Ďakujem, babi. Dokážeš prejsť po svojich alebo aspoň preskackať na jednej nohe?"

Odopla som jej bezpečnostný pás. Babka sa natočila von.

„Už som po operácia? Igen?" opýtala sa zmätene.

„Áno, operovali ti nohu."

„Dúfam, že ma dobre operovať. Bola by som smutný, keby mi urobili mužská palec. Mali brožúra s palec na vybratie? Ktorý som já vybrala?"

„Vybrala si si palec Sophie Lorenovej," snažila som sa ju pobaviť.

„Ja teraz spomenúť. Doktor nakreslil na mój noha nová palec. On nevedel kresliť. Boha tam!" zakričala.

„Prosím? Je všetko v poriadku?" opýtal sa neznámy hlas. Otočila som sa a zbadala som veľkého chlapíka vo vysokých čižmách a v kožených nohaviciach. Hore nemal nič, iba na krku kožený obojok s nitmi. Vedľa neho stál malý chudý, veľmi bledý chlapík v podobnom oblečení, len na hlave mal ešte vybíjanú koženú šiltovku.

„Áno. Všetko je okej,“ odpovedala som mu.

„Mala som operácia na noha. Celý život strávila som na ihličky, aby som mala krásny noha pre celá svet a takto ma Boh obdariť na oplátok!“ posťažovala sa babka.

„Výrastok na nohe?“ opýtal sa veľký chlapík. Prikývla som.

„Mám veľa kamarátov transvestitov, aj oni s tým majú problémy. Vysoké štekle a potom sa boria s výrastkami.

Môžem vám nejako pomôcť?“ „Dobre,“ pritakala som.

„Steve, podrž toto.“ Malému chlapíkovi podal papierovú tašku a nahol sa do auta. „Zdravím vás. Volám sa Kieron. Ak vám to nebude vadiť, môžem vás odniesť hore?“ „Aká fešák.“ Babke vzbĺkla v očiach iskra.

„Bože, moja, ty musíš byť na veľmi silná tabletka,“ zasmial sa, pozrel sa na svoje bradavky s pírsingmi a chytil si kožený obojok na krku. Nevedela som, čo povedať.

Kieron sa znovu nahol do auta a jemne zodvihol babku, vybral ju z auta. Jednu svalnatú ruku mal pod jej nohami a druhou jej podopieral chrbát. Z auta som zobrala babkine veci, svoju kabelku a zamkla som ho.

„Kam vás mám zaniesť?“ opýtal sa Kieron.

„Bývame na jednotke,“ povedala som.

„Ja som Steve,“ predstavil sa menší chlapík. So Stevom sme išli za babkou a Kieronom, ako ju niesol hore po schodoch. Privolala som výťah. Chvíľku sme naň museli čakať.

„Kam sa chystať mladí?“ opýtala sa babka.

„Robíme doma párty,“ odpovedal Steve hanblivo.

„Párty, párty... Jupíííí,“ potešila sa babka. „Natalie, my máme čas, poďme na párty!“

„Nemyslím si, že to je taká párty, na akú ste zvyknutá,“ usmial sa Kieron. „Ale budeme veľmi radi, ak nás niekedy poctíte svojou návštevou. Bývame úplne hore.“

Vtom dorazil výťah. Kieron doň vošiel veľmi opatrne, aby neudrel babku.

„Kúpil fľaša?“ babka sa nahla k papierovej taške v Stevových rukách. Ruku strčila do tašky a vybrala z nej veľké ružové dildo. Všetci sme v tom momente „zamrzli“. Dildo jej v ruke „behalo“ z jednej strany na druhú.

„Ten, kto na to sadnúť, musí hrýzť od bolesť palica!“ povedala babka. Našťastie tí chalani boli veľmi láskaví a babku brali z tej humornej stránky. Na našom poschodí sme vyšli z výťahu. Kieron zaniesol babku do obývačky a jemne ju položil na rozložený gauč, kde začala hneď podriemkavať.

„Spí ako bábo,“ povedal Kieron.

„Veľmi pekne vám obom ďakujem. Ako sa vám môžem odplatiť?“ opýtala som sa ich.

„Žiaden problém,“ odvetil Kieron, „rado sa stalo.“

„Chalani, máte radi Ryana Harrisona?“

„Hmm, to teda máme,“ prisvedčil Steve. „Videli sme ho na dúhovom pochode.“

„Taká škoda, že zasa podľahol alkoholu. Tí najkrajší sa vždy zničia sami,“ konštatoval Kieron.

„Riadim divadlo, v ktorom bude hrať Ryan Macbetha.

Dám vám dva lístky na ktorýkoľvek večer,“ povedala som.

„A nie je Macbeth zrušený?“ opýtal sa Kieron.

„Nie, nie je.“

„Ale ja som čítal niečo iné,“ namietol Steve. „Vyhodili

ho zo seriálu a jeho manažérka ho chce poslať na odvykačku.

„Kde si to čítal?" chcela som vedieť.

„Dnes to bolo na webe Pereza Hiltona." Steve si vybral zo zadného vrecka kožených nohavíc mobil a vyhľadal mi článok.

„Doriti!" vyletelo mi z úst po prečítaní.

„Je mi ľúto, že si sa to musela dozvedieť odo mňa," ospravedlnil sa Kieron. Poďakovala som sa im a oni odišli domov organizovať svoju párty. Keď som sa vrátila z chodby, babke sa otvárali oči.

„Si v poriadku Zsa?" opýtala som sa jej a vyzliekla som z nej kožuch a lodičku.

„Natalie, ja som nem zomrela!" povedala ospanlivo.

„To teda nie, babi," usmiala som sa. „Si nažive."

„Já povedala ten krava sestrička, že mám štyridsaťdeväť roky. Neveril mi!"

„Babi, ona mala tvoje záznamy s dátumom narodenia." Pomohla som jej uložiť sa.

„Čo já by robila bez mój najobľúbenejší vnučka?" Oči sa jej pomaly zatvorili a zaspala.

Išla som si naliať drink, keď zazvonil telefón. Bola to mama. Chcela vedieť, ako dopadla operácia. Povedala som jej, že všetko je v poriadku a že babka už spí v obývačke. Vynechala som jedine časť s vybíjancovými koženými susedmi a dildom.

„Mami, ešte sa ťa chcem niečo opýtať," zastavila som ju pred koncom hovoru. „Vedela si, že Jamieho babka je chorá? Dnes poobede som na neho narazila. Doslova narazila.“

„Áno, povedala mi to pani, čo robí u nášho mäsiara.

Dnes poobede ju viezli do nemocnice so zápalom pľúc.“

„Mami, je to vážne?“

„Zápal pľúc je zvyčajne vážny, Nat, ale nemocnica Devon North je veľmi dobrá...“

„Dáš mi, prosím ťa, vedieť, keď sa dozvieš niečo nové?“ poprosila som ju.

„Samozrejme, zlato, a ty mi daj vedieť, ako sa darí babke. Postaraj sa, aby jedla veľa zeleniny a ovocia a nedovoľ jej piť brandy.“

„Dobre, mami.“

„A v žiadnom prípade jej nedovoľ nosiť vysoké topánky.“

„Nedovolím...“

„Natalie, myslím to vážne. Zober všetky jej štekle a daj ich niekam, kde ich nedočiahne. Keď jej operovali kŕčové žily, tak sa jej skoro urobila zrazenina krvi z toho, že deň po operácii sa promenádovala v šteklách.“

„Áno, mami.“

„A Natalie...“

„Prosím?“

„Vieš... nikdy nie je neskoro... no, vieš, ty a Jamie.“

„Preboha, mami. To... nie je to možné. Je to dávna minulosť,“ habkala som. „Musím už ísť. Dobrú noc.“

Zložila som slúchadlo a chvíľu som rozmýšľala, ako na to mama prišla.

HADY V LIETADLE

Asi som trochu podcenila vážnosť babkinej operácie. Stále mala bolesti a prvých pár dní sa ledva postavila na nohu. Presťahovala som ju do mojej izby, aby sa zotavila v normálnej posteli a nie na rozkladacom gauči a aby bola bližšie ku kúpeľni.

Každé ráno som jej musela pomôcť aj so sprchovaním. Nohu som jej vždy zaviazala do igelitky, aby jej nenasiakli obväzy.

Babka nástojila na tom, že si sama vyberie igelitku.

„Zlatino! To, že ty mne umývaš hrbát so špongia, je dosť zlá, aspoň noha musím mať zabalený do značkový igelitka z Harrods, aby som prišla na iný myšlienka." Našťastie som jednu harrodovskú tašku mala, tak som babku trochu potešila.

Som rada, že moje divadlo je len niekoľko minút chôdze od môjho bytu, mohla som ju chodiť často kontrolovať, či je v poriadku, či niečo nepotrebuje. Nakúpila som jej veľa časopisov, a keďže babka ľúbi princeznovské rozprávky, tak som jej stiahla Ľadové kráľovstvo a Na vlásku. Keď som spomenula, že jej môžem stiahnuť aj Popolušku, tak jej z uší takmer išla až para.

„Prečo nemáš rada Popolušku? Je to tým, že staršie rozprávky majú slabšie hrdinky, ktoré nie sú také emancipované?" opýtala som sa babky.

„Nem! Nehcem pozerať rozprávka o črievica, to mi len pripomenúť mój prekliaty noha a že nemôžem teraz nosiť štekla."

„Takže ani Čarodejník z krajiny Oz neprichádza vôbec do úvahy?" usmiala som sa.

„Nem, nem. Myšlienka na rubínové papuča sa mi hce plakať," zaksichtila sa a do úst si vložila extra silné tabletky proti bolesti, ktoré dostala v nemocnici.

V stredu prepustili Ryana z nemocnice a vrátil sa do práce. Práve sme boli v polovici druhého týždňa skúšok, takže nám nezostávalo veľa času. Dúfala som, že sa s ním pred skúškou porozprávam, ale keď som sa priblížila k divadlu, videla som, že sa od nášho vchodu tiahne niekoľko stometrový rad ľudí.

Najprv som si myslela, že sú to Ryanovi fanúšikovia, ale potom som si všimla, že sú to väčšinou starší chlapi s mastnými vlasmi a mladé baby s potetovanými telami.

A všetci mali v rukách akvárium s hadom!

Pred vchodom si Val zapisovala mená čakajúcich a posielala ich po jednom do hľadiska v sále.

„Bože môj, tieto verejné kastingy sú vždy také populárne." Val prevrátila oči a zapísala si meno postaršieho pána so sivými, po pás dlhými vlasmi a čiernou páskou cez oko. Pri nohách mal veľké akvárium s velikánskym hadom. Jeho šupinaté telo bolo pritlačené ku sklu.

„Chcete vidieť môjho pytóna?“ opýtal sa chrapľavým hlasom Val.

„Ach... ty jeden,“ zarehotala sa a ukázala mu, kade má prejsť do sály.

„Čo sa tu deje?“ opýtala som sa prekvapene.

„Predsa verejný kasting na muzikál Hady v lietadle,“ odvetila Val.

Otvorili sa dvere na záchode. Vyšla z neho mladá baba s pírsingom na perách a bielym hadom omotaným okolo pliec.

„Vidíš toho hada? Bol medzi poslednými dvoma na kastingu na vystúpenie Britney Spearsovej na MTV Awards,“ poznamenala Val. Keď okolo nás baba prechádzala, ustúpila som nabok. Hadovi vyletel z úst čierny jazyk a zasyčal na mňa.

„Kto, dopekla, robí muzikál Hady v lietadle? A kto im dovolil prenajať si našu sálu na kasting?“ opýtala som sa zhrozene.

„To bol tvoj nápad.“ Val na mňa pozrela s vážnym výrazom a práve chcela dnu pustiť muža a ženu s veľkým žlto-zeleným hadom.

„Prepáčte, mohli by ste chvíľu počkať?“ poprosila som ich. Potiahla som Val ďalej od dverí.

„Čo tým myslíš, že to bol môj nápad?“ vyzvedala som sa. Val prevrátila oči.

„Poslala si mi e-mail zo svojej novej adresy. Ten nápad

s muzikálom s hadmi sa mi zdal trochu čudný, ale viem, aká si tvorivá a vždy vymýšľaš niečo nové, čerstvé... aby sme mohli požiadať o dotáciu z kultúrneho fondu."

„Môžeme ísť už dnu?" opýtala sa žena, ktorú som zastavila. „Prišli sme až z Thetfordu a Molly s Markom potrebujú nakŕmiť."

Prikývla som. Vošli do foyeru a v rohu sa zložili aj s akváriami na zem. Žena vybrala z tašky škatuľku Happy Meal z McDonaldu a z nej za chvost vytiahla myš. Molly a Mark v akváriách spozorneli. Hlavy zdvihli až k vetrákom navrchu.

„Čo sa to tu, dopekla, deje?" kričala Nicky a snažila sa predrať popri rade s hadmi. Všetky tri sme zavrešťali, keď žena podala myš hadovi k papuli.

„Myslím si, že toto je Brendenov najnovší žart," odvetila som. Zhora sme počuli krik a na schodoch sa zjavila bežiaca Byron.

„Prepáčte, nie som veľmi chúlostivá, ale hady sú mojou Achillovou pätou," ospravedlnila sa Byron, keď pri nás pribrzdila. Vtedy zbadala Molly a Marka a zakryla si tvár.

„Traja ľudia v sále nevedia nájsť svoje hady. Plazia sa nám niekde po divadle!" zamrmlala cez prsty.

Po zvyšok dňa muselo byť divadlo evakuované.

Z londýnskej zoo sme zavolali špecialistu na hady, ktorý nás stál päťsto libier na hodinu! Po piatich hodinách konečne našiel všetky stratené hady. Užovka a pytón oddychovali na ohrievači v bare a štrkáč spal v kostymérni pod Macbethovým kiltom.

Pánko zo zoo mi dal poriadne dlhú prednášku o tom,

aké nezodpovedné a nebezpečné je produkovať muzikál Hady v lietadle. Myslím, že mal dať prednášku radšej nezodpovedným majiteľom hadov. Jeden z nich mal akvárium uzavreté iba kuchynskou fóliou! Keď bolo divadlo konečne bezpečné a otvorené na večerné predstavenie, pobrala som sa domov.

Cestou som zavolala Davovi, či by nemohol nájsť záznam zo starého biliardového prenosu, najlepšie ešte čiernobiely, a aby ho potom pustil na obrazovke Orgazmu.

Večer sa mi o dosť zlepšila nálada. Prišla Sharon s domácimi lasagňami a babka ma poprosila, aby som ju učesala a urobila jej mejkap. V tom momente som vedela, že sa cíti oveľa lepšie. Obidvom sa zdala príhoda s hadmi neskutočne zábavná.

„Stavím sa, že to bol Jamieho nápad, on je taký zlatý nespratník," povedala Sharon. „Vždy mal skvelý zmysel pre humor."

Nastalo nepríjemné ticho. Babka poprosila Sharon, aby jej pomohla prejsť do spálne. Urobila som kávu a išla som za nimi.

Sharon sedela na kraji postele a babka si pozerala fotky v jej mobile.

„Sharon, zlatino, tvoj rodina je krásny," nadchýnala sa babka. „Krásny tmavá vlas, tvoj malý dcéra..."

„Amy má desať a Felix osem. Fred je Talian," vysvetľovala Sharon. „Po ňom zdedili tmavé vlasy a olivovú pokožku."

„Ja milovala talianská muž. Sú trocha samoľúbi. Nem?" opýtala sa babka.

„Áno. Aj Fred vie byť samoľúby," pritakala Sharon s úsmevom.

„Aj on nosí krásna talianska oblek, tak ako Taliani nosiť? Napasovaná, že im vidieť aj klobása?" zasmiala sa babka.

„On o tom môže len snívať! Fred je inštalatér, takže väčšinou má na sebe montérky."

„Ty máš všetko skvele zariadený, Sharon. Ty si na pošta a Fred odblokovávať záhody."

„Neznie to veľmi očarujúco," namietla Sharon.

„Ale je perfektná! Čokoľvek stať vo svet, ľudia vždy potrebovať kakať a posielať pošta."

„Nuž, momentálne nie sme na tom finančne najlepšie," šepla Sharon ustarostene. „Hľadáme si podnájomníka."

„Musíte nájsť veľmi škaredá žena alebo gay muž. Musíte ochrániť rodinná dynamika."

Neskôr, keď babka zaspala, Sharon mi pomohla v kuchyni s umývaním riadu.

„Anouska sa vôbec nezmenila," povedala Sharon. „Pamätáš si na našu prvú noc v Londýne? Zobrala nás do gay baru Mr. Bojangles."

„Hej, bol to úplne iný svet ako Sowerton. Krásny, elegantný, vzrušujúci. Mohli sme byť, kým sme byť chceli, nemuseli sme byť tým, kým nás naše rodiny chceli mať," odpovedala som zasnene.

„A všetci tvoju babku poznali.“

„Správali sa k nám ako ku kráľovskej rodine. Celú noc sme mali drinky zadarmo.“

„Nebola v tom bare aj transka, čo sa po nej pomenovala?“ premýšľala Sharon nahlas.

„Anouska Temple,“ usmiala som sa.

„Áno! Spolu zaspievali I've Got You Babe.“

„Babka nástojila, že zaspieva tú časť, ktorú spievala Cher.“

„Bola dobrá s tou svojou maďarskou angličtinou...“ Sharon zobrala zo stola banán a začala doň spievať: „Vravel som, že náš láska nám nezaplatiť podnájom.“

„Pssst!“ zasmiala som sa. „Zobudíš ju.“

„Bola vtedy neskutočne populárna.“ Sharon vrátila banán do misy s ovocím. „Kde sú všetci tí ľudia teraz?“

„Na čo myslíš?“

„Asi vieš. Prišla sem neohlásená, bez domova, bez peňazí. A okrem teba nie je nikto, kto by jej pomohol...“

„Aj mne je to trošku ľúto.“ Chvíľu sme mlčali. Dokončovala som riad.

„Sharon, v robote je to jedno veľké bláznovstvo. Tá sprostá vojna s Jamiem stojí v ceste veciam, na ktorých naozaj záleží. Minule som na neho narazila... vykotila som sa na zem.“

„Nič sa ti nestalo?“

„Ani nie, okrem veľkej modriny na zadku.“ Sharon zazvonil mobil.

„Prepáč, zlato, deti mi volajú... Hneď sa k tebe vrátim.“ Sharon prebrala hovor a zaželala Amy aj Felixovi dobrú noc. Skontrolovala, či sa okúpali a či si urobili domáce úlohy.

„Čo je?" opýtala sa ma Sharon, keď dohovorila a na tvári mi zbadala smutný výraz.

„Myslíš, že dopadnem ako babka?"

„Na čo myslíš? Výrastok na nohe?"

„Myslím to vážne. Čo ak zostanem na starobu sama?" utrela som si slzu.

„Nemáš sa čoho báť, zlato, máš predsa mňa a Freda a..."

„A?"

„A vždy budeš krstnou mamou Felixa a Amy. Ak by Fred, nedajboh, zomrel... Neviem... padol by do kanála a ja by som zomrela na otravu po oblízaní toxickej známky, ty sa o nich postaráš a oni o teba. Si po nás pre nich najdôležitejším človekom." Zasmiala som sa.

„Nesrandujem, Nat. Myslím to vážne."

„Ďakujem."

„O čom si hovorila, keď mi zazvonil mobil?"

„Jamie... vykotila som sa pred ním na zadok, keď som sa korčuľovala. Nemá to nič spoločné s romantikou Jane Austenovej."

„Dobre a Ryan?"

„Toho nechávam teraz chvíľu na pokoji."

„Mala by si sa s ním porozprávať. Nat, lebo..."

„Preboha! Jamie, Ryan, Benjamin. To sú také vzťahy, aké má pätnásťročná školáčka. Asi nemám na skutočný dospelácky vzťah. Som príliš zvyknutá na svoj vlastný život, na veci, ktoré vyhovujú mne. Premeškala som ten správny čas. Moja loď už odplávala..."

„Natalie, to je kravina. Nič ti neodplávalo!“

„Môžeš mi s rukou na srdci povedať, že tomu naozaj veríš?“ opýtala som sa. „Pozri sa na moje bývalé vzťahy.“

„Preboha, Nat! Musíš sa sústrediť na pozitívne veci vo svojom živote. Máš svoju prácu.“

„A aj tú som posrala! Budúci týždeň je premiéra Macbetha a naša veľká hviezda, na ktorej som všetko postavila, je úplne mimo!“ vyhŕkla som nahnevane. „A aby toho nebolo málo, tak som sa s ním ešte aj vyspala!“

Sharon mlčky ukladala utreté taniere do kredenca.

„Už sa o tom nechcem baviť.“ Utrela som si uslzenú tvár. „Tu máš misu od lasagní. Ďakujem.“ Sharon si ju odo mňa zobrala.

„Mám u teba prespať? Pokojne môžem,“ ponúkla sa.

„Choď domov. Mám ešte prácu a rozťahovací gauč nie je veľmi pohodlný...“

Keď Sharon odišla, skontrolovala som babku. Spala ako bábo. Potom som si ľahla na gauč. Zapla som televízor. Práve dávali Disneyho Popolušku. Akurát bežala scéna, keď princ obul Popoluške sklenenú črievicu.

„Si sprostá krava, ak si myslíš, že teraz budeš mať krajší život,“ povedala som do obrazovky. Hneď som ju vypla, obrátila som sa na druhú stranu a snažila sa zaspať.

AKO JE TO ĎALEJ?

Vo štvrtok ráno som cestou do práce v kaviarni Grande stretla Nicky. Mali nového baristu, ktorému práve čistila žalúdok za to, že jej dal cukor namiesto stévie.

„Čo ak by som bola diabetička? Čo ak by som bola alergická na cukor?" kričala.

„Ale vy ste si vypýtali tri porcie ochuteného sirupu, madam. To je ako tekutý cukor," obhajoval sa barista.

„Vy mi rozprávate za mojím chrbtom?" zasyčala.

„Nerozprávam o vás za chrbtom. Hovorím vám priamo do tváre. Tú kávu máte už teraz plnú cukru, tak načo vám je stévia?"

Nicky otvorila ústa, nachystaná vypustiť z nej nukleárnu bombu, keď som ju rýchlo vytiahla za ruku až na ulicu.

„Nat! Čo robíš? Ten chalan by u nás v Texase nevydržal ani tri sekundy."

„Poď, dáme si kávu u nás v skúšobni," presviedčala som ju.

„Čo, tú žbrndu? To nie je káva, ale spopolnené kávové zrná z plechovej urny, zaliate horúcou vodou a mliekom."

„Máš pravdu, tak sa u nás v Británii pije káva. Dnes by sme mohli udržať veci na uzde a trošku si zjednodušiť život."

Nicky sa zhlboka nadýchla.

„Máš pravdu, Nat. Dnes som úplne vynervovaná.

Skúšky Macbetha ma asi zabijú."

„Zlato, viem, ako sa cítiš." Objala som ju.

„Do utorka, keď sa začnú predpremiéry, je ešte päť dní."

„Za štyri dni sa toho ešte môže veľa stať," povedala som.

„Prišiel ti e-mail od Val? Museli sme vrátiť peniaze za osemnásť percent všetkých predaných lístkov."

„Čítala som ho a čítala si aj to, že Valin brat jej kúpil kalkulačku s percentami?" snažila som sa odľahčiť nepríjemnú situáciu.

„Z divadelného výboru posielajú niekoho na skúšku Macbetha," dodala Nicky.

„Čo? Prečo?"

„Obávajú sa, že Ryan nie je v stave, aby mohol hrať. Majú obavy, pre veľké množstvo vrátených lístkov," vysvetlila Nicky.

Skúška Macbetha bola jedna veľká katastrofa. V štúdiu sme sedeli za Morag McKeyovou, strašnou malou škótskou ženskou, ktorá je hlavou divadelného výboru. Ryan sa na pľaci stále potkýnal, zabúdal slová, dokonca celé vety. Neustále pokrikoval na Byron, ktorá sedela pri režisérovi Craigovi: „Ako to je ďalej?"

Po skúške som išla za Craigom sediacim vo zvukárni.

„Porozprávam sa s Ryanom," povedala som mu.

„Mám byť pri tom?" opýtal sa.

„Nie." Dvere sa za mnou zabuchli. Otočila som sa a všimla som si, že Morag McKeyová odišla bez pozdravu. Nicky s Xanderom na mňa znepokojene pozreli.

Išla som hore do Ryanovej šatne a zaklopala na dvere. Tichý hlas zvnútra ma pozval ďalej. Ryan sedel zahľadený do zrkadla. Na sebe mal iba kilt.

„Natalie!" zvolal. Vstúpila som dnu a zavrela za sebou dvere. Ryan sa postavil, prišiel ku mne a veľmi pevne ma objal. Najskôr som stála, nechápajúc, čo sa deje. So spustenými rukami. Potom som ho objala. Jeho nahá hruď bola príjemne teplá a svalnatá. Odtiahol sa a chcel ma bozkať.

„Hej, čo robíš?" odtiahla som sa od neho. Tvár sa mu zahmlila smútkom. Obrátil sa a prešiel k malej chladničke, z ktorej si vytiahol už otvorenú plechovku mirindy.

„Takže, keď sa ty cítiš zle, mám ťa ošukať, ale keď sa cítim blbo ja..."

„Dávaj si pozor, čo hovoríš," prerušila som ho nahnevane. „Blbo by si sa mal cítiť jedine za hercov, režisérov a všetkých, ktorí na rozdiel od teba makajú ako fretky..."

„Nepotrebujem od teba tie drísty, Natalie."

„Drísty?" zopakovala som. „Skúšaš tú hru už takmer dva týždne a nepamätáš si text? Kričal si ‚Ako to je ďalej' častejšie než štvrták na základnej pri ústnej skúške, keď zabudne text básničky!"

Ryan dopil posledný dúšok mirindy a plechovku hodil do koša pod stolíkom. Rýchlo som podišla k nemu, zohla som sa a oňuchala som ju. Smrdela od vodky.

„A toto je čo? Alkoholická verzia mirindy? Mirinda kokteil?" opýtala som sa.

„Povedal som ti, som alkoholik."

„A ja som závislá od čokolády, ale snažím sa kontrolovať! Nikdy ma nevidíš v práci s čokoládou roztretou po celej tvári!"

„Aj ty by si si mala dávať pozor, čo vravíš. To, že sme spolu šukali, neznamená, že sa nebudeme správať profesionálne," povedal Ryan. Chladno som sa zasmiala. „Jáj, prepáč, my sme nešukali, my sme sa milovali. Že?!" dodal ironicky. Otočil sa a obliekol si tričko. Nevedela som, čo mám s ním robiť.

„Ryan, počúvaj. Veľmi mi na tebe záleží, skutočne... a to, čo sa medzi nami stalo, bolo pre mňa veľmi špeciálne. Neviem, či to stačí na to, aby bolo medzi nami niečo viac, ale navždy zostanem tvojou kamarátkou." Vtom Ryan vybuchol.

„Tak kde si bola doteraz? Vyhodili ma zo šou... Vieš, ako veľmi som chcel ísť za tebou domov? Nechcel som byť sám, som hrozne osamelý. Chcel som si dať s tebou pizzu, pozrieť si dobrý film..."

Ryan sa zošuchol dolu na stoličke.

„Myslela som si, že ma nenávidíš po tom, čo sa stalo s tým paparacom!"

„Bol som len nahnevaný."

„Ryan, viem, že vy chlapi radi skrývate svoje city, ale ty si tomu ešte pridal na leveli."

Chvíľu bolo ticho. Ryan potom podišiel ku mne a kľakol si. Myslela som si, že si ide zaviazať šnúrky, ale on ma chytil za ruku.

„Natalie, viem, že toto je úplne bláznivé..." Vzhliadol na mňa.

„Čo robíš?" opýtala som sa a pozrela som na neho dolu.

„Vydáš sa za mňa?" spýtal sa. Čakala som, že sa začne smiať, ale nezačal.

„Prosím?"

„Vypočuj ma, Natalie. Keď som ťa stretol prvýkrát, vôbec som si ťa nevšimol..."

„Dobrý začiatok..."

„Ale potom si sa nejako začala objavovať v mojich myšlienkach. Čoraz viac a viac. Keď som ťa zbadal na chodbe, hneď si bola v mojej hlave... potom na prvej skúške, zase si bola v mojej hlave a potom si ma pozvala na krstiny a tá myšlienka sa zmenila na príťažlivosť. Príťažlivosť, akú som nikdy predtým necítil. Skvele sme sa bavili a správala si sa ku mne ako k normálnemu človeku. Si vtipná, naozaj si krásna a naozaj, naozaj vieš, čo robiť v posteli. Fakt ti to ide. A spomínaš si, ako si mi povedala o Benjaminovi, keď sme boli v posteli? Čo ti urobil?"

„Áno."

„Povedal som ti, že by som ti to nikdy neurobil. Že budem k tebe dobrý. Myslel som to vážne. Dovoľ mi, aby som si ťa mohol rozmaznávať."

Hľadela som mu do očí. Myslel to vážne? Alebo je taký skvelý herec?

Z prsta si stiahol strieborný prsteň a pristrčil mi ho k tvári.

Pozerala som naň...

Spomenula som si, ako mi Sharon povedala, že Fred ju požiadal o ruku v tom najneočakávanejšom momente. Bolo to počas bežnej soboty na pláži vo Whitstable. Fred išiel kúpiť hranolčeky, a keď sa vrátil, Sharon mu chcela vynadať, že má z čakania studený zadok od piesku. Že mu to trvalo dlho. V balíčku hranolčekov bol na jednom z nich nastrčený diamantový prsteň. Predtým ani len nepremýšľala, že by sa za neho vydala, ale keď videla na hranolčeku ten prsteň, hneď vedela, že chce byť oficiálne Fredova.

Bola táto situácia podobná?

Ryan je druhým mužom, čo ma požiadal o ruku. Budem mať ešte niekedy šancu na vydaj? A keď počúvam príbehy niektorých starších slobodných žien, ako povedali chlapovi nie, nechce sa mi im vždy veriť, že urobili správne.

Pozrela som na Ryana. Stále bol na kolenách. V očiach mal iskru. Bol krásny... Ak by som povedala áno, mohol by ma niekto viniť?

Ale keď som otvorila ústa, vyliezlo mi z nich len: „Prepáč, ale musím ti povedať nie.“

Iskra v Ryanových očiach hneď vyhasla. Pomaly sa postavil a prsteň si nastrčil na prst.

„Prepáč, ak to vyznelo hlúpo!“ ospravedlnila som sa. „Musíš si uvedomiť, že by to bolo bláznovstvo. Celé to je bláznovstvo. Ryan? Strávili sme spolu menej než dvadsaťštyri hodín! Si odo mňa o dosť mladší a si alk..." Ryan prešiel k stolu, zhasol lampu a zobral si tašku.

„Čo robíš? Porozprávajme sa o tomto..." povedala som.

„Volali mi z krajčírstva Savile Row. Chcú mi na dnešný večer darovať oblek, na odovzdávanie cien časopisu Femme Fatale."

„Myslíš, že by si mal ísť? Bude tam strašne veľa alkoholu."

„Natalie, platia mi, aby som odovzdal jednu z cien. Je to pracovný večer." Ryan vyšiel z dverí a tresol nimi.

O pár sekúnd nato niekto zaklopal. Bola to Nicky.

„Ako to išlo?" opýtala sa.

„Vykrstila som ho a povedala som mu, nech sa lepšie naučí scenár." Na viac som už nemala energiu.

LIGOTAVÉ DIAMANTY

Odišla som domov, kde mi babka pomohla vybrať šaty na Femme Fatale Awards.

Povedala som jej, že ma Ryan požiadal o ruku.

„Odkedy zomrel dedko, veľa hlapov ma požiadali o ruka." Obliekla som sa do modrých šiat.

„To vážne? Koľko?" opýtala som sa.

„Sedem gay hlapi a tri heterosexuál hlapi." Pozrela na mňa a kývla hlavou, že tie šaty sa mi nehodia. Rozopla som ich a hodila na rastúcu kopu šiat na posteli.

„Všetkým heterosexuál som povedala nem, ale tých gayov som si mohla zobrať..."

„A prečo si si ich teda nevzala?" Z vešiaka som sťahovala čierne šaty s ligotavými korálikmi.

„No... já verila, že manželstvo je o láska a na celá život. Milovala som tvoj dedko. On bol pre mňa jediná. Muž mójho život. Navždy..."

Na chvíľu som zastala, babka si utrela slzy. Potom som vhupla do čiernych šiat a zatiahla zips.

„Igen, igen, igen," zakričala a zatlieskala. „Natalie, to je krásny šaty. Si krásny."

Trochu som si ich vyrovnala a pozrela som sa do zrkadla. Babka má výborný vkus.

„Koľko žien niekto požiada o ruku aspoň raz a nieto viackrát?" premýšľala som nahlas.

„To, že muž požiada o ruka, neznamená nič. Dóležité, čo hceš ty... A teraz mi daj tvoja šperkovník."

Išla som do kúpeľne, kde mám odloženú drevenú šperkovnicu.

„Ale čo ak je Ryan ten pravý a ja to len neviem?" Priniesla som škatuľku a podala som ju babke. „Určite nebol ten pravý, inak by som povedala áno.

Nie?"

„Zlatino, ty odpovedáš na vlastný otázka." Babka sa prehrabávala v šperkovnici a začala odfukovať.

„Natalie, zlatino... diamanty sú najlepší kamarátka každý žena, ty máš šperkovnica plný nepriateľ! Hoď a dones mój šperkovnica, je za tvoj telka."

Išla som ju vziať. Sedela na kope stále nevybalených kufrov. Priniesla som ju babke. Jej šperkovnica bola krásna, rozprávková. Celá z vyrezávaného dreva. Na boku bol kódovací zámok. Babka začala vyťukávať kód. Zo slušnosti som sa obrátila. Zaškrípal zámok. Šperkovnica sa otvorila ako tri rozložené zásuvky. Vnútro bolo vystlané fialovým zamatom.

„Pozri, čo tu máme," začala sa prehrabávať v neskutočne nádhernej kolekcii svojich šperkov. „Igen, igen, ty musíš dať na seba toto."

Podala mi náhrdelník vykladaný diamantmi.

„Och bože!" zhíkla som ohúrená. „Musel stáť majland. Babi, to nemôžem. To sú skutočné diamanty?"

Babka sa zasmiala. „Toto je biela zlato vykladaná rýdzi diamant. Vysoký čírosť." V svetle lampy sa prekrásne ligotali.

„Odkiaľ ich máš?"

„Flirtovala so mnou jedna bohatá Arab. Gay záujemca číslo dve."

„On ti ich nechal?"

Babka sa lišiacky zasmiala. „To som dostala na druhá rande. Zásnubná prsteň som vrátiť. Nemohla som sa ho vydať. Nikdy by som na seba nedala burka. Mával som stres, keď som musela nosiť šatka na hlava."

„Babi, mala by si o svojom živote napísať knihu." „Nem, písať o mój život by znamenať, že je po ňom. Mám ešte mnohý kapitola v živote. Ja život milovať a ešte nekončiť. Daj na krk." Zohla som sa a babka mi zapla náhrdelník. Prešla som k zrkadlu. Bol nádherný a skvele sa hodil k šatám.

„Hcem, aby si ty bol posledný človek, čo nosil mój náhrdelník, a dnešný večerná ceremónia je dokonalý príležitosť," povedala babka.

„Čo tým myslíš, že posledný človek, čo bude nosiť tvoj náhrdelník?"

„Idem predávať. Potom vyplatím moja dlhy a nájdem miesto na bývanie."

„Babi, u mňa môžeš bývať tak dlho, ako len chceš. Kvôli mne sa nenaháňaj," pripomenula som jej.

„Viem, zlatino, ale ty máš svoja život a dúfam, že aj já budem mať svoja, čoskoro."

Pozrela som sa naspäť do zrkadla.

„Len s ním nepromenáduj po ulica. Tá náhrdelník je sen každá zlodej," dodala babka.

Nicky s Xanderom ma vyzdvihli taxíkom tesne pred siedmou a potom nám zostala už len krátka trasa do Royal Albert Hall.

„Vyzeráš oveľa lepšie ako dnes na skúške!" povedala Nicky a obdivovala môj outfit. Ona si obliekla krásnu červenú róbu, ktorá ukázala jej dokonalé krivky. Havranie vlasy mala rozpustené na chrbte. Celý výzor vyšperkovala dramatickými červenými okuliarmi.

„Ďakujem," usmiala som sa.

Nicky sa mi pozrela na krk. „Zlato, sú tie diamanty pravé?"

„Áno, požičala som si ich od babky."

„Preboha, akú majú hodnotu? To je iná káva, také nosievala Jackie Onassisová!" zakričala vzrušená Nicky.

„Kto je Jackie Onassisová?" opýtal sa Xander. Sedel vedľa Nicky v krásnom smokingu.

Obidve sme sa začali rehotať ako malé.

„Toto sa stane, keď zamestnáš niekoho, kto si myslí, že rok tisíc deväťsto deväťdesiatdva je veľmi ďaleká minulosť," povedala Nicky.

„Ja som sa narodil až v roku tisíc deväťsto deväťdesiatpäť," namietol Xander.

Kým sme mu vysvetlili, kto bola Jackie Onassisová, dostali sme sa k nádhernej Albert Hall. Okrúhla budova pripomína veľkú terakotovú tortu. Dnes večer bola osvietená modrými a ružovými svetlami. Chodník a schody tiahnuce sa k budove sa hemžili fotografmi a vrieskajúcimi fanúšikmi.

„Myslíte, že to je dnes najvhodnejšie miesto pre Ryana?" opýtala som sa nervózne. „Zajtra o deviatej má ďalšiu skúšku. A po tom, čo sa stalo dnes..."

„Zlato, toto je súčasť jeho práce," odpovedala Nicky. „A ak sa rozhodne, že už viac nechce žiť život Ryana Harrisona, tak na jeho miesto čaká kopa ďalších mladých hercov, ktorí chcú dobyť svet."

Promenádu po červenom koberci sme vynechali. Dali sme sa vyložiť pri bočnom vstupe. Vnútorný priestor koncertnej budovy lemuje niekoľko poschodí nekončiacich koridorov. Poschodia sú pospájané schodiskami, ktoré vedú k lóžam na druhom a treťom poschodí.

My sme trochu poblúdili a skončili sme v lóži na druhom poschodí. Chvíľku sme zostali a pozorovali sme parket zaplnený krásne naaranžovanými stolmi. Museli ich byť stovky. Z výšky vyzerali ako cédečka.

Svetlá boli stlmené a stoly s bielymi obrusmi nasvietené na ružovo a modro.

Mojou obľúbenou časťou Albert Hall je kolosálny strop, z ktorého visia veľké akustické laminátové disky. Aj od nich sa odrážali modré a červené svetlá.

Vpredu bolo pódium so schodíkmi vedúcimi k malému sklenému pódiu. Bol na ňom nápis FEMME FATALE AWARDS.

Do sály prúdili ľudia hľadajúci svoje miesto na sedenie.

„Tu som ešte nikdy nebol," šepol užasnutý Xander.

„Mal by si sa sem určite vrátiť a pozrieť si niečo zaujímavejšie ako ocenenia časopisu Femme Fatale," povedala som mu. „Ja som tu bola na Adele. Bola neskutočná!"

„Aha, tam je Tuppence Halfpennyová!" zvolal Xander.

Tuppencka vchádzala po červenom koberci v strede sály. Dlhé čierne čipkové šaty jej všetko zakrývali, ale zároveň bolo cez ne všetko vidieť. Osvecovalo ju oslepujúce biele svetlo kamery malého televízneho štábu.

Za ňou kráčal Jamie, zahĺbený do rozhovoru s Brendenom. Obaja boli oblečení v čiernych smokingoch. „Načo má so sebou štáb?" opýtala sa Nicky.

Opustili sme lóžu. Pri vstupe do sály nás zastavila dievčina v operenej večernej róbe a ukázala nám naše miesta. Usadili nás hneď pri pódiu, ale chrbtom k nemu. Dostala som sa medzi Nicky a Xandera.

Pri stole vedľa nás stáli Jamie, Tuppencka a Brenden. Debatovali o niečom so svojím televíznym štábom, ktorý tvorili fešný kameraman, Ind, a mladá blondína s papierom v ruke a so slúchadlami na ušiach.

Tuppencka sa stále obzerala okolo seba, skenovala celú sálu. Na boku hlavy vo veľmi strmom uhle mala pripnutý malý čierny klobúčik s čiernym, takmer priehľadným závojčekom, ktorý mala prilepený na tvári.

„Vyzerá, ako by si napchala hlavu do pančušiek pred vylúpením banky," zašepkala mi Nicky do ucha.

„Poďme za nimi, aspoň prelomíme ľady," navrhla som. „Nechcem po nich poškuľovať celý večer."

„Ak tam nebude žiaden ľad na prelomenie... budeme musieť vyskúšať niečo iné," dodala Nicky s iskrou v oku. Vstali sme a zamierili k ich stolu. Tuppencka si nás všimla a s radosťou môžem povedať, že bola v riadnom šoku, keď zbadala môj diamantový náhrdelník. Sánka jej padla skoro až na zem.

„Čo tu všetci robíte?" opýtala sa. „Nemyslela som, že zamestnanci nejakého divadielka sú žiadanými hosťami na Femme Fatale Awards...“

„Sme tu s Ryanom Harrisonom," odvetila som.

„A kde ho máte? Nevidím ho, čo sa scvrkol?" Krava sa smiala na vlastnom žarte.

„Bude odovzdávať jednu z cien...“ Pozrela som na Nicky, aby mi pomohla.

„Cenu za najkrajšie vlasy," rýchlo dodala Nicky.

„Mňa nominovali v kategórii najkrajšie vlasy," vyhlásila Tuppencka hrdo.

„A to za vlasy na hlave alebo niekde inde?" opýtala som sa.

„Ideme," povedal kameraman a namieril kameru na Tuppencku.

Vtom naskočilo osvetlenie, v ktorom vyzerala hrozne bledá. Brenden k nej pristúpil a popravil jej fascinátor. Jamie sa držal v pozadí a nevyzeral práve najšťastnejšie. Chvíľku sme na seba hľadeli. Cítila som z neho hrozný smútok.

„Načo tu máte kameru?" opýtal sa Xander.

„Tuppence práve podpísala zmluvu na šesťmiestnu

sumu na svoju vlastnú reality show. Totálne Tuppence: Život burlesknej legendy," odpovedal Brenden.

„Legenda?!" uškrnula sa Nicky. „Môj klient je hviezdou televíznej šou, ktorá sa vysiela v tridsiatich piatich krajinách po celom svete. Tvoj si vyzlieka nohavičky vo West Ende!"

„Tvojho klienta z tej šou vyhodili," tešil sa Brenden.

„Mojej klientke patrí budúcnosť!"

„A tu ho máme! Rýchlo. Natáčaš?" zakričala Tuppencka. Ryan išiel k nám s babou v operenej róbe. Prenasledovaný množstvom fotografov.

„Kamera, snímka," povedal kameraman.

„Točíš už konečne?" pišťala Tuppencka.

„Povedala som vám, že keď poviem kamera, snímka, to znamená, že sa natáča," povedala jej blondínka.

„Ryan, miláčik. Ahoj," pozdravila sa Tuppencka a schmatla ho, len čo prišiel k nášmu stolu.

Nasilu ho k sebe pritiahla. Fotografovia sa išli zblázniť. Cvakali jedna radosť. Ryan mal na sebe krásny tmavomodrý, na mieru šitý oblek a vlasy mal umelecky rozstrapatené. Tváril sa trochu preľaknuto.

Ako sa máš, Ryan?" spýtala sa ho Tuppencka upišťaným hlasom a pózovala ako kurtizána z Moulin Rouge.

„Nooo... fajn, dobre, ďakujem, Tuppence," Ryan sa mračil do oslepujúceho svetla kamery.

„Čo si myslíš, kto dnes vyhrá?" opýtala sa.

„Vyhrá čo?" opýtal sa zmätený Ryan.

„Samozrejme, že najkrajšie vlasy. Som nominovaná!" zapišťala.

„Vy ste všetci víťazmi," povedal Ryan.

„Ďakujem," zaškerila sa. Na jej sklamanie sa jej Ryan obrátil chrbtom a prešiel tam, kde sme stáli s Nicky a Xanderom. Kameraman išiel za Ryanom, ale Tuppencka rýchlo chytila kameru a natočila ju na seba.

„Ryan je môj veľmi dobrý kamarát, stretla som sa aj s jeho psami Bellou a Edwardom..." hovorila do kamery.

Ryan postál vedľa nášho stola, pozdravil Nicky a Xandera a mne zamrmlal ahoj. Chcela som mu niečo povedať, ale vtom sa rozozvučali reproduktory, zaznela džezová hudba a hlas povedal: „Dámy a páni, prosím, usaďte sa na svojich miestach na výročných Femme Fatale Awards."

V sále nastal šum a všetci si posadali. Ryan sedel oproti nám, ale medzi nami bola veľká kytica kvetov, cez ktorú som ho ledva videla. Ceremónia bola veľmi dlhá a sledovať ju chrbtom k pódiu nebolo vôbec pohodlné.

Herečka Tara Reidová odovzdala cenu v kategórii Žena roka, ktorú vyhrala Cher. Na „veľké" prekvapenie Cher si ju neprišla prevziať, tak ju v jej mene prevzala Tara.

Potom Jackie Stallonová odovzdávala cenu za najlepšie oblečenú ženu roka, ktorú vyhrala Gwyneth Paltrowová a taktiež na „veľké" prekvapenie si ju nemohla prevziať, tak ju v jej mene prevzala Jackie Stallonová. Ani som sa nečudovala, že boli takí zúfalí, aby prišiel Ryan, keď im nikto významný nechcel prísť.

Potom hlas ohlásil: „Prosím, privítajte na pódiu Deana Gaffneya!"

„Kto je Dean Gaffney?" opýtala sa Nicky.

„Je to seriálový herec... Kedysi hral v seriáli

Eastenders... Mal psa menom Wellard... Rád randí s nahatými babami s megaprsami z tretej strany novín," povedala som jej. Nicky len mykla plecami, stále nevedela, o koho ide.

„S babkou sme boli na ňom v divadle v Gravesende," povedal Xander, „vo Vianočnej rozprávke hral princa."

„On hral princa?" opýtala sa Nicky neveriacky, keď ho sledovala na pódiu, ako odovzdával cenu za najkrajšie poprsie Kim Kardashianovej.

„Babka ho milovala... ale má tak trochu sivý zákal," dodal Xander.

Samozrejme, ani Kim Kardashianová nemohla prísť, tak cenu v jej mene prevzal Dean Gaffney, ktorý potom zišiel po schodoch a „vtierkovsky" sa odfotil s Tuppenckou a Ryanom, čo rýchlo nakrútil aj Tuppenckin štáb.

Asi v polovici ceremónie som vstala, aby som sa spoza kvetín pozrela na Ryana. Jeho stolička bola prázdna.

„Kde je Ryan?" opýtala som sa Nicky. Vtom z reproduktorov zaznelo: „Prosím, privítajte na pódiu Ryana Harrisona a Yittu Bonnovú!"

Vykrútili sme krky k pódiu, aby sme si pozreli Ryana, ktorý vyšiel na pódium so sexi blondínkou. Držali sa za ruky. Zastavili sa pri sklenenom pulte s mikrofónom, stále sa držali za ruky.

„Kto, dokelu, je Yitta Bonnová?" opýtala som sa. Nicky pokrčila plecami. Xander sa ku mne nahol.

„Raz sa rozprávala s princom Harrym na zápase póla..." povedal vzrušene. „A?"

„A vyfotili ju pri tom," dodal.

„Korunkou krásy každej ženy sú vlasy na jej hlave," prehovorila Yitta, naklonená k malému mikrofónu. Mala švédsky prízvuk a prenikavé modré oči.

„Yitta, vieš, koľko vlasov má v priemere žena na hlave?" opýtal sa Ryan, naklonený z druhej strany mikrofónu.

„To neviem, Ryan. Nikdy som ich nepočítala," odpovedala Yitta s veľkou vážnosťou.

„Milióny Yitta, neskutočné milióny... A všetky spolu vytvárajú účes," poučoval ju Ryan.

„Preboha, scenárista by mal dostať kopačky," zamrmlala Nicky kútikom úst.

„Zo všetkých miliónov vlasov na hlavách našich nominovaných dám môže, bohužiaľ, vyhrať iba jedna," povedala Yitta a zhlboka sa nadýchla, ako keby odovzdávala Nobelovu cenu za mier. Potom pokračovala. „Nominované sú... Jennifer Lawrenceová, Jennifer Anistonová, Jennifer Love Hewittová, Jennifer Coolidgeová, Jennifer Lopezová a Tuppence Halfpennyová."

Ryan začal otvárať obálku, Yitta sa k nemu pritlačila a nazerala mu cez plece.

„Som zvedavá, kto vyhrá," poznamenala Nicky ironicky.

„Môj pes má rovnaký výraz, keď mu idem dať kostičku." Nicky bradou ukázala na Tuppencku, ktorá sedela s veľkým očakávaním na kraji stoličky.

„A cenu za najkrajšie vlasy vyhráva Tuppence Halfpennyová!" zakričal Ryan.

Začala hrať džezová hudba. Tuppencka vyskočila na

nohy a robila sa, že je veľmi prekvapená, akoby vyhrala Oscara za hlavnú ženskú rolu. Pomaly prechádzala k pódiu, otáčala sa a kývala do svojej kamery. V ďakovnej reči poďakovala asi každému,

s kým sa v živote rozprávala. Poďakovala sa svojej opore Brendenovi a svojmu miláčikovi Jamiemu Dawsonovi. Kameraman sa otočil na Jamieho, aby zachytil jeho vďačný výraz.

„Kedy myslíš, že môžeme odtiaľto vypadnúť?" zasyčala som.

„Musíme počkať až do Ryanovej nominácie, či vyhrá najsexi muža," odvetila Nicky.

„To určite vyhrá, je jediný z nominovaných, ktorý dnes prišiel... Objednám nám ešte víno," povedala som a snažila som sa osloviť okoloidúceho čašníka.

Po prevzatí ceny sa Tuppencka vrátila k stolu. V rukách zvierala veľkú sklenenú cenu. Obzrela sa za seba, dúfala, že Ryan pôjde za ňou. Ten sa zjavil o niekoľko minút pri našom stole a za ruku so sebou viedol Yittu Bonnovú. Ľudia sa museli trochu potlačiť, aby pre ňu urobili miesto. Ona stoličku odignorovala, namiesto toho si sadala Ryanovi na kolená a hladkala mu vlasy. Naštvalo ma to. Viem, že Ryanove pytačky boli kravina, ale mohol počkať dlhšie ako päť hodín. Chlapec nestráca čas.

„Nejdeme na toaletu?" navrhla som. Nicky prikývla a vybrali sme sa na chodbu, kde sú záchody. Ani som sa len nepozrela na Ryana a Yittu. Xander sa k nám pridal. Alkohol mi vrazil do hlavy, trochu som sa motkala. Myslela som, že alkohol ma rozveselí, ale stal sa pravý opak.

Cítila som sa hrozne deprimovaná.

„Čo myslíš, že bude medzi Ryanom a Yittou Bonnovou?" Kabelku som si položila vedľa umývadla a upravovala som si vlasy.

„Prečo ťa to vôbec zaujíma?" opýtala sa Nicky.

„Čokoľvek sa medzi nimi udeje, tá zlatokopka sa postará, aby to nafotili paparacovia," povedal Xander. „Vraj tej ženskej zaplatili tridsaťtisíc libier, aby dnes večer prišla."

„To nemyslíš vážne?!" zostala som šokovaná. „A jediné, čím je známa, je kecanie s princom Harrym!" Xander prikývol.

„Boha! Asi so všetkým praštím! Koľko sa musíme nadrieť my, aby sme dostali dvadsaťtisíc libier z fondu kultúry! A to, aby sme vytvárali niečo hodnotné pre mladých. Ja na to seriem!"

„Natalie, bohužiaľ, tak to v dnešnom svete funguje," konštatovala Nicky a rúžovala si pery. „Možno by sme sa mali vysrať na fond kultúry a ísť sa radšej vyfotografovať s princom Harrym na nejakom posratom póle!"

„Prečo tu vlastne sme?" opýtala som sa. „Mohli sme robiť niečo, čo za to stojí, a nie kvočať tu ako sliepky a pozerať, ako Tuppencka vyhráva cenu za najkrajšie vlasy. Aj tak to vyhrala len preto, lebo bola jediná z nominovaných, ktorá sem prišla. A ak sú hento najkrajšie vlasy? Má ich na hlave prilepené ako starú drôtenku!"

Vtom spláchol jeden zo záchodov. Otvorili sa dvere kabínky a z nej vyšla Tuppencka so svojím štábom. Pod pazuchou mala ocenenie.

„Vy ste ju natáčali pri čúraní?" opýtala sa zhrozená Nicky. Svetlo kamery nás na chvíľu oslepilo.

„Hovorí sa tomu celoplošné pokrytie špeciálnej udalosti," vyštekla podnapitá Tuppencka. „A moje vlasy... vlasy... sú krásne..."

Ocenenie tresla vedľa umývadla. Vyzeralo ako sklenená tehla. V strede bol vyrytý názov časopisu, ktorý udeľoval ceny, Femme Fatale a na vrchu meno sponzora, kozmetickej firmy AKRAVA.

Tuppencka sa pokúsila otvoriť si rúž, ale vypadol jej z ruky do umývadla. Pri páde zarachotal.

„Musíš sa otočiť trochu nabok," upozornila blondínka kameramana, „aby nás nebolo vidieť v zrkadle."

Počas nakrúcania sme boli ticho. Narovnala som si vlasy a chystala som sa odísť.

„Tvoje vlasy," zasmiala sa Tuppencka. „To máš ako ochlpenie ohanbia. Ako trvalú na ohanbí."

Z umývadla sa pokúšala vyloviť rúž. Nickino obočie vyrazilo až po strop.

„Čo si to povedala?" opýtala som sa nahnevane. Počula som zvuk kamery, ako sa na nás zamerala.

„Pozri sa na seba. Arogantná. Myslíš si, že si lepšia ako všetci ľudia dokopy!"

„Nie, to si vôbec nemyslím," odpovedala som jej.

„Jamie sa mi zdôveril..." povedala s nechutným opileckým výrazom. „Povedal, že sex s tebou bol, ako keby ležal v posteli s mŕtvym kaprom. Vraj si v posteli na hovno!"

Skôr ako som mala čas uvedomiť si, čo sa stalo, dala som jej facku.

Rozzúrila sa, chytila sa za udreté pery a rútila sa na mňa ako divá sviňa. Xander sa zľakol a rýchlo odskočil. Nicky sa ju snažila zastaviť, ale Tuppencka ju odsotila nabok a vrhla sa na mňa. Obidve sme padli na vykachličkovanú podlahu. Tuppencka schmatla môj náhrdelník a strhla mi ho z krku. Diamanty sa rozleteli po celej toalete. Z každej strany som počula, ako poskakujú po dlaždiciach.

Rozzúrená som sa natiahla k jej hlave, schmatla som fascinátor a potiahla som ho tak silno, ako sa dalo. Vôbec nepovolil. Ona jačala a začala ma fackať po tvári a hlave. Ja som stále držala fascinátor a ťahala som celou silou.

Zrazu sa Tuppenckina hlava a jej vlasy od seba oddelili. Potom padla dozadu a rukami si zvierala úplne plešatú hlavu. Trčali jej z nej iba kúsky vyschnutého parochňového lepidla!

Všetci sme zostali v šoku a s otvorenými ústami sme civeli na plešatú hlavu Tuppencky a potom na moju ruku, v ktorej som držala parochňu s malým klobúčikom a závojom.

Jej štáb sa krvopotne snažil nesmiať.

„Preboha, prepáč! Máš...“ povedala som.

„Ty suka! Mám alopéciu!“ kričala. Schmatla svoje ocenenie za najkrajšie vlasy, švihla rukou dozadu a tresla ma ňou po hlave. Potom sa mi všetko zatmelo.

Prebrala som sa v sanitke zaparkovanej za Albert Hall. Nado mnou bola sklonená krátkovlasá asi šesťdesiatročná zdravotníčka a s malou baterkou mi do očí svietil fešný mladý zdravotník. Za mnou stála Nicky s Xanderom. Nicky držala v ruke papierové vrecko z McDonaldu.

„Viete mi povedať svoje meno?" opýtal sa zdravotník.

„Áno, Natalie Love." „A priezvisko?" opýtal sa.

„Veď vravím, Love je moje priezvisko."

„Aha, to je krásne, myslel som, že ste trochu blúznili," usmial sa. Medzi prednými zubami mal sexi medzierku. Išla som si pomaly sadnúť, ale on ma jemne rukou zastavil. Tvárou mi prebehla nepríjemná bolesť.

„Prosím, zostaňte ešte ležať. Slečna Love, udreli ste si hlavu?"

„Áno," povedala som.

„Napadla ju Tuppence Halfpennyová, oháňala sa svojím Femme Fatale ocenením!" povedal Xander, plný adrenalínu.

„Vyhrala ho za najkrajšie vlasy, ale v skutočnosti je plešatá!" V sanitke to celé vyznelo hrozne sprosto.

„Vy ste boli napadnutá?" opýtala sa staršia zdravotníčka.

„Nie... nič sa nestalo. Všetko je v poriadku," snažila som sa to nerozmazávať.

„Nat, je mi to ľúto... páči sa." Nicky mi podala papierové vrecko.

„Nemôžete teraz nič jesť, musíme vám najskôr urobiť v nemocnici röntgen," upozornil ma zdravotník.

„To nie je jedlo, to sú jej diamanty," vysvetlila Nicky.

„Prehľadali sme celú podlahu na záchodoch, sme si celkom istí, že sú všetky," povedal Xander. Zdravotník zobral vrecko a neveriacky pozeral dnu.

„Prečo má diamanty v papierovom vrecku z McDonaldu?" opýtal sa zmätený.

„To bola jediná taška, ktorú sme našli. Dal mi ju jeden zo stevardov," odvetil Xander.

„Roztrhol sa mi náhrdelník, keď som si udrela hlavu."

„Okej..." povedal zdravotník a zrazu na mňa pozeral ako na flámového pijana.

„Prišla si o to najlepšie, keď si omdlela," smial sa Xander. „Dean Gaffney vletel do toaliet. Zúfalo chcel byť v Tuppenckinej reality šou, ale za ním doletel Brenden a povedal mu, že o béčkové celebrity nemajú záujem... Potom mu urazený Dean ukázal, ako sa robí záchodový kúpeľ!"

Všetci sme pozerali na Xandera.

„Neviete, čo je záchodový kúpeľ? Keď vám niekto strčí hlavu do záchoda a potom spláchne."

„Viem, čo znamená záchodový kúpeľ," povedala som.

„No, bolo to fakt dobré a Brenden si to zaslúžil," dodal Xander.

„Bolo to fakt dobré!" súhlasila Nicky.

Nicky išla so mnou v sanitke do nemocnice. Urobili mi röntgen. Potom ma na vozíčku odviezli do prezliekarne, kde som čakala na výsledky.

„Strašne sa hanbím, že som sa zaplietla do takej bitky," povedala som Nicky sediacej v rohu. V ruke mala časopis.

„Ona si to zaslúžila za tie drsné veci, čo ti povedala a urobila," odvetila Nicky.

„Nevedela som, že nosí parochňu... Cítim sa previnilo, bolo to odo mňa kruté.“

„Ako vravíš, ty si o tom nevedela... Zaujímavé, čo všetko ľudia schovávajú. Mám taký dojem, že sa nám začali udalosti vymykať spod kontroly,“ vzdychla Nicky.

„Niečo ti musím povedať...“ Pozrela som na ňu vážne. „Vieš, ako si sa ma pýtala, či bolo niečo medzi mnou a Ryanom?“

Nicky odložila časopis.

„No... hovor.“

„Vyspali sme sa spolu. Bola to iba jednorazovka. Spala som s ním na sestriných krstinách. Viem, že to bola chyba,“ rýchlo som dodala.

„Myslíš?“ opýtala sa Nicky ironicky.

„Vieš, aké je to nepríjemné, keď ideš na rodinnú oslavu ako single baba? Nemala som to v úmysle. Bolo nám celý deň tak dobre a potom on mal v sebe trochu maminho dezertu plného sherry.“

„Tak ty si ten dôvod, prečo začal piť?“

„Dôvodom, že pije, je to, že je alkoholik! O čom som vôbec nevedela... A potom... dnes ma požiadal o ruku.“

„Ryan Harrison ťa požiadal o ruku?“ opýtala sa Nicky neveriacky. „Asi to dáva zmysel, veď je alkoholik.“

„Ďakujem pekne,“ zahundrala som.

„Nat, prečo si klamala? Prečo si mi to nepovedala?“

„Lebo v tom čase som si myslela, že to je moja súkromná vec a má to tak aj zostať. Ja tiež neviem, s kým spávaš ty.“

„Prosím? Ja spávam so svojím manželom a s nikým iným,“ vyhŕkla nahnevaná Nicky.

„Neviem, čo tým chceš povedať? Mám sa ľutovať za to, že nemám manžela?"

„Natalie, teraz si úplne klesla v mojich očiach. Venovala som všetok svoj čas, aby sme spolu rozbehli divadlo. Ryan Harrison bol našou najväčšou hviezdou a čerešničkou na torte našej snahy a ty si to všetko riskovala, skočila si k nemu do postele, lebo si bola v depresívnej nálade na rodinnej oslave?"

„Pozvala ho moja babka..." zapišťala som ako malé decko.

„A ona ho potom aj zodvihla a posadila na teba v posteli?" Nicky sa postavila a snažila sa vopchať časopis do malej listovej kabelky.

„Nemyslím si, že sa ti tam zmestí," povedala som potichu. Nicky ho potom hodila na posteľ.

„Idem sa domov vyspať. Je tu kopec ľudí, ktorí sa o teba môžu postarať," zasyčala Nicky.

„Nicky!"

„Nie, Natalie. Mám pocit, že v poslednom čase to trochu preháňaš. Všetko to bláznovstvo s divadlami... nie je to tvoj štýl a tobôž môj."

Nicky vyšla z prezliekarne a zamierila k východu.

O chvíľku ma zavolal doktor. V ruke mal moju snímku. Priložil ju na osvietený panel a ukazoval mi na nej časti mojej hlavy.

„Bol to nepríjemný úder, ale, chvalabohu, nebudete mať žiadne následky, žiadna zlomenina ani opuch na mozgu." Behal po snímke koncom pera.

„Mám taký dojem, že vy viete o tom, čo sa deje v mojej hlave, viac než ja," konštatovala som smutne.

„Necháme si vás cez noc na pozorovanie. Nemusíte sa báť, po takom úraze to je bežné," povedal doktor, vypol svetelný panel a položil snímku na stôl. Keď som sa uložila v nemocničnej posteli, boli skoro dve hodiny ráno. V hlave mi strašne búšilo. Našťastie mi sestrička priniesla tabletky proti bolesti, vďaka čomu som potom zaspala.

DRÁMA NA PORADE

Ráno som vstala o siedmej, keď mi sestrička znova priniesla tabletky proti bolesti.

Pri ich prehĺtaní ma bolela tvár aj celá hlava.

„Kde je toaleta, prosím?" opýtala som sa stále trochu omámená. Ukázala mi dvere na opačnej strane izby. Zobrala som si svoje veci a prešla som tam bosá. Keď som sa zbadala v zrkadle, zostala som v šoku. Polovica čela a jedna strana tváre boli hrozne opuchnuté. No ešte horšie bolo, že na čele som mala škaredú fialovú modrinu, na ktorej sa vynímalo slovko KRAVA.

„Preboha... to nemôže byť pravda," zhíkla som. Jemne som si chytila modrinu, ale aj tak to bolelo. Ak nebolo ešte dosť ironické, že som dostala buchnát s cenou za najkrajšie vlasy od niekoho, kto vlasy ani nemá, tak potom to osud dorazil tým, že mi na čelo nevyrazil celé meno sponzora kozmetickej firmy Akrava, ale len časť KRAVA.

Rýchlo som sa prezliekla do svojich šiat a zo záchoda som vyšla so sklonenou hlavou. Nenápadne som prešla k svojej posteli. Nevedela som sa uložiť v šatách s malými korálikmi. Stále ma niekde škreli. Keď som zbadala sestričku, poprosila som ju, či by mi nemohla priniesť župan. O desať minút sa vrátila s úhľadne poskladaným bielym nemocničným županom.

„Doktor vás tu nechal na pozorovanie do večera. Potom rozhodne, či vás prepustí,“ oznámila mi sestrička.

„Večer? Ešte nie je ani deväť hodín. Musím ísť do práce,“ namietala som.

„Mali ste bolestivé zranenie, musíte zostať pod zdravotníckym dohľadom dvadsaťštyri hodín,“ povedala mi od dverí a odišla. Navliekala som si na seba župan, keď mi zazvonil mobil. Volal Xander.

„Ahoj, Natalie. Si v poriadku?“ opýtal sa.

„Áno aj nie. Som stále v nemocnici.“

„Ach...“ Chvíľu bol ticho. „Takže dnes asi neprídeš?“

„Nie. Prečo? Xander, čo sa deje?“

„Natalie, nie som si istý, čo sa deje, ale divadelný výbor so všetkými veľkými zvieratami zvolal nadnes ráno poradu. Mne kázali, aby som prichystal program rokovania.“ Znovu zmĺkol.

„Xander, čo je?“ opýtala som sa.

„Dobre, poviem ti to, ale musím sa ponáhľať. Dnes ráno našli Ryana na zemi pred vchodom do divadla.“

„Mŕtveho?“

„Nie! Preboha, nie! Nebol mŕtvy, iba opitý a vyzeral ako bezdomovec. Je teraz späť vo svojom hoteli a snaží sa vyspať z opice. Val ho našla, keď prišla do roboty. Divadelný výbor mu chce dať padáka.“

„Nemôžu ho vyhodiť," vyhŕkla som, „to je v mojej právomoci."

„Ešte jedna vec... Nemal by som ti to hovoriť, ale jedným z bodov stretnutia je aj tvoja pozícia v divadle. Kreslo manažérky a umeleckej riaditeľky."

Krv v žilách mi hneď stuhla. „Kto ti to kázal robiť?"

„E-mail mi prišiel od šéfky výboru, Morag McKeyovej."

Hneď som myslela na Nickinu včerajšiu reakciu, ale nič som nepovedala.

„Okej. Takže táto porada v mojom divadle, o ktorej mi nikto nepovedal, je o koľkej?" opýtala som sa.

„Za štyridsať minút."

„Ďakujem, Xander. Nikomu nevrav, že o tom viem."

Zložila som a rýchlo som na seba navliekala svoju večernú róbu. Keď som vyšla z izby, narazila som na sestričku.

„Kam ste sa vybrali?" opýtala sa.

„Prepáčte, musím ísť," zamrmlala som a svižne prešla okolo nej.

Bola som v UCL nemocnici na Warren Street, taxíkom to do Soho nebolo ďaleko, ale ulice boli prepchaté. Na ceste prebiehali výkopové práce. Prešla som na druhú stranu a utekala som k stanici metra. Hrozne dlho mi trvalo, kým som sa dopracovala dolu na nástupište. Zdalo sa mi, že keď sa ponáhľam, tak všetko okolo mňa sa spomaľuje. Vlak zastavil na troch staniciach. Kým som sa dostala do výťahu z metra na Leicester Square, začalo mi byť nevoľno a ľudia na mňa pozerali ako na atrakciu.

Vyšla som zo stanice, nadýchala sa ranného vzduchu a slnečných lúčov a utekala som ako o život. Prebehla som cez Leicester Square a Soho. K divadlu som dorazila asi minútu pred začiatkom porady. Vošla som dnu, preletela som okolo pokladne na schody, kde som si dala sekundovú prestávku a pozerala som sa na fotku, kde som zvečnená s Kim Catrallovou. Zhlboka som sa nadýchla a pokračovala hore do zasadačky.

Pri dlhom stole bolo usadených všetkých dvanásť členov divadelného výboru. Dobre som poznala iba štyroch, Williama, Larryho, Craiga a Morag.

Prítomnosti Morag som sa obávala najväčšmi. Je to malinká ženská so zákernými očami. Keď som začala pracovať v londýnskej divadelnej sfére, stala som sa asistentkou jej manžela Leonarda McKeya. Bola to moja prvá práca. Bol to milý a úžasný chlap. Stal sa mojím mentorom a potom aj investorom v divadle Raven Street. Ako každému veľkému sponzorovi aj jemu patrilo miesto v našom divadelnom výbore. Keď o dva roky zomrel, Morag prebrala jeho miesto vo výbore, no neznášala ma.

Všetci sa prekvapene na seba pozerali, keď som vrazila do miestnosti. Hneď za mnou vošla rovnako prekvapená Nicky.

„Vedela si o tomto?" opýtala som sa jej.

„Práve som prišla do roboty a bolo mi povedané, že je tu porada výboru. Nat, myslela som si, že si ešte v nemocnici."

„Nemocnica?" povedal William.

„Natalie sa zaplietla to bitky. Včera večer v Albert Hall," prehovorila Morag so silným škótskym prízvukom. „Nie je to prvýkrát, čo bola zapletená do takejto nepríjemnej situácie."

„Takže vy všetci ste sa rozhodli stretnúť za mojím chrbtom?" Pozrela som sa im do očí.

Xander sedel v rohu a zapisoval priebeh porady.

„Ja som zvolala túto poradu... a ty si nebola pozvaná!" odpovedala Morag.

„Ja som nebola pozvaná?" zopakovala som neveriacky. „Posledných päť rokov som sa oddala tomuto divadlu. Obnovila som jeho zašlú slávu a dostala som ho do pozície, že si vie na seba zarobiť... Takže ak ma chcete vykopnúť alebo mi dať výpoveď, tak veľa šťastia, lebo nikto toto divadlo nedokáže riadiť tak ako ja."

Všetci pri stole hľadeli chvíľu na mňa, potom na Morag, ako na tenise. Z tartanového puzdra na okuliare vybrala veľké tmavé dioptrie. Očistila ich a dala si ich na oči.

„Natalie, my všetci sa obávame, že si divadlo preexponovala v tom najhoršom svetle. Najala si americkú celebritu, aby hrala Shakespeara."

„On je herec," povedala som.

„Ale je Američan."

„Ale už teraz nám zarobil veľa peňazí, Morag," ozvala sa Nicky.

„Za seba môžem povedať, že neznesiem, aby Američan recitoval Shakespeara," vyhlásila Morag. „Ich výslovnosť je strašná. Akoby žuli starú kôrku."

„To je váš najväčší problém? Nemáte rada, keď

Američania recitujú Shakespeara? Viete, ako ľudia kedysi hovorili shakespearovským jazykom, keď ešte žil? No, viete, Morag?“ opýtala som sa.

„Drahá, je to napísané v scenári.“ Morag pozerala po členoch výboru ako víťazka. Pokračovala som ďalej.

„Veľa odborníkov verí, že Shakespearove hry sa kedysi hrali s takým prízvukom, ako majú naši americkí priatelia, iní si zasa myslia, že angličtina bola kedysi taká nepríjemná, že sa nedala počúvať. Boli ste v divadle Globe, keď v roku dvetisíc päť robil Shakespeara Mark Rylance?“

„Ja som bol,“ odvetil William. Craig prikývol. Aj Kyle v nablýskanom obleku, ktorý sa dovtedy ani nepohol, prikývol a nervózne si prekrížil nohy.

„Čo ste vtedy robili, Morag?“ opýtala som sa. „Určite ste boli niekde na škótskom festivale gájd pri Hadrianovom múre a napchávali ste anglických turistov svojimi špecialitami.“

„Čo si to dovoľujete?“ zasyčala Morag.

„Nie!“ zakričala som a rukou som treskla po konferenčnom stole. „Čo si vy dovoľujete?! Nielenže som dostala toto divadlo na stránky najprestížnejších novín a časopisov, ale zlanárila som neskutočné množstvo škôl, aby si prišli pozrieť túto hru. Veľa z tých detí bude prvýkrát v divadle. A väčšina z nich prvýkrát uvidí Shakespeara.“

„Natalie, čo ste ambasádorkou Spojených národov?“ povedala Morag. Vtom som si uvedomila, prečo robím svoju prácu. Vrátilo mi to iskru, ktorá sa zo mňa za posledné týždne vytratila.

„Dopekla, nie. Ja som človek, ktorý toto divadlo miluje

a chce preň to najlepšie! Tá škótska hra je súčasťou anglickej literatúry. Deti sa o nej učia v škole, ale bez väčšieho záujmu. Keď uvidia hrať Ryana Harrisona v Shakespearovi, tak sa s ním budú vedieť lepšie identifikovať. Pomôže im to pochopiť hru a urobiť skúšky. Ja som moje skúšky neurobila a straší ma to celý život... Aby toto divadlo prežilo, budeme musieť robiť ťažké rozhodnutia, napríklad obsadzovať celebrity, robiť mediálne senzácie. Ale mojím hlavným cieľom vždy bude produkovať vzrušujúce divadlo a ťahať doň ľudí, ktorí predtým divadelnú hru možno ani nevideli. A to tak, aby naše divadlo bolo kurevsky dobré, najlepšie v Londýne!"

Nastalo ticho. Uvedomila som si, že som sa celou váhou opierala o stôl. Vystrela som sa.

„Natalie," povedal Craig jemne. „Úplne s tebou súhlasím, ale fakt je, že Ryan nechodí na skúšky. A nemyslím si, že sa dokáže dať dokopy do predpremiéry... O pár dní to vypukne, ak to dovtedy nedokáže, ľudia nebudú mať záujem o alternanta. Mali by sme hrozné refundácie."

„A týmto sa dostávame k môjmu bodu, Natalie," opäť sa ujala slova Morag. „Minuli sme nekresťanské peniaze a vyzerá to tak, že ich už neuvidíme, keďže budeme musieť vrátiť vstupné. Navrhujem, aby sme Ryana Harrisona vyhodili. Máme dobrú poistku, peniaze by sa nám mohli vrátiť cez ňu. Je to tak Nicky?"

„No... hej," pritakala Nicky váhavo.

„A v budúcnosti by sme mali problémy s novou poistkou a reputácia divadla by bola úplne zničená a všetci okrem nás by vyhrali," zakričala som.

„Navrhujem, aby sme o tom hlasovali,“ povedala Morag.

„Počkajte, počkajte,“ povedala som. „Mali sme pár turbulentných týždňov, ale lístky sa predávali výborne. Mám pravdu, Nicky?“

„Áno... ale mali sme aj množstvo refundácií,“ pripomenula Nicky.

„Čo ak by som vám povedala, že viem zaručiť, že Ryan Harrison príde zajtra na skúšku triezvy?“

„Dnes ráno ho našiel na zemi pri vchode zametač ulíc!“ vyštekla Morag.

„Dajte mi pár dní. Ak chcete ísť cez poistku a zrušiť predstavenie, tak vám pár dní neublíži. Nemyslíte? Potom môžete vyhodiť aj mňa. Veľa šťastia pri hľadaní idiota, ktorý vám bude robiť dve roboty za jeden plat, ktorý má výborné vzťahy s kultúrnymi fondmi a kto má víziu a vášeň pre toto divadlo... Dnes ráno som ušla z nemocnice a letela som sem cez celé mesto so slovom KRAVA vyrazeným na hlave!“ Všetci mlčali.

„Hovoríš, že garantuješ, že Ryan príde zajtra na skúšku?

Triezvy?“ opýtal sa Craig.

„Môžem vám garantovať, že tu bude aj dnes poobede, ak chcete,“ odvetila som. Nicky na mňa pozrela.

„A príde na skúšky aj cez víkend a budúci týždeň odkrúti predpremiéry bez jediného zaváhania?“ pokračoval Craig.

Prikývla som.

„Už ma to tu začína nudiť, poďme hlasovať,“ povedala

Morag. „Všetci, čo sú za zrušenie škótskej hry v hlavnej úlohe s americkou televíznou osobnosťou..."

Morag zodvihla ruku. Pripojili sa k nej ešte ďalší dvaja členovia výboru. Nedokázala skryť šok v očiach.

„Kto je proti?" spýtala sa. Nad hlavami sa objavilo deväť rúk. William Boulderstone na mňa žmurkol.

„Tak dobre. Zdá sa, že ste len odložili stínanie hláv... Osobne sa veľmi teším, keď vám dám do rúk výpoveď, slečna Love," zasyčala Morag, schmatla svoju kabelku a bleskovo opustila miestnosť. Pomaly odchádzali aj ostatní členovia výboru. Cestou z konferenčnej miestnosti si obzerali moju tvár. Craig sa pri mne zastavil a objal ma.

„Zajtra ráno o deviatej. Dobre?"

„Jasné," usmiala som sa. V miestnosti som zostala s Nicky a Xanderom. Sadla som si.

„Nevedela som o tejto porade," prehovorila Nicky. „Nat, ohromilo ma, čo si im povedala. Chodíme na stupídne ceremónie, rozhodujeme o cene piva v bare... Človek niekedy zabudne, prečo vlastne robí v divadle."

„A za všetkým si stojím," dodala som.

„Mám len jednu otázku," ozval sa Xander. „Ako dostaneš Ryana na javisko? A triezveho?"

„Musím niekam zavolať," povedala som.

SHARONIN PODNÁJOMNÍK

Bála som sa babke vrátiť jej diamantový náhrdelník, ktorý bol roztrhaný na milión kúsočkov a uložený v mastnom papierovom vrecku z McDonaldu. Keď som prišla domov, tvárila sa nadšene, že som prenocovala mimo domu. Dúfala, že som strávila noc s nejakým fešákom.

„Mala si šťastná noc?" opýtala sa.

Myslela som, že bude najlepšie, keď jej poviem všetko, čo sa stalo. A pomaly sa dopracujem aj k roztrhanému náhrdelníku. Riadne sa rehotala, keď som jej opísala odovzdávanie cien a ako som Tuppencku potiahla za vlasy.

„Preboha, ona je plechatý?" zhrozila sa babka.

„Áno, úplne. Ako tuleň."

„Jak zareagovala, keď ju odhalila?"

Na stolík som položila vrecko s náhrdelníkom. Vyzerala trochu zmätene, potom ho otvorila. Tvár jej zosmutnela, keď z neho vyberala roztrhaný náhrdelník. Po stolíku sa roztrúsilo niekoľko diamantov.

„Babi, hrozne mi to je ľúto. Dám ho opraviť... Bude ako nový. Na internete som našla zlatníka v Hatton Garden, ktorý opravuje podobné veci.“ Babkina tvár nadobudla desivý výraz.

„Tá plechatý suka!“ vyletelo z nej.

„Babi, je chorá, ona nemôže za to, že je plešatá.“ Vtom si babka všimla na tvári moju krava modrinu.

„A to jak stalo?“

„Udrela ma svojou cenou za najkrajšie vlasy...“ Babka zapozeraná do modriny sa zrazu začala smiať. Vybuchla do hysterického smiechu, až si musela utierať tvár zaplavenú slzami a vysmrkať sa. Podala som jej škatuľu vreckoviek.

„To nedá ani vymyslieť, Natalie!“ stále sa rehotala. „Tešíš, že som ťa do Londýn pred toľká roky priniesla?“

„Nikdy tu nie je nuda. Babi, nehneváš sa na mňa za náhrdelník? Dám ho hneď opraviť.“

„Nem, nehnevám, zlatino. Diamanty sú veľmi tvrdá, tvoj hlava je dóležitejší. Mala by si ľahnúť.“

„Potom si ľahnem, teraz už musím ísť za Ryanom...“ povedala som.

Osprchovala som sa, prezliekla a po plnom tanieri babkinho guláša som sa cítila oveľa lepšie. Napriek spoločnému úsiliu sa nám nepodarilo šminkami zakryť krava modrinu na tvári.

„Já kedysi poznala maskéra z márnica, ale umrel na otrava. On pil balzamovací tekutina,“ povedala babka.

„Ako mi to má pomôcť?“ Na modrinu som si jemne nanášala tekutý púder.

„On dokázal prerobiť stará mŕtvola na sedemnásťročná... nemyslím, že ty stará, zlatino,“ dodala.

Otočila som sa k nej, aby sa pozrela, či som dostatočne zakryla modrinu.

„Vyzeráš jak veľmi krásny žena s ovčí kiahne.“

Autom som sa zaviezla do hotela Langham a vyšla do

Ryanovej izby. Keď otvoril, zostala som zhrozená. Izba bola ako smetisko. Zapratená prázdnymi škatuľami od pizze, pivovými plechovkami a prázdnymi fľašami. Vyzeral ako po riadnej opici. Na sebe mal nohavice zo včerajšieho večera.

„Môžem vojsť?“ opýtala som sa. Zazrel na mňa, potom otvoril a sadol si na kraj postele. Rozhrnula som závesy a užasla nad nádherným výhľadom do Green Parku.

„Musíme sa rozhodnúť,“ vyslovila som po chvíli dôrazne a pozrela mu do tváre.

„O čom? O nás?“ Ryan si zakrýval oči pred slnečnými lúčmi.

„Nie, Ryan. Žiadne o nás nie je. Prišla som, aby sme sa porozprávali o tebe a divadle.“ Pokrčil plecia.

„Čo?“

„Najskôr sa ťa musím opýtať, či tú prácu vôbec chceš.“ „Ja ju už tak nejako mám,“ uškrnul sa.

„Už nie nadlho...“ Ryan vyzeral prekvapený.

„Robím všetko, čo mám v zmluve.“

„Dnes ráno bola porada, na ktorej sa preberalo tvoje zotrvanie v divadle.“

„To si nemôžete dovoliť,“ vyhŕkol Ryan.

Veci sa majú tak, že si to môžeme dovoliť. Máme veľmi dobrú poistku, ktorá by nám uhradila všetky straty. Hneď by sme ti prestali platiť za tento hotel a tvoje letenky domov...“

„Čo to má byť?“

„Pre teba by to nebolo veľmi šťastné, lebo veľké peniaze začneš zarábať, až keď odpremiérujeme Macbetha. V tej hre by ťa videlo množstvo režisérov a šéfov kastingových firiem a videli by ťa v inom svetle... Momentálne si pre nich preslopaný herec, ktorého zovšade vyhodili. Už nemáš ani manažéra. Táto hra je tvoja posledná šanca.“

Ryan sa zrazu rozplakal. Keď nariekal, plecia sa mu chveli. Podišla som k nemu a chytila som ho okolo krku.

„Čo mám robiť?“ opýtal sa.

„Rozprával si sa so svojím sponzorom?“ Pokrútil hlavou, že nie. „Mal by si sa s ním porozprávať.“

„Dobre a potom? Ja neviem prestať. Nemám nikoho, kto by ma zastavil,“ mrmlal uplakane.

„Myslela som si, že máš v Londýne kamarátov.“

„Áno, ale takých príležitostných... A mal som hroznú skúsenosť s jednou fanúšičkou.“

„Nechcem počúvať o tvojich jednorazovkách.“

„Nie, nemá to nič so sexom,“ vysvetľoval. „Jedna baba ma prenasledovala odvtedy, ako som doletel do Londýna. Bola všade. Bola na letisku, keď som priletel, každý deň bola pred divadlom, a každý večer pred mojím hotelom... Raz som sa išiel navečerať. Bol som sám a cítil som sa osamelý, tak som si povedal, prečo nie. A pozval som ju na večeru.“

„Aké to bolo?"

„Nepríjemné. Jej vzrušenie opadlo už pri predjedle. Bola sklamaná zo skutočného Ryana Harrisona. Kým sme sa dostali k múčniku, tak si vymyslela, že musí ísť domov nakŕmiť mačku. Odvtedy som ju nevidel." Chvíľu bolo ticho.

„Pamätáš si, ako si u našich na farme hovoril, že by si chcel byť súčasťou rodiny? Že ti to chýba?" opýtala som sa ho. Pozrel na mňa a prikývol.

„Nuž, zariadila som ti to. Po zvyšok skúšok a predstavení budeš bývať v hosťovskej izbe u mojej kamarátky Sharon. Bude ti variť a ty jej budeš za odplatu pomáhať v domácnosti... keď budeš mať čas. Budeš mať zákaz vychádzania a do divadla i z neho ťa bude každý deň voziť náš šofér. Máš zákaz alkoholu a drog. Ak ťa niekto s niečím čapne, tak máš v tej sekunde vyhadzov." Ryan si utrel slzy a vysmrkal sa.

„Tak... chceš pokračovať týmto štýlom a zničiť si život? Alebo chceš využiť šancu niečo zmeniť a zachrániť kariéru?" „Chcem druhú šancu," odvetil pokorne.

O hodinu bol Ryan osprchovaný a do môjho auta sme nakladali jeho kufre. Po celý čas bol veľmi tichý. Cestou z Green Parku do New Crossu cez okno sledoval, ako sa centrálny Londýn mení na menšie časti, ktoré spolu vytvárajú „veľký" Londýn.

„Toto je ešte Londýn?" pýtal sa každých niekoľko kilometrov. „A toto?" opýtal sa, keď sme zabočili na Old Kent Road. Prechádzali sme okolo starých budov a obchodov zabarikádovaných latami.

„Áno, to všetko je Londýn," prikývla som. Pred

Sharoniným domom nebolo kde zaparkovať, tak sme išla na veľké parkovisko pred supermarketom. Ryanovi som dala libru a poprosila som ho, nech vezme nákupný vozík. Naplnili sme ho kuframi a odtlačili k Sharoniným dverám.

„Pekný dom," prehodil akosi kŕčovito, keď som stlačila zvonček.

Od malého jazierka v predzáhradke sa na nás usmieval trpaslík s udicou v ruke.

Keď som zavolala Sharon, aby som ju poprosila o túto veľkú láskavosť, bola zásadne proti.

„Nemôžem mať Ryana Harrisona ubytovaného v mojom dome!" zapišťala.

„Bojíš sa, že začne znovu piť?" opýtala som sa.

„Nie. Po dome mám plno kravín. Bude vidieť môj starý župan so škvrnou od kakaa, čo mi visí na dverách v kúpeľni. V skrinke nad umývadlom mám krém na opary. A moje utierky sú v katastrofálnom stave. A nezabúdaj, že v špajze visí jeho kalendár."

Vysvetlila som jej, že Ryanovi divadlo už nebude platiť hotel, takže si môžeme dovoliť platiť podnájom u nej.

„Sharon, prosím ťa. Pomohli by sme si jedna druhej," presviedčala som ju.

„Nat, nemôžem súťažiť s hotelom Langham! Amy a Felix jedávajú na raňajky čokoládové cereálie a na kúpeľňu stojíme v rade... a niekedy nastane aj taká situácia, že po Fredovi musíš chvíľu počkať, aby si sa nezadusila. Nikdy si neotvorí okno... Nie, nemôžem mať u seba môj vysnívaný idol, aby videl našu realitu."

„Realitu práve teraz najviac potrebuje,“ podotkla som. „Potrebuje rutinu. Mám na krku slučku. Ubytovala by som ho u seba, ale mám tam babku. Budeme ti platiť takú sumu, akú sme platili za jeho hotel.“

Potom som jej povedala, o akú sumu ide.

„Okamžite idem poupratovať a nachystám mu izbu,“ povedala.

Sharon nám otvorila dvere. Stála v nich s dokonalým mejkapom, v najlepších skiny džínsoch a krásnom pulóvri. Za ňou hanblivo stáli Felix s Amy.

„Ahojte,“ pozdravila nás. „Nech sa páči, poď dnu, Ryan. Ja som Sharon a toto je Amy a Felix.“

„Ahojte, nestretli sme sa už v divadle?“ opýtal sa Ryan.

Nákupný vozík som zaparkovala v predzáhradke. Potom sme všetci pomohli Ryanovi s kuframi a išli sme dnu.

„Áno, stretli. Mala som v ten deň nepríjemnú alergickú reakciu na lieky,“ odvetila Sharon a sčerveneli jej líca. „Trepala som riadne kraviny.“

Prešli sme do kuchyne. Amy a Felix sa dívali na Ryana, kým sa on obzeral po dome. Cez okno zbadal záhradku za domom.

„Kto si dá nejaký drink? Kávu alebo čaj?“ opýtala sa Sharon.

„Máme aj veľa chľastu. Mamina ho strčila do skrinky pod schodmi,“ ozval sa Felix.

„Je pravda, že ľúbiš chľastať?“ opýtala sa hanblivo Amy.

„Amy! Felix! Čo som vám vravela?" zakričala Sharon a do kanvice napustila vodu.

„Vyzeráš skutočnejšie ako v tom maminom kalendári," pokračoval Felix.

„Ocino si myslí, že si mal v plavkách strčené ponožky, keď si pózoval na marec. Mal si?" opýtala sa Amy a otvorila špajzu. Na háčiku sa zo strany na stranu kýval kalendár Ryana Harrisona. Amy nalistovala marec.

Ryan sa zasmial.

„Fotografie často upravujú, aby človek vyzeral lepšie, chudšie…"

„Chudšie? Ale veď ty si chudý," povedala Amy. Ryan sa zasmial.

„Upravujú ich na počítači, aby ľudia vyzerali lepšie ako v skutočnosti. Pozri, teraz mám na nose veľký pupák." Nahol sa k Amy a ukázal jej nos.

Pozrela sa naň.

„Fúj," zareagovala.

„Áno, fúj. Keby ma dnes fotili, tak by mi na počítači ten pupák odstránili."

„Fíha," povedala Amy.

Obe deti si premeriavali Ryana. Amy potom pozrela na Felixa a kývla na neho.

„Chceš vidieť môjho Daleka na ovládanie? Robota z telky?" opýtal sa Felix.

„To je náš robot!" zagánila Amy. „Chceš vidieť nášho Daleka na ovládanie?"

„Decká, nechajte Ryana, nech si najprv vydýchne," napomenula ich Sharon.

„To je v pohode. Rád si pozriem vášho Daleka," pritakal Ryan. „Veľa som o nich počul."

„Tak poď." Amy chytila Ryana za ruku a ťahala ho von z kuchyne. Sharon mi naliala šálku čaju a doliala mlieko.

„Čo myslíš, čo bude chcieť Ryan Harrison jesť?" opýtala sa Sharon. „Nikdy som si nemyslela, že takú vetu vôbec vyslovím! Rozmýšľala som, že urobím vajíčka so zemiakovými vafľami a fazuľkami, ale to mu predsa nemôžem dať! On, preboha, jedáva v tých najluxusnejších reštauráciách. V Nobu v Los Angeles je ako doma."

„Len mu to sprav a potom nech poumýva riad. Urobí mu to dobre," povedala som. Odpila som si veľký dúšok čaju a zo stola som si vzala svoje kľúče.

„Už ideš? Tak rýchlo?" čudovala sa Sharon. „Ty ma tu s ním len tak necháš?"

Z obývačky k nám doľahli zvuky robota, výkriky a smiech Amy a Felixa.

„Toto je najkúlovejší robot, akého som kedy videl," počuli sme, ako im hovorí Ryan.

„Zdá sa mi, že sa tu cíti dobre. On je teraz tvoj... tvoj podnájomník. Mám ešte milión iných vecí, ktoré musím zariadiť, a strašne ma bolí hlava."

„Nat, si v poriadku?"

„Všetko je na dobrej ceste. Len, prosím ťa, nenechaj Ryana odísť z domu bez dozoru. Nemyslím si, že sa o niečo pokúsi, ale pre istotu. Povedz mu, že váš sused zabil svoju ženu a potom ju zakopal v záhrade."

„Nie som si istá, ako sa mi to podarí vsunúť do konverzácie," povedala Sharon.

„Prosím ťa." Chytila som ju za ruku. „Chcem ho odradiť, aby nebehal po nociach vonku, keď tu bude."

„Okej... Viem, že to bolo hrozné, keď sa to stalo, ale tí susedia mi veľmi chýbajú. Okrem seba sa do nikoho nestarali. Tí noví sú strašne zvedaví, stále nazerajú cez plot a chcú klebetiť."

Keď som odchádzala, z obývačky sme počuli jačať Amy a Felixa. Na sedačke bol opretý starý veľký atlas, ktorý im slúžil ako rampa pre robota.

„Amy! Felix! Ten atlas patrí vášmu otcovi! Je to antika!" zakričala Sharon. „Vycápem vás dvoch po zadku."

„To bol Ryanov nápad," bránil sa Felix.

„Áno, bol," pritakala Amy. „Mami, vycápeš po zadku aj Ryana?"

Ryan sa obzrel na Sharon.

„Mami, prepáč," vyslovil detským hlasom.

Sharon sa začervenala.

„Ryan je náš hosť a nevedel to! A teraz ten atlas dajte tam, odkiaľ ste ho vzali!"

„Ryan," oslovila som ho. „Nezabudni, poobede o druhej máš skúšku a pracuješ aj cez víkend."

„Budeš doma večer na pizzu?" vyzvedala sa Amy.

„A zajtra máme dévede večer, musíš tu byť. Budeme pozerať Toy Story tri," dodal Felix.

„Zariadim, aby ho šofér priviezol najneskôr na siedmu," povedala som.

„Hurá, hurááááá!" zakričali deti.

„Vidíš, okamžite v Londýne boduješ a to si ešte nemal ani premiéru!" Pozrela som na Ryana.

On sa usmial a potichu mi povedal: „Ďakujem."

Usmiala som sa. Sharon ma odprevadila k predným dverám.

„Veľmi pekne ti ďakujem. A keď mu dáš na zadok, tak nie veľmi silno," zarehotala som sa. Skôr ako mohla namietať, vzala som nákupný vozík a vrátila ho na parkovisko pred supermarket. Cestou som sa modlila, aby všetko dopadlo dobre. Pre každého.

PÁNSKI NÁVŠTEVNÍCI

Zavolala som Nicky a Craigovi a oznámila im, že všetko som s Ryanom vyriešila. Chcela som ísť do divadla, ale Nicky mi povedala, aby som si zobrala voľno a išla domov.

„Zlato, musíš byť ešte otrasená a istotne máš bolesti. My sa o všetko postaráme a zajtra sa vidíme.“

Keď som prišla domov, babka pokrivkávala po kuchyni, práve dovarila čerstvý guláš.

„Poď, zlatino, daj si papať.“ Na stôl položila misku horúceho guláša a nakrájaný chlieb. Zrazu som bola hrozne hladná. Guláš som zjedla, ak sa to tak dalo nazvať, za pár minút.

„Mój noha je lepší,“ pozerala na mňa pobavene.

„V pondelok máme veľká odhalenie!“

„Prosím?“ opýtala som sa s plnými ústami.

„Ideme do nemocnica, vybrať štihy. Uvidíme mój nový noha, palec ála Sophia Lorenová!“ odpovedala. Práve som dojedala druhý tanier, keď niekto zazvonil pri vchode.

Babka sa postavila a preskackala k telefónu s obrazovkou napojenou na zvonček.

„Natalie, tam byť muž," povedala. „Ty poznáš jeho? Čo mám robiť?"

Vstala som a išla som za ňou. Pozrela som na malú čiernobielu obrazovku.

„Preboha, to je Benjamin!" zvolala som prekvapene. Pozeral sa priamo do kamery. Na sebe mal džínsy a tričko s obrázkom Gándhího v lotosovom sede.

„Mám jeho pustiť?" opýtala sa. Prst mala pripravený na gombíku.

„Nie, pôjdem za ním dolu k dverám."

„Namaste, Natalie. Prišiel som si zobrať svoju zubnú kefku," oznámil mi Benjamin dôležito, keď som otvorila. Vybehla som do kúpeľne, zobrala som jeho elektrickú kefku a okolo nej som navinula nabíjačku.

„Tu máš," strčila som mu ju. Benjamin pozrel na ňu, potom na mňa.

„A vráť mi môj kľúč," požiadala som ho. Načrel do vrecka a podal mi ho. Chvíľku sme stáli v tichosti.

„To je všetko, Natalie?" spýtal sa prekvapene.

„Mal si u mňa aj nadstavce na kefku?"

„Nie. To je všetko, čo chceš povedať o našom vzťahu?"

„Myslím, že to stačí." Chcela som zabuchnúť dvere, no on sa natiahol a pridržal ich.

„Laura je tehotná... Dvojičky."

„Gratulujem. Len jej nedovoľ, aby ich kŕmila. Nikdy nejedla nič iné ako cibuľové čipsy."

Zatvárala som dvere, ale znovu ma zastavil.

„Natalie, nemohli by sme to ešte raz vyskúšať?

Myslím, že sme sa k sebe veľmi hodili. Máme spoločné záujmy, chceme rovnaké veci..."

Neveriacky som naňho hľadela.

„Vôbec sa k sebe nehodíme! Nemáme nič spoločné. Ty budeš teraz rodičom, na čo sa ja ešte necítim. Boh opatruj tvoje deti! Si neskutočne sebecký, nudný, vôbec nemáš zmysel pre humor a si zamilovaný sám do seba. Iba ty si o sebe myslíš, že si zaujímavý človek. Myslíš si, že joga je niečo ako náboženstvo. Ale vieš, čo v skutočnosti je?" opýtala som sa.

„Čo?" Pozeral na mňa šokovaný.

„Si z nej fit. Je to vydrbané cvičenie. Myslíš si, že si dalajláma, ale v skutočnosti si druhotriedny cvičiteľ jogy. A všetky tie drísty o tom, ako joga pomáha so sexom... Cha! Vieš čo? Za celý čas, čo sme boli spolu, som s tebou nemala orgazmus! A len pre tvoju informáciu. Na tričku nemáš Gándhího, ale Bena Kingsleyho, ktorý ho hral vo filme."

Tresla som dvermi a vrátila sa do bytu. Babka stála na chodbe, s uchom prilepeným na domácom telefóne.

„Fíha, Natalie. Ja nemyslela som, že ty to máš v sebe!" povedala očarená.

„Babi, prepáč, potrebujem sa osviežiť." V kúpeľni som si pokropila tvár studenou vodou. Potom som sa na seba pozrela v zrkadle. Nemala som žiaden mejkap, pod očami som mala kruhy a vlasy mi trčali ako strašiakovi. Potrebujem kokteil. Vrátila som sa do kuchyne. Bzučiak sa ozval znovu.

„Čo ešte chce?" zahundrala som nahlas.

„Natalie, to neni Benjamin. Pozri!" Babka civela na malú obrazovku, kde videla vonku stojaceho Jamieho.

„Toto sa mi nechce ani veriť," jačala som rozčúlená. Zazvonil znovu. Nevyzeral veľmi šťastne. „Okej, tak keď sme už pri chlapoch, aj jemu by som rada niečo povedala!"

„Otvor brána! On odísť." Babka ma postrčila smerom k dverám. Jamie sa otočil a bol na odchode. Zmizol z malej obrazovky.

Keď som otvorila vonkajšie dvere, Jamie bol takmer pri bránke. Obrátil sa a zamieril ku mne. Všimla som si, že oči má červené od plaču.

„Natalie, prepáč, bránka bola otvorená. Mohol by som ísť na chvíľku dnu?"

„Má to niečo spoločné s Tuppenckou? Povedala mi hrozné veci a ja som nevedela, že nosí parochňu, keď som ju ťahala za vlasy..."

„Nie, nejde o to," šepol. Vtom sa zatiahla obloha a rozpršalo sa. Prikývla som. Pri dverách do bytu sa vyzul a šiel do kuchyne, kde babka nalievala do šejkra vodku a dávala ľad.

„Moja boh. To je návšteva," prekrivkala k Jamiemu, aby ho objala. Jamie ju vystískal. Babka sa o chvíľu odtiahla, aby sa mu mohla pozrieť do tváre.

„Bolo tak dávno," vzdychla a zahľadela sa mu do očí. „A si ešte krajšia, ako si já pamatám... To čo je? Ty krava ako Natalie."

Chcela som protestovať, že nás nazvala kravami, keď

som si všimla, ako Jamiemu študuje tvár. Veľmi jemne mal na tvári vytlačenú modrinu ako ja, KRAVA.

„Aj teba udrela tou cenou?" opýtala som sa.

„Hej, dali sme si prestávku."

„Ja nikdy nerozumieť, čo znamená dal sme si prestávka," povedala babka.

„Znamená to, že Tuppence chce porozmýšľať o svojej budúcnosti... Teraz, keď má svoju reality šou, tak nechce strácať čas s divadlom," odpovedal Jamie.

„A prečo si vlastne prišiel?" opýtala som sa. Babka na mňa zazrela. „Nehnevaj sa, babi, som len opatrná," dodala som.

„Veci sa strašne zvrhli." Jamie prikývol.

„Nejde o divadlo... Ide o moju babku. Veľmi sa jej zhoršil zdravotný stav. Vyzerá to s ňou zle. Mama volala, že možno neprežije dnešnú noc." Keď dohovoril, musel si rukou utrieť tvár. Potom pokračoval: „Musím ísť domov do Devonu, ale železničná trať je nefunkčná, niečo na nej dnes robia... Nemám vodičák. Prišiel som ťa poprosiť, či by si nebola taká láskavá a nemohla ma zaviezť domov..." Jamie sa rozplakal. Babka ho chytila za ruku a pozrela na mňa.

„Samozrejme. Odveziem ťa," pritakala som. „Mám auto... ale budem sa musieť hneď vrátiť."

„Iba odvoz," povedal Jamie. „Budem ti dlžníkom do konca života. Ďakujem. Zaplatím za benzín a..." „Nerob si starosti," prerušila som ho.

Keď sme vyšli z garáže, obloha sa zbláznila a začalo liať. Ani stierače nezvládali prúdy vody. Jamie mlčal. Vtom mu zazvonil mobil. Volala jeho mama.

Pani Dawsonovú som od nášho svadobného dňa videla iba raz. Bolo to počas návštevy našich, len zopár mesiacov po tom veľkolepom fiasku. Videli sme sa na pešej zóne v Sowertone. Zbadala som ju na opačnej strane chodníka. Rýchlo som zatočila do bočnej uličky. Všimla si ma v poslednej sekunde, no ja som už bola v uličke.

„Mami, Natalie ma vezie domov... Áno, Natalie Love,“ Jamie si rukou zakryl mobil. „Mama ti veľmi pekne ďakuje a že sa na teba teší.“

„Rado sa stalo... ale nemôžem zostať. Musím sa hneď vrátiť... Iba ťa vyložím,“ pripomenula som. Cítila som sa trochu trápne. Jamie sa s ňou ešte chvíľu rozprával a pýtal sa jej, ako je s babkou. Väčšinou počúval a sem-tam niečo povedal.

„Hmm... Dobre... Okej.“ Potom zrušil hovor. „Vravela, aby sme sa ponáhľali,“ vyslovil smutne.

Práve sme boli na obchvate Londýna. Dážď trochu skrotol. Odbočila som doľava na diaľničný privádzač. Zahmlili sa mi okná. Ventilátor som musela zapnúť naplno. Na diaľnici som sa zaradila do rýchleho pruhu a pridala som rýchlosť.

Sotva sme sa rozbehli, už som musela pribrzdiť. Červené brzdové svetlá svietili cez upršané okno.

„Budem sa snažiť dostať nás z tejto zápchy, ale nezabúdaj, je piatok.“ Sledovala som pruhy, ktorý sa hýbe najrýchlejšie. Vyhodila som smerovku a zaradila sa do stredného. Vtom sa zastavil pohyb vo všetkých troch pruhoch. Niekoľko minút sme sedeli, pozorovali tmavnúcu oblohu a počúvali hukot dažďových kvapiek na streche auta. Vypla som kúrenie a pootvorila okno. Vzduch bol ľadový a smrdel smogom. Pri pomyslení, že Jamie príde domov príliš neskoro, mi búšilo srdce.

„Po celé tie roky som na teba často myslel," ozval sa znenazdajky Jamie.

„Aj ja som na teba myslela," priznala som po chvíľke.

„Naozaj? Preniesť sa cez to, že som ťa stratil, bolo hrozne ťažké... Odišiel som do Španielska."

„Mama mi vravela, že si tam robil animátora."

„Hej, to trvalo asi tri dni... Potom som sa vrátil domov."

„Myslela som, že si si išiel užívať na Costa Brava. Baby, chľast..."

„Nie. Vrátil som sa domov a leto som strávil v Sowertone na antidepresívach."

Zostala som prekvapená a cítila som v sebe vinu. Ja som vtedy prežila úžasné leto v Londýne so Sharon a babkou.

„Ako si skončil v Kanade?" opýtala som sa.

„Môj bratranec tam mal niekoľko malých kníhkupectiev. Bol som v takom stave, že som zúfalo potreboval zmenu prostredia. V Devone bolo mŕtvo. Podarilo sa mi získať pracovné povolenie a niekoľko rokov som pre neho pracoval."

„A ako si si sa dostal k vlastnému divadlu?"

„To bolo len o šťastí. Do divadla som sa dostal cez jedného chalana, čo robil v kníhkupectve..."

„Keď si mi o tom pred niekoľkými týždňami rozprával v kaviarni, znelo to trochu inak, lepšie.“

„Natalie, som unavený… momentálne ma to vôbec netrápi… Vyhodil som Brendena a Tuppence odišla s ním. Zrušila naše zásnuby. Teraz sa vyžívajú v reality šou.“

Dážď neustával. Premýšľala som, čo by som povedala.

„Nedávno som sa rozišla s chalanom. Volal sa Benjamin. Má vlastné štúdio jogy. Prichytila som ho v posteli s jeho recepčnou.“

Jamie na mňa pozrel.

„Niečo bolo medzi nimi už dávnejšie, lebo teraz čaká dvojičky.“

„Je mi to ľúto, Nat.“

Autá sa konečne pohli, pridala som rýchlosť.

„Veci sa majú takto. Mala som veľa hrozných vzťahov. Pred Benjaminom to bol Michael. Mal čudný fetiš… Chcel, aby som mu dala na holý zadok octové čipsy a potom mu po nich trieskala, aby sa rozdrvili na malé kúsky.“ „A urobila si to?“ opýtal sa Jamie.

„Preboha, nie. Povedala som mu, že s jedlom sa nehrá! Potom som chodila so Stewartom. Kamaráti ho volali Stew. Po sexe zvykol nekontrolovateľne plakať… ako malé uvrešťané decko. Bolo to nepríjemné. Tvár mu z toho vždy sfialovela. Sharon ho volala fialový Stew.“ Jamie si utrel tvár a zasmial sa.

„A potom John… všade mal milión fotiek svojej mamy a stále hovoril ‚Nie je moja mamička krásna‘…?“

„Bol Ír?“ opýtal sa Jamie. „Lebo to bol strašný írsky akcent,“ dodal so smiechom.

„Chcel, aby som sa ostrihala ako jeho mama… ‚Prečo

nechceš taký krásny bubnový účes, ako má mamička'?" Jamie sa rehotal.

„Potom som mala druhého Johna. Bol zlatý, ale gay... Aj Kyle bol zlatý, ale hlúpy. Pokúsil sa prepadnúť stánok s hranolkami a skončil v base." Prestala som rozprávať.

„Nat, neprestávaj, rozveseľuješ ma..." smial sa.

„Nuž, dopracovala som sa k tebe," povedala som. Jamie sa zasmial a potom prestal.

„Aha, myslel som, že sranduješ. Pokračuj. Chcem to počuť. Na ostatných chalanoch som sa smial, tak som zvedavý, ako sa zasmejem na sebe."

„Nie je ich zas až toľko! A... ty si bol dokonalý. Nikto nie je dokonalý, ale ty si k tomu bol veľmi blízko..." Nastalo ticho.

„Myslíš to úprimne?" opýtal sa.

„Áno. Vo všetkom si mi dokonale vyhovoval. Bol si krásny, perfektný v posteli, bol si ku mne dobrý."

„Tak prečo si sa za mňa nevydala?"

Leteli sme diaľnicou smer Devon. Po stranách sme míňali letiace stromy.

„Jamie, nebavme sa o tom teraz. Teraz musíme myslieť na dôležitejšie veci... A bolo to strašne dávno."

„Vždy som nad tým premýšľal. Viem, že možno preháňam, ale naozaj som tomu nikdy neporozumel."

„Netráp sa." Načiahla som sa k nemu a chytila som ho za ruku. „Ak by som mala na výber dnes, pravdepodobne by som si ťa vzala hneď."

Usmiala som sa. Jamie zostal vážny. Odtiahla som ruku.

„Jamie! Hovorím to akože, keby bolo keby... Vieš si

predstaviť, čo by bolo, keby sme sa vtedy vzali? Mala som devätnásť rokov. Nemala som o živote ani šajnu."

Zvonenie Jamieho mobilu pretrhlo ticho. Vylovil ho z vrecka a stlačil hovor. Srdce mi začalo búšiť ostošesť, bála som sa, aby nevolali so zlou správou. Našťastie, to bola len jeho mama a chcela vedieť, kde sme.

„Budeme tam asi o hodinu," povedala som, keď sme prešli okolo značenia na Okehampton. Pridala som rýchlosť. Motor trošku zaprotestoval.

Jamie zostal po telefonáte ticho. Hľadel von z okna. Prestalo pršať a pomaly sa vyjasňovalo. Cez mraky sa predierali zlaté slnečné lúče.

Zdalo sa mi hlúpe, aby som pokračovala v našom rozhovore. Zvyšok cesty sme mlčali.

Kým sme prišli k nemocnici, úplne sa vyčasilo a bol príjemný teplý večer.

Našla som voľné miesto na parkovanie. Jamiemu som povedala, nech ide za babkou, že ja kúpim parkovací lístok. Do automatu som nahádzala všetky svoje drobné a lístok som dala pod okno.

Slnko príjemne hrialo, jeho lúče dopadli na krásne neďaleké kopce a vytvárali romantické tiene. Pripadalo mi nesprávne umierať v takýto krásny večer. Zabzučal mi mobil. Volala mi babka.

„Natalie, zlatino," šepkala. „Je všetko dobrá?"

„Práve sme prišli do nemocnice. Jamie išiel dnu."

„Ty kde si?"

„Na parkovisku."

„Ty musíš ísť dnu a podporiť jeho." V mobile som počula zvuky klavíra.

„Babi, kde si?" opýtala som sa.

„Pamätáš Kieron a Steve? Zhora? Čo mi pomócť po operácia? Oni ma pozvala na párty."

„Na akú párty?"

„Nič sexuálny, len klavírna večer. V obývačke klavír a kamarát, ktorý je skvelá klavirista. Som na záhod. V skrinky mať veľa viagra..."

Zapípal mi mobil. Prišla mi správa od Jamieho, že je v krídle 4B na prvom poschodí.

„Hoď, zlatino," povedala babka. „Daj potom vedieť, čo a ako."

„A ty si dávaj pozor, babi."

„Som dospelý dievča. Jeden drink a idem domov."

Zamkla som auto a vykročila som k hlavnému vchodu. Nemám rada „vôňu" nemocníc a už dupľom nie, keď je teplo. Pach sterilných obväzov a chorých ľudí je v horúčavách neznesiteľný. O chvíľu som našla krídlo 4B, ale oddelenie bolo zatvorené. Musela som zazvoniť a dúfať, že mi niekto otvorí. Netrpezlivo som nazerala cez sklené dvere. Nikoho som nevidela.

Chvíľu som ešte počkala a potom som zbadala Jamieho mamu a otca, ako vychádzajú z izby. V ruke držali plastové poháre. Sadli si na lavicu. Na tvárach mali veľký smútok. Jamieho mama Cassandra za posledných pätnásť rokov ani veľmi nezostarla. Nechala si narásť dlhé vlasy, ktoré už neboli gaštanové, nazvala by som to skôr popolavý blond. Veľmi jej pristali. Jeho otec Bob zostarol oveľa viac. Vlasy mu výrazne zredli a v tvári pribral. Všimli si, ako pozerám cez dvere. Vstali, usmiali sa a prišli mi otvoriť.

„Ach, Natalie," vzdychla Cassandra. „Rada ťa vidím a ďakujeme, že si priviezla Jamieho, takto na poslednú chvíľu."

„Nat, vyzeráš výborne," povedal Bob.

„Mala by som ísť, iba tu zavadziam," šepla som.

„Nezmysel!" namietol Bob. „Je to trochu..." pozrel na Cassandru, „trochu nepredvídateľné. Neviem, čo bude o päť minút."

„Prosím, zostaň." Cassandra ma chytila za ruku. „Môžeme len čakať. Jamie je teraz pri nej so svojím bratom. Pamätáš si Petra? V izbe môžu byť iba dvaja ľudia, tak sme vyšli na chvíľku von..." povedala smutným hlasom.

Krátko som s nimi posedela. Oproti nám bola súkromná izba. Dvere boli otvorené. Ležala v nej staršia pani. Počuli sme syčanie jej respirátora.

„Počula som, že si v Londýne veľmi úspešná," ozvala sa Cassandra.

„Áno. Vediem divadlo. Je oproti tomu, čo má Jamie v prenájme."

„A ako vám to tak cez cestu funguje?" opýtal sa Bob.

„No, je príjemné, že sme sa po takom dlhom čase stretli a mohli sme dobehnúť zameškané," zaklamala som.

Chcela som pokračovať, ale vtom vyšiel z izby Peter. Bol veľmi smutný. Pristúpil ku mne a objal ma.

„Chceš ísť za ňou?" opýtala sa Cassandra potichu. „Mama ťa mala vždy rada."

Nemohla som odmietnuť, keď chceli obetovať aj to málo z času, čo im zostával.

„Skočím za ňou," prisvedčila som. „Prepáčte, to vyznelo hlúpo, idem..."

„Natalie. Prišla si z Londýna. Priviezla si Jamieho. Nič, čo povieš, nebude hlúpe," upokojovala ma Cassandra. Usmiala som sa a vstala. Jemne som zaklopkala na dvere a vošla dnu.

Zapadajúce slnko sa predieralo cez žalúzie a dopadalo na biele steny a bledomodrú deku, ktorou bola prikrytá Jamieho babka. Snažila som sa rozpamätať, ako sa volala, ale vždy som ju poznala len ako babku. Pod paplónom bola drobnučká, vychudnutá. Tvár nemala až takú zvráskavenú ako jej rovesníčky. Starnutie jej pristalo. Každá jedna vráska bola znakom dobre odžitého života. Musela sa veľa nasmiať, ale aj vystresovať, pomyslela som si. Dlhé strieborné vlasy sa jej vlnili na vankúši. Keď som zbadala, že má zatvorené oči, chvíľku som si myslela, že som prišla neskoro. Jamie sa na mňa pozrel z druhej strany postele, kde sedel a držal jej ruku. Potichu som si sadla k posteli oproti Jamiemu.

„Chyť ju za ruku," zašepkal Jamie. „Aby vedela, že nie je sama."

Chytila som ju. Jej ruka bola príjemne teplá a jemná. Pokožka pod prstami bola veľmi hladká. Vtom otvorila oči a usmiala sa.

„Dobrý deň," pozdravila som ju.

„Natalie ma doviezla za tebou... z Londýna," prihovoril sa jej Jamie. Babkine ústa sa pomaly otvárali. Jamie sa k nej naklonil a ona niečo povedala. Jamie sa zasmial.

„Čo povedala?" opýtala som sa.

„Chce, aby sme sa aj my držali za ruky."

Pozrela som sa na babku. Usmiala sa a hlavou mi ukázala na Jamieho. On natiahol ku mne ruku a ja som ju chytila. Niečo sa snažila povedať, ale zaklokotalo jej v hrdle a musela si odkašľať. Zatvorila si oči a my sme sa na ňu dívali.

„Má bolesti?" zašepkala som. „Neviem," odvetil Jamie.

Ešte chvíľku sme sa na ňu dívali a počúvali jej chraptivé dýchanie. Vydýchla, nastala hrozne dlhá pauza a potom sa znovu nadýchla. Ústa mala otvorené dokorán. Potom znovu vydýchla a znovu dlho nič.

„Čo budeme robiť?" opýtal sa Jamie.

„Idem niekoho zohnať." Vyskočila som zo stoličky a utekala na chodbu. Keď ma zbadali Cassandra, Bob a Peter, hneď utekali za mnou do izby. Stala som si k Jamiemu. Cítila som, ako ma chytil za ruku. Babka stále dýchala, ale pauzy sa predlžovali.

„Doktor povedal, že morfín jej uľahčí..." Cassandra nedopovedala. Načiahla sa k babke a pohladila ju po hlave. „Mami, je to v poriadku, choď, len choď a nájdi otecka, čaká ťa..."

Chcela som odísť, aby som ich s ňou nechala samých, ale Jamie ma pevne chytil za ruku, aby som zostala. Babka sa slabučko nadýchla, vydýchla a potom sme len stáli a pozerali.

Cassandra a Bob sa začali potichu modliť. Všetci sme sa chytili za ruky a utvorili sme kruh. Pridali sme sa k modlitbe. Babka začala veľmi blednúť. Keď som ju videla pred chvíľou, myslela som, že je dosť bledá, ale teraz sa z nej farba strácala veľmi rýchlo.

A potom jej už nebolo.

Zostali sme nad ňou v tichosti stáť.

„Už nie je medzi nami," zašepkala Cassandra a utierala si slzy.

„Idem po doktora," povedala som. Celá som sa triasla. Na chodbe som zastavila sestričku a poprosila som ju, aby išla za Jamieho babkou.

Hneď nato som odišla. Izba bola plná doktorov a sestričiek organizujúcich všetko potrebné. Jamie ma odprevadil dolu k recepcii. Nemocnica bola v podvečer takmer prázdna.

Zastali sme pri vchodových dverách.

„Jamie, je mi to strašne ľúto." Objala som ho. „Je mi to tak strašne ľúto.

„Ďakujem."

Na chvíľku som si oprela bradu o jeho plece a cítila som jeho vlasy. Voňali krásne, ako som si vždy pamätala. Odtiahla som sa a jemne som sa usmiala. Bola som na odchode, ale nakoniec som sa ešte raz otočila k nemu.

„Jamie, chcela by som ti povedať, že mi je všetkého ľúto. Je toho strašne veľa, čo mi je ľúto. Samozrejme, teraz na to nie je vhodný čas, ale chcem, aby si vedel, že ak by si ma potreboval, tak som tu pre teba!"

Dlho sme si hľadeli do očí a zrazu som pocítila, ako ma obopínajú jeho silné ruky. Pritiahol si ma k sebe a pobozkal.

Najskôr som sa zdráhala, ale potom som ho bozkala aj

ja. Tvár mal mokrú od sĺz. Pobozkal ma ešte raz. Do rúk si vložil moju tvár. Vsunula som ruku pod jeho tričko, aby som ho jemne pohladila po jeho príjemne teplom tele... a vtom sa odtiahol.

„Prepáč... Ja nemôžem. Nie je to teraz vhodné. Prepáč. Musím ísť, Nat. Ešte raz ti za všetko ďakujem.“

Zostala som stáť, zadychčaná od jeho bozku. Sledovala som, ako sa stráca v dlhej chodbe.

Vonku už bola tma. Cvrčky vyhrávali a mole poletovali okolo žltých pouličných lámp. Zazvonil mi mobil. Mama sa ma opýtala, či som v poriadku a ja som sa rozplakala.

„Zlato, nemyslím, že by si mala v takomto stave teraz šoférovať do Londýna,“ povedala ustarostene. „Prespi doma. Počkaj na parkovisku. Prídeme ťa s ocinom vyzdvihnúť a jeden z nás odšoféruje tvoje auto.“

Po telefonáte som sa oprela o kapotu a nekontrolovateľne som sa rozplakala. Nikdy predtým som ešte nevidela nikoho zomrieť.

RODINA

Mama s otcom ma vyzdvihli pri nemocnici a na farmu sme sa vrátili v konvoji. Otec šoféroval za nami v mojom aute. Bola teplá bezoblačná noc. Mesiac bol v splne a svietil veľmi silno, ani sme nepotrebovali diaľkové svetlá.

„Mami, veríš v Boha?" opýtala som sa.

„To je hlúpa otázka," odvetila mama. Približovali sme sa k vyľudnenej križovatke, keď práve naskočila na semafore červená. Zastali sme. Otec na nás zozadu zatrúbil.

Mama otvorila okno a vystrčila z neho hlavu.

„NIE! NEJDEM NA ČERVENÚ. NEBUDEM PORUŠOVAŤ ZÁKON, MARTIN!" zakričala. Otec znovu zatrúbil.

Mama len zakývala hlavou.

„Tak čo, mami?"

„Tak čo, mami, čo?" opýtala sa. Naskočila zelená.

Mama pridala rýchlosť. „Veríš v Boha?"

„Prečo sa pýtaš?“

„Keď zomierala Jamieho babka, tak sme sa nahlas modlili. Tak som premýšľala, kam pôjde po smrti...“

„Samozrejme, že veríme v Boha.“ „A myslíš si, že je len jeden boh?“

„Áno.“

„Čo myslíš, aký je?“

„Myslím si, že je to dobrý muž, ľúbi ľudí, za jeden týždeň stvoril Zem a v nedeľu oddychuje,“ povedala mama.

„Hovoríš o ňom, akoby to bol nejaký súťažiaci v šou Rande naslepo,“ zahundrala som. Prišli sme k farme. Mama zabočila k domu a vypla motor. Hneď vedľa nej zaparkoval otec.

„Natalie, si v šoku... zo smrti Jamieho babky. Videla si ju umierať. Otvorme si fľašu vína, dajme si niečo dobré pod zub a potom si dobre oddýchni.“ Prikývla som.

„A len aby si vedela, každý večer, keď varím kakao, sa modlím. Modlím sa, aby Micky a Dave schudli. Modlím sa, aby sa ocinovi nič nestalo, keď jazdí na traktore, a modlím sa aj za teba v Londýne, aby si si našla dobrého manžela.“ „A modlíš sa aj za niečo iné?“ opýtala som sa.

„Modlila som sa aj za Jamieho babku.“ Pohladkala ma po ruke a vyplašila sa, keď sa otec zjavil pri okne.

„Je piatok, nie?“ povedal. „Kto si dá rybku a hranolky?“

„To áno, mňam,“ súhlasila mama. „Mám chuť na vyprážanú tresku.“

„To je tvoja skutočná viera,“ usmiala som sa. „Piatkový večer s rybou a hranolkami.“

Večer bol nakoniec príjemne veselý. Otec stretol

v reštaurácii Micky a Dava a pozval ich na farmu. Prišli aj s Downtonom, Abbey, Dexterom a House. Na stole bola velikánska kopa hranolčekov, čerstvé vyprážané ryby, kašovitý hrášok a zavárané vajcia.

Videla som, že jedlo je pre Mickinu rodinu extrémne dôležité. Keď sa napchávali, tváre im žiarili. Ja som nebola veľmi hladná, ale chuť na víno som mala veľkú. Keď sme dojedli, Downton sa opýtal mamy, či sa môžu ísť hrať na schody na medvede.

„Mami, prosím, prosím! Môžeme?" pridala sa Abbey. Žmurkala na ňu krásnymi modrými očkami. Dexter a House od vzrušenia vyskakovali ako opičky na gumičke.

„Prosím,   prosím, prosíím,"

prosíkali jednohlasne.

Micky pozrela na mamu, ktorá jej prikývla.

„Ale pomaly. A dávajte si pozor, máte plné brušká," upozornila ich Micky. Deti zakričali a utekali preč.

„To je nejaká nová počítačová hra?" opýtala som sa.

„Nie. Len sa na tých malých prdelkách šmýkajú po schodoch," odpovedal Dave. Otec išiel po večeri skontrolovať zvieratá a mama začala odpratávať taniere.

Povedala som im o Jamieho babke. Vynechala som tú časť, keď sme sa bozkávali, čo mi s odstupom času prišlo trochu hlúpe. Keď som sa dostala na koniec rozprávania, zostali ticho.

„Život by sa mal žiť naplno," povedala Micky a načiahla sa po hranolčekoch. Mama jej capla po ruke.

„Keď už sa rozprávame o živote, volala si tej dietologičke z letáka, čo som ti dala?"

„Mama, nechajme to teraz tak," odvrkla Micky.

„Niekto to musí povedať. Nechcem, aby ste skončili, ako tí týpkovia v telke, čo vážia dvesto kíl. Nechcem skončiť v hlúpej reality šou, keď mi príde nejaký Američan vynadať, že som zlá matka, lebo som dopustila, aby bola moja dcéra tlsťoch. A potom budeš musieť na kameru za sebou ťahať traktor."

„Micky je krásna," povedal Dave s plnými ústami.

„A jej cholesterol a krvný tlak sú v norme."

„Mám zopár mliečnych kokteilov na chudnutie. Kúpila som ich do dedinskej tomboly a niekoľko mi zostalo," pokračovala mama.

„Ty si kúpila do dedinskej tomboly drinky na chudnutie?" opýtala som sa.

Micky prikývla zhrozená.

„Vieš, koľko brali za lístok? Jednu libru. Tri konzervy diétneho mliečneho kokteilu z obchodu stoja deväťdesiatsedem pencí," povedala Micky.

„Natalie, ako to robíš ty, že si taká chudá?" chcela vedieť mama.

Dala som si veľký glg vína. Micky na mňa zazrela.

„To je tým, že žijem sama, väčšinou nemám chuť si variť."

„Micky, to na teba nebude fungovať," poznamenala mama. „Tebe sa vždy chce variť a hlavne jesť. Koľko vážiš?" „Preboha, mama!" zapišťala Micky.

„Určite takáto nemôžeš byť šťastná." Mama nemienila ustúpiť.

„Veci sa majú tak, že ja šťastná som. Mám zlaté deti

a zlatého muža, ktorý ma má rád takú, aká som." Dave na ňu žmurkol.

„Porozmýšľaj nad tým, o čo by bol život krajší, keby si zhodila štyridsať kíl," rýpala mama ďalej.

„Život by bol taký istý, len by som vážila o štyridsať kíl menej a bola by som od hladu nešťastná," nedala sa Micky.

Mama zalamentovala.

„Vzdávam sa. Natalie a čo ty?"

„Čo, čo ja?"

„Potrebuješ chlapa. Môžeme sa v blízkej budúcnosti tešiť na chlapa v tvojom živote? Čo je s Benjaminom?"

„Nič," odvrkla som. Mama sa otočila k umývačke riadu. Nahla som sa k Micky a Davovi a pošepkala som im:

„Načapala som ho, ako šuká svoju recepčnú. Teraz je tehotná. Dvojičky!"

Micky a Dave sa zaksichtili.

„A čo Ryan Harrison? Bol milý," pokračovala mama.

„Je odo mňa o desať rokov mladší a som jeho šéfka."

„Robili ste to spolu? Vieš, čo myslím. Ty a on..." zašepkala Micky. Prikývla som.

„Je hrozne sexi," usmiala sa Micky.

„Hej a ja?" povedal Dave.

„Na čom sa smejete?" opýtala sa mama. Handričkou utierala stôl.

„Len som hovorila, že by som chcela ísť do Hollywoodu," klamala Micky.

„To by ťa stálo pekné peniaze. Musela by si zaplatiť za dve miesta v lietadle," provokovala mama. Micky si naschvál hodila do úst plnú dlaň hranolčekov.

„Možno by si sa mohla rozhliadnuť na pohrebe Jamieho babky," povedala to tak, akoby sa na pohreby chodilo randiť. „Nevraveli, kedy bude?" opýtala sa.

„Mama, ty si neskutočná! Čo ak chcem byť single? Môžem byť sama a šťastná. Vieš čo? A presne to aj urobím. Budem abstinovať od mužov!"

„Huráááá," zakričal Dave.

„Pokoj, zlato, nehovorí, že chce byť lesba!" Micky ho udrela po ruke.

„Prestaňte sa rozprávať o lesbách, okno je otvorené!" zasyčala mama, potom skočila k oknu a zavrela ho. Práve keď ho zatvárala, zjavil sa v ňom otec. Mama sa preľakla.

„Otec je šéfom antilesbickej rozviedky," zavtipkovala Micky. Rehotala som sa. Otec zaklopal na okno.

„Poďte! Rýchlo. Rihanna porodila," kričal cez okno.

Zavolali sme deti a išli sme k Rihanninej ohrade. Mama na seba rýchlo nahodila lamovský pôrodnícky outfit. Vlasy si vypla do chvosta a obliekla si tričko zo zábavného parku Alton Towers a nechtíkovo žlté nohavice. Ale vôbec nemusela. Lamie bábätko už bolo na svete. Ležalo pri Rihanniných dlhých nohách a snažilo sa cicať.

„Myslel som, že sa narodí až o niekoľko týždňov," povedal otec. „Musela ho porodiť niekedy poobede."

„Lamy rodia veľmi rýchlo," dodala mama. „Nie ako chúďatko Micky. Ako dlho si rodila Downtona a Abbey?"

„Dosť dlho," odpovedala Micky.

„To teda áno. Rodiť si išla v pondelok a z nemocnice si sa vrátila vo štvrtok v noci!" hovorila mama. „Pre lamy to je oveľa jednoduchšie, plus v tehotenstve veľmi nepriberú.“

„A čo? Mám sa zmeniť na lamu?“ zagánila Micky.

„Je to dievčatko alebo chalan?“ opýtala som sa.

„Dievčatko,“ povedal hrdý otec. Na tvári mal rovnaký výraz, ako keď sme mu oznámili pohlavie Mickiných detí.

Rihanna nastrčila noštek k svojmu bábätku a potichu zamrmlala. Malá lama bola strašne krásna a zlatá.

„Ako ju budeme volať?“ chcel vedieť otec. Decká iba nemo stáli. Jeden po druhom sa začali hlásiť ako v škole.

„Máme pre ňu výborné meno,“ povedal Downton. Oči mu pod dlhšou hnedou ofinou zažiarili. „Abbey, čo sme to vymysleli?“ dodal.

„Llama Del Ray,“ vyslovila Abbey hrdo. Všetci sme sa zasmiali.

„Lepšie meno ste nemohli ani vymyslieť,“ súhlasila som. „Musí sa volať Llama Del Ray.“

„Vieš, čo je vtipné, Nat? Nebola si pri pôrode ani jedného z mojich detí a teraz si tu, keď sa narodí lama,“ povedala Micky.

„Micky,“ pozrela som na ňu prosebne. „Môžem sa s tebou porozprávať?“

Odtiahli sme sa ďalej od ostatných. Sledovali sme malú lamu v ohrade. Micky si odhrnula vlasy z tváre a zaujala bojový postoj.

„Prepáč,“ povedala som jej.

„Čo ti mám prepáčiť?“ opýtala sa prekvapená Micky.

„To, že som bola hlúpa sestra, to, že som odišla do Londýna a nechcela som mať s touto časťou sveta nič spoločné...“ Chytila som ju za ruku. „Už sa ani dobre nepoznáme. Však?“

„Chýbala si mi, stále mi chýbaš,“ zašepkala Micky. Začali jej slziť oči.

„Aj mne chýbaš a bola som krava. Až teraz som si to uvedomila. A prepáč mi, že som tu nikdy nebola pre tvoje deti. Nevidela som ich vyrastať.“

„Ešte len porastú, to sa neboj... hluční malí blázni,“ uškrnula sa Micky. „Mohla by si k nám niekedy prísť prespať. Možno potom, ako pôjdeme na premiéru tvojej hry.“

„Vy prídete na premiéru?“ zostala som prekvapená.

„Ak sľúbiš, že k nám prídeš...“ usmiala sa Micky.

„Dohodnuté!“ Potom ma Micky vystískala. Aj ja som ju chcela vystískať, ale nemohla som ju občiahnuť.

„Preboha, asi naozaj budem musieť trošku schudnúť.

Ale nehovor to mame, mala by som ju nonstop v uchu!“

Noc som prespala vo svojej starej izbe v podkroví. Z postele som cez stropné okno sledovala hviezdy na nebi.

Bol to zvláštny, dlhý deň. Zmierila som sa so sestrou a tak trochu aj s Jamiem. A videla som umierať jeho babku.

A potom akoby sa celý deň postavil na hlavu a mali sme krásny, zábavný večer s rodinou, ktorý sa skončil narodením Llamy Del Ray.

Prvá časť dňa mi teraz prišla, akoby sa stala pred pol rokom. Dnešok som začala zbitá životom, akoby sa na mňa valila skaza, a teraz sa cítim ako iný človek.

Uvedomila som si, že môj život je bohatý na krásne veci a úžasných ľudí. Robím prácu, ktorú milujem, mám skvelých priateľov a rodinu. Mám synovcov a neterky. U Sharon mám krstniatka a doma mám skvelú podnájomníčku, babku. A možno, ak mi budú sudičky priať, sa Macbeth stane niečím skutočne špeciálnym.

Práve som zaspávala, keď mi zapípal mobil. Chcela som to nechať tak, ale vedela som, že kým sa nepozriem, kto mi píše, nezaspím. Vstala som z postele a z kopy oblečenia, hodeného na stolíku, som vylovila mobil. Bola to správa od Jamieho:

NAT, NIKDY SOM ŤA NEPRESTAL ĽÚBIŤ.

VŽDY SI BOLA MOJOU ŽIVOTNOU LÁSKOU. J. CMUK

Cítila som, ako mi telom preletel neopísateľný pocit. Pocit nesmiernej túžby po Jamiem. Rozhovor, ktorý sa odohral dávno-pradávno, akoby sa stále vznášal nad nami: Svadba alebo nič, svadba alebo nič...

Teraz, keď sme starší, to nemusí byť o tom, že svadba alebo nič. Nemusí to byť čierno-biele. Mohol by to byť len skvelý sex alebo rande v kine, frajer, frajerka, mohli by sme spolu žiť. Potom som si predstavila, ako by som sa asi cítila, keby zomrela babka. Možno je len opitý, asi teraz ani nedokáže myslieť triezvo. Bála som sa nechať ovplyvniť správou, ktorá prišla neskoro v noci po hroznej tragédii, tak som mu odpísala:

A JA ŤA BUDEM VŽDY MILOVAŤ. AND
I WILL ALWAYS LOVE YOU.

Stlačila som gombík a odoslala správu. Potom som rozmýšľala, či by nebolo lepšie, keby som mu radšej zavolala. Chcela som, aby moja správa bola priateľská, aby vedel, že ho mám rada, že mi na ňom záleží. Ale zároveň som chcela, aby ju videl ako gesto svojej kamarátky. No hneď som si uvedomila, že som mu práve poslala názov najzamilovanejšej pesničky od Whitney Hustonovej. Počkala som päť minút. Chytil ma kŕč od toho, ako som kvočala na zemi. Rýchlo som vypla mobil a zaliezla do postele. Snažila som sa zahnať všetky erotické myšlienky na Jamieho Dawsona...

ZÁVEREČNÁ OPONA

O PÄŤ TÝŽDŇOV...

ZÁVEREČNÁ PÁRTY

Macbeth bol veľký hit. Neprestane ma udivovať, ako sa dokáže dať divadelná hra dokopy v posledné dni skúšok. Chaos sa upokojí a všetko zapadne na svoje miesto. Samozrejme, aj to, že Ryan zostal triezvy a zostávajúce dni pred premiérou tvrdo makal, nám veľmi pomohlo.

Na premiéru prišla mama s otcom, Micky s Davom a deťmi a aj Sharon s Fredom a deťmi. No a nechýbala ani babka. Len v to poobedie jej vybrali stehy a stále bola nadšená z nového palca, ktorý na jej potešenie vyzeral ako palec Sophie Lorenovej. Keďže mala ešte zopár týždňov zakázané nosiť štekle, kúpila som jej krásne nízke sandále s veľkými kameňmi. Veľmi sa jej páčili.

V sále som sedela vedľa mamy. Hrozne som bola nervózna. Obzrela som sa dozadu, sála bola obsadená do posledného miesta. Na predpremiéru prišla aj Morag s celým divadelným výborom. Novinári cvakali fotoaparátmi, ešte skôr ako sa hra začala. Nikdy predtým som nevidela na Shakespearovej hre, aby mali diváci transparenty. Na najviditeľnejšom bolo napísané MILUJEM MCBETHA! Keď začali tlmiť svetlá, diváci jačali a pískali. Srdce mi vyletelo až do hrdla. Mama sa usmiala a nahla sa mi k uchu.

„Priniesla som vrecko čokoládových cukríkov Revels, ak budeš mať chuť, len ma poťapkaj po nohe," pošepkala mi.

Na počudovanie ma to upokojilo a vrátilo späť na zem. Dnešný večer bol pre ľudí len oddychovkou. Koniec koncov, bola to len hra.

Po spadnutí opony nastali velikánske ovácie, päťminútové standing ovation. Diváci sa išli zblázniť. A musím sa priznať, aj som si poplakala. Ryan a všetci herci boli skvelí. Scéna a produkcia dokonalá. Atmosféra nádherná. Neskutočne som bola hrdá na divadlo Raven Street.

Moja mama, ktorá sa nedokáže sústrediť ani na večerníček, bola maximálne vtiahnutá do deja. Dokonca aj zabudla, že mala so sebou cukríky. Cez hru aj jačala, keď krv pomaly stekala z krvavej fontány po tom, čo lady Macbethová zabila kráľa.

Po predstavení sme prešli na párty do divadelného baru. Všetci sa usmievali. Babka ma hrdo objala.

„Moja zlatino! Bol to vynikajúci! Vynikajúci!" kričala. „Bolo to múdry, zaujímavý, strašidelný... a tí hlapi v škótska sukňa. Ah jaj!"

„Bolo to perfektné. Úplne som sa do toho ponorila, ako keď pozerám Kardašianky," povedala Micky, stojaca vedľa vyškereného Dava.

„Natalie, veľmi sme na teba hrdí," dodal otec a objal ma.

„Preboha, ako teraz operú krv zo šiat lady Macbethovej?" opýtala sa mama.

„Mami, to nebola ozajstná krv," povedala som jej.

„Ale vyzerala ako skutočná. Bolo to vynikajúce, zlato. Gratulujem."

„Nat! Chcem ísť na to znovu," kričala Sharon a snažila sa k nám pretlačiť s Felixom, Amy a Fredom, ktorý za sebou viedol svoju staršiu kópiu.

„Decká, povedzte tete Natalie, ako sa nám to veľmi páčilo," pobádal ich Fred. Amy s Felixom hanblivo prikývli.

„Nat, chcem ti predstaviť Giuseppeho," povedala Sharon, keď ma zoznamovala s Fredovým otcom.

„Bolo to epické!" prehovoril Guiseppe so silným talianskym prízvukom. „Epické!" zopakoval a rukami mával okolo seba. Babke drgol do pohárika s vínom a rozlial jej ho po celých sandáloch.

„Pozri, čo ty urobil, ty veľká nemehlo!" štekla babka. Potom si však rýchlo všimla, aký je Giuseppe fešný. „A všetko ti odpustený, keď pozveš mňa na druhá drink," žmurkla naňho. Guiseppe sa usmial a pozval ju k baru.

„Tú iskru v oku som u nej už raz videla," povedala mama Fredovi a Sharon. „Tvoj otec by si mal dávať pozor," usmiala sa.

„Vyzerá, že by nedokázala ublížiť ani muche," podotkol Fred s veľkým úsmevom.

„O muchu sa nebojím!" zavtipkovala mama.

O niekoľko minút prišiel do baru Ryan s hercami a zamieril rovno k mojej rodine. Všetci ho vystískali a uznanlivo potľapkali po chrbte. Poprosili ho, aby im podpísal program predstavenia. Potom k nám prišla Nicky.

„Panenka Mária skákavá, dokázali sme to, zlato!" kričala nadšene. „Rozprávala som sa s niektorými novinármi a povedali mi, že nám môžu garantovať päťhviezdičkové recenzie. Mediálne pokrytie bude nenormálne!"

„Nicky, chcem sa ti ospravedlniť za všetko bláznovstvo, ktorým sme si prešli," povedala som jej.

„Vyzerá to tak, že to bláznovstvo nám dopomohlo k veľkému úspechu. A hlavne tebe. Vyzeráš mladšia, šťastnejšia." Nicky na mňa žmurkla.

„Áno," usmiala som sa. Pozrela som sa jej cez plece a obzrela som si ľudí v bare.

„Asi by si ho tu dnes večer chcela, však?" zašepkala Nicky.

„Prosím? Koho?" Tvárila som sa, že neviem, na koho myslí. Nicky sa šibalsky usmiala.

„Veľmi dobre vieš, o kom hovorím... o úžasnom, fešnom Jamiem Dawsonovi. Poprosila som baby z pokladne, aby mu poslali pozvánku."

„Viem... Nemyslela som si, že príde. Pohreb jeho babky bol len včera a nemala som čas sa s ním porozprávať. Pochopiteľne bol myšlienkami niekde úplne inde a ja som sa hneď musela vrátiť do Londýna."

„Zlatko, daj mu trochu času," povedala Nicky.

„Nerozprávala si sa s ním pätnásť rokov, zopár dní navyše ťa nezabije."

„Ani neviem, čo od toho očakávam... má vôbec zmysel niečo očakávať?"

Nicky ma objala a odišla sa porozprávať s ďalšími novinármi. Chvíľku som zostala osamote stáť a zhlboka som sa nadýchla. Dnešný večer nebude o žiadnom chlapovi, povedala som si. Dnešný večer je o našom úspechu. Objednala som si drink a išla som sa baviť s priateľmi a rodinou.

Recenzie boli skvelé a nasledujúcich päť týždňov od začiatku augusta sme mali vypredané všetky predstavenia Macbetha. Deň po derniére, ôsmeho septembra, sa Londýn z noci na ráno obliekol do jesenného šatu. Veľmi fúkalo, schladilo sa a vo vzduchu bolo cítiť vôňu horiacich kozubov. Jamie sa mi neozval, tak som pre vlastnú ochranu vložila myšlienku na mňa s Jamiem niekam do zadného „puzdierka" v hlave. Mala som v divadle toľko práce, že ma totálne pohltila.

Ryan mal letieť na druhý deň do LA, a tak mu Sharon prichystala rozlúčkovú párty doma v New Crosse. Chcela tým osláviť jeho triumfálny úspech v Macbethovi a to, že vydržal tridsaťdeväť dní triezvy.

Babka trávila veľa času s Guiseppem odvtedy, ako ho stretla na premiére. Veľmi sa tešila na rozlúčkovú párty. Tvrdila mi, že sú len kamaráti, ale vedela som, že to postupne vyústi do niečoho vážnejšieho. Nohu mala úplne zahojenú, behala už v šteklách a barla bola len dávnou spomienkou. Predala všetko svoje zlato a diamanty, vyplatila dlhy a rozhodovala sa, kde si môže dovoliť žiť – minulý týždeň to bolo Rio, tento týždeň Škótsko. Dúfala som, že jej potrvá dlho, kým sa rozhodne. Veľmi som si zvykla na to, že ju mám pri sebe. Vďaka nej neboli moje návraty domov smutné a necítila som sa osamelá.

Na rozlúčkovej oslave mal Ryan dojímavý príhovor, v ktorom sa poďakoval Sharon a Fredovi a daroval im unikátny darček v podobe svojho exkluzívneho kalendára. Bol perfektný, plný Ryanových fotiek s Amy a Felixom. Moja obľúbená fotka bola pri marci. Ryan bol na nej oblečený ako Doktor Who v anglickom seriáli, z ktorého je aj robot Dalek. Ryan pózoval pri telefónnej búdke, vďaka ktorej sa Doktor Who presúva po zemi, a vedľa seba mal svojich asistentov v podobe Amy a Felixa.

Práve som si chcela vziať mobil z kabelky na chodbe, aby som si mohla kalendár odfotiť, keď niekto zaklopal na dvere. Otvorila som. Vonku stál Jamie. Na sebe mal modré džínsy a košeľu s viazankou, v ruke držal fľašu vína. Vyzeral úžasne.

„Ahoj," pozdravila som ho.

„Ahoj, Nat," usmial sa.

„Nevedela som, že si sa vrátil do Londýna. Samozrejme, že si sa vrátil, stojíš tu pred dverami, ktoré sú v Londýne..." trepala som.

„Sharon ma pozvala," povedal. „Chcel som prísť skôr, ale poznáš to, práce na železničnej trati."

„Ako sa máš? Nechala som ti niekoľko odkazov..."

„Viem, prepáč, že som sa neozval, ale posledné týždne boli veľmi čudné. Potreboval som si dobre prevetrať hlavu." „Chápem," povedala som. Nastalo nepríjemné ticho.

„Mimochodom, ďakujem za krásne kvety, od teba a tvojej rodiny, ktoré ste kúpili babke na pohreb."

„Nemáš za čo..." Nastalo ďalšie nepríjemné ticho. „A v Londýne si nastálo?" opýtala som sa.

„Neviem. Premýšľam o tom. Ešte som sa nerozhodol čo ďalej. Asi vieš, že Tuppence opustila predstavenie a odišla z divadla."

„Hej, čítala som o tom. Prečo vám teraz na obrazovke na divadle bežia reklamy na dezodorant a ľadový čaj?"

„Divadlo mám prenajaté na rok a je to jediná cesta, ako zaň dokážem platiť účty," odpovedal Jamie. „Vieš, čo je ironické? Z tých reklám mám väčší príjem, než aký by som mal z celého predstavenia."

„Čo robí teraz Tuppencka?" vyzvedala som sa.

„Dokončuje filmovanie svojej reality šou a do svojej burlesknej šou zapracovala aj alopéciu. Na konci predstavenia si sťahuje parochňu, potom z hľadiska vytiahne chlapa, ktorý jej čipkovou vreckovkou preleští hlavu. Ona je veľká bojovníčka."

„Ja by som ju tak neoznačila. Mám pre ňu iné slovo..." nedohovorila som. Jamie na mňa ticho pozeral a usmial sa.

„Prosím?" Nevedela som, o čo ide. „Mám niečo na tvári?"

„Nie, len som si niečo uvedomil,“ povedal. „Máš tridsaťpäť rokov.“

„Vďaka...“

„Nie, nemyslím to v zlom. Si krásna,“ dodal, „roky ti pristanú.“

„Ani ty nevyzeráš zle.“ Chvíľku sme na seba pozerali.

„Pamätáš si na ten deň, keď sme sa mali brať? Na svadbu, ktorá nebola?“

„Akoby som mohla na to zabudnúť?“

„Opýtal som sa ťa, kedy si ma chceš vziať, a ty si povedala, že najskôr keď budeš mať tridsaťpäť...“ „Vtedy mi to prišlo, ako veľmi vzdialená budúcnosť.“ Jamie prikývol.

„A vidíš, stále sme tu.“

„Mala som povedať štyridsaťpäť,“ zavtipkovala som. „Jamie, vtedy som bola úplne iný človek. A ty si mi povedal svadba alebo nič. Bolo to dosť extrémne ultimátum.“ „Máš pravdu, bolo,“ prikývol a zostal ticho.

„Ale stále mi to nepríde doriešené,“ povedala som. Jamie premýšľal a potom ku mne načiahol ruku.

„Tak začnime ešte raz,“ zašepkal. „Úplne od začiatku.

Ahoj, ja som Jamie Dawson.“

Pozrela som mu na ruku a podala som mu svoju. „Ahoj, ja som Natalie Love.“

„Rád ťa spoznávam,“ usmial sa. Vtom prišla rozveselená Sharon.

„Jamie! Teším sa, že si prišiel. Natalie, čo vyvádzaš, čo ho nepustíš dnu? Poď, Jamie. Sme v obývačke a práve idem krájať tortu,“ povedala Sharon a zmizla v obývačkových dverách.

„Tak a kde začneme, aby sme sa lepšie spoznali?" opýtala som sa. Naklonil sa ku mne a bozkal ma. Jeho pery boli jemné a príjemne teplé. V žalúdku mi začali lietať motýliky. Pomaly sa odtiahol a usmial sa.

„To je trošku riskantné, keďže sme sa len stretli, nemyslíš?" usmiala som sa.

„Za chvíľu budem mať tridsaťšesť, čas uteká," žmurkol. „Nuž, to aby si utekal dnu," potiahla som ho.

Jamie sa zasmial a vošiel dnu. Ja som v duchu zaďakovala Bohu a zavrela som za ním dvere.

O AUTOROVI

Robert Bryndza je britský spisovateľ a scenárista žijúci na Slovensku. Preslávil sa detektívkami a trilermi, z ktorých sa predalo už viac než sedem miliónov výtlačkov. Jeho debutový triler Dievča v ľade s detektív šéfinšpektor Erikou Fosterovou vyšiel vo februári 2016. V priebehu piatich mesiacov sa z neho predal milión výtlačkov, vďaka čomu sa kniha dostala na prvé miesto v rebríčku Amazon vo Veľkej Británii, USA aj Austrálii. Práva boli predané do 30 krajín a bola nominovaná na Goodreads Choice Award for Mystery & Triller (2016), Grand prix des lectrices de Elle in France (2018) a vyhrala dve čitateľské ceny The Thrillzone Awards za najlepší debutový triler v Holandsku (2018) a The Dead Good Papercut Award za najpútavejšiu knihu na Harrogate Crime Festival (2016).

Okrem toho Robertovi Bryndzovi vyšlo zo série Erika Fosterová ďalších päť trilerov: Nočný lov, Temné hlbiny, Do posledného dychu, Chladnokrvne, Smrtiace tajnosti a Osudné svedectvo. Všetky sa stali celosvetovými bestsellermi. Anjel smrti je v poradí ôsmym dielom tejto strhujúcej série, ktorej hlavná hrdinka pochádza zo Slovenska.

Robert Bryndza má na konte aj druhú detektívnu sériu, kde je tentoraz hlavnou hrdinkou Kate Marshallová, detektívka s pohnutým osudom a silným zmyslom pre spravodlivosť.

Súčasťou jeho tvorby je aj séria romantických komédií o Coco Pinchardovej. Spolu s Jánom Bryndzom napísal tiež satiru na život v Hollywoode, ktorú pomenoval Mrcha Hollywood.

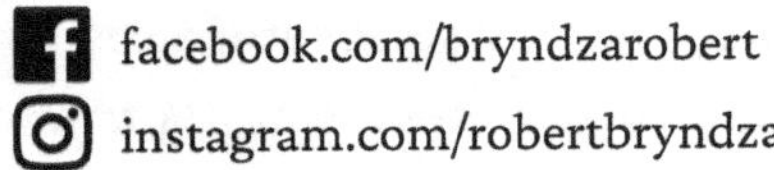

POĎAKOVANIE

Predtým, než som sa stal spisovateľom, bol som hercom a v tejto knihe som čerpal zo svojich vlastných skúseností. Mal som šťastie, že som mohol pracovať v mnohých fantastických divadlách v Londýne a po celom Spojenom kráľovstve. Chcel by som poďakovať všetkým hercom, spisovateľom, režisérom, producentom, manažérom scén, technikom a všetkým, ktorí pracujú na vytváraní vynikajúcich divadelných predstavení.

Janko – ďakujem, ako vždy – tvoja láska, rady, povzbudenie a podpora ma držia pri písaní – a ďakujem ti za tvoj nádherný preklad tejto knihy do slovenčiny. Ďakujem aj mojej úžasnej svokre Vierke. A veľké objatia pre Rickyho a Lolu.

Ďakujem tiež mojej mame a otcovi, ktorí ma podporili v tom, aby som šiel na hereckú školu a ktorí, spolu s mojimi starými rodičmi Lesom a Heather, cestovali po celej krajine, aby ma videli v rôznych zvláštnych a úžasných hrách.

Najväčšie poďakovanie patrí všetkým mojim úžasným čitateľom a blogerom, ktorí mi dávajú toľko lásky a povzbudenia. Ústna propagácia má obrovskú silu. Ďakujem, že hovoríte ľuďom o mojich knihách.

Robert

ROBERT BRYNDZA
Ten pravý a tá ľavá
Z anglického originálu Miss Wrong and Mr Right
preložil Ján Bryndza.
Redakčná úprava: Zuzana Kolačanová
Obálku navrhla Emma Rogers.
Vydalo: Raven Street Publishing v roku 2025

Print ISBN: 978-1-914547-33-1
Ebook ISBN: 978-1-914547-98-0

9 781914 547331